AF641080

ro
ro
ro

Mareike Fallwickl, 1983 in Hallein bei Salzburg geboren, lebt mit ihrer Familie im Salzburger Land. 2018 erschien ihr literarisches Debüt «Dunkelgrün fast schwarz», das für den Österreichischen Buchpreis sowie für das Lieblingsbuch der Unabhängigen nominiert wurde. 2019 folgte der Roman «Das Licht ist hier viel heller». Sie setzt sich auf diversen Bühnen sowie Social-Media-Kanälen für Literaturvermittlung ein, mit Fokus auf weiblichen Erzählstimmen. Die Bühnenfassung von «Die Wut, die bleibt» hatte im Sommer 2023 Premiere bei den Salzburger Festspielen und wurde anschließend im Schauspiel Hannover aufgeführt.

«Mareike Fallwickl hat einen sehr aktuellen und radikalen Roman über die Gefühlslage der Frauen geschrieben.» *Brigitte*

«Um zu schreiben wie Mareike Fallwickl, braucht es Mut: Sie sieht genau da hin, wo es wehtut, deckt die Unterdrückung des weiblichen Geschlechts in poetischer, klarer Sprache auf, ohne dabei anzuklagen.» *Der Standard*

«Ein großes Lesevergnügen.» *Berliner Zeitung*

«Fantastisches Buch über die Wut.» *Süddeutsche Zeitung*

DIE WUT, DIE BLEIBT

MAREIKE FALLWICKL

ROMAN

ROWOHLT TASCHENBUCH VERLAG

21. Auflage Juli 2026
Veröffentlicht im Rowohlt Taschenbuch Verlag
Rowohlt Verlag GmbH, Kirchenallee 19, 20099 Hamburg
Zuert veröffentlicht im Rowohlt Taschenbuch Verlag,
Hamburg, November 2023
Copyright © 2022 by Rowohlt Verlag GmbH, Hamburg
Zitat Motto S. 7 aus: «Nowhere Generation», Rise Against, Text: Joseph Daniel
Principe, Brandon M. Barnes, Zachariah Joaquin Blair, Timothy J. McIlrath
Zitat Motto S. 7 aus: «Verbrennt eure Angst!», Colectivo LASTESIS,
übersetzt von Svenja Becker
Zitat S. 319 aus: «The Uses of Anger: Women Responding to Racism»,
Rede von Audre Lorde während der National Women's Studies Association
Conference, Connecticut 1981
Die Nutzung dieses Werks für Text- und Data-Mining
im Sinne des § 44b UrhG bleibt explizit vorbehalten.
Covergestaltung Cordula Schmidt Design, Hamburg,
nach einem Entwurf von Nurten Zeren
Coverabbildung Nurten Zeren
Satz aus der Arno Pro
bei CPI books GmbH, Leck
Druck und Bindung GGP Media GmbH, Pößneck
ISBN 978-3-499-00912-9

Kontaktadresse nach EU-Produktsicherheitsverordnung:
produktsicherheit@rowohlt.de

Für meine Tochter

We are the nowhere generation
We are the kids that no one wants
We are a credible threat to the rules you set
A cause to be alarmed
We are not the names that we've been given
We speak a language you don't know
And one day
All the walls will come down

(RISE AGAINST)

Sie rauben uns alles, außer der Wut.

(COLECTIVO LASTESIS)

Haben wir kein Salz, sagt Johannes beim Abendessen, sagt es genau so: Haben wir kein Salz, und nicht einmal in Helenes Richtung. Sie hört das Du in seiner Formulierung, hört: Hast du es vergessen, hört: Du hast doch gekocht, hört: Stehst du noch mal auf, und alle diese Dus schlagen ihr die Kraft aus dem Körper. Matt und müde sitzt sie da, in ihren Ohren das schwere Dröhnen. Wie es anschwillt. Wie es körperfüllend wird, sodass da kein Platz mehr ist, nicht einmal für den nächsten Atemzug. Sie sieht, dass Lola im Salat stochert, so missmutig mit dem neuen Teenagergesicht, sieht, dass Maxi ein Kartoffelstück mit den Fingern in den Mund schiebt, statt die Gabel zu benutzen, sieht, dass Lucius beinahe sein Wasserglas umwirft, beide sind blond wie Johannes, präsent, fordernd, so bedürftig. Und laut. Alle sind laut, das ganze Abendessen ein Lärm, nein, der gesamte Tag, voll mit ihrem Rufen, ihrem Wollen, ihrem Streiten und Bitten und Brüllen, es legt sich in Helene ab in diesen langen Stunden, die sie heimlich herunterzählt. Bis zu dem Moment, in dem die Kinder im Bett liegen und ihr in der Küche die Tränen kommen vor Erschöpfung. Aber dann: das Füßetappen in der Nacht, die kleinen Bäuche, die sich unter ihre Decke schieben, das Schnarchen und Schnaufen und Grummeln direkt an ihr dran, die klebrige Wärme. Sie ist nie allein, nicht einmal für Sekunden. Es ist nie still, nicht einmal zum Luftholen. Helene schaut auf ihren Teller, die Butter ist auf den Kartoffeln geschmolzen, sie kann sich nicht vorstellen, den Mund zu öffnen, etwas hineinzuschieben, wie soll da noch mehr hineinpassen, immer mehr und mehr und mehr und außerdem: das Salz. Sie erhebt sich, und niemand achtet darauf, weil sie denken: Sie hat es vergessen, sie hat doch gekocht, weil sie denken: Sie ist die Mutter. Sie ist mit drei Schritten vom Abendbrottisch bei der Balkontür, öffnet sie, schaut nicht zurück, macht noch zwei weitere Schritte. Und dann diesen einen.

ALIVENESS

Lola zieht die Unterlippe nach vorne, hält sie mit Daumen und Zeigefingern wie eine Bauchspeckfalte, stülpt sie um. In der glänzenden Schleimhaut verbergen sich die blauen Adern wie dünne Würmer. Wenn es reißt, blutet das Lippenbändchen wie Sau. Das Zahnfleisch ist hellrosa und fest, gut verankert sind die Zähne. Lola könnte sie trotzdem herausbrechen. Mit einem Faustschlag, einer Zange, einer Eisenstange.

So schwer wäre das nicht.

Sie steht vor dem Spiegel, so nah, dass ihr Gesicht fast sich selbst berührt. Tippt mit dem Zeigefingernagel gegen die Zähne in der unteren Reihe, freut sich über das grausige Geräusch. Wie einen Hall im Kiefer spürt sie das Klopfen, dabei sind die Zähne quasi tote Teile. Und der Zahnschmelz das härteste Material im Körper. Aber: Es gibt was, das hält auch der Zahnschmelz nicht aus. Zu viel Säure. Bakterien. Einen Aufprall aus zwölf Metern Höhe.

Lola lässt die Lippe los, geht einen Schritt zurück, wie um Anlauf zu holen. Mit Wucht haut sie die Stirn gegen das Glas. Der Schmerz schießt über ihren Schädel in den Nacken. Krabbelt die Wirbelsäule hinunter. Im Mund schmeckt sie Kupfer. Ein Schneidezahn hat die Lippe mittig aufgerissen, Blut quillt hervor. Sie leckt es nicht weg.

Ein Schmerz, der nicht sichtbar ist, ist ein sinnloser Schmerz.

Das Handy vibriert. Das tut es seit THE END ununterbrochen. Lola entsperrt es nie, öffnet keine App, sammelt seit fünf Tagen die Nachrichten und Fragen und Emojis auf ihrem Display, wie einen Vorrat, wie Dämmwolle. Maschen in einem

Sicherheitsnetz. In der Nacht hält sie die Fingerspitze auf die übereinandergefächerten Message-Vorschauen, WhatsApp, Instagram, Snapchat, TikTok, um sie zu lesen, zu zählen. Klappt sie auf und wieder zu. Die Herzen, die sie ihr schicken, sind gebrochen. Eine Zickzacklinie in der Mitte, mehr braucht es nicht, um Trauer darzustellen. Bei jedem dieser Herzen lächelt Lola, und ein schönes Lächeln ist das nicht.

Sie antwortet niemandem.

Klar heucheln alle Mitgefühl und sind in Wahrheit neugierig. Wollen ein Stück haben von der tragischen Geschichte. In der Nacht stellt sie sich vor, wie sie über sie reden.

Hat sie dir zurückgeschrieben?, fragen sie.

Mir auch nicht, sagen sie.

Lola bückt sich nach dem Shirt auf dem Boden, die Bewegung pusht den Schmerz in der Stirn. Vielleicht kriegt sie eine Beule, hoffentlich kriegt sie eine Beule. Eine richtig blaue. Das Shirt ist grau, sie trägt schwarze Baggy Pants, dazu einen Hoodie, fertig. Kapuze auf. Sie schaut erneut in den Spiegel, sie schminkt sich nie. Übermalt nicht die rötlich-pickligen Stellen, besitzt keine Wimperntusche. Die Augenringe sind krass. Die dunklen, schulterlangen Haare hat sie gekämmt, das muss genügen. Es gibt nur wenige Situationen, in denen die Gesellschaft Hässlichkeit erlaubt, und die heutige gehört dazu. Lola ist entschlossen, das auszunutzen.

Der Zorn ist groß wie ein Daumennagel und sitzt unter ihrem linken Rippenbogen. Dort wummert und drückt er, strahlt Hitze aus und wird nicht satt. Sie presst zwei Finger auf die Stelle, erst fest, dann fester. Fühlt sich an, als würde ein Organ in ihr brennen. Die Milz vielleicht. Oder was ist auf dieser Seite hinter den Rippen? Die Bauchspeicheldrüse. Auf jeden Fall nicht das Herz, ihr Herz schlägt unbeirrt weiter. Schlägt und hat keine Zickzacklinie in der Mitte. Was kümmert es ihren

Körper, dass der Körper von Mama zertrümmert ist. Sie lässt die Stelle los, es schmerzt noch mehr als vorher. Wie ist das mit den Zähnen, wenn eine aus zwölf Metern Höhe aufs Gesicht fällt? Knacken sie aus dem Zahnfleisch, und wo sind sie dann, im Mund drin oder auf der Straße? Wie ist das mit der Stirn, wenn eine aus zwölf Metern Höhe auf den Kopf knallt? Wird sie eingedellt oder komplett zerrissen?

«O-a!», ruft Lucius vor Lolas Zimmertür, ruft die Vokale einzeln betont, O, dann A, weil er ihren Namen noch nicht aussprechen kann. Er bumpert gegen das Holz mit den kleinen Händen, die ständig klebrig sind und immer warm. Lola wendet sich ab vom Spiegel und vermisst im selben Moment den Blick auf sich selbst. Sie schlüpft in die Bomberjacke, das ausgebeulte Teil mit dem abgeschabten Stoff, sie hat sie jeden Tag an. Das Handy schiebt sie in die Jackentasche, öffnet dann ihrem Bruder. Er stolpert herein mit seiner sabbernassen Fröhlichkeit. Glucksgeräusche macht er, umfasst ihr linkes Bein, legt die Wange an ihr Knie. Sie streicht ihm über den blonden Kopf, in ihm sitzt kein Zorn. Der wird erst wachsen, heimlich und hart wie ein Geflecht an einer Mauer. Und dann muss Lucius schauen, wie er klarkommt mit dem Trauma, das er umgehängt kriegt wie eine scheiß Medaille.

«Auf!», macht er und streckt sich, hat diesen bittenden Blick. Sie hebt ihn hoch, setzt ihn auf ihre Hüfte, die linke. Sein Körper ist jetzt direkt an ihrem Rippenbogen. Er besitzt keine schwarzen Sachen, also hat Johannes ihn in den dunkelblauen Skianzug gesteckt, der ihm an den Armen zu kurz ist. Es ist ein kalter Tag Anfang März, das geht noch. Lola berührt mit der Nase Lucius' Schläfe und atmet ein, er riecht nach Wärme und Karamell und Zuhause. Dass seine Haut so neu ist, so unversehrt, macht ihr am meisten Angst. Er dreht den Kopf in ihre Kapuze hinein, blubbert erwartungsvoll. Weil sie manchmal

Guck-guck mit ihm spielt, wenn sie diesen Pullover anhat, den Stoff so weit über die Augen zieht, dass sie verschwinden, ihn dann zurückschnellen lässt, um Lucius zum Lachen zu bringen. Aber nicht heute. Heute nicht.

Sie drückt seinen Kopf weg und geht mit ihm aus dem Zimmer. Im Vorraum stehen Johannes und Maxi, warten stumm.

«Bereit?», fragt Johannes, er hat ein weißes Hemd und einen Anzug an, sogar eine Krawatte umgebunden, wie ein verhinderter Bankmanager sieht er aus. Aus Lola will ein Lachen brechen, das sie schnell zerbeißt, als sie sein ernstes Gesicht sieht. Er zieht die Augenbrauen hoch, möchte ihr Outfit kommentieren und kommentiert es nicht. Sie hat gewusst, er würde keine Kraft haben dazu. Dass sie blutet, fällt ihm nicht auf, seine Aufmerksamkeit geht nach innen, zu ihm selbst. Und wie er so arschlochmäßig fragt. Als könnte mensch jemals für so was bereit sein. Maxi greift nach Lolas Hand, beide Brüder nah an ihrem Körper, so gehen sie hinaus.

Im Auto schweigen sie. Maxi fragt nicht, wie sonst, nach einem Hörspiel, die Stille bohrt sich in Lola wie eine Stecknadel mit grünem Kopf. Ihr Atem fließt um den heißen Knoten unter den Rippen, kommt nie ganz in ihrer Lunge an.

Das Problem ist, sie hat die letzten Male nicht erkannt. Sie hat sie nicht markiert mit Erinnerungszeichen. Das ist das letzte Mal, dass Mama mir ein Schulbrot macht. Das ist das letzte Mal, dass Mama mir sagt, ich soll eine Mütze aufsetzen, draußen schneit es. Das ist das letzte Mal, dass Mama mir ein Pflaster aufs Knie klebt, obwohl ich es selber könnte, leise *Heile, heile Gänschen* singt und so tut, als wäre ich nicht längst zu alt für diese Art von Trost. Ohne die Markierung ist das alles von Lola weggeschwommen.

Nein.

Weggesprungen.

Im Klappspiegel in der Sonnenblende schaut sie nach, ob der Blutfleck auf ihrer Lippe noch zu sehen ist.

Der Kommunalfriedhof ist in der Nähe, die Fahrt zu kurz, um sich ein Gefühl zurechtzulegen für das, was folgt. Und so wird das jetzt immer sein. Dass Mama gar nicht weit weg ist.

Lola spürt, wie das Handy in ihrer Tasche vibriert. Zweimal, dreimal, durch den Stoff an ihren Bauch. Natürlich wird das aufhören. Das Schockierende wird verblassen, neuer Gossip wird aufblühen. Aber heute ist sie im Zentrum der Aufmerksamkeit, im Lavaschlund. Heute ist sie die mit der verrückten Mutter, die sich vom Balkon geschmissen hat ohne einen Grund.

Sunny steht vor dem Eingang wie eine, die nicht wartet. Sie kann das, sieht gechillt aus und trotzdem so, als würde sie sofort mitmachen bei irgendeinem Scheiß. Sie ist zu Lola gekommen jeden Tag, hat ihr die Schulsachen gebracht und Haschkekse und Umarmungen aus Gold.

«Mama hat mir geglaubt, als ich gesagt hab, ich mach da Oregano rein, italienisches Rezept», hat sie gesagt, und sie haben gelacht. In Lola hat es gestochen, weil alle ihre Sätze, die mit «Mama hat» anfangen, jetzt nicht mehr witzig sind. Sunny hat keine Fragen gestellt, Sunny wollte kein Stück haben von der tragischen Geschichte. Sondern bei Lola sein, ihr die Tränen abwischen und den Rotz, ihr eine Schulter bieten zum Anlehnen, kantig und schmal, stabil und warm. Sunny ist so eine, die gibt nicht nach. Sunny ist so eine, die fällt nicht um.

«Hast du dich ang'haut», sagt sie, als Lola vor ihr steht, und legt einen Finger auf Lolas Stirn. Sie umarmen sich wie zwei müde alte Menschen.

Die Blicke der Leute fallen auf Sunny, das ist immer so, und heute besonders. Lange rote Haare hat sie, grüne Augen, Sommersprossen, ein Fuchskind, ein Feuerwesen, und dazu die Farben. Sie trägt gelbe Chucks und eine rote Strumpfhose, einen schwarzen Rock und einen grünen Mantel. Auf dem Friedhof ist es trüb und neblig braun, jedes Grab steingrau, geschmückt mit im Winter abgestorbenem Gestrüpp. Hinter sich hört Lola ihren kleinen Bruder heulen, spürt den Blick von Johannes und die Aufforderung darin. Sie kann Lucius besser beruhigen, ja. Aber nur, weil Johannes es nicht versucht. Weil er nicht lernt, ihn zu verstehen, was echt nicht schwer ist. Sie redet auf Lucius ein, damit sie ihn in den Buggy setzen kann, in den er nicht klettern will, hat einen Singsang in der Stimme wie Mama.

«Ich schieb dich, okay», sagt sie, «und schau, Poffel ist auch da.»

Lucius drückt die Nase an den Igel aus Plüsch, steckt den Schnuller in den Mund und lässt sich anschnallen. Maxi steht daneben. Er hat kein Wort gesprochen, seit er Mama durch die Balkontür hat verschwinden sehen. Ist stumm geworden und steif. Lola dreht sich in ihrer gebückten Haltung vom Kinderwagen zu ihm. Er erträgt die Umarmung wie ein Handtuch, das ihm umgelegt wird, und ihr zieht etwas Scharfes durch den Bauch. Die Stelle unter den Rippen antwortet mit Hitze. Denn es war wirklich ein Verschwinden.

Mama hat sich nicht einmal umgedreht.

Sie gehen nebeneinander zur Verabschiedungshalle, Johannes schüttelt keine Hände. Es durften nur wenige kommen, Berührungen sind nicht erlaubt, stattdessen schubsen ihm die Leute Floskeln hin. Meinbeileid, soeinetragödie, wirsindfüreuchda, ihrkönntjederzeitanrufen. Und schießen Blicke hinterher. Herz-Emojis haben sie in den Augen, dahinter die Neugier.

«Glaubst du, die zerreißen sich nachher das Maul», sagt Lola zu Sunny.

«Wieso nachher», gibt Sunny zurück.

Schon jetzt bilden sich Grüppchen, die abseits stehen, Köpfe gesenkt, Augen wachsam, und jede·r hat eine Theorie. Eine geraunte Erklärung, eine hinter dem Mund-Nasen-Schutz geäußerte Vermutung. Wenn sie merken, dass Lola und Sunny sie anstarren, hören sie auf zu reden.

Den Sarg findet Lola nicht so schlimm. Das Bild aber schon. Auf dem Bild ist Mama eingerahmt von ihren dunklen Haaren, lacht wie eine, die gleich was Lustiges sagen wird. Alles an ihr ist Lola vertraut, und alles an ihr ist Lola fremd. Ihrem Blick auszuweichen, ist nicht möglich. Und dann das Weinen. Es kommt in Wellen, von vorne, hinten und der Seite, aufschluchzende Laute, unterdrückte Heuler. Uropa Helmut presst mit wackelnden Schultern sein Gesicht in ein Taschentuch aus weißem Stoff. Sie schaut nicht in seine Richtung.

Lucius ist im Kinderwagen eingeschlafen, Maxi steht sehr aufrecht neben Lola. Als Johannes nach vorn geht, um sich mit einer kurzen Rede von seiner Frau zu verabschieden, schiebt Maxi den Kopf unter Lolas Pullover, mit der Wange an ihrem Bauch. Vorn am Pult stammelt Johannes sich durch einen Berg aus Wörtern, und Lola duckt sich vor seinen suchenden Augen. Sie kann Maxis heißen Atem auf ihrer Haut fühlen.

«Kriegt der da Luft?», fragt Sunny.

Lola zuckt mit den Achseln, streichelt über Maxis schmalen Rücken. Dann gräbt sie die Zähne fest in ihre verletzte Lippe, saugt das Blut heraus wie Wasser aus nassem Moos.

Durch ihren Sprung hat Mama sie beschädigt, jede·n Einzelne·n in dieser kühlen, schmucklosen Halle. Ihr Aufprall hat eine ringförmige Erschütterung ausgelöst, Schockwellen, herumfliegende Splitter, hat alle verwundet, die sie gekannt haben. Und je näher eine·r dran war, desto größer die Verletzungen.

Das ist nämlich der Scheiß.

Dass Lola ganz nah dran war, näher geht es nicht.

Mamas beste Freundin Sarah lässt ein Lied spielen, das sie an ihre gemeinsame Jugend erinnert, und weint dann so, dass sie nicht sprechen kann. Es hat etwas Unwirkliches, ihr zuzusehen. Zwischen den Blumenkränzen und dem hellen Holzsarg schüttelt sich ihr Körper wie unter Elektroschocks. Lola macht kreisförmige Bewegungen auf Maxis Rücken, immer dieselben, im Rhythmus des Nineties-Beats. Was immer Mama und Sarah mit diesem Song verbinden, den ersten Joint vielleicht, die laue Luft einer Gartenparty, zu der sie ohne Eltern durften, einen alten Schwur, ist für niemanden zu sehen. Das Lied tanzt losgelöst im Raum wie eine Wolke aus Gestank.

Dann formen alle einen Zug, folgen der Toten, die vorausgetragen wird. Lola ist froh, von Mamas Bild wegzukommen, leichter atmen kann sie trotzdem nicht. Der Zorn ist jetzt nicht mehr groß wie ein Daumennagel. Sondern wie eine Walnuss. Sie zieht den Pulloverstoff von Maxis Kopf, er blinzelt. Im Herbst kommt er in die Schule, und Lola denkt an die Erstklässler·innen mit ihren Schultüten und an die stolzen Mütter, die sich vor dem Eingang versammeln werden.

Sie berührt das Smartphone in ihrer Tasche, lässt die Hand drauf, bis es wieder vibriert. Sarah schiebt den Buggy mit dem schlafenden Lucius, hat eine Sonnenbrille aufgesetzt und schwankt auf den hohen Schuhen. Die Knöchel ihrer Hände sind weiß, so fest hält sie den Griff des Kinderwagens, und Lola ist neidisch. Sich festhalten zu können, wäre gut, egal, wo.

«Ich würd mich voll auf die Fresse legen», murmelt Sunny mit Blick auf Sarahs schwarze High Heels, und gegen ihren Willen muss Lola lachen. Erschrickt über das Lachen, verschluckt sich daran und hört abrupt damit auf, hustet leise. Sie zieht frisches Blut aus dem Riss in ihrer Lippe und stellt sich vor, dass ihre Zähne jetzt, wenn sie lächeln würde, rot eingefärbt wären. Als hätte sie einer Ratte ins Genick gebissen.

Sie kommen bei dem frischen Loch an, in das Mama hineinsoll, in Gruppe 7, gleich hinter den Kriegstoten. Da steht es auf einem Schild: Gruppe 7. Und rundherum die anderen Gräber.

Auf dem matschigen Boden liegen Eicheln vom letzten Herbst. Über einen Grabstein flitzt ein Eichhörnchen. So ist das, erst ist eine am Leben, dann liegt sie in Gruppe 7. Hat ausgeschlagene Zähne und einen aufgeplatzten Kopf und ein Sterbedatum. 1. März 2021. Sagt nichts Lustiges mehr, klebt keine Pflaster mehr, schmiert keine Schulbrote und singt nicht mit dieser kratzigen, aber irgendwie schönen Stimme. Der Trauermarsch hält an, die Luft um Lola herum wird unerwartet dick.

«So ein Friedhof ist wie ein Ort ohne Zeit», sagt Sunny, doch das ist nicht wahr.

Er markiert vielmehr eine neue Zeit. Eine Zeit ohne Mama.

Lola hebt den Arm, aber nicht für einen letzten Gruß. Sie schiebt Jacke und Pullover hoch, legt den Unterarm an den Mund, presst die Zähne gegen die Haut, beißt zu, erst sehr fest, dann noch fester.

ERZÄHLSTRUKTUR

Jede gute Geschichte fängt damit an, dass jemand etwas Unerwartetes tut, das sein Leben entscheidend verändert. Und doch ist das, was Sarah macht, auf den ersten Blick naheliegend. Sie bäckt einen Kuchen. Sie kann nicht länger fernbleiben, sie muss hin, und nicht mit leeren Händen. Es gibt Regeln, einen sozialen Kodex, was Besuche angeht und Gastgeschenke, man kann sie brechen, ja, aber nicht in einer solchen Situation. Wer Trauernde aufsucht, überreicht ihnen Anteilnahme in greifbarer Form. Sie hat darüber nachgedacht, auf dem Weg zu Helenes Wohnung bei einem Supermarkt stehen zu bleiben, Brezen zu kaufen oder einen fertigen Gugelhupf, ein paar Äpfel, Bananen, Orangen, sie in ihrem Fahrradkorb zu transportieren mit der gebotenen Vorsicht, aber was wäre das schon wert. Die paar Euro, die ein solcher Einkauf kostet, würden an den Opfergaben haften wie ein Etikett. Nein, es muss etwas Selbstgemachtes sein, es muss ein gewisses Maß an Bemühen drinstecken, an Zeit und gutem Willen.

Überhaupt hat sie viel nachgedacht, hat Gedanken gedreht wie dicke Schnüre, und mehr als einmal hat sie sich verheddert in dem Dickicht aus Ratlosigkeit, Sehnsucht, antwortlosen Fragen.

Siebenmal hat sie heute bereits das Smartphone in die Hand genommen, um Helene anzurufen oder ihr zu schreiben, siebenmal. Die Gewohnheit ist ein alter Hund, sitzt in ihr wie ein Reflex, lässt ihre Finger schneller sein als ihren Verstand. Nach dem Aufstehen und Duschen die eingetroffenen Nachrichten durchzugehen und Helene etwas zu schicken, die Antwort auf eine Frage, *ja, fast, wir sind bei der letzten Folge,* einen Vorschlag, *telefonieren wir am Nachmittag,* ein simples *wie geht's dir heute,* war ihr Ritual. So haben sie es jeden Tag gemacht. Sarah hatte sogar schon den Daumen am Display, um Helene nach einem Kuchenrezept zu fragen, und hat laut gelacht, als ihr der Automatismus bewusst geworden ist, der Denkfehler. Aus dem Lachen ist ein Weinen geworden, ein tränenloses allerdings, ein tonloses Schluchzen, bei dem sie sehr lange keine Luft bekommen hat. Helene hätte ein Rezept gewusst. Sie hat unzählige Sachertorten und Blechkuchen, Apfelstrudel und Zimtschnecken gebacken, für Kindergeburtstage, als Nachspeise oder weil Sonntag war. Dabei war Backen früher nicht ihr Ding, Sarah hat die junge Helene niemals teigrührend gesehen: Wenn sie genug Geld hatte, hat sie was Süßes aus der Konditorei spendiert, und zu Lolas Geburtstagen hat sie einfach eine Kerze in einen Krapfen gesteckt. Aber dann hat sie es sich angeeignet, das Backen, mit dem stummen Unwillen, der typisch für sie war, hat gelernt, wie man Nutellaschnecken macht und Nusskipferl. Eine Mutter bäckt Kuchen. Also muss sie backen können.

Jedes Mal, wenn Sarah ihr Handy nimmt, um Helene etwas zu erzählen, ist der Schmerz aufs Neue frisch und sauber.

Ihre Freundschaft reicht so weit zurück, wie eine Freundschaft nur zurückreichen kann. Sie haben sich im Kindergarten kennengelernt, sind gemeinsam durch die Schulzeit und das Studium gegangen und auch in jenen Zeiten in Kontakt geblieben, in denen sie in verschiedenen Städten lebten. Fast vierzig Jahre, und jedes Jahr ein weiterer Tropfen Kleber, der sie verbunden hat, deshalb hat Sarah gedacht, diese Freundschaft wäre unlösbar.

Leon kommt in die Küche, Sarah lässt die Rührbewegung betont locker aus dem Handgelenk fließen. Er wird nicht merken, dass das eine Salatschüssel ist, in der sie noch nie Teig gemixt hat, aber ihre häuslichen Qualitäten soll er sehen. Wäre das einer ihrer Romane, würde er ihren Hals küssen und ihr in die Augen sehen, den Finger in die Schüssel tauchen und ablecken. Er würde eine liebevolle Bemerkung machen, sie verschmitzt anlächeln… und am Ende würde sich herausstellen, dass er die ganze Zeit einen perfiden Plan verfolgt hätte.

Leon geht zum Kühlschrank und nimmt eine seiner Energydrink-Dosen heraus. Sarah verharrt abwartend, weil sie nicht weitermachen kann, ohne einen Blick auf das Rezept auf ihrem Tablet zu werfen, aber nicht will, dass Leon das mitbekommt.

«Was wird das?», fragt er mit diesem Murmeln, das seinen Äußerungen etwas Schlurfendes gibt. Er spricht oft leise, am Anfang hat sie das interessant gefunden.

«Ich fahre zu Helenes Kindern», antwortet sie.

«Ist der glutenfrei?» Er lächelt.

«Nein, aber du kannst trotzdem mitkommen.»

«Ach, da will ich nicht stören», meint er und hat diesen Ich-würde-ja-gern-aber-ich-muss-arbeiten-Blick. Im Endeffekt ist niemand so undurchschaubar und geheimnisvoll, wie er glaubt. Nach über einem Jahr Zusammenleben kann Sarah sehr gut Leons Gesicht lesen.

Und wie praktisch, nicht wahr, dass die Menschen ein System geschaffen haben, in dem Arbeitenmüssen über allem steht. Männer können zum Beispiel nicht zu einer Beerdigung mitgehen, weil sie arbeiten müssen. Männer können im Haushalt nicht so viel übernehmen, weil sie arbeiten müssen. Und Männer können ihrer Frau, die mit drei Kindern im Lockdown sitzt, nicht helfen, weil sie arbeiten müssen.

Sarah rührt weiter im Teig und senkt den Kopf. Wer weiß, was Leon sonst in *ihrem* Gesicht lesen kann. Er öffnet die Dose mit einem Knacken, trinkt einen Schluck und drückt seine Lippen auf ihre Wange. Es liegt ein Zögern in der Küche, das furchtbar laut ist. Sie erwartet, dass er geht, stattdessen berührt er sie sanft an der Schulter.

«Ist mit ihnen alles okay?», fragt er und meint vielleicht gar nicht nur die Kinder.

Ganz nah steht er bei ihr, riecht so gut und normal, riecht wie immer, und Sarah nimmt es ihm übel. Dass er ein Statist sein darf, der sich in Betroffenheit übt, während er weiterhin täglich duscht und Sport macht und nicht dieses Loch in sich drin hat, das gurgelnde Traurigkeit ausspuckt und Schuldgefühle. Aus seiner Berührung wird eine halbe Umarmung, die schief bleibt, weil Sarah die Teigschüssel nicht loslässt.

«Nein», sagt sie, dann nichts mehr.

Was bezweckt er mit so einer Frage, was will er hören? Denkt er, sie hat passende Worte für das Wundgescheuerte, soll sie es in verständliche Sätze packen für ihn, es schön portionieren in erträgliche Einheiten? Sie atmet gegen seine Brust und wartet, dass er sich abwendet, aber als er es tut, ist sie enttäuscht. Leon streicht noch einmal über ihren Oberarm, vielleicht lächelt er, sie sieht nicht hin. Dann geht er aus der Küche. An Sarahs Wange klebt der süße Geruch des glukosehaltigen Getränks, und sie bäckt gar nicht für Helenes Kinder. Sondern für Helene. Als Hommage an diesen niemals zur Sprache gebrachten Unwillen, mit dem man sich in die Küche stellt, um etwas zu produzieren, das andere essen werden.

Als der Kuchen im Ofen ist, stellt sie den Timer ein und räumt die Utensilien in die Spülmaschine. Im Bad tupft sie Concealer unter die Augen, trägt noch mal Mascara auf.

Die Backofenuhr piepst, Sarah holt den Kuchen aus dem Rohr. Zum Auskühlen stellt sie ihn auf die Terrasse. Molly nutzt die Gelegenheit, um hinauszuhuschen in den Garten. Sarah sieht ihr nach und dann hinüber zur Bürotür, Leon hat sie geschlossen. Sie sind gemeinsam in den ersten Shutdown gegangen im Frühjahr 2020, sie kannten sich knapp zwei Wochen, von einem Tinder-Date, und sich zusammen einzuigeln, war sein Vorschlag.

«Wir könnten es uns schön machen», hat er gesagt und die Fingerspitzen an die Stelle unter ihrem Ohr gelegt, ein leichtes, erregendes Kitzeln. Sie hat so getan, als müsse sie darüber nachdenken. Dann hat sie eingewilligt mit fingiertem Zögern, wie eine, die man erobern muss. Dabei war die Sache klar, warum sollte sie Nein sagen zu einem Kerl, der zehn Jahre jünger ist, verdammt gut aussieht und sofort nach dem Sex ein zweites Mal kann?

Niemand, am allerwenigsten Sarah, hat geglaubt, dass das andauern würde, weder die Pandemie noch die Beziehung. Im Sommer aber, als die Lockerungen kamen, hatten sie sich aneinander gewöhnt, einen Rhythmus gefunden oder vielleicht einfach den Zeitpunkt verpasst, dieses überlange Sexdate zu beenden.

«Wenn man es durchhält, wochenlang zusammen eingesperrt zu sein, hält man alles durch», sagt Sarah seither gern. Das ist einer dieser Sätze geworden, die sich verselbstständigt haben, obwohl er möglicherweise nicht einmal wahr ist.

Helene hat ihr zu Beginn des ersten Lockdowns viel Vergnügen gewünscht mit diesem heiseren Lachen, das auf erheiternde Art sexy war und in dem all das mitschwang, was sie Seite an Seite erlebt hatten, sämtliche ersten Male, die es gibt in einem Leben. Sie hat Leon nicht gekannt, zuerst konnten sie einander ja nicht treffen, und im Sommer war Helene auch ohne Shutdown besetzt und eingeteilt und verpflichtet, zwei Schulkinder, neun Wochen Ferien und ein zehn Monate altes Baby. Sarah wollte Leon nicht mitnehmen ins Freibad zu Helene und den Kindern, wollte ihn nicht mit Helenes Augen sehen, den ichbezogenen Freigeist mit dem durchtrainierten Oberkörper und den gelgestylten Haaren, und Helene nicht mit seinen Augen, die müde Mutter mit den Gemüsesticks in Tupperdosen und den in die Breite gegangenen Hüften. Er hätte den naheliegenden Vergleich gezogen, ganz bestimmt, hätte gedacht: So ist sie dann, die Frau, wenn sie Mutter wird. Und Sarah hätte nicht besser dastehen wollen, aber schlechter auch nicht, hätte überhaupt nicht neben Helene stehen wollen wie eine Auswahlmöglichkeit im Schaufenster, entscheide dich, junger Mann, nimmst du die unkomplizierte Kinderlose, deren biologische Uhr krachend laut tickt, oder die überlastete Mutter, die bei jedem Satz von ihren Kindern unterbrochen wird und dankbar wäre für deine Aufmerksamkeit? Was auch immer Leon hinterher über Helene gesagt hätte, es wäre falsch gewesen, und was auch immer Helene hinterher über Leon gesagt hätte, es hätte gestimmt.

Im zweiten Lockdown im Winter 2020 hat Helene keine anzüglichen Witze mehr gemacht. Sie hat auch nicht mehr gefragt, wie es weitergehen soll, was Sarah plant, sie hat den Mund gehalten. Denn in einer so engen Freundschaft ist es unmöglich, etwas zu sagen und etwas anderes zu meinen, weil man jeden Tonfall kennt und die Mimik entziffern kann wie einen mit Geheimtinte verfassten Brief.

Jetzt klingt Helenes Schweigen anders. Als sei nicht sie es gewesen, die keine Fragen mehr gestellt hat, sondern Sarah.

Es ist früher Nachmittag, Sarah verstaut den Kuchen in ihrem Fahrradkorb und schlüpft in den Mantel. Sie hinterlässt eine Nachricht für Leon auf der Küchenarbeitsplatte. Als sie erneut alle zu Hause bleiben mussten, hat er sein WG-Zimmer gekündigt. Wozu sollte er Miete bezahlen, wenn er ohnehin immer bei Sarah war? Und während sie sich zu Beginn ein unverbindliches Gspusi vorgestellt hatte mit einem attraktiven jungen Hüpfer, um den sie sich beneiden lassen konnte, hatte sie plötzlich einen festen Freund, der noch nicht einmal geboren war, als die deutsche Mauer fiel.

Auf dem Weg nach Salzburg Süd hält sie ihr Gesicht in die Sonne. Die Luft hat sich verändert, macht den Winter zur Erinnerung, auch wenn es noch kühl ist. Schon hat man das Gefühl, dass er gar nicht so lang gedauert hat, dass alles nicht so schlimm war. Da recken sich die ersten Schneeglöckchen, da kommt Bewegung in die Natur, auf dem Radweg bloß der Streusplitt, kein Eis mehr. Jeder einzelne Krokus, der neben den schmutzigen Schneeresten wächst, ist ein eigenes Sinnbild der Hoffnung. Und deshalb ist es besonders hart, jemanden im Frühling zu begraben.

Du hättest doch warten können, würde Sarah gern zu Helene sagen, ein bisschen nur. Wir dürfen ja bald wieder raus. Es wird einen Impfstoff geben. Die Sonne kommt zurück. Die Kinder wären irgendwann groß geworden. Du hättest nichts tun müssen außer warten, wie schwer wäre das gewesen?

An der roten Ampel wischt sie sich die Tränen ab, ihre Handschuhe saugen sie auf. Beim Bio-Supermarkt, wo früher das Schuhgeschäft war, biegt sie ein, und hier, versteckt hinter den Hauptstraßenfassaden, stehen die Wohnblöcke. Sie sehen alle gleich aus bis auf die Farben, mit denen sie angestrichen sind, eine hässlicher als die andere. Früher hat Helene zentraler gewohnt, zusammen mit zwei Studienkolleginnen und Sarah. In ihrer Erinnerung ist diese Wohnung ein wilder Haufen aus selbst getöpferten Tassen, Spitzenhöschen, Joints und sozialwissenschaftlichen Fachbüchern, sie haben ständig Joni Mitchell gehört, über dem Esstisch hing das berühmte Bild von Susan Sontag in der schwarzen Lederjacke. Auf Lola haben sie abwechselnd aufgepasst. Dann hat Helene Johannes kennengelernt, die Jungs kamen zur Welt, und es gibt in dieser

Stadt nicht viele Wohnungen für Familien, die man sich leisten kann.

Sarah stellt das Rad ab, nimmt vorsichtig den Kuchen, den sie in Alufolie gewickelt hat. In der Siedlung ist es ruhig, gleich muss sie am Balkon vorbei. Sie macht einen Bogen, einen Umweg, über den Asphalt vor dem Haus kann sie nicht gehen. Hinschauen will sie auch nicht, aber ihr Kopf schnellt von selbst zur Seite. Da muss sie gelegen haben. Helene mit dem gelben Tupfen in ihrer linken Iris, Helene mit den rauen Fingern, den knubbeligen Zehen. Helene, die beim Autofahren immer Kaugummi gekaut hat, die mit dreizehn «Sie altes Schwein» zum Physiklehrer gesagt und sich als Einzige über ihn beschwert hat, Helene, die Filmemacherin werden wollte, unbedingt. Das Gefühl in Sarahs Brust ist so kalt, dass sie den Kuchen zum Schutz an sich drückt, die Folie knistert.

Mit schwerem Herzschlag steht sie vor der Haustür, in ihrer Tasche liegt der Schlüssel. Sie besitzt ihn aus Gründen der Sicherheit, sollte Helene sich einmal aussperren, und hat angefangen, ihn zu benutzen, als Maxi ein Baby war. Denn damals war es für Helene umständlich, aufzuhüpfen und mit dem brüllenden, der Brustwarze beraubten Baby zur Tür zu kommen. Und später, als Maxi laufen gelernt hatte, war jedes Mal, wenn Helene die Tür öffnete, irgendein Scheppern im Hintergrund zu hören gewesen, dann ein Heulen. So hat es sich eingespielt, dass Sarah sich selbst in die Wohnung gelassen hat, Helene wusste ja, wann sie kommen würde, und jetzt legt Sarah den Finger auf den Klingelknopf. Im Aufzug riecht es nach Waschmittel und saurem Gemüse, sie hält die Nase an ihre Schulter gepresst. Helene hatte einen wunderschönen Busen, auch nach drei Schwangerschaften. Sarah hat sie darum beneidet, weil ihre eigene Oberweite zu groß ist, zu weiblich, zu blickmagnetisch, ständig im Weg. Weil sie findet, dass man mit Körbchengröße D automatisch dick aussieht, egal, wie man sich kleidet.

Die Aufzugtür öffnet sich, alle drei Kinder schauen sie an. Sarah hält den Kuchen vor sich wie die Trostspende, die er ist. Johannes lehnt im Türrahmen, in seinem Blick flammt Erleichterung auf.

«Ich habe gebacken», sagt Sarah und registriert in Sekundenschnelle die Details. Den blauen Fleck auf Lolas Stirn und ihre kaputt gebissene Lippe, dass Maxi seinen Pullover verkehrt herum anhat und Lucius sich die Augen reibt, bestimmt hat er mittags nicht geschlafen. Wie sie da stehen zu viert, macht für Sarah umso deutlicher, dass sie nicht vollständig sind. Dass eine Abwesenheit zwischen ihnen ist.

«Das wollte ich euch nur rasch vorbeibringen», erklärt sie und überreicht Johannes das Folienpaket mit einer plötzlichen Hast, will es loswerden.

«Schokolade», sagt sie noch, es klingt erstickt.

«Lade!», ruft Lucius begeistert.

«Danke», sagt Lola und lächelt nicht.

«Kommst du herein», fragt Johannes und macht einen Schritt zur Seite, «und isst ein Stück mit uns?»

Er ist unrasiert und hat einen Saucenfleck auf dem Shirt, Eltern kleiner Kinder haben immer Saucenflecken auf ihren Shirts, wie ein Erkennungszeichen sind die. Alle vier sehen Sarah erwartungsvoll an, als erhofften sie sich etwas von ihr. Sarah weicht mit trockenem Hals zurück, der Lift geht sofort auf, als sie den Knopf berührt.

«Ich muss noch», sagt sie.

Der Hausflur ist grau und beige, das Treppengeländer abgegriffen, und es wird stockdunkel, wenn das Licht ausgeht. Bewegungsmelder gibt es keine, oft ist Sarah gestolpert über die

Schuhe irgendwelcher Nachbarn, deren Stimmen man durch die dünnen Wände viel zu deutlich hört.

Die Aufzugtür schließt sich mit einem Rucken. Auf dem Weg nach unten presst Sarah die Hände so fest auf die Augen, dass sie weiße Punkte in der schmerzenden Finsternis sieht. Sie trägt immer noch die Handschuhe und denkt an die Kindergesichter, Lolas auf Augenhöhe, die von Maxi und Lucius weiter unten, alle bleich, wachsartig.

Nie geht es um das, was da ist, stets geht es um das, was fehlt. Und das Schlimme ist, dieses neue Fehlen, das bleibt jetzt. Sie lässt ihre Gedanken nach Hause wandern, zu Leon und seiner geschlossenen Bürotür, der umherstreifenden Katze. Mit dem rechten Ellbogen will sie die Eingangstür aufdrücken, bleibt stehen.

Kurz vor dem Abendessen hat sie mit Helene telefoniert.

«Ich muss aufhören», hat Helene gesagt, «die Kartoffeln sind durch.»

Siebenunddreißig Jahre Freundschaft, und das ist der letzte Satz, an den Sarah sich erinnern kann. Die Kartoffeln sind durch.

Sie dreht sich um, betritt erneut den Lift. Den Geruch nimmt sie nicht mehr wahr. Sie zieht die Handschuhe aus, schiebt sie in die Manteltasche. Sie hat nie darüber nachgedacht, dass das Haus hoch genug ist, um tot zu sein, wenn man runterspringt. Dass der Balkon keine richtige Brüstung hat, nur so eine dünne Platte, hüfthoch.

«Tante Sa-a!», ruft Lucius, wundert sich nicht, dass sie weg war und wieder da ist. Sein Mund ist schon voller Brösel, die Finger auch.

«Ein Stück Kuchen geht immer», sagt Sarah zu Johannes, «ich muss ja wissen, ob er schmeckt.»

Jede gute Geschichte fängt damit an, dass jemand etwas Unerwartetes tut, das sein Leben entscheidend verändert. In der Hand, verborgen in der Manteltasche, hält Sarah ihn fest umklammert, den Schlüssel, den sie nicht benutzt hat.

TIMING

In der Schule riecht es noch nach Winter. Nach feuchter Wolle, alten Turnschuhen und der Müdigkeit, die sich festgesetzt hat über die Jahre. Lola schiebt das Skateboard in den Spind, schließt ihn ab. Durch die Garderobe folgt ihr das Raunen.

Das ist sie, du weißt schon.

Ein kollektives Flüstern schwappt ihr hinterher, Blicke kriechen über Lolas Rücken. Aber wenn sie sich umdreht, verpufft das Wispern, schauen alle woanders hin.

Ihr Rucksack ist schwer, hat beim Boarden an ihr gezogen und ihr Gleichgewicht verschoben. Sie hat den gesamten Lernstoff nachgeholt, alle Hausaufgaben mitgebracht. Sie hat sowieso eine Beschäftigung gebraucht, einen Grund, die Tür zu ihrem Zimmer schließen zu können, und sie ist gierig nach Wissen.

Auch jetzt, da sie nicht mehr auf dem Skateboard steht, fühlt ihr Körper sich schief an, als hätte sich der Fliesenboden der Schule minimal gesenkt während ihrer Abwesenheit, auf einer Seite bloß. Da ist eine winzige Irritation in ihrer Wahrnehmung, der schwindlige Eindruck, nicht darauf vertrauen zu können, dass ihr nächster Schritt sie hält. Vielleicht lag es nicht an der Kombination von schwerem Rucksack und Rollen unter den Füßen. Vielleicht sitzt das Ungleichgewicht in ihr drin.

Lola schaut sich um, sie ist früh dran, weil Lucius wie immer um halb sechs in ihr Gesicht gepatscht hat mit seiner ungestümen Zuneigung. Sie hat Maxi zum Kindergarten begleitet und sich zum ersten Mal wieder auf den Weg zur Schule gemacht.

Sunny ist noch nicht da, Lola zieht die schwere Tür zur Bücherei auf. Die Bibliothekarin fährt herum, den Mund schon offen, um klarzumachen, dass noch für zehn Minuten geschlossen ist, dann sieht sie, dass da Lola steht, sagt nichts. Sie kommt um den Tisch herum und setzt sich hinter ihr Pult, schiebt die Brille zurecht. Ohne ein Wort stellt Lola den Rucksack ab, holt die Bücher heraus, die sie ausgeliehen hat. Sie lässt sich von Hashtags zu ihrer Lektüre ziehen. Wenn das Netz voll ist mit einem Begriff, der trendet, einem Schlagwort, das wichtig ist, liest sie sich ein. Erstellt eine Liste. Geht mit der Liste in die Schulbücherei und verlangt von Frau Berg, dass sie die Bücher bestellt. Und Frau Berg tut das, damit sie behaupten kann, die Bibliothek sei modern, auf dem neuesten Stand und in der Lage, mit dem Internet mitzuhalten.

«Danke», sagt Lola, die Bibliothekarin nimmt die Bücher schweigend entgegen.

Dann neigt sie den Oberkörper zu den Stapeln an ihrer rechten Seite und zieht zwei Titel heraus. Sie hält die Bücher fest, als Lola danach greift, sodass sie zwischen ihnen in der Luft bleiben, gehalten von vier Händen.

«Das mit deiner Mutter tut mir leid», sagt Frau Berg, wie eine Sätze sagt, die sie sich vorher zurechtgelegt hat und genau deshalb nachher drüber stolpert.

Lola antwortet nicht, zieht an den Büchern. Die Bibliothekarin lässt los.

«Du bist immer up to date», betont sie mit einer frischen Freundlichkeit, während Lola sich die Cover anschaut. Auf Dr. Bitch Ray hat sie sich gefreut. Sie folgt der Rapperin auf Twitter und versteht oft nicht, was das Problem ist. Und Melodie Michelberger wird ihr die Augen hoffentlich noch weiter öffnen, in Bezug auf die Schönheitsindustrie und den Filter, den die Gesellschaft über Frauenkörper legt.

«Woke», antwortet sie.

«Bitte?»

«Das heißt nicht up to date», sagt Lola, «das heißt woke.»

«Von wake?», fragt Frau Berg. «Wach?»

«Ja», entgegnet Lola und schiebt die Bücher zu ihren Schulheften, «aber nicht nur. Es bedeutet, dass wir nicht schlafen, nicht alles hinnehmen, was ungerecht ist. Es bedeutet, dass wir wach sind und wachsam.»

«Früher wollten die Schüler immer, dass ich die neuen Knickerbocker-Bände kaufe», sagt die Bibliothekarin und legt die Hände vor sich auf den Tisch, «vom Brezina. Weil die so spannend waren.»

«Schüler·innen», antwortet Lola.

Frau Berg blinzelt.

«Das ist ein Glottisschlag», sagt Lola und schultert ihren Rucksack, «gar nicht so schwierig. Wenn Sie Osterei sagen können und umarmen, dann können Sie auch Schüler·innen sagen.»

Frau Berg schaut so irritiert, dass es Lola peinlich wäre, könnte sie so was wie Peinlichkeit noch spüren.

In der Klasse wartet Sunny an ihrem gemeinsamen Platz in der hintersten Reihe. Sie legt kurz den Kopf an Lolas Schulter, als die sich neben ihr auf den Stuhl fallen lässt. Sunny riecht nach Kokos und trägt einen violetten Pullover mit silbernen Sternen.

«Kapuze runter», befiehlt Herr Specht, der Englischlehrer, als er seinen Kontrollblick über die Klasse wandern lässt. Oliver und Simon gehorchen, Lola reagiert nicht. Herr Specht setzt dazu an, seine Aufforderung zu wiederholen. Mehr Schärfe in seine Stimme zu legen, ihr Konsequenzen anzudrohen. Dann krabbelt die Erkenntnis über sein Gesicht, genau wie bei Frau Berg. Es ist faszinierend. Wie er die Lippen zusammenpresst, nach unten auf das Klassenbuch schaut. Ihm ist eingefallen, wer Lola ist. Und was für eine Story sie jetzt hat.

«Wow», flüstert Sunny, denn Herr Specht ist bekannt für seine diktatorische Art zu unterrichten. Aber dass ihm die trauernde Schülerin hysterisch wird gleich am Montagmorgen, das kann er nicht gebrauchen. Er wendet sich ab, Lola lässt die Kapuze auf.

«Dein erster Sieg heute», murmelt Sunny grinsend.

«Hm?», macht Lola.

«Feministischer Kampftag?», gibt Sunny zurück, die Augenbrauen hochgezogen.

Lola hat es nicht gecheckt. Dass der 8. März ist.

Sunny umfasst Lolas rechte Hand mit ihren beiden Händen. Sie sind angenehm warm. Fuchsbaufinger, Erdhöhlensicherheit.

Während Herr Specht sie einen Text im Englischbuch über «The 10 most annoying types of Facebookers» lesen lässt, schaut Lola die Hinterköpfe ihrer Klassenkamerad·innen an. Was haben die wohl gemacht in den letzten Tagen, am Wochenende? Sie betrachtet Hannas blonde Locken direkt vor ihr, die glatten braunen Haare von Matteo schräg davor. Womit waren sie beschäftigt in jenen Minuten, in denen Lola ihrer Mutter hinterhergeschaut hat, noch gedacht hat: gut, dass sie ein bisschen frische Luft hereinlässt, noch gedacht hat: was will sie denn draußen, und dann nichts mehr gedacht hat, gar nichts? Oliver kratzt sich am Ohr, den Kopf über das Buch gebeugt, seine Banknachbarin flüstert ihm etwas zu. Was haben sie getan, während Lola nach der Beerdigung ihren heulenden eineinhalbjährigen Minibruder beruhigt hat, der überfordert war, auch wenn er nichts kapiert hat? Lola sieht Nacken und Kragen, Halskettchen und Zopfgummis, da sitzen sie und lesen. Vielleicht gibt es neue Pärchen, vielleicht hatte jemand

Sex. Irgendeine Netflix-Serie ist sicher Thema Nummer eins, ein Song, ein Meme, das Lola nicht kennt.

Sie haben aufgehört, ihr gebrochene Herzen zu schicken.

Nach der Schule stehen sie gemeinsam auf dem hofartigen Platz vor der Akademiestraße. Die meisten sind nach Hause gegangen oder zum Bus gelaufen, aber ein paar von ihnen bilden eine Gruppe um Lola. Moritz zündet sich eine Zigarette an, lässt Emily ziehen.

«Keine Demo heute», sagt Sunny.

«Elendige Pandemie», antwortet Emily.

«Ist trotzdem irgendwo was los in der Stadt?», fragt Lola.

«Glaub nicht. Ist ja nix erlaubt», entgegnet Maja.

Moritz wirft die Zigarette weg. Er hat was Tiefgründiges an sich, als hätte er ein Geheimnis oder tausend. Aber er datet Emily, deswegen behält Lola ihre Blicke für sich.

«Was habt ihr gemacht?», fragt sie. «Party irgendwo?»

Die anderen sagen nichts, und dann wird das Schweigen schlagartig unangenehm.

«Wie geht's dir denn?», fragt Maja, und alle schauen so beiläufig, dass erst recht auffällt, wie sehr es sie interessiert.

Lola sieht nach unten zu ihrem Skateboard, lässt es mit einem Fuß hin und her rollen, ohne sich draufzustellen. Auf der Unterseite hat das Board einen Totenschädel mit einer Rose zwischen den Zähnen. Das Schiefgewicht ist aus der Schule mit nach draußen gekommen. Als wäre eins von Lolas Beinen auf einmal kürzer als das andere.

«Ja eh», sagt sie.

Ihre Mitschüler·innen warten, aber als von Lola nichts mehr kommt, stellen sie keine weiteren Fragen. Dass ihre Wohnung im fünften Stock sich auf einer Höhe von zwölf Metern befindet, weiß Lola, weil Mama es oft erwähnt hat. *Lass die Buben nicht allein draußen auf den Balkon,* hat sie gesagt, *mach immer die*

Tür zu, hat sie Lola ermahnt, *wenn Lucius da runterfällt, ist es vorbei,* hat sie erklärt, *zwölf Meter sind einfach zu hoch.* Dabei waren sie sowieso nie auf dem Balkon. Weil er winzig ist und sinnlos, ein ans Haus gepapptes Rechteck, so groß wie ein Badehandtuch, was soll mensch da. Aber davon erzählen? Unmöglich.

«Holen wir uns Pommes?», fragt Sunny, als die anderen gegangen sind. «Ich hab Geld.»

Lola nickt, sie steigen auf ihre Boards. Sunny fährt voraus, ihre langen roten Haare flattern unter der gelben Mütze, einzelne Strähnen im Wind. Der Weg ist nicht weit, vorbei am Fußballplatz und dem Sportzentrum, an der ARGE Nonntal mit dem leeren Gastgarten und dem leeren Veranstaltungsraum, dann gelangen sie an die Hinterseite der Uni. Das hellgrauschwarze Gebäude mit den glatten Kanten, Säulen und Linien ist auch außerhalb der Unterrichtszeiten ein beliebter Treffpunkt. Weil die breiten Treppen rundherum gut zum Sitzen und Chillen sind, weil es einen kleinen Trainingsbereich mit Klimmzugstangen und Kletterwand gibt. Weil man mit Boards, Bikes und Rollern über die Rampen, schrägen Fassaden und Stufen fahren und springen kann. Manche versuchen sich auch an Parcours-Moves. Schön findet Lola den modernen Bau nicht, für eine Stadt wie Salzburg, deren Häuser zuckerlfarben sind und barock-verspielt, ist seine straighte Architektur aber eine kleine Revolution.

Jetzt ist niemand da. Wegen dem beschissenen Wetter und weil es so halb verboten ist. Lola weiß nicht, wie viele Leute sich zurzeit outdoor treffen dürfen, sie hat den Überblick verloren, was die Corona-Regeln angeht. Klar ist nur eins, an allen Orten, an denen Jugendliche sich zum Skaten treffen, fährt die Polizei auffällig oft vorbei.

Sie springen ab, tragen ihre Skateboards über die Straße und stellen sich beim Imbissstand an.

«War gar nicht so arg heut in der Schule», sagt Lola, und Sunny nickt.

«Aber wie fühlt es sich an, wenn du an daheim denkst?», fragt sie, und Lola tut es. Der nussgroße Zorn unter ihrem linken Rippenbogen jault. Am Vormittag hat sie ihn kaum bemerkt, ein diffuser Dauerschmerz, den eine irgendwann kaum noch beachtet. Als sie sich vorstellt, nach Hause zu kommen in diese beengte Wohnung, bestürmt von ihren Brüdern, als sie sich vorstellt, dass Mama nicht in der Küche sein wird und im Bad auch nicht, dass sie nichts gekocht haben wird und nicht fragen wird, wie es in der Schule war, jagt der Zorn so hart durch Lolas Adern, dass sie fast kotzen muss.

«Ich hab eigentlich keinen Hunger», sagt sie.

Sunny wirft einen Blick auf die Pommes, die das Mädchen vor ihr gerade in Empfang nimmt, lächelt Lola dann an.

«Ich auch nicht», antwortet sie achselzuckend, und weil Lola sie so liebt in diesem Moment, ihr Lächeln liebt und die Solidarität dahinter, wird die Übelkeit ein wenig besser.

«Lass uns rumfahren, okay», schlägt sie vor, und sie wissen beide, dass es eigentlich zu kalt dafür ist.

Sie werfen ihre Rucksäcke auf eine Bank im überdachten Teil des Gebäudes, üben erst einmal dort, weil der Boden eben ist. Es hat zwei Monate gedauert, bis sie den Ollie konnten, und sie sind so oft hingefallen dabei, dass beides zusammenzugehören schien. Board hochziehen, stürzen. Aber dann haben Lolas Füße es gelernt und Sunnys auch. Jetzt wissen sie, wie fest sie auf die Tail stampfen müssen, um die Nose poppen zu lassen, wie sie das Board hochbringen können in die Luft, ohne es zu verlieren, wie sie wieder darauf landen, ohne aus dem Gleichgewicht zu geraten. Und mit dem Wissen ist ein neues Körpergefühl gekommen, ein sicherer Stand auf dem fahrenden Brett. In Lolas Knien sitzt eine Lässigkeit, die am Anfang nicht da war, ihre Schultern bleiben aufrecht durch den Stolz.

Immer wieder schaut sie zur Glasfassade, betrachtet sich selbst. Wie sie die Knie beugt und die Pilotenjacke sich aufbläht im Wind. Im Spiegelbild sieht sie, dass ihr Gesicht fast verschwindet unter der Kapuze, dass ihre Hände klein und schmal wirken, als könnte sie nichts festhalten. Im Spiegelbild sieht sie, dass sie noch da ist.

Weitere Tricks zu lernen, sollte easy sein, wenn eine schon welche kann. Ist es aber nicht. Sunny scheitert immer wieder am Manual, Lola stolpert bei simplen Kickturns. So vergeht der Nachmittag, der Himmel ist grau, in der Luft liegt eine leise Drohung von Schnee. Lola hat eisige Finger und kalte Wangen. Auf ihrem Handy sind drei Anrufe von Johannes und ein paar Nachrichten.

Wann kommst du?

Der Zorn an ihrem linken Lungenflügel pocht und schickt Schmerzwellen aus. Es kann sein, dass er Lola auffressen wird mit eleganter, mitleidsloser Langsamkeit. Die großen breiten Steinstufen sind leer, der barrierefreie Weg in ihrer Mitte führt nach unten, nicht zu steil, aber wenn eine nicht bremst, kriegt sie ordentlich Schwung. Lola stellt sich auf ihr Board und lässt es rollen. Steht locker und malt sich aus, nach vorn zu fallen. Wäre es möglich, auf dem Gesicht zu landen, ohne sich abzufangen mit den Unterarmen? Malt sich aus, nach hinten zu fallen. Wäre es möglich, auf den Kopf zu knallen, ohne sich abzufangen mit nach hinten gedrehten Handgelenken? Der Körper wäre schneller, schlauer, hat durch tausend Stürze gelernt, sich zu schützen. Und wenn er aus einer todbringenden Höhe fällt, tut er es trotzdem? Lässt er die Unterarme vor das Gesicht schnellen, vollkommen automatisch, lässt er sie einen Schild bilden vor dem Kopf, und wenn ja, wozu, wozu?

Lola, die Schule ist doch schon aus, oder? Wann bist du da?

Das Board wird schneller, Lola hört Sunny rufen, macht die Augen zu. Vielleicht fühlt es sich so an. In Bewegung sein. Sich der Geschwindigkeit aussetzen. Den Luftzug spüren. Gerade werden. Das Ungleichgewicht verlieren. Nicht vorhaben, rechtzeitig zu stoppen.

Kannst du bitte heimkommen und auf die Jungs aufpassen? Ich muss dringend noch was arbeiten.

Das Ende ist anders als erwartet. Lola fällt nicht vom Board, Lola knallt nicht gegen einen Baum. Sie wird von zwei Armen umfangen, hochgehoben, festgehalten.

«Ich hab dich», sagt eine Stimme an ihrem Ohr, «ich hab dich.»

Da ist ein fremder Geruch, ein fremder Körper, Lola öffnet die Augen.

«Alles okay?», fragt eine junge Frau und lässt los, bleibt nahe vor Lola stehen. Sie muss zwei, drei Jahre älter sein, siebzehn vielleicht oder achtzehn, ein Mädchen noch und gleichzeitig nicht mehr, hat Regenbogenhaare und einen Nasenring.

Lola nickt.

Das Mädchen schaut, als ob es fragen will: spinnst du eigentlich, als ob es denkt: hast du keine Augen im Kopf. Lola hört hinter sich die rennenden Schritte von Sunny.

«Pass auf dich auf, ja», sagt das Mädchen und geht weiter.

Und während Lola ihm nachsieht, kann sie nur an das denken, was sie mehr überrascht hat als die rettende Umarmung: dass da eisenharte Muskeln waren. Dass das Regenbogenmädchen stark ist, richtig stark.

ZENTRALE HELDIN

Seit dem Morgen strömt eine Ruhe durch Sarah, die klingt wie das Wasserschwappen an den Molen von Venedig. Sie stinkt, diese Ruhe, und man muss sich verschließen, um sie wahrzunehmen. In Wirklichkeit plappern Touristen hinein, schreien und scheißen Möwen hinein, das muss man ausblenden, und genau hinschauen darf man auch nicht, weil so viel Zeug auf dem Meer schwimmt, Zigarettenstummel und Algen und Plastikmüll. Aber mit geschlossenen Augen und dem nötigen Willen kann es gelingen. Dann hört Sarah das Schwappen, monoton und leise, besänftigend. Sie muss das kontrollieren, sich konzentrieren. Dass das Gefühl nicht ansteigt, kein Sturm aufkommt. Dass die Emotionen nicht über die Ufer treten, dafür hat sie keine Reserven, auch generell: kein Wasser mehr. Sie hat es aus sich hinausgeweint, zehn Tage lang, und ihre Laufrunde hat sie nicht mehr geschafft. Dreimal hat sie es versucht seit Helenes Tod, hat sich morgens die Running Tights angezogen und die Softshelljacke, hat die Trainingseinheit auf ihrer Smartwatch aktiviert und gedacht, vielleicht tut mir das gut, vielleicht gibt mir das Kraft, aber genau das Gegenteil war der Fall. Die Kraft hat ihr gefehlt. Nach wenigen Schritten hat sie nicht mehr gewusst, wie das geht, laufen. Die Arme haben nach unten gezogen, der Kopf war schwer, die Beine nicht in der Lage zu beschleunigen, sie hat sich auf die Oberschenkel gestützt, nach vorn gebeugt, gekeucht. Sie hat um Luft gerungen, gewürgt, sich geniert. Es war, als hätte ihr Körper gesagt: Was willst du von mir, lass mich. Geh nach Hause und leg mich irgendwo hin.

Aber heute ist da diese Resignation. Übrig geblieben nach all den Gefühlen. Erzwungen wie ein Waffenstillstand, und sie beschließt, es noch einmal zu wagen. Sie fängt langsam an, nicht mit einem Laufschritt, eher mit gemäßigtem Gehen, sogar das ist besser als nichts, besser als der Stillstand, die verfluchte Lähmung, die ihr das Schlafen unmöglich macht, mit jedem Atemzug Fragen in sie hämmert: was hätte ich – wieso hab ich nicht – warum hast du das –. Wahrscheinlich hat der Schock nachgelassen, wahrscheinlich haben Sarahs Zellen ihn absorbiert, zerkleinert, aufgelöst und ausgeschieden, über ihre Haut, ihre Atemluft. Der Schmerz ist nicht mehr frisch und sauber, er ist diffus und locker.

Sie entfernt sich von dem Haus in Leopoldskron, das sie gekauft hat vor sechs Jahren. Es war renovierungsbedürftig, ja, aber sie hat es selbst bezahlt. Sie hat es sich erarbeitet, das Häuschen mit dem hellgelben Anstrich und dem eingezäunten Garten nahe dem Leopoldskroner Weiher, hat nach dem ersten erfolgreichen Roman zuverlässig einen zweiten geliefert und gewusst, dass das etwas ist, das sie kann und will: schreiben. Sich eine Handlung ausdenken und Figuren, ihnen Gestalt geben und eine Geschichte, ihre Erlebnisse steuern und ihre Gefühle. Und dass sie davon mehr als gut leben kann.

Sie geht schneller, schaut kurz zurück. Sie war dreiunddreißig, und natürlich hat sie gedacht, der Haustürschlüssel würde ihr auch eine Zukunft mit Mann und Kindern aufschließen. Zwei wollte sie, und in den Garten hätte ein Kletterturm mit Schaukel gepasst.

Am Wasser angekommen, holt Sarah erst einmal Luft. Durch die Nase einatmen, durch den Mund ausatmen. Noch mal. Und noch mal. Sie hat nie zu den Frauen gehört, die das nötig haben, lächerlich ist es ihr vorgekommen, dieses Konzept: auf den eigenen Atem hören, ihm nachspüren bis hinunter in den Bauch, um nicht durchzudrehen.

Aber jetzt.

Sie war mit Helene in Venedig, vor sechzehn Jahren muss das gewesen sein, Lola war noch nicht auf der Welt. Sie konnten sich nur Urlaub auf einem Campingplatz an der Adria leisten, zwei Wochen in einem Zelt am Strand. Sie sind mit irgendwelchen *ragazzi* auf röhrenden Vespas mitgefahren, ohne Helm und ohne Sorgen, haben billiges Dosenbier getrunken und sich Pizzastücke in den Mund gestopft, während die Sonne mit wuchtigem Orange am Meereshimmel untergegangen ist. Alles, wirklich alles, was sie besaßen, war voller Sand. Nach Venedig sind sie für einen Tagesausflug mit dem Schiff getuckert, haben sich in den engen Gassen mit voller Absicht verirrt, haben sich verloren in dem Gewirr aus Brücken und Kanälen und genau deshalb das Abenteuer gefunden.

In die Erinnerung hinein rennt Sarah los. Rennt, um nicht zu schreien. Sie sprintet am Weiher entlang, überholt eine Mutter mit Kinderwagen und ein weißhaariges Ehepaar, lässt Steinchen aufspritzen und ihre Füße so hart aufprallen, dass die Erschütterung den ganzen Körper erfasst. Als sie außer Atem gerät, rennt sie trotzdem weiter. Ihr Herz pumpt mit brutaler Heftigkeit, an ihren Schläfen breitet sich Schwindel aus. Auf dem Wasser dümpeln drei Enten, der Himmel ist eisengrau. Da ist sie, die raue Hässlichkeit der Welt. Der Weg ist matschig, Sarahs Turnschuhe platschen durch den Dreck.

Später war sie noch ein paar Mal in Venedig, immer mit einem Mann, und dann war sie verpflichtet, alles romantisch zu finden. Die Stadt, die sie mit diesen Männern besucht hat, war eine andere als jene, durch die sie mit Helene gelaufen ist. Vielleicht lag es daran, dass sie nicht mehr Anfang zwanzig war. Oder dass sie den Männern etwas beweisen musste, etwas für sie sein musste. Eine Frau, die unkompliziert ist und spontan. Eine Frau, die mit Genuss Muscheln schlürft und trotzdem eine sportliche Figur macht im Bikini. Eine Frau, die eine Einladung nach Venedig annimmt, aber nicht gleich denkt, das hätte etwas zu bedeuten.

Wo der Weg die Straße kreuzt, die zum Freibad führt, bleibt Sarah stehen. Sie saugt die nebelfeuchte Luft ein, wartet darauf, dass ihr Herzschlag sich beruhigt. Normalerweise würde sie jetzt weiterlaufen mit Blick auf die Festung, ihre übliche Runde von vierzig Minuten.

Vorher hat sie das gemacht.

Vorher.

Beim Laufen hat sie gute Ideen, denkt über ihre Figuren nach, über geeignete Schauplätze und unvorhersehbare Wendungen. Nach dem Duschen setzt sie sich dann an den Schreibtisch, aufgepumpt mit Energie. Sie hat seit zehn Tagen ihre Laufrunde nicht geschafft und trotzdem geschrieben. Sie hat sich an diese Gewissheit geklammert, den inneren Mechanismus: zu denken wie eine Schreibende. Die lockere Bewegung, mit der sie seit so vielen Jahren Erlebtes und Gesehenes in Erzähltes verwandelt, hat sie nicht verlernt. Nichts sieht mehr so aus, als könnte man es beschreiben. Nichts fühlt sich mehr so an, als könnte man es in Worte fassen. Aber sie kann alles erfinden. Sie kann Dialoge schreiben, die sie selbst nie führen würde, einen düsterschwarzen Ton aus sich herausgraben, kann Knochen krachen und Blut spritzen lassen. Das Manuskript ist ein Kanal für ihre Verzweiflung, ein Trichter für ihre Fassungslosigkeit. Schon mehr als einmal hat sie eine Frau in ihrem aktuellen Buch weinen lassen und dabei einfach selbst geweint.

Sie spaziert die kurze Strecke zurück. Unauffällig streicht sie über ihre Brüste, die beim Sprinten trotz Sport-BH jedes Mal heftig hüpfen. Das ist ein Schmerz, den ein Mann sich nicht vorstellen kann. Einer der vielen Schmerzen, die Männer nicht spüren, von denen Männer nicht wissen, dass sie existieren, und wie gut wäre es, ihnen einen Frauenkörper geben zu können, für Stunden nur. Damit sie die Last der Erwartungen tragen müssten, den Kummer in jeder Zelle, diese tiefgehende, von außen hineingepresste Enttäuschung, nicht zu entsprechen, nicht zu genügen, ein jeden Bereich des Frauenlebens betreffender Vorwurf, vor dem man nie davonlaufen kann, dem man überall begegnet, egal, wie schnell man rennt.

Sarah seufzt und lässt die Arme hängen.

Als sie auf ihr Haus zugeht und auf den Garten, in dem noch kein Kletterturm errichtet worden ist, denkt sie an Lucius und Maxi. Sie mag es, wie Kinder einen anschauen, wenn man erwachsen ist. Mit dieser Hingewandtheit, dem Vertrauen. Und dass sie keine Scheu haben, so körperlich zu sein, ins Physische einzubrechen, Umarmungen zu geben und zu verlangen. Mit Lola hat sie damals mehr Zeit verbracht, natürlich war die Bindung enger. Helene wollte nicht schwanger sein mit vierundzwanzig. Aber jetzt, so viele Jahre später, könnte das Kind von Helene selbst schon eins bekommen, und Sarah hat immer noch keins. Ist das die Zeitspanne, mit der man das Gefühl bemisst, etwas verpasst zu haben? Ist das die Definition dafür, sich falsch entschieden zu haben, einmal, zweimal, bis zu jenem Moment, in dem der Körper einem die Entscheidung abnimmt? Der kommt bald, dieser Moment. Er kommt.

Im Haus trinkt sie Wasser direkt aus dem Hahn, wischt sich den Schweiß von der Stirn. Sie will Leon fragen, ob er mit ihr unter die Dusche geht. Ihr Körper ist aufgeheizt vom Laufen, gierig nach mehr Adrenalin, Aufregung, Sex. Sie haben lange nicht miteinander geschlafen, weil Sarah bei jeder Berührung das Bedürfnis hatte, sich in Embryostellung zusammenzurollen. Das Einzige, was sie empfunden hat, war dieser alles umfassende, aushöhlende Verlust.

In der Küche und im Wohnzimmer ist Leon nicht, die Tür zum Büro ist angelehnt. Sarah stößt sie auf, ruft: «Hey, möchtest du mit …»

Das Bild, das sich ihr bietet, stiehlt ihr die Worte aus dem Mund, Leon mit dem Smartphone in der einen und seiner Erektion in der anderen Hand. Noch bevor er reagieren kann, hat sie die Tür wieder zugeworfen. Schnell geht sie in die Küche, öffnet den Kühlschrank. Sie nimmt eine seiner Dosen heraus, schiebt den Daumennagel unter den Verschluss und fragt sich ganz konkret, was sie jetzt denken soll, was man denn bitte denkt in so einer Situation.

War das ein Porno?, fragt eine Stimme hinter ihr. Klang eher wie ein Videocall.

Sarah dreht sich um.

Am Küchentisch, entspannt zurückgelehnt, sitzt Helene.

Sarah trinkt einen Schluck von dem süßlichen Getränk, dann noch einen. Es prickelt auf ihrer Zunge.

«Das ist das Erste, was du sagst zu mir?», fragt sie.

Ich dachte, wir sind darüber hinaus, dass wir jedes Gespräch mit einem Hallo beginnen müssen, antwortet Helene.

Sie lächelt auf diese besänftigende Art, die zugleich eine Herausforderung sein kann.

Die Klebrigkeit in ihrem Hals lässt Sarah husten, aber es ist so ein Husten, das überhaupt nichts besser macht.

Soll ich nachschauen gehen?, fragt Helene.

«Was?»

Na, ob es ein Videocall ist.

Sarah betrachtet die Dose in ihrer Hand, da fällt ihr Leon wieder ein. Er hat nicht aufgehört mit dem, was er tut, er ist ihr nicht nachgegangen.

Ich kann das, ohne dass er mich bemerkt, fügt Helene hinzu.

«Nein, nein», sagt Sarah, «er soll doch ... natürlich darf er, ich meine ...»

Sie stellt die Dose ab. Die Küche ist nicht mehr neu, aber immer aufgeräumt. Hellblaue Fronten, cremefarbene Vorhänge, alles leicht und luftig, dezente Deko in Pastell, echtes Holz. Jeden Montag kommt Mirza zum Putzen.

«Ich hätte anders reagieren müssen, nicht wahr? Fragen, ob ich mitmachen darf. Oder ihm ganz entspannt viel Spaß wünschen. Jetzt wirke ich wie eine prüde Ziege.»

Helene schweigt.

«Außerdem muss er ja irgendwie, ich meine, ich habe ihn in letzter Zeit immer abge...»

Sie bricht ab und betrachtet Helene, die jünger aussieht, nicht so erschöpft, nicht so gehetzt. Fast wie damals, in der WG, als sie den Job im Gesundheitsmanagement hatte und Lola gerade in die Schule gekommen war. Ihre Haare glänzen wie frisch gefärbt, in ihren Augen entdeckt Sarah ein helles Funkeln, ein leichtes Grinsen sitzt in ihren Mundwinkeln, als sei sie angetrunken. Einen Moment lang ist es still in der Küche.

«Ich bin so wütend auf dich», flüstert Sarah und umklammert die Dose, dass das Aluminium knackt.

Das verstehe ich, sagt Helene in einem Ton, der empathisch ist und unbeteiligt zugleich. Als spräche Sarah von etwas, das Helene gar nichts angeht.

«Und ich ...», setzt Sarah an. Sie schafft es nicht zu sagen: Ich vermisse dich. Würde sie es aussprechen, wäre es vorbei mit ihrer mühsam erzwungenen Ruhe, dem leisen Plätschern. Dann würde ihr Behelfsdamm aus dürrem Holz bersten.

Ich weiß, antwortet Helene.

Sie trägt einen blauen Pullover und simple Jeans, keine Schuhe.

Sarah macht die Augen zu, drückt die Finger an die Schläfen. Warum, würde sie gern fragen, warum, Helene, wie konntest du deine Kinder alleinlassen, ist dir klar, was das für sie bedeutet, und für mich?

«Erinnerst du dich daran, dass wir in Venedig waren?», fragt sie leise.

Helene lacht.

Oh ja!, ruft sie. Wir haben uns verlaufen. Nicht mal das letzte Boot zurück haben wir erwischt. Was für eine verrückte Nacht das war. Am lustigsten war dein Gequietsche, als wir bei den verlassenen Marktständen die Planen hochgehoben haben, um einen Unterschlupf für die Nacht zu finden, und eine Schar von Ratten herausgeflitzt ist.

Helene lacht noch mal, und Sarah spürt hinein in dieses Lachen. In die Tatsache, dass sie es hören kann.

Später haben wir ganz woanders Unterschlupf gefunden, fügt Helene hinzu mit einem Zwinkern in der Stimme, und Sarah denkt, dass Erinnerung so funktioniert. Ein erneutes Durchleben, immer wieder, jedes Mal anders und doch gleich. Weshalb gemeinsame Erinnerungen viel besser sind. Weil es dann jemanden gibt, der neben einem durch die vergangenen Ereignisse spaziert und dasselbe sieht.

«Das war schön», sagt sie, «also nicht das mit den Ratten, aber …»

Ja, flüstert Helene, das war schön.

Als Sarah die Augen öffnet, ist Helene nicht mehr da. Beim Anblick des leeren Stuhls spürt sie die felsenharte Enttäuschung, die an ihr hängt seit jenem Tag, das Unverständnis, die Ungläubigkeit.

Sie kippt den Inhalt der Dose ins Waschbecken und nimmt

sich vor, Leon später zu sagen, dass sie die Tür nur so schnell zugemacht hat, um ihm seine Privatsphäre zu lassen. Dass sie seinen Anblick sexy fand. Und ihn zu fragen, ob er ihr den Porno zeigt, damit sie ihn gemeinsam anschauen können. Sie werden vögeln und lachen über das, was passiert ist. Denn hinterher ist es nie mehr als das: eine Geschichte. Von der jeder selbst entscheiden kann, wie er sie erzählt, ob er sie erzählt.

Während Sarah zuschaut, wie die goldene Flüssigkeit aus der Öffnung gluckert, wird ihr klar, dass Helene nicht ausgesehen hat, als wäre sie ein wenig betrunken.

Sondern als wäre sie glücklich.

ENERGY

Lola schläft in Splittern. Wann immer der Schlaf sie mitnimmt, reißt der Körper sie zurück, indem er zuckt. Zuckt so hart und rüttelnd, dass sie hochschreckt und ihre Lunge pfeift. Zum Glück pennt Lucius und merkt nicht, wie oft seine Schwester sich aufsetzt und keucht. Sie hat es gegoogelt: Zucken beim Einschlafen. Das hat einen Namen, Myoklonien, und ist anscheinend ein natürliches Phänomen, ohne Krankheitswert. Eh gut zu wissen, und sie hat das auch früher schon gespürt. Aber nicht so. Dass es sich anfühlt wie ein Ganzkörperfaustschlag. Dass es ihr die Nacht zerhaut in kleine Einheiten aus ganzwach und nichtganzwach. Die einen sagen: zu viel Stress. Die anderen sagen: der Körper kriegt Angst, weil sich die Muskeln entspannen. Niemand sagt: kann schon sein, dass du das Gefühl hast zu fallen. Fast logisch, irgendwie.

Die Müdigkeit ist zu einem Hintergrundgeräusch geworden, einem Dauerbrummen. Gespräche finden ohne sie statt, obwohl sie danebensteht, ihr fallen Dinge aus den Händen, im Unterricht fehlen ihr stückweise die Informationen, als hätte jemand auf Fast Forward gedrückt. Und wer zu den Schlafenden gehört, weiß gar nicht, wie lang die Nächte in Wahrheit sind. Das ist Wissen, das die Schlaflosen teilen. Seit der Fluss aus Nachrichten auf ihrem Handy sich verwandelt hat in ein Tröpfeln, seit es da nicht mehr viel zu sehen, zu zählen, zu ignorieren gibt, muss Lola sich die Zeit anders vertreiben. Sie liest im Schein vom Smartphone-Licht in den ausgeliehenen Büchern oder schaut sich TikTok-Videos an, ohne Ton, damit Lucius nicht aufwacht.

Natürlich hat er ein eigenes Bett, aber er hat noch nie eine Nacht darin verbracht. Es ist der untere Teil von Maxis Stockbett, darin liegen Bücher, Klamotten und Spielsachen, nur kein Lucius. Er hat bei Mama und Johannes geschlafen drüben im Elternzimmer. Seit THE END kommt er abends mit seiner Flasche zu Lola, kuschelt sich wortlos in ihr Bett, während sie am Schreibtisch sitzt. Schaut ihr zu, wie sie etwas schreibt oder am Handy spielt, bis ihm die Augen zufallen. In den ersten Nächten hat Lola seinen Minimehlsackkörper ins Schlafzimmer getragen, aber dort ist er nicht lange geblieben, und dann war es ihr egal. Johannes hat nichts dazu gesagt.

Es ist drei Uhr morgens, als die Tür zu ihrem Zimmer aufgeht. Lola hat die Augen geschlossen und müht sich ab, den Atemzügen von Lucius zu folgen, weil sie gelesen hat, dass das helfen kann. Mitzuatmen mit Schlafenden, um das eigene Gehirn zu überlisten. Manchmal gelingt es ihr, in ein Dämmern zu rutschen, das nicht tief und schwarz ist, aber immerhin grau und gedankenlos.

«Lola», flüstert Maxi und greift ihr im Dunkeln an die Schulter, «Lola!»

Sie schreckt auf und umarmt ihn reflexartig. Checkt erst dann, dass er ihren Namen ausgesprochen hat.

«Alles okay?», murmelt sie in seine Halsbeuge hinein.

Fragt sich, ob er einen Krampf hat, weil er so zittert. Tut sich schwer damit, klare Gedanken durch den Schleier ihres dösenden Zustands zu drücken.

«Was ist passiert?»

Und merkt erst jetzt, dass er weint.

Sie macht Platz für ihn in ihrem schmalen Bett, Lucius liegt an der Wand. Lola schlägt die Decke zurück, zieht Maxi zu sich. Er legt den Kopf auf ihren Oberarm, das Gesicht ihr zugewandt. Er riecht nach Ringelblumensalbe und Frottee.

Die Stille in der Nacht ist anders als die Stille am Tag. Da sind keine Nebengeräusche, die Dunkelheit ist wie ein Mikroskop für die Ohren. Wer nicht sehen kann, hört umso aufmerksamer, was da ist in der Finsternis. Lola fühlt den Herzschlag ihres Bruders und hört den Schmerz darin.

«Sie hat gesagt, ich darf den Schokoriegel nicht haben, weil es gleich Abendessen gibt», flüstert Maxi, und Lola streicht ihm über die heißen Wangen.

«Okay», sagt sie, ihre Finger sind nass.

«Und dann …»

Lola wartet, bis er trotz Schluchzen weitersprechen kann. Spürt dem Beben nach, das durch seinen Körper auf ihren übertragen wird. Sie sieht die Szene vor sich, obwohl sie nicht dabei war, stellt sich Mama und Maxi in der Küche vor, neben der Schublade mit den Süßigkeiten, Maxi mit der Forderung im Blick, Mama mit dem Kartoffelschäler in der Hand. Sie war nicht ungeduldiger als sonst an diesem Abend, auch nicht genervter oder schweigsamer, und das ist ja das Schlimme. Alles war ganz normal.

«Dann hab ich gesagt, sie ist eine blöde Kackmama.»

In den Schreck über seine eigenen Worte hinein weint er wieder los. Der Zorn unter Lolas Rippenbogen sticht so heftig, dass sie ein Stöhnen abwürgen muss. Vorsichtig atmet sie aus. Vorsichtig atmet sie ein. Sie hat schon verstanden, dass ein Kind anders weint als ein Erwachsener, es weint mit einer erschütternden Ungläubigkeit. Es ist noch nicht daran gewöhnt, dass Traurigkeit sich in Flüssigkeit verwandelt, findet diesen Vorgang seltsam und beängstigend. Es weiß auch nicht, dass alle Gefühle verschwinden, irgendwann. Die ersten Tränen der Kindheit entspringen der Wut, der heißen Aggression, etwas nicht zu dürfen, etwas nicht zu können, sie sieht das jeden Tag bei Lucius. Die ersten Tränen entspringen dem Trotz und der

Angst, zurückgelassen zu werden, weil mensch nicht schnell genug hinterherkommt. Aus Traurigkeit zu weinen: das ist neu für Maxi. Er ist doch erst fünf, verdammte Scheiße.

«Maxi, hör mir zu», sagt Lola, schlingt den Arm um ihn und hat den Mund an seinen Haaren, «es ist nicht deine Schuld. Verstehst du? Es ist nicht deine Schuld.»

Er reagiert nicht, sie streichelt seinen Kopf, seinen Rücken, jede Stelle, die sie erreichen kann. Spürt die Wärme, die von ihm ausgeht, seine Hand auf ihrem Bauch. Fast zwei Wochen trägt er diesen Satz schon in sich herum. Trägt so schwer daran, dass er nichts anderes mehr hat sagen können. Die Wut pumpt in Lola wie ein zweites, schwarzes Herz.

«Aber wenn es nicht deswegen war, Lola», wispert Maxi irgendwann, und sie hört, dass er die restlichen Tränen mit enormem Kraftaufwand hinunterschluckt, «warum dann?»

Sie richtet sich ein wenig auf, um ihm einen Kuss auf die Stirn zu drücken. Am Haaransatz schwitzt er immer leicht, seine blonden Locken krausen sich dann noch mehr, an Lolas verkrusteter Lippe schmeckt es salzig. Lucius bewegt sich im Schlaf, seufzt leise, strampelt die Decke weg. Er kann sich nicht drehen, da ist kein Platz. Zu dritt liegen sie in dem Bett, das gerade mal breit genug ist für eine, liegen aneinandergeschmiegt, und Lola fragt sich, wie sie selbst wohl weint. Jetzt, da sie kein Kind mehr ist, aber erwachsen auch nicht.

«Ich weiß es nicht», antwortet sie leise, «ich weiß es nicht», und das ist nur halb gelogen.

Als Maxi einschläft, zuckt er nicht. Er lässt, ohne zu zögern, los, gleitet weg, atmet tiefer. Lola schaut auf die Leuchtzeiger ihres Weckers, es ist halb vier. Sie kann ihre Brüder nicht sehen in der Dunkelheit, aber sie weiß, wie entspannt ihre Gesichter sind, wenn sie schlafen, kennt die geschlossenen Augen mit den hellen Wimpern, die leicht geöffneten Münder, die in Kuscheltieren vergrabenen Finger, diese schönen, wachsenden, unverletzten Körper. Sie sehen einander sehr ähnlich. Sie sehen ganz anders aus als Lola. Schwer wird Maxi, als er einschläft, aber sie hält ihn fest. Oder vielleicht ist es auch umgekehrt.

SZENENWECHSEL

Sarah trägt die Pizzen durchs Stiegenhaus, geht zu Fuß bis in den fünften Stock, und der verlockende Duft aus den heißen Kartons kitzelt ihren leeren Magen. Sie spürt ein Ziehen in den Waden, macht aber keine Pause. Wer eine Pizza essen will, muss etwas dafür tun. An die Kalorien wird sie heute nicht denken, es ist Lolas Geburtstag. Sie hat das Mittagessen ausgelassen.

Je weiter sie nach oben kommt, desto mehr nimmt die Beklemmung zu. Der Verlust ist wie eine Gewichtsweste, um ihre Schultern drapiert, ein Sandsack. Mit keinem Schritt wird er leichter, mit jedem Schritt wird er schwerer. Vor der Tür hält sie inne und denkt an die anderen Türen in diesem Haus, in allen Häusern, hinter denen so vieles geschieht, von dem niemals jemand erfährt. Sie hat Lust, die Pizzen auf den Boden fallen zu lassen und sich selbst dazu. Nicht mehr weitermachen, der Last nachgeben. Sich verweigern, die Augen schließen und das Herz.

Sie winkelt den Ellbogen an, um zu klingeln.

«Hast du was verge–», Johannes unterbricht sich, «oh, du bist es.»

«Hast du jemand anderen erwartet?», fragt Sarah.

«Meine Mutter ist gerade weg, ich dachte … komm rein.»

Er öffnet die Tür noch weiter, macht ihr Platz. Der Geruch der Wohnung haut Sarah ins Gesicht wie eine flache Hand. Er ist ihr so vertraut, und sie fragt sich, wie lange es dauern wird, bis er sich verändert. Bis keine Duftpartikel von Helene mehr in den Räumen sind, bis alles von ihr verflogen ist, jedes winzige Molekül. Oder wird er gleich bleiben, hatte die übermächtige Anwesenheit von vier anderen Körpern den Geruch einer Einzelnen ohnehin immer überlagert, und es macht keinen Unterschied, dass Helene fort ist? Fast will Sarah sagen: Schließ das Fenster, als sie sieht, dass Johannes es zum Lüften geöffnet hat.

Maxi und Lucius sitzen vor dem Fernseher und reagieren nicht auf ihre Ankunft.

Ansonsten ist niemand da.

Sarah zieht scharf die Luft ein. Helenes Abwesenheit ist wie ein schmieriger Fingerabdruck auf einer Brille. Man sieht durch ihn durch und bemerkt ihn trotzdem.

«Ich geh mich schnell umziehen», sagt Johannes, «ich war bis vorhin in der Arbeit.»

Sarah legt die Pizzakartons auf dem Wohnzimmertisch ab. Sie sammelt ein paar dreckige Teller ein, Gläser auch, entdeckt in der Küche noch mehr schmutziges Geschirr und merkt, dass es kaum sauberes gibt. Das ist nicht schlimm, sie können die Pizzen mit der Hand essen, aber jemand sollte mal die Spülmaschine einschalten. Sie hängt ihre Jacke in der Garderobe auf und bückt sich nach herumliegenden Kleidungsstücken, weiß nicht recht, wohin damit, stellt die Kinderstiefel auf die Gummimatte im Flur, bringt die Pullover und Hosen ins Bad. Zwei volle Wäschekörbe stehen neben der Waschmaschine, auch hier liegt Kleidung auf dem Boden. Sie kann kein System in den Kleiderhaufen erkennen, ob dreckig oder frisch aus dem Trockner, also wirft sie die Sachen, die sie in der Hand hält, einfach dazu. Der Spiegel ist bespritzt, das Waschbecken ziert ein Muster aus Zahnpastaflecken und hellgrauen Schlieren. Sarah macht die Badtür wieder zu.

«Wo ist Lola?», fragt sie, als Johannes aus dem Schlafzimmer kommt.

«Mit ihren Freundinnen unterwegs», er fährt sich über die müden Augen, «müsste aber gleich da sein.»

Er gehört zu den Männern, die mit ärgerlicher Selbstverständlichkeit attraktiv sind. Garantiert muss er sich nie Gedanken machen, ob ein Shirt gut sitzt, ob die Haare okay sind, ob sein Lächeln zu viel Zahn zeigt oder zu wenig. All diesen Raum, den die Fragen über ihr eigenes Aussehen in Sarahs Gehirn einnehmen, hat er zur Verfügung. Er ist blond mit einem leicht angestrubbelten Bart und hat diese Statur, die genau richtig ist für einen Mann, ideale Größe, schlank, aber nicht zu sehr. Dazu die grünblauen Augen mit den feinen Fältchen eines Fünfundvierzigjährigen, die sagen: Ich hab schon viel gelacht in meinem Leben, ich bin für jeden Spaß zu haben.

Jetzt sieht er erschöpft aus und bleich.

«Geht es deiner Mutter besser?», fragt Sarah und füllt die letzten Gläser aus dem Schrank mit Mineralwasser. Sie sind unterschiedlich groß, zwei Nutella-Werbegläser sind darunter. Bei Familien ist das anders als in kinderlosen Haushalten. Nicht Design und Schönheit stehen bei der Auswahl im Vordergrund, sondern praktische Gründe, weshalb sie zusammengewürfelte Dinge besitzen, in verschiedenen Farben und mit abgeplatzten Ecken, dazu mindestens eine hässliche Schüssel oder Tasse, die eins der Kinder in der Schule getöpfert hat.

«Nein, leider. Das Atmen fällt ihr nach wie vor sehr schwer. Sie ist so viel langsamer geworden, und sie ... sie sieht auch viel älter aus auf einmal.»

Er setzt sich an den Esstisch und starrt auf seine Hände. Sarah fällt der goldene Ehering auf, sie sagt nichts.

«Aber nun ja, wir können froh sein, dass sie es überstanden hat, nicht wahr?», meint er und lächelt in ihre Richtung, aber nur mit dem Mund. Seine Mutter hatte einen schweren Verlauf und lag auf der Intensivstation, sie ist Ende siebzig.

Wie sie in der Lage sein soll, auf zwei kleine Kinder aufzupassen, fragt Sarah sich, und Johannes scheint ihrem Gedankengang zu folgen.

«Ich weiß nicht, wie ich es sonst machen soll», sagt er. «Es gibt keinen Platz für Lucius in einer Krabbelgruppe, ich hab überall angerufen, sogar bei den privaten. Diese Stadt ist in Sachen Kinderbetreuung ein Fiasko. Die Tagesmütter sind genauso überlastet, überall Wartelisten. Und Maxi geht zwar in den Kindergarten, aber nur bis maximal vierzehn Uhr. Dann machen die zu, und er muss pünktlich abgeholt werden.»

Sarah schiebt das Zeug, das auf der Sitzbank liegt, zu einem Haufen zusammen, Zeitschriften, Windeln, Plastikdinosaurier, hebt alles hinunter auf den Boden. So konkret hat sie darüber noch nicht nachgedacht: dass Helene nicht nur weg ist als Mensch, dass sie auch weg ist in ihrer Funktion. Dass jemand anwesend sein muss, um diese Kinder zu betreuen, sie mit Essen zu versorgen, anzuziehen, zu waschen, und zwar, weil Lucius erst achtzehn Monate alt ist, rund um die Uhr.

«Ich hab zwei Bauprojekte abgesagt», murmelt Johannes, «aber die aktuellen Termine muss ich wahrnehmen, sonst haben wir … sonst kommt kein …»

Er verstummt, möchte nicht über Geld sprechen.

«Wie soll das denn gehen, bis vierzehn Uhr», fügt er noch hinzu, «genug zu verdienen, um eine Familie zu ernähren?»

Dass es dafür ein Wort gibt, Teilzeitfalle, sagt Sarah nicht. Weil es eine Falle ist, in die nur Frauen gehen, und mit Frauen sind Mütter gemeint. Dass Helene genau aus diesem Grund zuletzt einen Bürojob gemacht hat, mit dem sie unglücklich war, sagt Sarah auch nicht, und dass sie nicht angemessen bezahlt wurde, weiß Johannes ohnehin.

Mit einem automatisierten Lächeln steht Johannes auf und schaltet den Fernseher aus. Die Jungs protestieren nicht, heben entzaubert die Köpfe und bemerken, dass da eine Welt existiert, dass da ein Wohnzimmer ist mit Menschen darin. Es ist faszinierend, wie hingebungsvoll kleine Kinder fernsehen können.

«Sarah!», ruft Maxi und springt ihr in die Arme.

Sarah wirft Johannes einen überraschten Blick zu, den er mit einem auf die Lippen gelegten Finger beantwortet. Sag nichts dazu, dass er wieder spricht, bedeutet diese Geste, wir haben Angst, dass er sonst erneut damit aufhört.

Sarah erwidert Maxis Umarmung mit heller Erleichterung. Dass er jetzt eins dieser beschädigten Kinder ist, hat sie befürchtet, dass man ihn, wenn er nicht bald wieder redet, zu einem Therapeuten bringen müsste, der bohrende Fragen stellen und ein sorgenvolles Gesicht machen würde, und überhaupt: die Überforderung.

«Es gibt Pizza!», sagt sie und freut sich über das aufgeregte Krähen von Lucius. Mit Essen kriegt man ihn immer.

Sie hebt die Deckel der Kartons, sie hat fünf verschiedene Sorten bestellt, damit für jeden was dabei ist, und genau da betritt Lola das Wohnzimmer.

«Hallo, Geburtstagskind!», ruft Sarah, obwohl Lolas Gesicht eine solche Fröhlichkeit nicht rechtfertigt. Sie sieht erschrocken aus und blinzelt verwirrt. Hat sie vergessen, dass Sarah heute kommt? Sie haben doch mittags telefoniert, als Sarah ihr gratuliert hat.

«Du kommst gerade rechtzeitig», fügt Sarah hinzu, und immerhin lächelt Lola jetzt. Sie wäscht sich die Hände, schiebt die Kapuze vom Kopf und setzt sich zu ihnen an den Tisch.

Das Essen verläuft unerwartet ruhig, anders, als Sarah das in Erinnerung hat. Oft genug hat an diesem Tisch ein Geplärre und Gestreite stattgefunden, untermalt von umgeworfenen Trinkgläsern, zu Boden geschmissenen Plastikschüsseln und

Helenes angestrengtem Schimpfen. *Könnt ihr nicht ein Mal,* hat sie gesagt, *nur ein einziges Mal,* und sehr oft: *bitte.* Es ist absurd, dass Sarah jetzt dasitzt in der von Erinnerungen durchwirkten Stille und sich den grausigen Lärm zurückwünscht, vor dem sie jedes Mal nach kurzer Zeit geflohen ist. Sie hat sich verabschiedet, um sich vor den aufziehenden Kopfschmerzen zu schützen, hat Helene sitzen gelassen hier, genau hier, mit ihren Kindern und den auf den Fliesen klebenden Tomatennudeln.

Sarah schluckt und legt das Pizzastück weg.

«Wie war dein Geburtstag?», fragt sie Lola und erntet hochgezogene Augenbrauen.

Wie soll er schon gewesen sein, scheint Lolas Blick zu sagen, was denkst du wohl?

«Okay», antwortet sie.

«Was habt ihr gemacht?»

Sie zuckt mit den Achseln. «Rumgehangen.»

«Und wo?»

Lola grinst schief, was Sarah nicht recht deuten kann.

«Im Einkaufszentrum. Sonst darf man ja nirgends hin.»

«Oh! Hast du dir was Schönes gekauft?»

Jetzt sieht Lola wirklich amüsiert aus.

Langsam schüttelt sie den Kopf.

Vielleicht ist das der berühmte Teenager-Grant. Früher war es nicht schwierig, mit Lola zu reden, im Gegenteil. Schwierig war es, sie vom Reden abzuhalten. Sie war ein sprudelndes, lustiges Springinkerl. Altklug, weil ständig umgeben von erwachsenen Frauen, zu allem hatte sie eine Meinung, und die hat sie lautstark vertreten. Warum es die rote Mütze sein musste und nicht die grüne, warum sie keine Eier aß und dass sie gute Gründe gehabt hatte, dem Jonas im Kindergarten den Gummistiefel voller Erdklumpen ins Gesicht zu hauen.

«Lola ist noch da», hat Helene zur einsetzenden Pubertät

ihrer Tochter gesagt, «aber es fühlt sich trotzdem an, als hätte ich mein Kind verloren. Sie ist weg. Sie wird nie mehr so sein.»

Sarah steht auf und holt das Päckchen aus ihrer Tasche.

«Ich hab ein Geschenk für dich.» Sie überreicht es Lola, die sich die Finger an der Hose abwischt. Unförmige weite Hosen trägt sie immer, bei denen Sarah denkt: Wenn ich deine Figur hätte.

«Danke», erwidert Lola, wickelt dann den Pulli und den Buchhandlungsgutschein aus. Sarah war im Skater-Laden und hat gefragt, welche Marke angesagt ist, der Hoodie war völlig überteuert. Doch dafür, wie sich Lolas Augen kurz weiten, hat es sich gelohnt.

Die Atmosphäre verändert sich, als hätten sie die äußerste Schicht der Trauer abgetragen. Darunter kommt die Möglichkeit zum Vorschein, gelöster zu sein, die Erlaubnis, sich zu unterhalten, vielleicht sogar ein wenig Spaß zu haben. Johannes holt Kindersekt aus dem Kühlschrank und gießt ihn zu dem Mineralwasser in die Gläser, sie stoßen an und singen Happy Birthday. Lucius tanzt, hat Käse am Kinn und wahrscheinlich eine volle Windel, seine Strumpfhose beult sich verdächtig aus, aber er bringt sie alle zum Lachen mit seinen unkoordinierten Bewegungen und seiner Freude über ihre Aufmerksamkeit. Sie vermeiden es angestrengt, zur Balkontür zu schauen.

Als Johannes mit seinen Söhnen in deren Zimmer geht, um sie ins Bett zu bringen, räumt Sarah mit Lola die Küche auf.

«Ich glaube die ganze Zeit, gleich kommt sie herein», platzt es aus ihr, weil es sich absurd anfühlt, in Helenes Küche zu sein, Helenes Tätigkeiten zu verrichten, Helenes Kinder um sich zu haben, aber alles ohne Helene. «Ich erwarte, dass die Tür aufgeht, und da steht sie.»

Sarah kriegt die Folie vom Geschirrspültab nicht auf, lässt ihn entnervt auf die Arbeitsplatte fallen.

«Ja», sagt Lola, sonst nichts.

Und da versteht Sarah Lolas Reaktion beim Reinkommen, sieht die Abendessenszene, dieses alltägliche Bild, durch Lolas Augen: die Geschwister und der Stiefvater am Tisch, der Duft von Pizza, die alte Sitzecke unter dem Fenster, aber mit Sarah statt Helene und dadurch falsch, furchtbar falsch. Es muss ein wüster Schmerz gewesen sein.

Lola nimmt eine Schere aus der Schublade, schneidet die Folie auf, die Spülmaschine beginnt mit ihrer Arbeit, und das Chaos in der Küche ist beseitigt.

«Ich frag mich, was sie mir geschenkt hätte», sagt Lola.

Und vielleicht ist dieser Satz der Grund, warum Sarah nicht nach Hause fährt, jetzt. Vielleicht ist es die Vorstellung, Lola an diesem mutterlosen Geburtstagsabend sich selbst zu überlassen, die sie davon abhält. Sie möchte Lola in die Arme ziehen, dieses schlanke, große, unter Klamotten und Haarsträhnen versteckte Mädchen, das sie gewickelt und in den Schlaf gesungen hat, das sie im Kinderwagen spazieren gefahren hat, wenn Helene lernen musste, das sie im Urlaub auf Ibiza im letzten Moment aus dem Pool gezogen hat. Aber Lolas Haltung ist abweisend wie von jemandem, der bei der geringsten Berührung die Balance verliert.

«Fünfzehn, hm?», sagt Sarah deshalb und denkt, dass Lola sich mal schminken sollte, dass sie ihr zeigen könnte, wie das geht, ein bisschen Concealer wenigstens, Wimperntusche, Eyeliner.

«In dem Alter kann man richtig anstoßen, oder?», fragt Johannes, der in diesem Augenblick zurück in die Küche kommt und ihnen die Prosecco-Flasche zeigt, die er in der Hand hat.

Lola verdreht die Augen, lächelt gleichzeitig, schiebt die Pulloverärmel zurück, die sie immer über ihre Hände hängen lässt, als ob sie etwas zu verbergen hätte. Sie streckt sich zu einem der oberen Küchenschränke und holt Sektgläser heraus, hält sie Johannes fast schüchtern hin. Sie setzen sich an den Tisch, jeder mit einem Prosecco vor sich, und dann ist es schwer, nicht in ein kollektives Stillsein zu fallen. Das, worüber sie nicht sprechen wollen, sitzt überdeutlich zwischen ihnen, und da hat Sarah eine Idee. Es ist nicht möglich, über die aktuelle Helene zu reden, über die Helene, die ihnen fehlt. Aber über die frühere Helene kann sie sprechen, über die Versionen von ihr, die Johannes und Lola nicht vermissen. Weil sie schon seit Langem nicht mehr existieren, weil sie sie nie gekannt haben.

«Im Kindergarten hat Helene mir braunes Paketband in die Haare geklebt», erzählt sie, «direkt hier oben am Ansatz. Dann wollte sie es mir wieder herausreißen, und ich hab geschrien wie am Spieß. Also hat sie eine Schere geholt und das Paketband herausgeschnitten.»

«Mit den Haaren dran?», fragt Lola und zeigt mit diesen wenigen Worten ihren Willen, einzusteigen auf das Spiel.

«Mit den Haaren dran», bestätigt Sarah.

«Dass das lange her ist, erkennt man an der Tatsache, dass die Kinder damals noch Zugang zu Scheren hatten», wirft Johannes ein und schaut wie einer, der sich Mühe gibt.

«Das stimmt.» Sarah lacht leise. «Da waren wir drei Jahre alt», sagt sie und beginnt einen Reigen aus Geschichten. Mit dem Prosecco-Prickeln auf der Zunge malt sie das Bild von Helene, die im Alter von sieben Jahren ihre Tasche gepackt und beschlossen hat, nach Disneyland zu fahren, sie ist bis zur Bushaltestelle gekommen. Von Helene, die mit zwölf im Zeltlager so viele Gummibärchen gegessen hat, dass sie in den Schlafsack gekotzt hat. Von Helene, die sich mit fünfzehn auf ein Festival geschlichen hat ohne Ticket.

Sie will, dass Lola ihre Mutter cool findet, dass sie erkennt, wie wild sie war und lustig und frei, deswegen lässt sie weg, warum Helene von zu Hause fortwollte, wie ihre Eltern auf den vollgekotzten Schlafsack reagiert haben, dass sie auf dem Festival in genau jener Situation gelandet ist, vor der Mädchen gewarnt werden. Sie lügt ja nicht, mit keinem Wort lügt sie, all das ist geschehen, sie verschweigt nur das, was auch geschehen ist, und es ist ihr gutes Recht. Sie ist jetzt die alleinige Verwalterin dieser Erinnerungen.

Lola trinkt zwei Gläser vom Sekt und behauptet, nichts zu spüren, aber da ist ein unverkennbarer Glanz in ihren Augen, und rote Flecken sitzen auf ihren Wangen. Zweimal kommt Lucius hereingetapst und verlangt nach seiner Schwester, kann nicht einschlafen ohne sie. Lola vertröstet ihn auf später, schickt ihn zurück. Beim dritten Mal steht sie auf.

«Ich muss eh auch ins Bett», sagt sie, «morgen ist Schule.»

Sie sieht sanfter aus jetzt, wie jemand, der sich nach einem heftigen Streit versöhnt hat, und Sarah hofft, dass das nicht nur am Prosecco liegt. Dass ihr Geburtstag vielleicht doch ein bisschen schön war.

Kaum ist Lola gegangen, mit Lucius auf dem Arm, schenkt Johannes ihnen beiden den Rest aus der Flasche ein. Sarah zieht ihr Handy aus der Tasche. Sie will, dass Leon nachfragt, wo sie bleibt. Sie wünscht sich, dass er sich Sorgen macht, mehrmals anruft, Nachrichten schickt. Gerne auch in aufgelöstem, später wütendem Ton. Sie möchte ihn besitzergreifend erleben und voller Unbehagen, weil er unrund ist ohne sie.

Als Johannes seinen Stuhl zurückschiebt, will sie es ihm gleichtun, ihre Sachen einsammeln, nach Hause fahren. Doch er greift nach dem Whiskey in der Vitrine.

«Jetzt, wo keine Kinder mehr am Tisch sitzen», sagt er, «können wir uns ja noch einen guten Schluck gönnen.»

Sarah zögert. Dann denkt sie an das schwarze, leere Smartphone-Display.

«Okay», sagt sie, «aber nur einen.»

Whiskey aus dünnen Sektflöten zu trinken, in denen vorher Supermarkt-Prosecco war, ist vermutlich ein Frevel, und es kümmert sie nicht. Sie prosten sich zu, der Alkohol gleitet geschmeidig durch Sarahs Mund. Sie sprechen nicht über Helene, nicht mehr, sie finden andere Themen, zu denen sie etwas zu sagen haben, und erstaunlich viele. Trotzdem ist Helene der einzige Grund, warum sie hier sitzen und sich unterhalten, warum sie trinken und das längste Gespräch führen, seit Helene und Johannes sich kennengelernt haben vor sieben Jahren. Sie sehen die Trauer, die sich zu ihnen gesellt hat, und ignorieren sie im gemeinsamen Einverständnis, sie trinken um die Trauer herum, an ihr entlang, über sie hinweg und vor allem: ihretwegen. Bei dem einen Schluck bleibt es nicht, auch nicht bei zwei, sie leeren sich den Whiskey mit System und mit Absicht in den Mund, in diesen neuen, beängstigenden Abgrund in ihrem Inneren, was sollen sie auch sonst tun, was?

Sarah betrachtet Johannes wie einen Komplizen, nimmt seinen Anblick in allen Einzelheiten auf, die Art, wie er die Schultern nach oben zieht, als friere er, die Haare über den Ohren, die ein wenig zu lang sind, den eingerissenen Nagel am linken Daumen, den verfluchten, im Licht der Lampe aufblitzenden Ehering, und sie weiß nicht, was geschehen ist an jenem Abend. Sie will nicht fragen, will nicht diesen Abfall in der Stimmung spüren und sehen, wie sein Lächeln erstirbt, bevor die Stille zwischen sie käme, die eintritt, wenn etwas nicht nur ungesagt ist, sondern unsagbar.

Natürlich weiß Sarah, dass sie noch mit dem Rad fahren muss, natürlich weiß sie an einem bestimmten Punkt, dass sie dazu nicht mehr in der Lage ist. Und trotzdem ist der Promillewert in ihrem Blut nicht der Grund, wieso sie das Angebot von Johannes annimmt, auf der Couch zu übernachten.

«Bleib doch einfach hier», sagt er, «es ist schon spät.»

Der Grund ist, dass noch Moleküle von Helene in der Wohnung sind, sein müssen, dass Sarah ihr hier näher sein kann als irgendwo sonst. Sie will sich die Decke bis zur Nase ziehen, mit der Helene sich beim Fernsehen zugedeckt hat, sie will den Kopf dort hinlegen, wo Helene gesessen ist, sie will die Augen zumachen in einem Raum, in dem Helene viel Zeit verbracht hat. Es ist nach Mitternacht, als Johannes die Couch aufklappt, gemeinsam klopfen sie die Brösel heraus.

«Sorry», sagt er, und Sarah findet das auf eine sinnbefreite Art lustig.

Sie stehen einander gegenüber, nachdem sie sich eine gute Nacht gewünscht haben, und vermeiden die Umarmung, die sich ihnen aufdringen möchte wie eine logische Konsequenz. Das sind Momente, in denen man sich nicht umarmen kann, weil sonst aufplatzt, was mühsam zugetackert wurde.

Dann steht Sarah allein im Wohnzimmer und spürt, als sie sich durch den Berg aus Polstern und Decken wühlt, dass sie arg betrunken ist, weit über das Angenehme hinaus. Es ist sehr leise. Sie schaut ihr Handy nicht mehr an, ignoriert es so absichtlich wie nur möglich. Denn das Problem, wenn man jemanden liebt, der einen nicht zurückliebt, ist, dass man sich nie sicher sein kann. Dass man sich ständig fragen muss, ob man womöglich bloß zu negativ denkt, ob die Liebesbeweise des anderen eventuell nur nicht aussehen wie erwartet, dass man permanent auf der Lauer liegt, Sätze durchleuchtet, jene, die ausgesprochen werden, und jene, die ungesagt bleiben.

Sie starrt in der Dunkelheit auf die Umrisse der Möbel und Fenster und schläft lange nicht ein. Das Letzte, was sie sieht, bevor der Schlaf sie endlich mitnimmt, ist die Umrandung der Balkontür.

Es ist sehr früh, als Johannes in die Küche schlüpft, Sarah wacht auf mit einem wirren Gefühl im Bauch. Der Geschmack in ihrem Mund ist bitter, und sie fühlt sich fehl am Platz. Was hat sie sich dabei gedacht, die Nase in Helenes Sofa zu drücken, als würde das etwas ändern? Was hat sie sich dabei gedacht, über Nacht wegzubleiben, ohne ihrem Freund Bescheid zu geben?

«Entschuldige», sagt Johannes leise, «ich muss so früh weg.»

Und Sarah weiß das. Sie weiß, dass Helenes Tage stets um sechs Uhr morgens begonnen haben, weil auf den Baustellen um sieben angefangen wird zu arbeiten und weil Lola in die Schule muss. Dass Helene um diese Zeit Frühstück gemacht hat und Schulbrote.

Sie wickelt sich in die Decke, geht aufs Klo, wischt sich vor dem Spiegel die Wimperntusche unter den Augen weg, gähnt und kämmt ihre Haare notdürftig mit den Fingern. Die nächste Stunde ist ein wildes Chaos, und während Sarah Kakao rührt, Toastbrote belegt, eine Gurke aufschneidet, Lucius eine frische Windel und einen Body anzieht, Maxi dabei hilft, seinen zweiten Schuh zu suchen, fügen sich ihre Bewegungen exakt zu denen der anderen Menschen im Raum. Sie steht nicht im Weg. Obwohl sie hier nicht wohnt, obwohl sie hier noch nie morgens aufgewacht ist, findet sie die gewünschten Sachen im Kühlschrank, passt sich den Abläufen an.

Lucius lacht sie an, als sie ihn mit Brei füttert. Maxi wispert «Tante Sarah» ganz nah an ihrem Hals, legt seine Nase an ihre. Und während Sarah seine Trinkflasche in den Kindergartenrucksack steckt, umarmt Lola sie von hinten. Sie trägt den neuen Kapuzenpulli, schmiegt sich an, flüstert «danke», und Sarah hat kein einziges Mal an ihr Handy gedacht. An die Nachrichten von Leon, die da sind oder nicht.

Dann stehen Johannes, Maxi und Lola mit Jacken und Schuhen, Mützen und Rucksäcken abmarschbereit an der Tür, und Johannes flucht. Er sieht auf die Uhr, versucht erneut, seine Mutter zu erreichen, die längst da sein sollte, presst das Handy mit fahriger Ungeduld ans Ohr. Er geht zur Arbeit, Lola in die Schule, Maxi in den Kindergarten. Aber Lucius bleibt hier, und für ihn gibt es niemanden. Die spärliche verbliebene Verwandtschaft wohnt in einem anderen Bundesland, und Helenes Netzwerk bestand aus vereinzelten Bekanntschaften zu anderen Müttern, wie man sie zwangsläufig aufbaut, wenn man Kinder im selben Alter hat. Aber diese Mütter sind um sieben Uhr morgens in ihren eigenen Häusern mit denselben Herausforderungen beschäftigt. Lucius hat Sarahs Bein mit seinem Arm umfangen und den Daumen im Mund, beobachtet seinen Vater und seine Geschwister, die ihrerseits Sarah anschauen.

«Ich warte, bis sie kommt», sagt sie, «macht euch keine Sorgen.»

Johannes hebt die Schultern in einer hilflosen Geste, Sarah winkt ab.

«Das ist kein Problem», betont sie und beugt sich zu Lucius. «Wir kriegen das schon hin, wir zwei, nicht wahr?»

Er lacht, drückt ihr den spuckenassen Finger auf die Lippen.

Dann fällt die Wohnungstür zu.

MOTION

Lola wirft das *Missy Magazin* neben sich auf die Couch. Sunny hat ihr die aktuelle Ausgabe mit Sharon Dodua Otoo auf dem Cover zum Geburtstag geschenkt, eine Dose Skate-Wachs auch. Sie weiß, dass das *Missy Magazin* für Lola eine Art Gender-Bibel ist, durch die sie gelernt hat, der Sprache des Patriarchats auf die Schliche zu kommen, sie in ihren eigenen Sätzen zu entdecken, zu eliminieren nach und nach. Aber heute findet Lola keinen Zugang zu den Reportagen über Abolitionismus und Identitätspolitik, über transformative Gerechtigkeit und die Legalisierung von Abtreibung in Argentinien. Das ist alles fucking kompliziert, und sie kommt sich ungebildet vor, zu blöd, um zu kapieren, was die ihr sagen wollen, zu schwach auch, um jemals etwas zu ändern auf dieser Welt. Außerdem: Lucius und Maxi. Seit einer halben Stunde streiten sie sich um die Tonie-Box, schreien und beißen, zwicken und treten. Schweigen dann mit roten Backen, aber nur für eine Minute oder zwei, wie um Kraft zu sammeln für die nächste Attacke. Die Oma sitzt am Tisch und schneidet einen Apfel. Schon ziemlich lange schneidet sie und atmet, das ist das Maximum an Dingen, die sie tun kann. Manchmal schläft sie auch einfach ein, im Sitzen. Lola schaut sie dann an und weiß, dass sie nichts zu tun hat mit dieser Person. Es stellt sich die Frage, ob die Mutter von Johannes der Fremdkörper ist oder Lola selbst. Sie versucht, ihre Brüder zu besänftigen, und bekommt dabei einen Kratzer an der Wange ab, der elendig brennt.

Leckt mich doch alle am Arsch, denkt sie und sagt: «Ich geh Hausaufgaben machen.»

Die Oma reagiert nicht. Sie hört schon länger nicht mehr gut.

Das Handy auf Lolas Schreibtisch vibriert. Auf dem Display steht *Erzeuger*, und Lola hat keine Lust, mit ihm zu sprechen, aber er hat in den letzten Tagen siebzehnmal angerufen. Sie berührt den grünen Button und das Lautsprecher-Symbol, nimmt das Smartphone nicht in die Hand.

«Hey, hallo», sagt der Mann, der ihr Vater ist, «Lola?»

«Ja.»

«Ich wollte fragen, wie es dir geht.»

Lola stellt sich fest auf die Fersen, presst sich hinein in den Boden, als Ersatz für ein Festhalten. Sie gibt keine Antwort.

«Und dir zum Geburtstag gratulieren», tönt die Stimme aus dem Handy, halb überlagert von Straßenlärm.

«Mein Geburtstag war vor drei Tagen», sagt Lola scharf.

«Ja, das ... das weiß ich natürlich», erwidert der Erzeuger, «ich war in Mumbai, verstehst du. Ich hab es nicht vergessen, ich hab mehrmals versucht, dich zu erreichen.»

Durch Lolas Ohren saust ein Schwindelgefühl. Das ist alles, das ist der Kern. Eine Mutter, die lieber tot sein will, als bei ihr zu bleiben. Ein Vater, der schon nicht bleiben wollte, als sie noch nicht mal geboren war. Der Zorn kratzt Lola mit seinen Nägeln aus schwarzer Kreide.

«Und bei der Beerdigung, warst du da auch in Mumbai?», fragt sie in die Luft hinein, in ihr Zimmer, findet das Atmen mühsam. Er hat noch kaum was gesagt, und trotzdem tut es weh, mit ihm zu reden. Sie hätte nicht rangehen sollen.

«Switchen wir zu Video?», fragt er, im Hintergrund ein Hupen und das Rauschen von Fahrzeugen.

«Nein», sagt Lola. Sie will seine Geschäftstüchtigkeit nicht sehen, die Krawatte und das Hemd, die pseudofascho Glatze und die Aura von Geld. Sie schaut sich sein Gesicht manchmal an, in den zähen Nächten, auf seinem LinkedIn-Profil. Freut sich dann, dass er inzwischen aussieht wie das Arschloch, das er ist. Als Mama ihn kennengelernt hat, als er jung war, war es ihm nicht anzumerken, die alten Fotos beweisen, dass seine braunen Augen irreführend freundlich waren, und er hatte noch Haare damals, schwarz und verwuschelt, dazu ein zahmes Lächeln. Meister der Täuschung. Gewinner im uralten Spiel, eine Frau rumzukriegen. Ihr lauter Scheiß zu erzählen, damit sie mit ihm ins Bett geht, sie zu verarschen und allein zu lassen mit dem Kind, das er in sie reingebumst hat.

«Ich dachte nur, weil wir uns schon so lange nicht ges…»

Er unterbricht sich, murmelt etwas an jemand anderen gerichtet. Lola stellt sich vor, wie er diesen Call schnell eingeschoben hat zwischen zwei Terminen, wie er in einem Taxi sitzt, unterwegs zu einem Business-Dinner, zum Hotel, zum Flughafen. Und ja, es muss drei Jahre her sein oder vier, dass sie sich gesehen haben, sie möchte sich nicht erinnern, es soll keine Rolle spielen. Sie fragt ihn nicht, wo er sich befindet, lehnt sich gegen ihr Bücherregal, weil es nicht mehr geht ohne Festhalten. Dann ist es kurz still im Zimmer wie unter einer Glocke.

«Wärst du zur Beerdigung gekommen, hätten wir uns gesehen», sagt sie.

«Sorry», er schnauft, «ich war in Bangladesch, ich hätte es nicht rechtzeitig geschafft. Ich hab dich angerufen, Lola. Oft sogar.»

Die Bisswunde am Unterarm ist Lola vor ein paar Tagen langweilig geworden, sie hat jetzt einen Splitter im Handballen. Nachts am Bettrahmen hat sie ihn sich eingezogen und nicht versucht, ihn zu entfernen. Die Haut rundherum ist rot, und es ist ungleich besser, dass sie die Stelle bei Bedarf sofort sehen kann, berühren kann, fest drücken kann. Ungeduldig wartet sie darauf, dass der Splitter anfängt zu eitern.

«Ja», sagt sie, geht nicht ein auf seinen Tonfall. Er ist der Letzte, der ihr Vorwürfe machen darf, der Allerletzte.

«Und wie ist es zu Hause? Ist alles okay?», fragt er.

Zu Hause.

Lola wohnt bei einem Mann, mit dem sie nicht verwandt ist, bei Brüdern, mit denen sie bloß die Hälfte der Gene teilt, und trotzdem sind diese drei Menschen mehr Familie als ihr Vater. Sogar die schwer atmende Oma.

«Wie könnte alles okay sein?»

Der Druck in ihrer Brust ist der Flächenbrand von niedergehaltener Wut. Der Zorn, nussgroß und wachsend, sticht und blitzt, spuckt ihr in die Eingeweide, sodass ihr die Tränen in die Augen treten.

«Es ist sicher schwer, ich verstehe das. Hör mal, du kannst mich …»

«… einfach rausschmeißen», flüstert Lola und tippt auf den roten Kreis, beendet das Gespräch. Er meint es gut, und er glaubt: dass das genügt. Er wird ihr Geld schicken, heute noch oder morgen, in seiner Welt ist das ausreichend. Er hat Wichtigeres zu tun, als sich um sie zu kümmern, und Lola ist ja versorgt, ist gut aufgehoben, trotz allem, und bald ist sie erwachsen, dann endet ihr Anspruch, endet ihre Bedürftigkeit. Und seine Strafe. Er denkt nur an sich, an sich und an niemanden sonst. Das immerhin haben sie gemeinsam, ihre Eltern.

Lola ballt die Hände zu Fäusten, gräbt die Fingernägel ins Fleisch, auch dahin, wo der Splitter sitzt, da sogar besonders hart, atmet in den Zorn hinein wie in einen Luftballon, der größer wird und größer, bis er –

KONFLIKTSITUATION

Der Streit tut ihr gut wie ein Stoß Frischluft. Sarah wirft sich ohne Zögern in die Lautstärke. Sie diskutieren nicht mit Anlauf, sprechen sich nicht warm. Sie steigern nicht das Redetempo und pressen nicht stückweise mehr Wut in ihre Stimmen. Die Wut ist von Beginn an auf Anschlag.

«Du hättest nachfragen können, wo ich bleibe», sagt Sarah und schüttelt ihr Kopfkissen aus, steht da im Pyjama und ist zu aufgewühlt, um sich ins Bett zu legen. «Es hätte ja sein können, dass ich mit dem Rad gestürzt bin und irgendwo im Graben liege!»

«Ich hab mir gedacht, dass du mit Lola Geburtstag feierst. Dass das ein besonderer Abend ist, wegen …»

Leon hat nur Boxershorts an, steht ihr auf der anderen Seite des Betts gegenüber.

«Und mal kurz zu schreiben, um sicherzugehen, dass es mir gut geht, war dir zu viel Arbeit?»

«Wenn wir Männer euch Frauen texten und fragen, wo ihr seid, sind wir zu besitzergreifend, und wenn wir euch eure Freiheit lassen, ist es auch falsch! Man kann es euch nie recht machen!»

Sarah registriert mit Genugtuung das Gift, das aus ihm platzt wie Galle. Den ganzen Tag sind sie herumgeschlichen um dieses Gespräch, sind einander ausgewichen, von einem Zimmer ins andere, bis es nicht mehr möglich war, weil, wenn es Nacht wird, sämtliche Wege durch das Haus unweigerlich zum Bett führen. Und garantiert hat dieses Hinauszögern die Wucht, mit der sie jetzt ihre Worte abfeuern, gesteigert.

«Darum geht es doch gar nicht», zischt sie, «sondern darum, dass dir vielleicht mal ein anderer Mensch wichtig sein sollte außer du selbst!»

«Außer du selbst», äfft Leon sie in einem hohen Ton nach, der ihr die Hitze in den Magen schlägt, «ich tue doch eh die ganze Zeit alles für dich!»

«Ach ja? Was denn zum Beispiel?»

Sie lässt das Kissen sinken, und noch bevor Leon antworten kann, macht sie weiter: «Deine durchgeschwitzten Sport-Shirts für mich rumliegen lassen, ja, meinst du das, damit ich sie aufheben und waschen kann? Oder mit deinen Energydrinks den Kühlschrank vollmüllen, sodass kein Platz für Essen ist und ich nicht noch fetter werde, hm? Oder dir gnädigerweise schnell selbst einen runterholen, damit ich es nicht machen muss: Tust du das für mich?»

Er verengt die Augen, und daran, wie heftig sich seine Brust hebt und senkt, erkennt sie, wie böse er auf sie ist. Das ist gut. Denn sie ist genauso böse auf ihn. Weil er in ihrem Haus hockt, aber nicht richtig da ist. Weil sie so blöd war, sich in ihn zu verlieben, so unfassbar blöd, das darf man niemandem erzählen.

«Das Beschissene an euch ist», ruft Leon, «dass ihr immer alles persönlich nehmt! Vielleicht ist es gar kein Angriff gegen dich, sondern hat überhaupt nichts mit dir zu tun!»

«Das ist ja das Problem! Was immer du machst, hat nichts mit mir zu tun! Du lebst hier nur, weil es praktisch ist. Du willst dich nicht committen, wie du das nennst, redest dich raus auf dein Alter, deine Arbeit, dass du zu jung bist, um eine Familie zu gründen, dass da noch so viel kommt im Leben, was sich nicht planen lässt, bla, bla, bla. Ja, was Besseres als ich soll kommen für dich, stimmt's? Ich bin nichts als eine Übergangslösung, die Alte mit dem schönen Haus, in dem so viel Platz ist!»

Sie gibt dem Kissen einen Schlag.

«Und wieso kommst du nicht auf den Gedanken, ich könnte bei einem anderen sein, hm?», fragt sie nun ruhiger und erkennt den beißenden Hohn daran, jemanden wegen mangelnder Eifersucht zu ermahnen.

«Ich wollte dir Freiraum geben», entgegnet Leon, «Freiraum für deine und eure Trauer. Sei doch froh, dass ich keiner bin, der dir Vorhaltungen macht.»

Sarah schweigt. Weil sie weiß, dass er recht hat. Weil sie aber trotzdem diesen bohrenden Hunger in sich hat nach Bestätigung, nach Vermisstwerden, nach Zartheit.

«Aber wenn dir das alles nicht passt», sagt Leon, plötzlich nicht mehr laut, plötzlich ausgebremst und kalt, «und wenn du dein ach so schönes Haus für dich haben willst, kann ich ja gehen.»

Er bückt sich, hebt seinen Pullover auf, streift ihn über.

Sarah fängt unvermittelt an zu frösteln. Wenn ein Streit an Lautstärke verliert, wird er gefährlich. Wenn das Leise kommt, schleicht sich etwas Fieses in die Stimmen und etwas Kühles in die Blicke, dann werden die Dinge gesagt, die stechen wie schmale Klingen. Sie verletzen gezielter als die hitzig gebrüllten Sätze, die man aufnimmt mit dem Filter der Nachsichtigkeit.

«Ich weiß, dir geht es grade nicht gut», fährt er fort, und ihr ist klar, dass das eine Umschreibung sein soll für ihre Gefühle nach Helenes Tod, «aber ich hatte die ganze Zeit Verständnis. Oder nicht? Ich war doch für dich da.»

Beleidigt klingt er und jung. Er glaubt ja wirklich, dass das, was er tut, genügt. Ihre Schulter streicheln. Sie mitleidig anlächeln. Wenig mit ihr reden, damit sie Zeit für sich hat. Sich keine Sorgen machen, wenn sie über Nacht wegbleibt. Sie hätte sich einen aussuchen sollen, der zehn Jahre älter ist, nicht zehn

Jahre jünger. Die Sache ist nur: Sie ist an dem Punkt, an dem sie zu viel investiert hat. Wenn sie ihn jetzt gehen lässt, war alles umsonst.

Als Leon um das Bett herumkommt, stellt Sarah sich ihm in den Weg und greift nach seiner Hand. Sie will alles, alles von ihm hören. Sie will Bezeugungen und Geständnisse und Schwüre und Nur-du-Sätze. Wie kann es sein, dass sie so zu ihm hinwünscht, so zu ihm hinliebt und Leon trotzdem stumm bleibt?

«Es tut mir leid», sagt sie.

Er drückt sie mit Wucht gegen den Schrank. Sarah macht automatisch die Lippen weich, als er seinen Mund auf ihren presst. Er gräbt die Hand zwischen ihre Beine, und das Stöhnen, das sich aus ihrer Brust löst, kommt nicht aus Lust, sondern von der Unzufriedenheit, die noch da ist. Die Wunden, die der Streit hinterlassen hat, haben nicht einmal Krusten, aber Leon interpretiert ihren Laut als Zustimmung. Er öffnet seine Hose, schiebt Sarahs Pyjama nach unten, drängt sich an sie und in sie. Er fasst ihre Handgelenke, zieht sie über ihren Kopf, hält sie gegen den Schrank. Es ist kein freundlicher Versöhnungssex, bei dem man Annäherung sucht und Vergebung, es ist ein harter, kurzer Fick zum Abreagieren, und er tut weh. Sarah kostet den Schmerz, stemmt sich ihm nicht entgegen, akzeptiert ihn.

Sie hat sich in dem Moment in Leon verliebt, in dem er ihr den letzten Erdnussflip zugeschoben hat, so nebenbei, aus angelernter Großzügigkeit, das Gesicht dem Fernseher zugewandt, auf dem eine Folge *Tiger King* lief. Sie hat sein Profil betrachtet, und ein neuer Filter ist über ihre Augen gerutscht: Ja. Der. Den will ich.

Sie hätte sich noch wehren können in dem Moment, sich ducken, ausweichen, aber sie hat es nicht getan, im Gegenteil.

Sie hat ihre Hand auf seine gelegt und war sich sicher, er spürt das auch, genau jetzt, dass die Luft sich anders bewegt zwischen ihnen, dass es beginnt.

Sie hat ihm ihre Liebe überlassen wie er ihr den Flip, bedenkenlos, unbedacht.

Als Leon kommt, zieht er sich schnell zurück, lässt ihre Handgelenke los, küsst ihre Wange, gibt ihr einen Klaps auf den Po. Sein Sperma klebt an Sarahs Oberschenkel.

«Du bist so impulsiv», sagt er.

Dann wirft er sich aufs Bett, Sarah geht ins Bad. Kaum hat sie die Tür geschlossen, kaum ist da die Wand zwischen ihnen, sodass er sie nicht sehen kann, haut sie sich mit der flachen Hand auf die Brust, um die Tränen zu unterdrücken. Der Selbsthass gurgelt und plätschert in ihr wie Gase in einem aufgeblähten Bauch. Sie atmet tief, ein und aus, dann noch mal, wie am Weiher beim Joggen, konzentriert darauf, das blecherne Gefühl aus ihrem Magen zu schieben. Sie nimmt Klopapier, wischt sich die Beine ab, betrachtet das saubere Waschbecken, den blanken Spiegel, sieht die Wäscheberge in Helenes Badezimmer vor sich, die Flecken in der Küche, die garantiert erneut versaut ist, den Dreck überall. Und ist das also wirklich so: Wenn die Frau sich nicht kümmert, kümmert sich niemand. Sarah hebt den Blick, sieht sich im Spiegel an.

Sie hat zweimal abgetrieben. Einmal mit achtzehn, einmal mit fünfundzwanzig. Zuerst im Sommer vor dem Beginn ihres Studiums, sie wollte nach Wien und dann nach London, sie hat nicht sicher gewusst, wer der Vater wäre, und ohnehin hatte das alles keine Bedeutung. Sie war so jung, es war bloß ein Fehler, ein Missgeschick. Mit fünfundzwanzig hat sie Helene vor Augen gehabt, Helene, die sich abgemüht hat mit der zweijährigen Lola, die so knapp vor dem Abschluss das Studium aufgeben musste, um Geld zu verdienen, die wenig geschlafen und ständig geheult hat, und deshalb hat Sarah das Kind wegmachen lassen, deshalb.

Weil sie nicht leben wollte wie Helene.

FIGHTING SPIRIT

Sie schwänzen die Schule nur sporadisch und immer spontan. Noch nie haben sie sich verabredet an einem anderen Ort, zur Schulzeit, haben eine Absicht gehabt, einen Plan. Trotzdem erkennt Lola sofort, wie sich Sunnys Bewegungen verändern, als sie sich nach dem Turnunterricht umziehen. Wie sie das Fertigwerden hinauszögert und eine neue Anspannung hat, auf ein Startsignal lauscht. Als die anderen fort sind, auf dem Weg zurück in die Klasse, als Sunny sie angrinst, nickt Lola.

Die Stille auf dem Schulflur ist zäh und wollig. Sich außerhalb der Klasse aufzuhalten, während alle in den Räumen sitzen und lernen, fühlt sich an wie in einem Geisterhaus, out of place. Sie holen ihre Skateboards und huschen vorbei an den Räumen, in denen ihre Mitschüler·innen auf das Leben vorbereitet werden.

Vor dem Supermarkt bremst Sunny ab, zieht einen Zehner aus der Tasche und wedelt damit durch die Luft wie bei einem Happy Dance. Sie hat ihn wahrscheinlich ihrer Mutter geklaut. Lola stellt keine Fragen. Sie kaufen sich Gummizeug und Schwedenbomben, Eistee und Mannerwaffeln, Süßes, nur Süßes. Seit THE END hat Lola wenig gegessen, da war dieses alles wegätzende Gefühl, als pumpe ihr Magen Säure quer durch ihre Organe. Und es ging schnell, ein paar Tage bloß, dann war ihr schon ständig schwindlig, dann saß eine träge Schwäche in ihrem Hirn, das wattige Dröhnen von Nahrungsmangel. Ihr Körper bräuchte Vitamine, etwas Frisches, Gesundes. Kaum sind sie wieder draußen, reißt Lola die Maske runter und die Skittles-Packung auf. Sie legt den Kopf zurück und schüttet sich die bunten Zuckerkugeln in den Mund, blinzelt in den hellen Himmel. Es ist ein bisschen sonnig, nicht warm. Sunny lacht, Lola kippt auch ihr Skittles auf die Zunge. Sie stehen da und kauen. Es schmeckt intensiver, weil sie etwas tun, das verboten ist.

Sie skaten auf dem Radweg die Alpenstraße entlang, Sunny voraus. Ihre langen roten Haare tanzen im Fahrtwind hinter ihr her wie ein Cape, sie trägt eine Leggins mit Blümchen und darüber einen Jeans-Minirock. Lola könnte das immer machen, auf dem Board stehen und Sunny folgen, egal, wohin.

Unter der Brücke ist nicht viel los, es ist später Vormittag. Wer jetzt hier ist, sollte eigentlich in der Schule sein. Drei Jungs sitzen auf einem der Stairsets, Lola kennt sie vom Sehen. Sie sind ungefähr siebzehn, schauen nicht her.

Der Betonplatz zwischen den Brückenpfeilern ist dreckig, und Skatepark nennt ihn keine·r. Wer hierhergehört, sagt Cage zu der Ansammlung von Banks, Curbs, Pools und Ledges. Wer nicht hierhergehört, kommt sowieso nur einmal. Und dann nie wieder.

Alles ist hart, und eine, die hier skaten will, muss es auch sein.

Sunny lehnt sich gegen eine graue Säule, trinkt vom Eistee. Sie stopfen sich das Schleckerzeug mit System rein, Lola ist erstaunt, wie rasch ihr schlecht wird. Trotzdem hört sie nicht auf, das Klebrige, Zuckrige gibt ihr das Gefühl, als würde ihr Blut langsamer fließen, nicht so hektisch, so schmerzhaft. Sie denkt an den Mathelehrer, der sicher längst im Klassenbuch notiert hat, dass sie fehlen. Der die anderen gefragt hat, ob sie beim Turnen noch dabei waren, und ihnen nicht glaubt, dass sie von nichts wissen.

«Wir sagen einfach, dir ist es nicht gut gegangen», sagt Sunny, die Lolas Gedanken sowieso immer hören kann, «du hast geweint. Ich hab dir helfen müssen. Hab dich heimgebracht.»

«Ja», sagt Lola und schiebt den halb zerkauten Haufen Gummibärchen von innen gegen ihre Zähne.

«Das ist wie eine Freikarte», meint Sunny. «Müssen wir eh ausspielen, solange es geht.»

«Ja», macht Lola noch mal und schluckt den Gelatinebrei hinunter. Konzentriert sich drauf, nicht zu würgen. Die Süße legt sich auf die Schärfe des Zornklumpens. Vielleicht kann ihn der Magen, wenn er sich ausdehnt, verdrängen. Lola beißt, lutscht, schluckt und schluckt.

Später machen sie ein paar Moves, Sunnys Kickturns werden besser, Lola gelingt ein guter Manny. Sie schaut zu den Jungs hinüber, ob einer von ihnen es bemerkt hat. Der mit der grauen Mütze hat schöne Augen.

Am Wochenende sind hier oft fünfzig Skater·innen versammelt, wo soll mensch auch hin in dieser Stadt, die gemacht ist für Leute, die alt sind und/oder Geld haben. Wenn Mädels kommen, dann eher zum Zuschauen. Sie haben dann Kaugummiblasen vor den Mündern, halten das Handy auf ihre Boys, die sich an Slides und Grinds versuchen, lassen sich mit ungerührtem Gesichtsausdruck schimpfen, wenn das Video verwackelt ist.

Heute ist keine da.

Pandemie-Orte sind stille Orte, das haben sie gelernt.

Es geht ganz schnell auf einmal, und den Anfang bekommt Lola nicht mit. Als sie sich umdreht, sind die Typen schon zu nah an Sunny, alle drei. Lola stolpert zu ihnen hin, fängt sich unelegant auf, spürt kurz den glatten Beton unter ihren Fingern.

«Kannst du nicht aufpassen!», mault der mit dem Buttergoods-Shirt Sunny an.

Vielleicht sind sie zusammengestoßen, oder sie hat ihn gestreift, nichts ist kaputt, niemand verletzt. Sunny entschuldigt sich. Aber die drei lösen die Spannung nicht auf, lassen es nicht gut sein. Die Aggression leuchtet, stülpt sich über die kleine Gruppe wie etwas Sichtbares.

Sunny macht einen Schritt zurück, bückt sich nach ihrem Board. Lolas Augen springen, versuchen, die Körpersprache zu lesen, und da ist diese flache Atemlosigkeit. Dieser Instinkt, der ihr befiehlt auszuweichen. Nicht laut werden jetzt, bloß nicht provozieren. Still bleiben, nach unten schauen, deeskalierend reagieren.

«Komm», flüstert Sunny, «lass uns gehen.»

Ihre Hand ist nicht warm wie sonst, heute nicht, sie schiebt ihre Finger zwischen Lolas und zieht.

«Ihr hässlichen Fotzen», sagt der mit der Mütze.

Sunny presst Lolas Hand zusammen. Sie setzen ihre Schritte rückwärts, halten den Blick auf die Jungs. Als sie sich umdrehen, steigen die drei Jungs auf ihre Boards. Überholen sie, stellen sich vor ihnen auf, versperren ihnen den Weg. Jetzt ist das nicht mehr eine Situation. Jetzt ist es Absicht.

«Hast du nichts zu sagen?», fragt der Buttergoods-Kerl. Der Dritte hat eine Sonnenbrille und ein Totenkopf-Tattoo auf dem Handrücken.

«Ich hab mich entschuldigt», erwidert Sunny fest, und das leise Zittern in ihrer Stimme, das hört nur Lola. Das feine Zucken ihrer Finger, das spürt nur Lola.

Doch die Typen, die scheinen es zu riechen. Die haben einen Sensor dafür, wie Bluthunde. Und es liegt etwas Hämisches in ihren Mundwinkeln.

«Macht uns Platz», fordert Sunny, «sofort», und Lola liebt sie für diese Bestimmtheit, liebt sie hart und ernst.

«Haben wir ein Problem?», fragt Lola laut.

Mütze zuckt mit den Achseln, schaut an ihnen runter,

schaut genau. Auf Lolas abgeschabte Bomberjacke und ihr ungeschminktes Gesicht, auf Sunnys glitzernde Augenlider und den *Smash the patriarchy*-Sticker an ihrer Kappe. Lola bereut es, dass sie ihm in Gedanken ein Kompliment gemacht hat. In Wirklichkeit hat er verzwickte Schweinsäuglein und ein volles Arschgesicht.

«Ihr seid das Problem», sagt er. Und dann grinsen die so scheiße.

Lola will nicht streiten, nicht diskutieren. Sie will weg. Die sind stärker, die sind einer mehr.

Sunny bewegt sich unvermittelt und versucht, sich zwischen zwei der Jungs durchzuducken, knallt das Board auf den Boden, um draufzuspringen, aber der Totenkopfkerl streckt die Hand aus und schlingt sie um Sunnys Haare, zieht daran, reißt Sunny zurück und zu Boden. Reißt so fest, dass Sunnys Körpergewicht kurz an den Haaren in seiner Faust hängt, bevor sie hart aufprallt.

«Lass sie los!», schreit Lola, hebt ihr Board, schwingt es, knallt dem Typ die Kante gegen die Schulter. Haut nicht fest genug, er fällt nicht um. Schaut sie nur an mit einem Todesblick, und dann hat Lola einen Arm um den Hals, dann liegt Lola auf dem Beton, und ein schwerer Körper kniet auf ihr drauf. Da ist keine Luft zum Schreien. Sie strampelt, kann Sunny nicht sehen, auch sonst wenig, die Brücke über ihr, Haare, Mütze, Hände.

Wahrscheinlich sind es nur Sekunden, doch wegen der Schwäche dehnt sich die Zeit. Wegen der weichen Muskeln, der wehrlosen Arme. Wegen der geschlossenen Lippen, aus denen nichts kommt, nicht einmal Spucke. Plötzlich sind die Hände weg, die Knie auf ihrer Brust, die Typen auch.

«Ist gut jetzt», sagt Buttergoods.

Hat vielleicht Schiss bekommen vor der eigenen Kraft.

Lola rappelt sich auf, fühlt sich dünn und durchscheinend und ohne Gewicht. Sie schaut nicht zurück, sammelt ihren Schulrucksack, das Board und Sunny ein. Sie gehen aus dem Cage, ein paar Meter die Straße runter, wo viel Verkehr ist und die Bushaltestelle. Dann bleiben sie stehen, und Sunny hat trockene Augen, die trotzdem aussehen, als würde sie weinen.

Und jetzt?, fragt sich Lola. Wie können wir anders sein, uns nicht ausbremsen lassen, wie können wir zu denen gehören, die nicht die Klappe halten, zu denen, mit denen niemand so was machen kann? Immer hat sie gedacht, das geht, und in Wahrheit geht das gar nicht.

«Lola?», flüstert Sunny und fasst sich ins Haar, schlingt es um ihr rechtes Handgelenk wie einen Seidenschal. Auf ihrer Stirn ist schwarzer Dreck, sie tastet ihre Kopfhaut ab. Lola stellt sich nah zu ihr, lehnt ihren Kopf an Sunnys.

«Es tut mir leid», sagt Sunny, «ich hätte mich nicht losreißen sollen. Aber einfach dastehen, so passiv, und warten, dass die uns vorbei...»

«Ja», erwidert Lola.

Einen Moment lang ist nur das Rauschen der Autos zu hören.

«Und wenn sie nicht aufgehört hätten?», fragt Sunny, und Lola sperrt ihre Vorstellungskraft ein. Errichtet eine Mauer, hindert ihre Gedanken daran, dort hinzugehen.

«Sollen wir zur Polizei fahren?», fragt sie.

Formuliert es nicht als Aussage und ist sich dessen bewusst.

Denn es ist so: Eine kann sich nicht immer nur beschweren. Dass alles so ungerecht ist. Dass keine·r was macht gegen Gewalt und Femizid. Eine muss auch selber was tun. Muss aufstehen und mutig sein, wenn es so weit ist. Und was sollen sie sagen, bei der Polizei, was können sie vorweisen? Eine Beule am Hinterkopf, eine Schramme, mehr nicht? Da wären die

Fragen. Da wären die verwundenden Blicke der Beamt·innen, denen sie Sunny nicht aussetzen will, und dem Unglauben auch nicht. Außerdem schwingt Lola alles im Kopf, was sie im Netz gesehen und gelesen hat, über die Polizeigewalt bei den #blacklivesmatter-Demonstrationen, über den Mord an Sarah Everard vor zwei Wochen, den ein Polizist begangen hat. Und überhaupt: Hat sie jemals davon gehört, dass Frauen oder Mädchen in einer vergleichbaren Situation beigestanden wurde von den sogenannten Freunden und Helfern?

«Es wär gut, wenn wir rauchen würden», sagt Sunny, «das hätte was Cooles, oder? Sich eine Tschick reinziehen, zur Beruhigung. Was Lässiges sagen, das zeigt, dass es uns egal ist.»

«Aber milliardenschwere Konzerne würden noch reicher werden, während wir uns selbst vergiften und an unserer eigenen Dummheit verrecken.»

Jetzt lacht Sunny leise.

«Ich hasse dich aus tiefstem Herzen», sagt sie, und Lola findet ihre Augen sehr grün, absinthfarben, wie von einer Waldfee.

«Ich dich auch», sagt Lola, dann steigen sie in den Bus. Irgendwie ist klar, dass sie heute nicht mehr skaten.

Sie schauen aus dem Fenster. Lola steigt nicht an ihrer Haltestelle aus, bleibt neben Sunny. Sie schweigen, und erst als sie aufstehen müssen, als Sunny die Hand hebt, um den roten Knopf zu drücken, sagt Lola: «Es ist uns nicht egal.»

Sunny dreht sich zu ihr. Sie hat das Fuchsbabygesicht, und Lola will sie mit Warmem bedecken, will sie verbergen vor Blicken und Händen und Ohren, tief im dunkelroten Schoß der Welt. Dieser Wunsch füllt sie so sehr aus, dass die Angst zurückweicht und die Unsicherheit auch.

Die Siedlung, in der Sunny mit ihrer Mutter wohnt, ist schöner als Lolas, nicht so trist, nicht so heruntergekommen.

Nicht so voller Leute, die vom Balkon springen beim Abendessen.

«Nächstes Mal schlägst du ihm nicht auf die Schulter», sagt Sunny, «sondern in die Eier, okay? Hast du das nicht im Kindergarten gelernt, Lola, dass man Männern immer in die Eier hauen muss?»

Lola fängt aus Überraschung an zu lachen, lacht erschrocken und abgehackt. Sunny stimmt ein, und dann verpasst Lola den Moment, in dem aus Sunnys Lachen ein Weinen wird. Sie schlingt die Arme um ihr Fuchskind, drückt es fest an sich, atmet in sein Haar. Der Zorn ist eckig mit gezackten Rändern, er schmeckt wie ein Löwenzahnblatt. Sein Saft ist ähnlich braun und färbt alles ein, was er berührt.

Sunny schmiegt sich in die Umarmung und riecht nach Angst. Lola versteht, dass das ernst war. Dass es anders hätte ausgehen können. Und was ihr am meisten stinkt: dass alles wahr ist. Dass so was tatsächlich passiert und sie so machtlos sind, what the fuck.

Sie wartet, bis Sunny im Haus ist. Sie wartet, bis die Tür ins Schloss gefallen ist, und noch ein bisschen länger. Erst dann fällt sie auf die Knie und erbricht den Zucker, die Gelatine, bunte Farbklumpen, kotzt krampfartig ins Gebüsch, krümmt sich auf allen vieren auf dem rauen Asphalt. Bis nichts mehr in ihr drin ist bis auf die Wut, die ist noch da, reckt sich, hat wieder Platz jetzt. Ist härter geworden.

METONYMIE

Die Gummihandschuhe sind das Geheimnis. Den Dreck von anderen findet man ja immer ekliger als den eigenen, selbst wenn er exakt gleich aussieht. Sarah zieht die gelben Handschuhe fast bis zu den Ellbogen, hinterher riechen ihre Finger wie warmer Kleber, und sie denkt jedes Mal an die Werkstatt ihres Vaters. Er hat alles repariert, was die Leute ihm gebracht haben, und bezahlt haben sie ihn mit dem, was sie entbehren konnten. Ein Huhn fürs Abendessen gegen ein geflicktes Fahrrad. Ein Korb Pilze gegen ein zusammengelötetes Brillengestell. Sie haben nicht viel gehabt, ihre Eltern, und Sarah haben sie trotzdem adoptiert. Weil ein Haus ohne ein Kind wie ein Leben ohne Lachen ist, hat ihre Mutter oft gesagt, und Sarah sieht ihr wirklich nicht ähnlich. Für einen Bruder oder eine Schwester hat es dann aber nicht mehr gereicht.

Natürlich hätte Sarah einfach Mirza bitten können, in Helenes Wohnung sauber zu machen. Hätte ihr den vereinbarten Stundensatz zahlen können und ein bisschen mehr, weil manche Flecken so verkrustet waren. Dass sie es selber macht, obwohl sie es nicht einmal in ihrem eigenen Haus selber macht, das ist kompliziert. Es hat mit einer Art von Buße zu tun, das ist ihr klar, einem Versuch der Wiedergutmachung gegenüber Helene, die Sarah, und dieses Gefühl geht nicht weg, wie sehr sie auch daran herumkratzt, offenbar im Stich gelassen hat. Sie beugt sich über das Waschbecken, beugt sich über die Spülmaschine, beugt sich über den Teppich. Nimmt diese Körperhaltung ein und wünscht sich, sie könnte etwas abarbeiten mit jeder Minute, die sie so verbringt. Als gäbe es eine geheime, zweigeteilte Liste mit ihren Namen: *Sarah* | *Helene,* und auf ihrer Seite sind zu wenig Punkte.

Es hat aber auch mit der Ablenkung zu tun, die sie braucht. Die dreckige Wäsche zu sortieren und die saubere zu falten, die Böden zu wischen und die Kastenfronten auch, die Duschwände mit Kalkreiniger abzureiben und die Spülmaschine einzuräumen, sind handfeste Tätigkeiten, sie sind echt. Man muss sich bewegen, aufrichten und bücken, die Arme strecken, Kraft aufwenden, das ist was anderes, als dazusitzen und auf einen Bildschirm zu starren, auf dem sich bloß Buchstaben verändern.

Sarah liebt es, wie sie beim Putzen anfängt zu schwitzen. Denn das ist der dritte Punkt: Die von ihr geschaffene Sauberkeit erfüllt sie mit satter Zufriedenheit. Es ist ein Vorgang, dessen Resultat sie sofort sehen kann. Der Wasserhahn ist mit Zahnpasta verklebt, sie sprüht ihn ein, poliert ihn mit dem Schwamm, dann glänzt er. Es ist schön, wie simpel das ist. Während Sarah in Helenes Wohnung putzt, lächelt sie.

Die Toilette hebt sie sich jedes Mal bis zum Schluss auf. Man kann es drehen und wenden, wie man will, vor einer fremden Toilette zu hocken und die Schüssel zu schrubben, hat etwas Erniedrigendes. Selbst wenn man Geld dafür bekommt, oder dann vielleicht sogar noch mehr. Sarah geniert sich, dass sie Mirza das seit Jahren zumutet, ohne es je hinterfragt zu haben, und überhaupt: dieses System. Dass Mirza aus Bosnien nach Österreich gekommen ist, dort womöglich Lehrerin war oder Polizistin, was hier niemanden interessiert, weshalb ihr nichts anderes übrig bleibt, als vor Kloschüsseln in die Knie zu gehen. Während Sarah ihre Zeit lieber zum Schreiben verwendet hat und unterwegs auf Lesereisen war, die Beschäftigung mit ihrem Schmutz ausgelagert hat in ihrer Privilegiertheit.

Sarah hält die Klobürste mit entschlossenem Griff und schiebt sie so weit in die Muschel wie möglich, scheuert wild, und es ist ihr egal, dass es dabei spritzt, weil: die Handschuhe. Die hat sie am Anfang nicht gehabt, und ausgerechnet Leon hat sie auf die Idee gebracht. Da ihre Hände rau wurden vom Putzmarathon zweimal wöchentlich, hat er, als sie sich abends eingecremt hat, beiläufig gesagt: «Kauf dir doch Gummihandschuhe», und sie hat so getan, als hätte sie daran auch schon gedacht.

Es war keine Rede mehr davon, dass Leon ausziehen könnte. Und doch ist keines der im Streit angesprochenen Themen geklärt, die Notwendigkeit für ein Gespräch geht ja nicht weg, nur weil man sich weigert, es zu führen. Die Handgelenke haben Sarah den ganzen nächsten Tag wehgetan, sie hat sie angesehen mit dem Gefühl, eine Grenze nicht eingehalten zu haben. Nicht die Grenze von jemand anderem. Sondern ihre eigene. Seit dem Streit gibt Leon sich umgänglich und kuschelig, ihr dagegen hängt es noch nach. Nicht das, was gesagt wurde, sondern mehr der schrillgelbe Hass, den sie empfunden hat. Weil sie nicht weiß, ob er Leon galt oder ihr selbst.

«Was tust du denn da?», fragt plötzlich eine Stimme hinter ihr, und vor Schreck fährt Sarah ruckartig mit der Bürste quer durch die Muschel, ein bisschen Wasser spritzt ihr ins Gesicht. Sie dreht sich um, Lola schaut entgeistert.

«Wieso bist du schon zu Hause?», fragt Sarah zurück, kann keinen Blick auf die Uhr werfen wegen der Handschuhe und ist sich trotzdem sicher, dass noch nicht Mittag ist. So lange wäre die Oma niemals mit Lucius beim Spazierengehen, meistens tauchen sie nach einer halben Stunde wieder auf und bringen frischen Dreck mit. Sie latschen rein mit den Erdklumpen und Steinchen auf den Gummistiefeln und am Stock, die Oma sieht das nicht. Oder tut so, als würde sie es nicht sehen.

Lola zuckt mit den Achseln und macht eine Kopfbewegung zur Klobürste in Sarahs Hand.

«Bezahlt er dich wenigstens?», fragt sie. Sarah gibt keine Antwort.

Sie greift sich nicht ins Gesicht, wischt die Wassertropfen nicht weg, weil sie nicht will, dass Lola mitbekommt, dass da welche sind. Sie werden gleich trocknen, sie wird sie gleich nicht mehr spüren.

«Was denn», bohrt Lola nach, «gibt er dir kein Geld?»

«Nein, natürlich nicht», beeilt sich Sarah zu sagen.

«Und wieso tust du es dann?»

Lola neigt den Kopf wie ein Hund, der knurrt.

«Ist alles in Ordnung?», fragt Sarah und steckt die Bürste zurück in die Halterung. Sie drückt auf die Spülung und zieht die Handschuhe aus, hört das Schnappen vom Gummi. Sie durfte ihrem Vater jedes Wochenende helfen, hat mit Heißkleber hantiert und mit Schraubenziehern. Als er gestorben ist, hat sie eines seiner karierten Hemden aus seinem Schrank gestohlen, es hängt in ihrem Schlafzimmer hinter den Wintermänteln. Manchmal drückt sie die Nase hinein und schämt sich gleichzeitig dafür.

Lola greift sich mit seltsamem Blick kurz an den Hals, geht dann ohne ein weiteres Wort in ihr Zimmer. In der Küche kontrolliert Sarah den Stundenplan, der an der Pinnwand hängt. Lola hätte bis 15.30 Uhr Unterricht, warum ist sie schon zu Hause? Vielleicht hat sie Bauchschmerzen wegen ihrer Periode. Oder irgendwas ist in der Schule vorgefallen. Sarah überlegt, Johannes anzurufen, aber eigentlich weiß sie nicht, was sie zu ihm sagen soll.

Im Flur steht sie vor Lolas Tür und fragt sich, was Helene getan hätte. War sie eine gute Mutter? Sarah hat es nie hinterfragt. Zuerst war Helene eine alleinerziehende Mutter, eine überlastete, schuftende, nachts lernende, sehr magere Mutter, mit ungestylten Haaren, abgelaufenem Käse im Kühlschrank und Löchern im Geldbeutel, zerfahren, blass, mit diesem erschreckenden Hunger in den Augen. Nach dem Vaterschaftstest konnte sie die Unterhaltszahlungen von Stephan gerichtlich einfordern, aber lustig war das nicht. Sarah erinnert sich an die Vorwürfe, die er Helene gemacht hat. Dass er zahlen müsse für etwas, das er nicht haben wollte, und wie *sie* das fände, wenn er Geld von ihr verlangen würde, jeden Monat, einfach so. Und später? Da war Helene eine neu verliebte Mutter, eine endlich verheiratete Mutter, eine noch mal schwangere, sehr beschäftigte Mutter, die alles schon mal erlebt hatte, Fieberkrämpfe und durchwachte Nächte, vollgekotzte Bettwäsche, Lausalarm im Kindergarten, die alles kannte, Hausmittel gegen Bauchweh, die Sendezeiten vom Kinderkanal, Kuchenrezepte. Die nichts mehr erschüttern konnte. So hat es zumindest ausgesehen, von außen. Aber interessant eigentlich, dass sie für Sarah in erster Linie das war: Mutter.

Die Hand, mit der Sarah an Lolas Zimmertür klopfen wollte, lässt sie sinken. Nichts fanden sie und Helene in ihrer Teenager-Zeit schlimmer als die Neugier ihrer Eltern. Wenn Lola nicht mit ihr reden will, sollte sie sie nicht bedrängen. Sie hat kein Recht dazu.

Sarah stellt das Glas in die Spülmaschine, legt die Gummihandschuhe in den Schrank unter die Spüle, zieht ihre Sneakers an und verlässt Helenes Wohnung.

SELF DEFENSE

Am nächsten Tag hat Sunny sich die Haare komplett abrasiert. In der Schule ist dann sie diejenige, der das Geflüster folgt durch alle Gänge. Deshalb sagt Lola kein Wort dazu, küsst nur Sunnys Hals zur Begrüßung, der jetzt nackt ist und frei. Als sie nach dem Unterricht am Unipark ankommen, streckt Lola die Hand aus, abwartend, *darf ich,* fragt die Geste. Sunny neigt den Kopf, gibt ihr Einverständnis. Lola streicht über die Stoppeln, die nicht stachelig sind, sondern unerwartet weich, flaumig, wie ein Küken.

«Geil», sagt sie.

Sie schaut sich die neue Statur von Sunny an, die fragiler wirkt, aber gleichzeitig, und wie absurd ist das, stärker. Sie fragt sich, wo Sunny die Haare hingetan hat. Ob sie den roten Haarhaufen, der in Lolas Vorstellung irgendwie warm ist, in den kleinen Mülleimer im Badezimmer gelegt hat oder ob sie ihn hinuntergetragen hat auf die Straße, zur Tonne, ob sie gezögert hat beim Hineinwerfen.

«Die waren eh immer im Weg», sagt Sunny, während sie auf den breiten Steinstufen sitzen und Pommes essen.

Lola sieht vor sich, wie Sunny an den Haaren zurückgerissen wurde. Es muss wehgetan haben. Die Beule an ihrem Hinterkopf ist geschwollen und von der Größe einer Kinderfaust. Lola hat blaue Flecken am Hals, die Ellbogen tun ihr weh und das Steißbein.

«Der Typ hat außerdem seinen Schwanz an mir gerieben», sagt Sunny und hat jetzt kein Cape mehr, hat keine Strähnen mehr, die der Wind ihr an den Wangen entlang vor die Ohren wehen könnte, hat kein Versteck mehr, das Zarte ist noch da und die Augen viel größer. Sie hat ein schwarzes Shirt an, einfach nur schwarz, und vielleicht ist das von allen Dingen das traurigste.

«Hat sich an mich gedrückt», sagt sie, «und sich an mir gerieben.»

Lola schaut auf die Mulde an Sunnys Schlüsselbein. So verändert ist sie, dass es Lola vorkommt, als wäre eine zweite Sunny geboren worden. Aber sie hat sich nicht verabschieden können von der ersten.

«Hast du überhaupt was gespürt», murmelt Lola, «war bestimmt ein kleiner Schwanz.»

Sunny wendet sich zu ihr, erkennt sicher das Nasse in Lolas Augen.

«Mein erster Schwanz», sagt Sunny, «und dann gleich so ein kleiner.»

Sie könnten lachen jetzt, aber sie wollen nicht.

Sie essen auf, bleiben sitzen, und Lola hofft, dass das Mädchen mit dem Nasenring wieder vorbeikommt, das Mädchen mit den Muskeln unter der Jacke und dem wilden Geruch. Sie könnte fragen: Hey, wie heißt du, sie könnte sagen: Danke für neulich.

Bei so einem Mädchen traut sich das sicher niemand. An einem solchen Mädchen reibt sich keiner, auf ein solches Mädchen kniet sich keiner, und wenn doch, dann tut er das nur einmal.

«Ich weiß was», Lola springt auf, holt ihr Handy aus dem Rucksack, ignoriert die Nachrichten von Johannes, entsperrt es, «ich hab eine Idee», und Sunny fährt sich mit der Hand über ihren neuen Kopf, hat so einen Blick, der sagt: bitte eine gute. Lola macht Google auf und tippt ein: *selbstverteidigung salzburg*.

UNGEWOLLTE GLEICHKLÄNGE

Sie könnte sich freuen, dass Leon mit ihr aufsteht, mit ihr am Küchentisch sitzt so früh am Morgen, sie sollte es wohl auch, und sie lächelt ihn an. Aber in Wahrheit nimmt sie es ihm übel, dass er den Wecker auf halb sechs gestellt und noch vor ihr das Bett verlassen hat, als gäbe es was zu gewinnen, den ersten Preis für Liebenswürdigkeit. Jetzt presst er eine Zitrone in zwei Gläser mit Wasser und schiebt eines zu Sarah, hat derart viel Fürsorglichkeit in seinen Gesten, dass sie den Unterkiefer anspannen muss, um ihm keine boshaften Sätze hinzuspucken, die dann lange in der Luft hängen und von der Decke tropfen wie Gift.

«Trink, das macht dich wach», sagt er und gähnt gleich darauf, gähnt so demonstrativ, so absichtsvoll. Er sieht auch sehr betont verschlafen aus, trägt die Müdigkeit wie eine Opfergabe. Sie weiß, dass er wieder ins Bett gehen wird, sobald die Tür hinter ihr zufällt, dass er weiterschlafen wird für mindestens vier Stunden. Und es gibt keine Möglichkeit, das anzusprechen, nicht einmal in einem Witz, er wäre zu bitter, der Kern aus Wahrheit zu groß. Sie steht auf dem verlorenen Posten von jemandem, der sich bedanken muss für etwas, das er nicht haben wollte. Das ermüdet Sarah mehr als die frühe Uhrzeit.

«Danke», sagt sie und nimmt einen Schluck, dann noch einen, findet das Gesöff viel zu sauer, es brennt an der Innenseite ihrer Wangen. Sie trinkt das ganze Glas aus, ohne den Blick von Leon zu nehmen, stellt es zurück auf den Tisch.

«Das ist wirklich lieb von dir», sagt sie.

Die Straßen sind derart leer, dass sie sich fragt, ob sie jemals kurz nach sechs mit dem Fahrrad hier unterwegs war, und natürlich lautet die Antwort Nein. Manchmal musste sie einen frühen Zug erwischen, weil sie für eine Veranstaltung gebucht war und eine weite Anreise vor sich hatte, aber dann hat sie sich von einem Taxi zum Bahnhof bringen lassen. Sie tritt mit zäher Schwere in die Pedale, immerhin ist der Weg frei. Nach zwei, drei Abzweigungen kommt plötzlich die Freude, kommt leise und vorsichtig. Wie gut es tut, das Haus zu verlassen. Nicht nur wegen des langen Lockdowns, sondern auch, weil es sich stärkend anfühlt, ein Ziel zu haben. An einem anderen Ort erscheinen zu müssen, zu einer gewissen Uhrzeit, weil man gebraucht wird, weil es sonst niemanden gibt, der das machen kann. Zu Leon sagen zu können «ich gehe jetzt» und dann hinterherzuschieben, über die Schulter, «ich weiß nicht, wann ich zurückkomme», statt ständig verfügbar zu sein. Ständig zu Hause zu sein und anwesend wie etwas, auf das er zugreifen kann, für Gespräche, für Gesellschaft, Essen, Sex.

Aber die Freude klettert auch aus einer anderen Quelle, denn der erste Vormittag mit Lucius war auf überraschende Art unkompliziert. Sie haben mit Bauklötzen gespielt, Pixie-Bücher gelesen, eine Banane gegessen und sämtliche Kinderlieder gesungen, die Sarah eingefallen sind. Er hat ihre Fürsorge angenommen, ohne sie zu hinterfragen, hat aufmerksam ihre Bewegungen verfolgt und mit ihr gelacht. Nach eineinhalb Stunden ist die Oma aufgetaucht, verwirrt und keuchend, hat gefragt, ob Sarah eine Haushaltshilfe ist.

Sarah schnauft beim Radeln, sieht ihren Atem als verpuffende Wolke und findet es schön ironisch, dass sie über die Leerstelle, die sie in ihrem eigenen Haus hinterlässt, nachdenkt, während sie unterwegs ist, um eine Leerstelle in einem anderen Haus zu füllen. Sie hat seit zwei Tagen nicht geweint, die erste längere Tränenpause, seit Helene fehlt, und sie weiß nicht, ob sie das gut finden soll oder beängstigend. Das Weinen war anstrengend, auslaugend, ermattend, aber eine Möglichkeit, die Gefühle zu kanalisieren. Sie in einen Trichter zu zwingen und zu verflüssigen, sichtbar zu machen, spürbar, wegwischbar. Was, wenn da nichts mehr kommt? Wenn nur ein durchscheinendes, melancholisches Lächeln bleibt, sobald sie an Helene denkt, ab jetzt und für die nächsten vierzig Jahre? Das kann sie nicht zulassen. Es muss doch noch ein Schrei folgen, einer mindestens, und ein spektakulärer Akt des Austickens, der puren, blinden, weißen Wut. Aber im Moment ist da nur Müdigkeit.

Sarah schließt ihr Fahrrad vor dem Hauseingang ab, hängt sich ihre Tasche um, die schwer ist wegen des Laptops. Sie hat ihn mitgenommen, man weiß ja nie, Lucius wird mittags schlafen und ist bestimmt mal ins Spielen vertieft. Sie schiebt den Schlüssel ins Schloss und dreht ihn um, betritt Helenes Haus, das jetzt nur noch das Haus ist, in dem Helene einmal gelebt hat, stemmt die Tür auf, klingelt nicht. Sie hält die Tasche an die Brust gepresst, während sie auf den Aufzug wartet, und freilich geht das alles bloß, weil sie selbstständig ist. Was würde Johannes tun, wäre Sarah nicht Schriftstellerin, wäre sie irgendwo angestellt mit geregelten Arbeitszeiten und Anwesenheitspflicht, in einem Laden, einem Büro, einer Werkstatt, wo sie nicht fernbleiben könnte, um ein Kind zu betreuen, das nicht einmal ihr eigenes ist?

Das ist schon interessant mit dieser Betreuungsnotwendigkeit, sie hat gewusst, dass man sich kümmern muss um das Kind, wenn man eines bekommt, selbstverständlich. Aber wie unbeantwortbar die Frage nach der Vereinbarkeit in Wahrheit ist, ist Sarah erst durch die Pandemie aufgefallen, als die Betreuungsmöglichkeiten wegfielen, weil Kitas und Schulen geschlossen wurden. Als jemand zu Hause bleiben und für die

Kinder sorgen musste und dieser Zwang kollidiert ist mit der Erwerbstätigkeit, hat sie sich gefragt, ob sie das wirklich will, Kinder bekommen. Ob sie das durchdacht hat. Denn da waren sie dann, die Mütter, die zerrieben wurden zwischen Homeoffice und Homeschooling zu muschelfeinem Sand. Da waren sie dann, die Mütter, in deren Jobs kein Homeoffice möglich war und die diese Jobs deshalb aufgeben mussten oder verloren haben.

Da war sie dann: Helene.

Die keine Eltern mehr hatte, die sie um Hilfe hätte bitten können, und auch sonst niemanden.

«Ich weine abwechselnd unter der Dusche und auf dem Balkon», hat sie gesagt und ein hüpfendes Lachen hinterhergeschickt, das zu weit nach unten ging, «sobald sie mich kurz nicht sehen, sobald ich einen Moment allein bin», und dass sie weinte, stand nicht zur Debatte, sondern nur, wo.

Im Aufzug riecht es nach Kohlrabi und alten Schuhen, Sarah macht noch einmal kurz die Augen zu. Es ist ja nur für einen Tag, dann ist die Oma wieder da, die heute einen Termin hat, die heute zur Untersuchung ins Krankenhaus muss, und wie schwierig kann der schon werden, ein einziger Tag mit einem einzigen Kind?

Sie schließt auf und fällt in eine unerwartete Geräuschkulisse, Lärm schwallt ihr entgegen. Sie steht still und ordnet sich ein in die Situation, Lola und Johannes schreien sich an, «trotzdem kannst du nicht die Schule schwänzen!», ruft Johannes, Maxi sitzt jammernd am Boden, Lucius hat einen Wutanfall, die Jungs sind noch im Pyjama.

«Hallo», sagt Sarah, nur Lucius hebt den Kopf, hört auf zu heulen und fängt an zu laufen, kommt auf sie zu, stolpert über die Teppichkante und fällt mit der Wucht aufs Gesicht, die man aus Internet-Videos kennt, bei denen man sich fragt, ob das sein kann, dass Kinder sich nicht schnell genug reflexhaft schützen. Es kann. Lucius fängt nicht an zu brüllen, er liegt da auf dem Bauch, Lola und Johannes unterbrechen ihren Streit, und in diese Stille hinein, in diesem Sekundenbruchteil, bevor alle sich bewegen, übergibt sich Maxi. Hält sich beide Hände an die Brust und kotzt auf seine Beine, den Boden, die Socken. Dann, als wären sie aufeinander abgestimmt, platzt der Schmerz aus Lucius, bricht die Wut aus ihm und die schrille Demütigung, hingefallen zu sein vor den Augen aller, verraten worden zu sein von seinem Körper, der ihn nicht dort hingebracht hat, wo er hinwollte, in Sarahs Arme, sondern Nase voran auf den Teppich. In ihrer Schockstarre denkt Sarah: Ich hätte gelacht. Helene hätte mir das erzählt, am Telefon oder zwischen zwei Schluck Kaffee, hätte dieses Chaos, die Beschissenheit der Situation so lustig beschrieben, wie nur Menschen es können, denen so etwas schon passiert ist, und auch noch oft.

Es ist Lola, die als Erste handelt, mit flüssiger Routine. Sie hebt Lucius hoch und tastet seine Stirn ab, die Oberlippe, die Nase, sucht nach Blut, flüstert in sein Ohr, setzt ihn wieder auf den Boden, obwohl er noch weint, fährt ihm kurz liebevoll übers Haar, wie um zu sagen, warte, ich komme. Sie schiebt die Arme unter Maxis Körper, trägt ihn ins Badezimmer, hat ein ruhiges Gesicht dabei, gar nicht genervt, sondern konzentriert, und diese Selbstverständlichkeit, mit der sie weiß, was zu tun ist, speist sich aus der Tatsache, dass sie die große Schwester ist. Es ist kein Zögern an ihr.

Sarah stellt die Tasche ab, zieht die Schuhe aus und kniet sich neben Lucius, streckt fragend die Hände nach ihm aus und hebt ihn, als er nickt, auf ihren Schoß. Er weint seinen Unmut in ihren Pullover, sie spürt durch den Stoff, wie heiß sein rotes, nasses Gesicht ist, und sieht aus dem Augenwinkel, was

Johannes tut, der bereits angezogen ist, sich das weiße Hemd zugeknöpft hat, er wirft einen Blick auf die Uhr.

Lucius beruhigt sich, schnieft nur noch leise in Sarahs Armbeuge, und Lola kommt mit Maxi aus dem Bad, sie hat ihn sauber gemacht und ausgezogen.

«Die Wäsche läuft schon», sagt sie zu Sarah, die verdattert nickt, natürlich kann man vollgekotzte Sachen nicht herumliegen lassen, und wie oft hat Helene ihr berichtet, dass sie nachts um drei die Maschine eingeschaltet hat mit einer ganzen Garnitur Bettwäsche, nur um eine Stunde später noch mal dasselbe zu machen?

«Ich zeige dir, wo die Magentropfen sind und die Teebeutel», sagt Lola und ist auf dem Weg zur Küche, bettet Maxi auf die Couch, schiebt ihm ein Kissen unter den Kopf und die Decke über den Körper, Sarah sieht es vom Flur aus. Sie versucht, sich mit Lucius hochzuwuchten, und es misslingt, unter seinem Gewicht sind ihr die Beine eingeschlafen. Er will nicht gehen, er will getragen werden, sie stemmt ihn sich gegen die Hüfte, wie sie es bei Helene gesehen hat. Sackartig hängt er an ihr, ein wenig schief sind ihre Schritte, ihre Füße kribbeln.

«Die gibst du ihm alle zwei Stunden, ungefähr zehn», sagt Lola und holt ein Fläschchen aus dem Schrank, stellt es neben die Kamillenteebeutel.

«Bleibt er … hier?», fragt Sarah, hat erst jetzt verstanden, was Lola ihr eigentlich erklären will.

Lola runzelt die Stirn, sie hat sich wieder nicht geschminkt, ihre Augenringe schimmern bläulich, und sie hat abgenommen, soweit Sarah das erkennen kann unter dem unförmigen Shirt.

«Ich hab im Kindergarten Bescheid gegeben», sagt Johannes hinter ihr, und dann sind es noch ungefähr zehn Minuten, in denen Lola für Maxi eine Wärmflasche befüllt, ihm einen frischen Pyjama anzieht und Sarah erklärt, wo seine sauberen Klamotten sind, Johannes einen Kaffee im Stehen trinkt und dabei telefoniert, schließlich gestikulierend aus der Wohnung geht, das Handy vom Ohr weghält und «ich komme spätestens um fünf» sagt, bis auch Lola weg ist und Sarah mit den zwei Kindern allein. Sie hat Lucius neben Maxi aufs Sofa gesetzt und ihm den Schnuller in den Mund geschoben, sie betrachtet die beiden, wie sie zu ihr hochschauen.

«Okay», murmelt sie, «okay.»

Sie schlüpft aus dem Pullover, bindet sich die Haare zum Pferdeschwanz. Dann beugt sie sich über Maxi und befühlt seine Stirn, seine Wangen, kann nicht genau sagen, ob er Fieber hat. Wie warm ist sein Gesicht normalerweise?

«Ich mach dir einen Tee», sagt sie und ist zuversichtlich, einen Apfel wird sie aufschneiden für Lucius und zum Mittagessen eine Nudelsuppe kochen. Sie pumpt sich voll mit Luft, wirft ein aufmunterndes Grinsen auf die Jungs, und kaum hat sie ihnen den Rücken zugekehrt, um den Wasserkocher einzuschalten, fangen sie an zu streiten. Sarah schießt zurück zur Couch, weiß nicht, wer angefangen hat, offenbar hat einer gezwickt oder beide, und wenn sie jetzt den Falschen schimpft, verliert sie das Vertrauen des anderen.

Lucius war's, sagt Helene, die schräg gegenüber am Küchentisch sitzt, lass dich nicht täuschen von seinem unschuldigen Blick.

Sie sagt es mit einem wissenden Lächeln, betrachtet ihre Söhne aus der Entfernung, kommt nicht näher.

Sarah schaut zu Helene und wieder zu den Jungs.

Sie sehen mich nicht, sagt Helene, als sei das das Einzige, was Sarah beunruhigen könnte. Sie trägt die Haare offen und ein helles Sommerkleid, wieder keine Schuhe. Sie deutet auf die bunte Holztruhe neben der Sitzbank.

Da sind Malbücher drin, sagt sie, und Stifte.

Sarah öffnet die Truhe und findet in dem Durcheinander eine Stiftetasche, leere, zerknitterte Blätter, einen Stoß halb zerrissene Malbücher, sie packt alles aufs Sofa. Dann geht sie in die Küche, die zum Wohnzimmer hin offen ist.

«Gut siehst du aus», sagt sie zu Helene, bemüht beiläufig.

Ich war in Tansania, antwortet Helene und legt die Füße auf den leeren Stuhl neben ihr, es war herrlich. Ich hab Elefanten gesehen. Und Löwen! Ich wollte da schon lange mal hin. In der Nacht hab ich mich zu den Tieren gelegt, draußen, die waren so friedlich, und der Sternenhimmel, Sarah, das kannst du dir nicht vorstellen, ein ganz anderer Himmel ist das, viel weiter, größer, ehrlich, ein Wunder. Als würde dich das Universum inhalieren.

Sie sprudelt und gestikuliert, ihre Haut ist gebräunt, Sarah atmet mühsam. Sie wünscht sich, sie selbst hätte Schuhe an und könnte auf Helenes kleine nackte Zehen treten, unerschrocken fest. Sie füllt endlich den Wasserkocher, zieht einen Teebeutel aus der Verpackung, sucht in den Küchenschränken nach etwas, das sie Maxi geben könnte.

Der Zwieback ist links oben, sagt Helene, daneben sind die Kekse, die er mag.

«Kotzt er die dann nicht wieder aus?», fragt Sarah, ohne sich umzudrehen.

Kann sein, meint Helene.

Schon geht das Geschrei auf dem Sofa erneut los, keine zwei Minuten schaffen die Buben es, nebeneinanderzusitzen, ohne sich in die Haare zu kriegen, und natürlich ist der Gedanke naheliegend, dass sie das untereinander ausmachen sollen. Dass nicht jedes Mal ein Erwachsener herbeieilen muss, um zu schlichten. Aber die akustische Qual, die dieses Gebrüll bedeutet, ist nicht zu unterschätzen. Sie kürzt den Geduldsfaden mit jeder Sekunde, Sarah ballt die Hände zu Fäusten, hält die Luft an. Helene beugt sich vor. Sie riecht anders, leicht und blau und kühl, wie ein Wesen, das nicht schwitzen kann.

Sie fressen dich mit Haut und Haar, flüstert sie.

Sarah spürt einen heißen Ball in ihrem Bauch explodieren, hastet zum Sofa, reißt Maxi den Filzstift aus der Hand, mit dem er gerade die Finger von Lucius bekritzelt.

«Könnt ihr nicht ein Mal Ruhe geben», zischt sie, «nur ein Mal kurz? Bitte.»

Es ist mit Sicherheit der Überraschungseffekt, der die beiden verstummen lässt. Schnell senkt Maxi den Blick auf sein Blatt und zeichnet dort weiter.

In der Küche warten der fertig gezogene Kamillentee und eine spöttische Helene.

Bitte, wiederholt Helene im selben Tonfall, lacht leise, das hab ich oft gesagt, nicht wahr?

Bitte, murmelt sie erneut, diesmal ernst.

Sarah rührt Honig in den Tee.

«Du hast deine Kinder im Stich gelassen», flüstert sie, «denkst du wirklich, du bist in der Position, über mich zu lachen?»

Helene nimmt den Löffel, taucht ihn tief in den Honig, steckt ihn in den Mund. Sie lutscht, sieht Sarah direkt an.

Ich hab nicht gewusst, wie das geht, sagt sie, ich hatte keine Ahnung. Wie ich sie halten muss, warum sie schreit, wie ich sie anziehen soll, ohne sie zu verletzen, wie lange sie schlafen soll und wie ich sie zum Einschlafen bringe, wieso sie rote Flecken am Bauch hat und ob wir damit zum Arzt müssen, ich wusste gar nichts.

Sie lacht jetzt nicht mehr.

Keiner von uns ist es angeboren, es gibt kein geheimes Wissen, das uns zu Müttern macht, keinen Genvorteil. Aber jeder erwartet von uns, dass wir ab der Sekunde der Geburt nie einen Fehler im Umgang mit einem Kind machen, weil wir angeblich einen Instinkt dafür haben.

Als es im Wohnzimmer knackt und wieder das Gezeter losgeht, flitzt ein Ausdruck über Helenes Gesicht, der Sarah eine dünne Kälte auf die Haut legt. Ein minimales Augenrollen, ein winziges, missmutiges Zucken der Nase, es ist der Blick der Kinderlosen. Die so schauen, wenn sie versuchen, sich mit Müttern zu unterhalten, und permanent unterbrochen werden, die keinen Satz zu Ende führen können, ohne dass die Aufmerksamkeit des Gegenübers zu den Kindern flutet, die mit aller Macht daran zerren. Sarah kennt diesen Blick, kennt ihn von sich selbst, und der Schlag ist hart. Jetzt stehen sie da, Sarah und Helene, alles ist genau wie immer, dieselbe Wohnung, dieselben Kinder, dasselbe Geschrei, nur ist Sarah nicht mehr diejenige, die dieses Gesicht macht.

Du bist nicht verpflichtet, sagt Helene und legt Sarah die Hand auf den Arm, du bist nicht verpflichtet, hier zu sein.

«Ich tu es doch gern», entgegnet Sarah und schüttelt Helenes Hand ab.

Ja, murmelt Helene, das sagen die Frauen immer, nicht wahr?

Da brüllen die Jungs wieder, denn Lucius ist, ob absichtlich oder nicht, auf ein Plastikspielzeug seines Bruders getreten, eins dieser sinnlosen Dinger, die man in der Juniortüte findet oder im Überraschungsei. Sarah ist sicher, dass Maxi das Teil überhaupt nicht braucht, trotzdem schlägt er auf Lucius ein, der ausweicht und an die Teetasse stößt, die Sarah gebracht hat. Das meiste schwappt auf den Teppich, ein paar Spritzer geraten an seine Hand, und er sieht Sarah empört an, als sei es ihre Schuld.

Sie dreht sich um, mit harschen Worten auf der Zunge, aber Helene ist fort.

Da atmet Maxi plötzlich schneller und wird weiß um die Nase. Sarah schnappt den Fünfjährigen, um mit ihm zur Toilette zu rennen, fast schaffen sie es. Das Erbrochene schießt in einem Schwall auf den Fliesenboden vor dem Klo, ein halber Meter wäre es noch gewesen. Sarah denkt daran, wie sie diesen Boden geschrubbt hat, aber schlimmer ist, dass Maxi anfängt zu weinen. Sarah hält ihn, er kommt ihr doch recht heiß vor jetzt.

«Alles okay», wispert sie ihm ins Ohr, «ist nicht schlimm. Das wird wieder. Alles wird gut.»

Und weil es sich so schön anhört, sagt sie es noch einmal, vielleicht nicht nur zu Maxi.

«Alles wird gut.»

Im selben Moment ertönt aus der Küche ein Scheppern und ein Schrei. Sie hat Lucius alleine gelassen.

«Entschuldige», Sarah wischt Maxi mit Klopapier den Mund ab, «ich bin sofort zurück.»

Lucius hat einen Küchensessel zum Kühlschrank geschoben und hält einen Fruchtzwerg in der Hand, zwischen den Stuhlbeinen liegt eine zerbrochene Flasche mit Barbecuesauce.

Nicht loszuschreien, ist schwer. Es kostet Kraft, ruhig zu bleiben. Sarah fühlt sich wie ein Topf voll sprudelndem Wasser, dessen Deckel schon nach oben gedrückt wird.

«Nicht bewegen», sagt sie zu Lucius und greift nach der Küchenrolle. Sie wischt den klebrigen braunen Batz auf, sammelt die Scherben ein, und Lucius, der auf dem Stuhl steht, zappelt derweil einen kleinen Tanz.

«Jetzt setzt du dich hin», sagt Sarah und gibt ihm einen Löffel, nachdem sie den Scherbenbrei in den Mülleimer geworfen hat, «und isst ganz still, ja? Das ist ein Spiel. Wenn du es schaffst, hier sitzen zu bleiben, bis ich wieder da bin, bekommst du eine Belohnung.»

Lucius nickt eifrig.

Als sie im Klo geputzt und Maxi gewaschen hat, als sie ihn mit Zwieback gefüttert und Lucius zwei Pixi-Bücher vorgelesen hat, schaut Sarah auf die Wanduhr und lacht ungläubig auf. In ihrem Schreck sieht sie auch auf ihrer Armbanduhr nach. Es ist acht Uhr morgens. Vor ihr breitet sich der restliche Tag aus wie eine neblige Schlucht. Und sie gibt sich Mühe. Denn die Sache ist, man darf das nicht schlimm finden. Es ist nicht möglich, an dieser Aufgabe zu scheitern. Kinder hüten, das kann jeder. Und wollen muss es auch jeder, der diese Kinder bekommen hat. Oder nein, jede. Die Kümmerpflicht gilt für die Mütter. Johannes hat diese Kinder auch bekommen, aber er muss irgendwie gar nichts. Über die Leere solcher Tage, die sich lähmend über das Gehirn legt, weil man sich mit nichts anderem beschäftigt als mit physischer Versorgung, Brei kochen, Brei in den Kindermund stecken, Kacke vom Kinderhintern abwischen, den Kinderkörper tragen, den Kinderkörper beschützen vor Stürzen, Schnitten, Verbrennungen, den Schlaf herbeisingen, spricht niemand. Es gibt keinen Raum für solche Gespräche, keine Schutzzone. Eine Mutter ist eine Mutter ist eine Mutter.

Die Waschmaschine piepst.

Sarah spielt mit Lucius Verstecken, als Maxi fiebernd eingeschlafen ist, sie malt und singt und baut mit ihm ein Puzzle, bei dem drei Teile fehlen. Später packt sie die Kinder warm ein und bringt sie nach draußen, weil frische Luft nie schaden kann und sie es erschreckend findet, wie groß der Drang ist, den Fernseher einzuschalten. Sie kocht die Nudelsuppe, die keiner essen will, sie verabreicht Maxi die Magentropfen mit gespielter Überzeugungskraft, und als sie auf der Toilette sitzt, schreit Lucius vor der Tür so laut und panisch, dass sie ihn hereinlässt.

Sie hat einen Countdown im Kopf, es ist ihr peinlich vor ihr selbst. Noch sechs Stunden, bis Johannes kommt. Viereinhalb Stunden, bis Lola aushat. Noch drei, noch zwei. Und dazwischen schiebt sich die Zärtlichkeit. Wie Maxi sich mit geschlossenen Augen an Sarah kuschelt, die Arme um ihren Hals gelegt, auf ihren Herzschlag horchend, als brauche er ihre Energie, um gesund zu werden. Wie Lucius ihr mit Überschwang ein Bussi auf die Wange drückt, krähend vor Fröhlichkeit, er lacht sie an, ganz nah vor ihrem Gesicht. Alles am Kinderhüten ist körperlich. Wohin Sarah auch geht, Lucius folgt ihr, klammert sich an ihr Bein, nimmt ihre Hand, sucht den Kontakt mit einer Selbstverständlichkeit, gegen die Sarah sich nicht abgrenzen kann. Und sein kranker Bruder driftet zu ihr wie ein Boot, das andocken muss, um nicht unterzugehen irgendwo da draußen.

Erst später am Abend, als Sarah allein draußen steht vor ihrem Fahrrad, als sie sich ablösen hat lassen von Johannes, der Grillhähnchen mitgebracht hat und Dankesworte, platzt das Weinen aus ihr mit abgehackten, gurgelnden Geräuschen. *Sobald sie mich kurz nicht sehen, sobald ich einen Moment allein bin.* Sie muss die Arme um sich schlingen, sich selbst umarmen, um zu spüren, dass sie eine Grenze hat, eine fühlbare Körpergrenze, die niemand überschreiten darf. Eine derartige Belagerung, eine solche Ausweglosigkeit hat sie noch nie gefühlt, oder nein, das ist nicht wahr. Es gab Männer, die diese Grenze nicht eingehalten haben, aber da war der Kontext anders und das Empfinden auch. Die Berührungsbedürftigkeit der Kinder hat etwas verstörend Invasives und ist gleichzeitig so entwaffnend, dass man sich ihr nicht verweigern kann. Weil jedes Wegschubsen einen feinen Riss hinterlässt auf der Kinderseele. Dass es keine Unterscheidung zu geben scheint zwischen dem Mutterkörper und dem Kinderkörper, dass alles verschwimmt, zusammenklebt, ineinander übergeht, ohne dass man als Mutter die Entscheidungsgewalt darüber hat, das hat Sarah nicht gewusst.

Und am meisten weint sie, weil diese intensiven Berührungen ihr umso mehr bewusst machen, dass ein Körper fehlt. Dass sie einen Körper nicht mehr berühren kann. Dass sie ihn hätte umarmen müssen ein letztes Mal, und festhalten.

Oft genug hat Helene was gesagt. So ist es nicht, sie hat den Mund aufgemacht. Doch mit jedem Monat, den die Pandemie angedauert hat, ist sie stiller geworden, und insgeheim war Sarah froh. Was soll man denn auch tun außer nicken, lächeln, mit halbem Ohr zuhören und denken: Was willst du, es ist nun mal so.

Stell dich nicht so an.

Du hast halt Kinder.

Während Sarah ihre Mütze aufsetzt, die Handschuhe anzieht und den Mantelkragen hochschlägt, wie um sich einen Schildkrötenpanzer zu bauen, eine Igelhöhle, fragt sie sich, wie das jetzt wäre, wenn sie nicht hätte gehen können um siebzehn Uhr. Wenn sie hätte bleiben müssen, den Abend hindurch und die ganze Nacht. Am nächsten Tag und am nächsten auch. Immer so fort. Bis alle Grenzen eingerissen, durchbohrt und weggeschwemmt wären, bis sie keine einzige Entscheidung mehr treffen könnte, die nicht an diesen Kindern ausgerichtet wäre.

Aber Helene war eine erwachsene Frau, auch bei Lolas Geburt schon, niemand hat sie gezwungen, Mutter zu werden. Wie konnte sie es wagen? Wie konnte sie diese Kinder in die Welt setzen und dann so ausbleichen, so auseinanderbrechen? Sarah tritt langsam in die Pedale, obwohl sie nach Hause möchte, langsam, weil sie zum ersten Mal, mehr noch als bei ihren Reisen, ihren Erfolgen und ihren Erlebnissen von unterwegs das Gefühl hat, Helene zurückgelassen zu haben irgendwo auf dem Weg.

GUT FEELING

Die haben sich noch länger gekannt als wir», sagt Lola, «schon seit dem Kindergarten.»

«Das ist so krass», erwidert Sunny, «wenn es dich auf einmal nicht mehr gäbe, ich würde sterben.»

Lola ist in der Stimmung, darauf mit einem Witz zu reagieren, aber Sunnys Ton ist zu ernst. Sie gehen auf die Polizeisporthalle zu, in der an diesem Abend ein Kampfsportkurs für Teenager stattfindet. Gefunden haben sie verschiedene Trainingsangebote bei ihrer Google-Suche, also haben sie sich für die Location entschieden, die mittig zwischen ihren Wohnungen liegt und am einfachsten zu erreichen ist. Lola hat angerufen und gefragt, ob sie zuschauen dürfen.

«Vielleicht verhält Sarah sich deswegen so komisch», murmelt Lola.

«Na ja, sie versucht halt zu helfen», meint Sunny.

«Ja eh», entgegnet Lola und zieht die Schultern hoch, die Bomberjacke raschelt, «aber bisschen spät, oder nicht?»

Sunny schiebt die Mütze auf ihrem Kopf hin und her, überhaupt geht ihre Hand oft nach oben, seit sie keine Haare mehr hat, als wäre da ein Phantomschmerz. Lola versteht das, denn sie spürt ihn auch. Wann immer sie Sunny ansieht.

«Ich mach das nicht, sag ich dir gleich», erklärt Sunny, «ich pass nicht auf deine Kinder auf, wenn du dich umbringst.»

Lola hustet ein ersticktes Lachen.

«Spinnst du», sagt sie und drückt mit dem Fingernagel auf den Splitter in ihrem Handballen, der mittlerweile tiefrot ist und entzündet, «ich krieg keine Kinder.»

Sunny macht eine Blase mit ihrem Kaugummi, spuckt ihn aus. Sie kleidet sich anders jetzt, in einer bunten Strumpfhose hat Lola sie nicht mehr gesehen. Sie hat nicht gewusst, dass Sunny schlichte Pants und dunkle Leggins besitzt, gut möglich, dass die ihrer Mutter gehören. Sunny hat außerdem die Kettchen abgelegt, die Ohrringe mit Kirschen, Sternen und Neonkugeln, die Armbänder aus grell gefärbtem Plastik. Das ist so zwischen ihnen. Sie reden über fast alles, aber manches bleibt ungesagt. Nicht, weil sie nicht können. Sondern weil es nicht notwendig ist.

«Wir werden nie so, okay», sagt Lola.

Sunny hebt den Kopf.

«Wir werden nie wie Sarah und Helene», wiederholt Lola, und jetzt macht auch Sunny keinen Witz.

«Deal», sagt sie, es ist ein Schwur, der im Vorbeigehen geschlossen wird und trotzdem Gültigkeit hat.

In der Sporthalle riecht es, wie es immer riecht, wenn Menschen sich irgendwo oft und viel bewegen. Nach Handtuchschweiß, saurem Metall und in Holzritzen eingesaugtem Moder. Ein paar Mädchen sind bereits da, mustern Lola und Sunny nicht abweisend, aber freundlich auch nicht. Lola fühlt sich unwohl, in ihrem Kragen beginnt es zu jucken, und sie setzt die Schritte, als hingen ihr schwere Brocken in den Kniekehlen. Was tun sie hier? Die kennen sich. Die trainieren wahrscheinlich schon lange gemeinsam. Die sind stärker, beweglicher, erfahrener. Neben ihnen wird Lola wirken wie ein schmaler, wackliger Strich, gezeichnet von einer Kinderhand und in der Mitte halb ausradiert.

«It's all good», flüstert Sunny nah an Lolas Hals mit ihrem Hubba-Bubba-Atem, «wir schauen uns das an, und wenn wir es scheiße finden, gehen wir. Okay?»

Sie sind die Einzigen, die keine Sportklamotten, Rucksäcke,

Trinkflaschen dabeihaben, und Lola versucht, auch in diesen gleichgültigen Blick zu rutschen, der wirken würde wie ein Brustpanzer.

Die Leere in ihr hat die Konsistenz von Zuckerwatte, und sie hätte was essen sollen vorher, irgendwas, das ihr Standfestigkeit verliehen hätte und Zuversicht. Wie kann eine selbstbewusst sein und immun gegen das Bewertetwerden von außen, wenn sie sich innen anfühlt wie ein hohles, in einer Sturmnacht angespültes Schneckenhaus?

Die anderen unterhalten sich, schlüpfen in Sport-BHs, drehen sich nicht weg dabei, schnüren Schuhe und binden Zöpfe. Lola und Sunny lehnen an der Wand der Garderobe, im Trubel und doch am Rand, trauen sich nicht, die Halle zu betreten und dort zu warten. Es ist gut, solche Sachen allein zu machen, klar ist es gut, ist ja kein Kinderturnen mehr, wo die Mama in der Pause Apfelschnitze reicht, nachher beim Anziehen hilft und fragt, wie es war, ob es lustig war, und dass sie natürlich den tollen Sprung von der Bank gesehen hat. Aber es ist auch hart, solche Sachen allein zu machen, sich nicht verstecken zu können hinter einer, die alles regelt, keinen Schubs zu kriegen im richtigen Moment und dann nicht aufgefangen zu werden.

Als die Tür geöffnet wird und das Mädchen mit den Regenbogenhaaren hereinkommt, fährt der Schreck Lola wie eine Rasierklinge über die Haut. Die junge Frau bleibt stehen, kriegt ein fettes Grinsen im Gesicht und sagt: «Hallo, Skater-Girl.»

Lola antwortet nicht und schaut sich die Frisur genauer an, ein aufwendig gefärbter Sidecut mit Blond und Pink und Blau, schaut sich die Augen an, die mit sattgrünem Lidschatten geschminkt sind und am Lächeln beteiligt, schaut sich den Oberkörper an, weiter runter wäre zu auffällig, den weißen Sweater mit der *Bitch, please*-Aufschrift, denkt an die Muskeln und weiß jetzt, deswegen hat sie die: weil sie hier trainiert. Das Mädchen hebt amüsiert die Augenbrauen, wie um Lola zu fragen, ob ihr gefällt, was sie sieht, macht dann dasselbe. Gleitet mit dem Blick über Lolas Kapuze und ihre Wangen, das Kinn, die Brust, und Lola meint, ihn zu fühlen, jetzt ist er hier, jetzt ist er da, sie zieht die Ärmel über die Hände. Ich erinnere mich an dich, sagt der Blick, vergessen hab ich dich nicht. Und diese Hitze in Lolas Bauch ist gar nicht gut auszuhalten. Sie räuspert sich mit einem kratzigen Geräusch, als käme Rauch aus ihrem Hals.

«Hört mal», sagt das Mädchen laut, und es wird tatsächlich still in der engen Umkleide, «das ist Skater-Girl. Hat einen heftigen Kamikaze-Stunt gebracht.»

Sie macht eine Pause, die eine Aufforderung ist. Lola nennt ihren Namen und den von Sunny auch.

«Ich bin Alva», sagt das Mädchen, «gut, dass ihr da seid.»

Und in diesem Augenblick ändert sich die Dynamik oder vielleicht Lolas Präsenz im Raum. Sie ist nicht mehr am Rand, sondern umschlossen, die Aufmerksamkeit ist kein Wurfgeschoss, das in ihre Richtung schnellt, vielmehr ein warmer Fluss, der ihre und Sunnys Formen nachzeichnet. Sunny scheint es auch zu spüren, sie zieht die Jacke aus und nimmt die Mütze ab.

«Scharf», sagt Alva, als sie Sunnys kurz geschorenen Kopf sieht, pfeift leise durch die Zähne, wie nur wenige es können.

Jetzt lächelt Lola. Das erste Lächeln seit vier Wochen und drei Tagen, zu dem sie sich nicht zwingen muss.

Sie gehen hinein, alle gemeinsam.

Die Trainerin, die sich als Sibel vorstellt, ist klein, Lola schätzt sie auf einen Meter sechzig. Sie hat eine ebenso ruhige wie harte Don't-mess-with-me-Ausstrahlung. Das ärmellose Top zeigt ihren definierten Bizeps, das schwarze Haar steckt in einem straffen Pferdeschwanz, sie hat breite Oberschenkel und einen festen Stand.

«Jede kann, keine muss», sagt sie zu Lola und Sunny und zeigt ihnen, wo sie sich hinsetzen können, «wenn ihr mögt, steigt ihr ein, wenn nicht, dann nicht.»

Ihre mit Kajal umrandeten Augen sind dunkel.

Lola fällt sofort auf, dass sie die weibliche Form verwendet, und klar, es sind nur Frauen anwesend, aber wie schön ist das, wenn eine mitdenkt.

«Glaubst du, das geht mit körperlicher Kraft einher», flüstert Sunny, die neben Lola auf der Matte hockt, «so ein selbstbestimmtes Auftreten?»

«Ich weiß es nicht», wispert Lola, «wahrscheinlich schon. Wenn ihr einer blöd kommt, betoniert sie den ein. Und deswegen kommt ihr keiner blöd.»

Lola ahnt, dass Sunny jetzt an den Cage denkt. An die drei Typen, die ihnen blöd gekommen sind. Und dass sie nicht in der Lage waren, die einzubetonieren. Dass sie deswegen in dieser halbhässlichen Turnhalle mit Sprossenwänden und Ringen und Boxsäcken sitzen, die Ärsche auf dem blauen Mattengummi und die Knie zum Bauch gezogen.

«Was glaubst du, wie lange das dauert?», fragt Sunny und meint: bis wir auch so sind. Bis wir das können.

«Absolut keine fucking Ahnung», sagt Lola und hat nicht gewusst, dass Körper so laut sein können. Es ist nicht, wie sie es sich ausgemalt hat, dass die Trainerin etwas vorgibt, das alle nachmachen, die Gruppe hat sich aufgeteilt in Einheiten. Die einen absolvieren Liegestütze, Sit-ups und Kniebeugen, die anderen schlagen mit Boxhandschuhen auf Sandsäcke ein oder aufeinander. Die Halle ist erfüllt von Klatschen, Zählen, Stöhnen und Trampeln, vom Quietschen der Schuhe auf dem Linoleumboden, von Rufen, vereinzeltem Gelächter, dem

Rhythmus der Treffer. Aber die Bewegungen werden nicht von Wut getrieben. Zu koordiniert sind sie, nicht affektvoll, sondern choreografisch, die Mädchen machen Schritte nach vorn, Schritte zurück, schwingen, ducken sich, holen aus, zielen. Fäuste stoßen auf Haut, Muskeln, Haare, federn ab, minikleine Erdbeben. Und wenn es nicht Wut ist, was dann? Ehrgeiz vielleicht. Ein unbändiger Wille. Der Gedanke an ein Aufbegehren. An einen Triumph. Über jemanden, der stärker ist oder: stärker war.

Sunny kommt näher, schmiegt sich an Lola, legt den Arm um ihre Schulter und berührt mit den Lippen ihre Wange.

«Hm?», fragt Lola.

«Du machst dein Mama-Gesicht», wispert Sunny und duftet nicht mehr süß, nicht wie eine Kokosnuss oder ein Pfirsich, riecht aufgewühlt und holzig und warm, wie noch einmal neu aus ihrem Fuchsbau gekrochen. Sie hat recht. Lola hat an Mama gedacht, sich gefragt, was sie sagen würde. Ob sie Lola Mut machen und sie unterstützen würde oder versuchen, ihr das auszureden mit dem Training. Lola hat sie so gut gekannt und ist sich dennoch nicht sicher. Wird das jetzt immer so sein, dass sie Gedankenolympiade spielt, was hätte Mama dazu gesagt, hätte sie das lustig gefunden, mit mir geschimpft, wäre sie stolz auf mich gewesen, wären wir Freundinnen gewesen später.

Lola schluckt trotzig gegen die Bitterkeit in ihrer Kehle an. Der Zorn freut sich über das Bild, das sich ihm bietet. Freut sich über die fliegenden Schweißtropfen und die Schmerzenslaute, über die verzerrten Münder und die angespannten Oberarme. Er springt mit Rambazamba an Lolas Rippenbogen entlang, macht sie unruhig, tut ihr weh.

«Es ist so … gewalttätig», sagt Lola leise.

«Das macht mir Angst», antwortet Sunny nach kurzem Schweigen.

«Keine Scheu vor dem Körperkontakt!», ruft Sibel, die aufmerksam durch die Halle schreitet, hier eine Haltung korrigiert, dort ein Mädchen anfeuert. «Vergesst die Scheiße mit Musik und Tanz und Bodyshaping und Gewichtsreduktion», schreit sie, «damit sollt ihr kleingehalten werden, klein und schwach. Schlagt zu. Schlagt zu!»

Der Lärm der Körper wird lauter, sie antworten ihr.

«Denkt an die drei Faktoren von Aliveness», ruft sie, «Timing! Energy! Motion!»

Manche Mädchen stimmen ein und brüllen die Wörter mit.

«Ihr müsst euren Angriff timen. Ihr müsst eure Energie richtig einsetzen. Und ihr dürft nie aufhören, euch zu bewegen!»

Sie schafft es, mit ihrer Stimme alles zu übertönen, in die Geräusche hineinzuschneiden, den Takt vorzugeben.

«Denn was bedeutet Aliveness für Frauen in einer Männerwelt?», fragt sie.

«Überleben!», schallt es zurück.

«Ich kann euch nicht hören!»

«Überleben!», schreien alle.

Das ist der Moment, in dem Lola am ganzen Körper Gänsehaut hat. Lass mich mitmachen, flüstert der Zorn, lass mich, komm.

Sie beobachtet das Regenbogenhaar in der Hoffnung, dass Alva zu ihr schaut. Und wüsste nicht, wie sie dann verbergen sollte, sie angestarrt zu haben. Sie zählt mit, wie viele Liegestütze Alva schafft. Sie stöhnt, wenn Alva Schläge einsteckt. Sie fragt sich, wie Alvas Finger in den Boxhandschuhen riechen. Wie sie sich anfühlen würden auf der Innenseite ihrer Oberschenkel.

«Dauert sicher ewig, die Haare so zu färben», sagt Sunny.

«Sieht aber gut aus», entgegnet Lola kratzig.

«Ja», meint Sunny, «sieht sehr gut aus.»

Sibel lächelt ihnen zwei, drei Mal aufmunternd zu, holt sie jedoch nicht von der Matte, scheint ein Gespür zu haben für ihre Stimmung.

«Aber weißt du, Sunny», sagt Lola, als sich die Trainingseinheit dem Ende nähert, «wenn es uns Angst macht, sollten wir es vielleicht versuchen.»

«Hm.»

Sunny rückt von ihr ab, streicht sich über den Kopf, erst mit der einen, dann mit der anderen Hand. Sieht aus wie eine, die dazwischen ist: nicht mehr wie davor, noch nicht wie danach.

«Also nicht trotzdem, sondern deswegen.»

Sunny dreht sich zu Lola, schaut sie an. Und Lola fragt sich, warum sie eigentlich zwei Körper haben müssen, wenn sie doch eins sind.

«Aber dann richtig», sagt Sunny, «voll rein. Keine Kompromisse.»

Sie könnten noch zurück jetzt. Sie könnten gehen und nicht mehr wiederkommen, was anderes machen, die Sache vergessen, irgendwann sagen: weißt du noch, und: ja, das war schräg.

«Deal», erwidert Lola.

Sie geben sich nicht die Hand darauf, das wäre überflüssig.

Sunny wendet sich wieder nach vorne, sieht zu den Kämpferinnen.

«Erinnerst du dich, als deine Mama behauptet hat, sie hätte sich immer an alle Regeln gehalten?», fragt sie.

Lola nickt, es macht nichts, dass Sunny das nicht sehen kann. Sie hat schon damals nicht gewusst, ob sie Mama das glauben kann, und weiß es jetzt noch weniger.

«Ich glaube, sie hätte das hier gut gefunden», fügt Sunny hinzu, und Lola wischt sich schneller über die Augen, als die Tränen kommen können.

Die Stunde ist zu Ende. Ein paar Mädchen hören auf, legen sich schwer atmend auf den Boden, trinken was, andere trainieren weiter. Alva zieht die Handschuhe aus, trocknet sich die Stirn mit ihrem Shirt, kommt mit lockeren Laufschritten zu Lola und Sunny. Lola steht hastig auf, hat einen Schwindel im Kopf und im Herzen.

«Hey, Kamikaze», sagt Alva, «bis nächste Woche.»

Und alles in Lola antwortet mit Ja.

INNERER DIALOG

Sarah ist fast bei Helenes Grab angekommen, als sie das erste Eichhörnchen sieht. Es flitzt über den Weg, stellt sich wachsam auf, hüpft dann über zwei, drei Grabplatten, verschwindet hinter einem Baum. Sarah verfolgt seine Bewegungen mit den Augen, entdeckt ein paar Meter weiter ein zweites. So ein kleines Tier müsste man sein jetzt. In den Tag hineinspringen, friedvoll und vom Instinkt geleitet, ein Friedhof als Ort für die Nahrungssuche wäre genauso gut wie jeder andere, die Gräber bloß Steine.

Die Luft ist, wie wenn es gleich regnet, dick und voller unsichtbarer Tropfen, schwer in die Lunge zu hieven. Der Frühling bricht an den Grabrändern durch die Wiese, die Natur schert sich nicht um die Toten, hat sie sich einverleibt im Wissen, dass sie ihr gehören. Sarah schlurft über den Kiesweg, wie man Schritte setzt, die man nicht gehen will.

Sie hat sich nicht getraut, Leon die Wahrheit zu sagen. Wie anstrengend es war, wie einengend und befremdlich. Sie hat den Bericht in die Schablone des Humors gepresst, Leon zum Lachen gebracht mit Kinderkotze, Scherben in der Küche und dem Regen, der sie erwischte, als sie grade losspaziert sind. Sie hat es erzählt, wie Helene es erzählt hätte, sich selbst der Lächerlichkeit preisgebend, und hat in diesem Ton, den sie so oft gehört hat, ein neues Gefühl gefunden. Eine Dissonanz, ein Abspalten von sich, als könnte sie, wenn sie das Erlebte verfremdet darstellt, eine neue Wirklichkeit darüberlegen. Als wäre es tatsächlich lustig gewesen, lustig und nichts weiter. Das ist die heilende Kraft des Galgenhumors, und Helene hatte einen tiefen, sehr sympathischen Hang dazu. Ihre Geschichten waren ein einziger großer Spaß. Wie sie Maxi jeden Tag um vierzehn Uhr aus der Krabbelgruppe abholen und dabei aus dem Mittagsschlaf aufwecken musste, Lucius als Baby im Schlepptau, wie der aus seinem Powernapping gerissene Maxi grantig war und Lucius sich anstecken hat lassen vom Gebrüll des Bruders, sodass Helene schließlich ein Mutterbaum war, an dem zwei fette Früchte hingen. Schwitzend ist sie die Stufen hinaufgegangen, das hat sie sogar nachgemacht, den wuchtigen Bärengang, das langsame Voranschieben unter einer niederdrückenden Last, und ja, alle haben gelacht, Helene am meisten. Wie Maxi noch ein Baby war, ein paar Jahre zuvor, und nicht geschlafen hat, in keiner Nacht und tagsüber auch nicht, wie er gellend protestiert hat, wenn Helene ihn für einen Moment weggelegt hat, sie wach gehalten hat mit seinem Hunger, seinem Nähebedürfnis, und wie sie gelernt hat, auch das konnte sie pantomimisch zeigen, alles mit nur einer Hand zu machen, Brei kochen, Wäsche zusammenlegen, den Hosenknopf öffnen, um aufs Klo zu gehen, im anderen Arm das Baby, immer. Helene, die Meisterin der Kunst, dem Alltag etwas Witziges abzuringen. Helene, die verstanden hat, dass Komik Tragik in Spiegelschrift ist.

Sarah hat das all die Jahre gut gefunden. Hat gedacht: Meine Freundin, die jammert nicht. Sie ist erschöpft, ja, das ist ganz normal, das geht vorbei, wenigstens hat sie ihren Humor nicht verloren und sich selbst. Doch während sie Leon beschrieben hat, dass die Suppennudeln am Boden sich nicht fassen ließen, dass Lucius nicht einschlafen wollte und sich in ein lang gezogenes Weinen hineingesteigert hat, hat sie diesem rauen, rotzigen Lachen von Helene nachgespürt und etwas Neues darin gefunden. Ein Tabu.

Es war nicht möglich, Leon die Wahrheit zu sagen. Physisch

nicht möglich, ihr Verstand hätte die Worte nicht geformt, ihr Mund hätte sie nicht rausgelassen. Wie sollte sie zugeben, dass sie es sich anders vorgestellt hat, einfacher? Wie konnte sie sagen, dass Kinderhüten einsam ist, obwohl man nicht allein ist dabei, und überhaupt, ihr Status als Frau verbietet ihr, sich negativ zu äußern über alles, was mit Mutterschaft und Familie zu tun hat. Denn das ist ihr Daseinszweck, ihre Existenzberechtigung, das Gebären, das Stillen, das Kosen und Trösten und Sorgen. Und sie will ja, dass Leon das glaubt. Dass sie das kann und möchte und tun wird. Sie darf seine Anti-Familie-Haltung nicht unterfüttern und nicht zulassen, dass er sie als minderwertige Frau, als schlechte potenzielle Mutter wahrnimmt. Denn dann macht er ihr nie ein Baby.

«Und hast du was geschrieben?», hat er gefragt mit Blick auf ihren Laptop, den sie unberührt wieder nach Hause gebracht hat.

«Mhm», hat sie erwidert, «ging total gut.»

Helenes Grabstein ist noch nicht da, ein helles Holzkreuz steckt in der aufgehäuften Erde in Reihe 7.

Dass der Blick einer Schriftstellerin auf die Welt anders sei, denken die Leute. Dass eine Schreibende Geschichten sieht, wo immer sie hinschaut. Aber wenn eine Autorin vor dem Grab des wichtigsten Menschen in ihrem Leben steht, sieht auch sie bloß ein abruptes Ende. Und Geschichten, ja, aber nur solche, die nicht mehr weitergehen jetzt.

Sie wollten sich im Alter Rucksäcke auf den Rücken schwingen und abhauen, «wenn die Kinder aus dem Haus sind», hat Helene gesagt, «schaue ich mir alles an, wenn mich keiner mehr braucht, hole ich alles nach», und Sarah hat gesagt: «Ich komme mit.» Immer wieder mal haben sie darüber gesprochen und halb ernst geplant, dass sie die Männer zurücklassen würden und die Verpflichtungen, dass sie Couscous mit Rosinen und Pistazien in Marokko essen würden und die ältesten Backpacker wären, zwei Grauhaarige zwischen den Zwanzigjährigen, Quellen der Lebensweisheit, dass sie herumreisen würden bis zum Ende, «irgendwo bleiben wir einfach liegen», hat Helene gesagt, «vielleicht draußen vor Los Angeles, und dann sind wir Futter für die Kojoten».

Sarah kommt sich blöd vor, zwischen den stillen Reihen und den huschenden Eichhörnchen, deplatziert und in einer viel zu aufgeladenen Pose. Man muss etwas Tragendes sagen, wenn man an einem Grab steht, wozu sonst herkommen? Sie hat aber nichts zu sagen. Sie hat tausend Fragen.

Mit wem sie jemals wieder so viel Vergangenheit und so viel Zukunft gleichermaßen haben soll, zum Beispiel.

Sie legt sich neben Helenes Erdhügel, neben Helenes beschissen fröhlichem Foto ins Gras. Sie möchte nicht erhöht sein, herunterschauen auf die, die nicht mehr aufstehen können. Sie starrt ins Himmelgrau, aus dem der Regen nicht fällt, hört das aufdringliche Gezwitscher der Vögel. Und vielleicht wirkt das wie eine schöne, gefühlige Geste, sich hinzulegen neben die tote Freundin, wie ein Niederbrechen sämtlicher Dämme, in Wahrheit ist es pathetisch und melodramatisch und ein bisschen dumm. Weil der Aprilboden nicht gerade körperfreundlich ist, weil womöglich jemand vorbeigeht und den Schreck seines Lebens bekommt und weil Sarah vielleicht gleich so ein scheiß Eichhörnchen ins Gesicht springt.

Hier sollte Helene auftauchen, das wäre ein passender Ort, um durch Sarahs Kopf zu spuken. Statt an den Küchentisch könnte sie sich doch an ihr eigenes Grab setzen. Mit dem Glanz in den Haaren, den sie jetzt hat, und der hippiesken Angewohnheit, als Geistin barfuß zu gehen. Dann soll sie mal anfangen zu erklären. Dann soll sie mal die Wahrheit sagen, endlich. Ohne zu versuchen, Sarah zum Lachen zu bringen.

Aber Helene kommt nicht, und Sarah ist sich sicher, die macht das absichtlich.

Nebeneinandergelegen sind sie oft. In Hotelbetten in Griechenland, Sizilien und der Toskana, in Campingzelten an Stränden, die in der Erinnerung verschwimmen zu einem einzigen. Auf dem Fußboden, besoffen, MTV voll aufgedreht, in Helenes erster Wohnung hinter dem Bahnhof. Auf der Wiese am See, im Freibad, an der Königsee Ache, als Sarah diesen Typen gut fand, der im FKK-Abschnitt baden wollte. Und am Rand von einem Festival, wo die Musik immer noch laut war, wo Sarah Helene im Gras liegend entdeckt hat eine oder zwei Stunden später. Sie waren fünfzehn und hatten ihren Eltern erzählt, sie würden beieinander übernachten, dann haben sie sich im Gedränge verloren. Sarah hat sich auf ihrer Suche leiten lassen von dieser inneren Stimme, die jeder hört und an die niemand glaubt, ist die unsichtbare Verbindung zwischen ihr und Helene entlanggelaufen, die straff gespannt war wegen der Entfernung. Sie hat sich, als sie sie endlich fand, zu Helene gelegt, sie an sich gezogen, sie gewärmt und bedeckt und sich eingeredet, dass Helene zu viel getrunken hat in ihrem Überschwang, in ihrem Wunsch nach Abenteuer, nur das, mehr nicht.

«Ich kann mich an nichts erinnern», hat Helene später immer wieder gesagt, «kompletter Filmriss», und vielleicht war das sogar die Wahrheit.

Das Zwiegespräch, das Sarah gern führen würde, hier, so knapp über den Knochen, stellt sich nicht ein. Wie denn auch, es gibt kein zwie mehr in dem Gespräch. Jeder Satz ist ein Echo seiner selbst.

Sie haben sich plötzlich selten gesehen. Als die Pandemie sie in ihre Wohnungen und Häuser gezwungen hat, als die Geschäfte, Läden, Cafés, Bars und Schulen geschlossen wurden, war Sarah in diesem behaglichen Kokon mit Leon und dem

Buch, an dem sie schrieb. Ihre Tage bestanden aus Sex, Essen, Netflix, Laufrunden am Leopoldskroner Weiher, produktiven Stunden am Bildschirm, und ja, es war beängstigend, dass alles dicht war, dass Tausende Menschen starben, ein gesamtgesellschaftlicher Schock, aber insgeheim, so im Kleinen, fand Sarah die Zeit ziemlich gut. Das durfte sie niemandem sagen, schon gar nicht Helene, die zuerst ihren Job verlor und dann die Nerven. Die einen aufmüpfigen Teenager zum Homeschooling motivieren und zwei Kleinkinder rund um die Uhr betreuen musste, Johannes verließ das Haus für seine Termine oder setzte sich morgens ins zum Büro umfunktionierte Kinderzimmer und kam mittags zum Essen heraus. Sie waren zu fünft in dieser kleinen Wohnung, die meiste Zeit.

«Mir fehlt der Ausgleich», hat Helene am Telefon gesagt, das obligatorische Kindergeschrei im Hintergrund, «ich kann nicht raus, ich kann nicht weg, nicht ins Kino, nicht mit dir was trinken gehen, ich würde inzwischen alles geben für einen einzigen Abend außerhalb dieser vier Wände.»

«Ich versteh dich», hat Sarah geantwortet, und sie hat das so gemeint in dem Moment, aber gestimmt hat es nicht.

Es war dann einen Moment still auf Helenes Seite, im Nachhinein fragt Sarah sich, ob Helene die Tränen runtergeschluckt oder sich vor Wut in die Faust gebissen hat. Sie weiß nicht mehr, wie das Telefonat weiterging, aber es ist sehr wahrscheinlich, dass Helene eine witzige Geschichte erzählt hat, die vom Englischlehrer, der die aufmüpfige Lola mal wieder aus der Videokonferenz geschmissen hat, oder die von Johannes, der sich beschwert hat, dass kein sauberes Hemd mehr da war, und der einen Eiertanz aufgeführt hat bei der Anprobe kurzärmliger Urlaubshemden mit fragwürdigem Muster. Sarah hat an den richtigen Stellen gelacht und am Ende «ich vermiss dich auch» gesagt.

Jetzt liegt sie da, eine grausige Kälte kriecht von der Erde in ihren Körper, die Jacke an ihrem Rücken wird nass und die Hose an ihrem Hintern, aber Helenes Tod ist eine brüllend laute Anklage, und deswegen kann Sarah nicht aufstehen. Ja, sie hat Helene nicht besucht im Lockdown, aber verdammte Scheiße, es war nun mal nicht erlaubt! Ja, sie hat ihr nicht geholfen, aber Helene hat nie um Hilfe gebeten! Ja, sie hat es entspannter gehabt und unstressiger, aber das ist nicht ihre Schuld! Man kann zwei Lebensentwürfe nicht nebeneinanderstellen und vergleichen. Klar ist eigentlich nur, sie haben sich das beide ganz anders ausgerechnet.

«Ist trotzdem kein Grund, sich vom fucking Balkon zu schmeißen», zischt Sarah und spürt einen immensen Unwillen, hier zu sein. Nicht nur auf dem Friedhof, im kalten Matsch, auch in dieser schuldbeladenen Position, ausgehöhlt vom Verlust und ratlos angesichts der Frage, wie es weitergehen soll. Mit Lola, Maxi und Lucius, mit der absurd großen Lücke, die Helene hinterlassen hat, mit den Erinnerungen und Zukunftsplänen, die Sarah nun begraben muss. Sie richtet sich auf, und im selben Moment klingelt das Handy in ihrer Jackentasche.

«Oh, Gott sei Dank», murmelt sie und klopft sich hastig den Dreck ab, bevor sie rangeht.

«Hey», sagt Johannes, «stör ich dich?»

Sarah wirft einen Blick auf Helenes Bild mit dem gelösten Grinsen, wendet sich ab.

«Nein, was ist los?»

Und während Johannes sich durch seine Sätze hampelt, mit denen er Sarah erklärt, dass er dringend in die Schweiz muss auf Geschäftsreise, dass sie seine Mutter nach der Untersuchung direkt im Krankenhaus behalten haben und er Sarahs Hilfe braucht, nur ausnahmsweise und bitte, während all dem denkt sie, dass sie nicht Nein sagen kann wegen dem Ort. Weil sie neben dem Holzkreuz steht mit Helenes Namen drauf.

Fünfzehn Jahre lang war Helenes Körper unversehrt, dann nicht mehr. Dann sind Männer gekommen und Kinder, die ganze verschissene Welt, sie haben ihn kaputt gemacht, und ja, vielleicht hat Helene ihn am Ende selbst zerschmettert, aber eigentlich nicht.

Als sie aufgelegt haben, fängt es noch immer nicht an zu regnen, obwohl die Luft förmlich trieft vor Erwartung.

«Fuck», flüstert Sarah und schaut nicht zurück.

Denn der größte Witz ist, das Foto, auf dem Helene so vor Freude sprudelt, hat Sarah gemacht. Es war vor sechs Jahren, an dem Tag, an dem Helene herausgefunden hat, dass sie schwanger ist.

BODYWORK

Lola schleicht auf den Balkon, vorbei an Johannes, der auf dem Sofa eingeschlafen ist, sie kann nicht atmen in ihrem Zimmer. Sie ist vor dem Spiegel gestanden, in Tanktop und Unterhose, mit den Fingernägeln hat sie lange rote Kratzer in ihre Oberarme gespurt, erst links, dann rechts. Sie hat auf den Oberschenkeln weitergemacht, hinauf, hinunter und quer, ein geradliniges Muster aus Schmerz. Das mit dem Spiegelstehen ist so eine Sache geworden. Sie hat nicht gewusst, dass es derart viel anzuschauen gibt an ihr. Ein ganzer Körper voller Details, die ihr immer fremder werden.

Das Foto hat sie unter die Achsel geklemmt. Sie wollte es unter ihr Top schieben, zwischen Haut und Stoff, aber es ist sofort herausgefallen. Ihre Klamotten liegen nicht mehr an, immer ist da neuerdings ein Schlund.

Der Türgriff kracht minimal beim Drehen, Johannes rührt sich nicht. Er hat den Laptop auf den Knien und sieht so halbiert aus, so abgeschnitten und allein, dass Lola sich abwenden muss. Die Nachtluft ist kühl und sanft, ein dunkles Seidentuch, auf den Striemen an Lolas Haut wie eine Linderung. Die quadratischen Platten reagieren auf ihr Gewicht, sie geht nicht bis nach vorne. Im Haus gegenüber brennt in fast allen Stockwerken noch Licht, in den anderen schräg dahinter auch, und die Straßenlaternen zerflimmern mit ihrem fahlen Orange die Dunkelheit.

Lola zieht die Glastür hinter sich zu, lässt sie angelehnt, senkt den Kopf und streicht sich über die Haare, dann über das Gesicht, die Brust, umklammert ihre Hüften mit den Händen über Kreuz. Inzwischen ist es ihnen aufgefallen, und alle kommentieren es. So ist das mit einem Körper, er gehört einer nicht allein, er ist exponiert und eingewickelt in das Netz aus Blicken, verglichen wird er und einsortiert.

«Du bist voll dünn geworden», sagen die Mädchen, sagen es anerkennend und neidisch, «sieht richtig gut aus», sagen die Jungs, sagen es wertend und begehrlich.

Lola hat nicht gewusst, dass es geil ist, zu gefallen. Je mehr solcher Bemerkungen sie hört, umso mehr will sie hören. Will magnetisch sein für Blicke und für Komplimente. Und ja, eigentlich ist das falsch. Eigentlich sollte allen klar sein, dass sie nichts mehr isst, weil sie ein scheiß Trauma hat. Dass es ihr elendig geht, dass ihr Zustand nicht erstrebenswert ist. Aber sie rufen: super Figur, Lola, und nicht: wie können wir dir helfen, Lola.

Jetzt ist da dieser Spalt zwischen ihrem Hosenbund und ihrem Bauchnabel. Jetzt ist da aber auch das Gefühl, dass Dünnsein Schwachsein bedeutet. Umgeworfen werden, keinen festen Stand haben. Sich nicht wehren können, gegen nichts. Dieses Schiefgewicht, das an ihrem Gleichgewichtssinn dreht die ganze Zeit, wird durch die Magerkeit verstärkt. Der Wind könnte sie vom Balkon blasen, wusch, und dann würde es sie auch nicht mehr geben.

Sie zieht das Foto unter ihrer Achsel hervor, es klebt an der Haut. Mama hat einen gigantofetten Bauch und speckige Wangen, monströse Brüste, deren dunkle, große Brustwarzen durch den Stoff ihres Nachthemds schimmern, breite Oberarme, kurze Haare, die lockig aussehen. Sie hält diese ausgedehnte Schwangerschaftswampe, in der Lola schwimmt, mit ihren Handflächen, die Finger gespreizt, und lächelt mit vergnügt zusammengekniffenen Augen. Sie ist jung und glatt, sie ist massiv und voluminös, ein enormes Gebilde, das aus zwei

Menschen besteht. Es ist ein echtes Foto, es hing in der WG-Küche, als Lola klein war. Sie weiß nicht, wie es in die Schublade ihres Schreibtischs gekommen ist, wo es seit Jahren liegt. Sie hat es nie sonderlich beachtet, aber weggeworfen auch nicht.

Auf dem Balkon zu stehen, ist erstaunlich einfach. Ist schließlich eine Stelle wie jede andere auf der Welt. Überall ist schon was passiert, nicht dasselbe vielleicht, aber was anderes Schlimmes. Überall stirbt eine·r, von selbst oder durch ein Unglück, brennen die Häuser, gehen die Mütter weg und die Väter, die vor allem. Eines Tages wird das Haus nicht mehr da sein und der Balkon auch nicht, den Asphalt werden Wurzeln aufbrechen und Blumen, niemand wird mehr sagen können, wo genau sie gelegen hat. Ist ja jetzt auch schon so. Da ungefähr, denkt Lola, wenn sie vorbeigehen muss am Haus, aber eben nur: ungefähr. Sie hat es nämlich gar nicht gesehen. Johannes ist auf den Balkon gelaufen. Lola und ihre Brüder sind am Tisch sitzen geblieben, erstarrt, vom Schock ausgebremst. Später war bereits die Rettung da und die Polizei, später war eine schwarze Bedeckung über Mama ausgebreitet, und kein Bild hat sich einbrennen können. Welches Bild soll sie stattdessen behalten? Mamas Rücken mit den am Hinterkopf zusammengenudelten Haaren, ihren Arm, der den Türgriff dreht? Oder weiter zurückgespult, ihr Lächeln, mit dem sie Lola an dem Tag begrüßt hat beim Nachhausekommen, die angedeutete Umarmung, der Lola ausgewichen ist? Mamas Jogginghose war grau, sie hat sie angehabt tagaus, tagein, sie hat das Haus bloß verlassen, um einzukaufen oder mit den Jungs spazieren zu gehen, dafür hat sie sich nicht mehr umgezogen. Kein Plan, wann sie zuletzt ein Kleid angehabt hat oder etwas, das nicht an ihr herumgeschlabbert ist.

Lola schaut auf das Foto in ihrer Hand, auf dem das Nachthemd so über den Kugelbauch fällt, dass es vorn sehr kurz ist. Wer war Helene vor Lolas Geburt, was war ihre Geschichte? Lola kann sich diese junge, kinderlose Frau nicht vorstellen, kann das Abbild nicht animieren in ihrer Fantasie. Wie Mama sich bewegt hat, was sie gemacht und gedacht und gefühlt hat, vierundzwanzig Jahre Leben, in denen sie keine Mama war, sondern … ja, keine Ahnung, was. Eine Fremde. Die bereits existiert hat vor Lola, ohne Lola. Und dann durch eine Zufallsbegegnung zu ihrer Mutter geworden ist.

Sarah muss das Bild aufgenommen haben. Der Erzeuger hat den Kontakt zu Mama abgebrochen, nachdem sie sich nicht drängen hat lassen zu einer Abtreibung.

Wäre vielleicht besser gewesen.

Dann wäre nichts von dem passiert, was passiert ist.

Bei dem Gedanken springt ein Laut aus Lolas Mund, der ihr allein beim Hören wehtut. Die Siedlung schluckt ihn teilnahmslos. Was will eine auch erwarten von diesen Häusern, die immer still stehen bleiben, egal, was in ihren Bäuchen geschieht. Oder auf ihren Balkonen.

Sunny ist die Einzige, die Lolas Knochigkeit nicht kommentiert. Sie kauft Pommes, Bananen, Kiwis, Schokolade, schiebt Lola Essen zu in den Unterrichtspausen und wenn sie skaten. Lola weiß, dass sie das Geld dafür ihrer Mutter stiehlt. Was Sunny ihr gibt, ist das Einzige, was sie isst, und nicht mit Appetit, sondern aus Liebe. Der Hunger ist nicht laut, mehr ein schwaches Ziehen, das sich versteckt im Augenflimmern, wenn Lola den Kopf zu schnell dreht, das in ihrer Bauchhöhle Stiche auslöst und sich auf ihr Denken legt, es langsamer macht. Dasselbe gilt für die Gefühle, und das hilft. Dass auch sie langsamer sind. Der Wunsch des Körpers nach Nahrung scheint kein Vorwurf zu sein, sondern eine Frage. Auf die Lola im Moment keine Antwort hat.

Und sie wollte das nie. Sie hat gedacht: wie kann eine denn magersüchtig sein, bitte. Ist doch scheißegal, was andere denken. Ist doch wurscht. Wozu ein Ideal erfüllen, das die Gesellschaft sich ausgedacht hat, um den Kauf von Produkten zu erzwingen. Es war auch keine Absicht zuerst, sie hat nichts hineingebracht in ihren Mund, und Schlucken war unmöglich. Aber jetzt liegt eine faszinierende Kraft im Nichtessen. Eine unheimliche, süchtig machende Kraft. Dass alle etwas wollen, nur Lola nicht. Dass alle etwas tun müssen, nur Lola nicht. Und dass sie ihr diese innere Stärke neiden. Fünf Wochen, schon verschwindet sie in ihren Pullovern, rutschen ihr die Hosen runter. Und da ist diese erlösende Taubheit. Weil sie weniger spürt, wenn sie weniger isst. Die Verlockung ist groß, es wäre so einfach, sie müsste nicht einmal was tun. Nur immer weniger werden.

Der Spiegel sagt: Jetzt siehst du aus wie die Girls in den Werbespots. Jetzt hast du den Look. Jetzt bist du schön. Aber die Sache ist: Auf dem Bild ist Mama das Gegenteil von dünn. Sie ist prall, watschelig, rund. Und fuck, vielleicht war sie überhaupt nie schöner.

Das Foto flattert ein bisschen im Wind, und Lola kann Mamas Bewegung nicht zu Ende denken. Dass sie es so fluchtartig getan hat, eins, zwei, drei, als hätte sie nicht mal drüber nachgedacht oder schon intensiv genug. Sie kann Mamas Gründe nicht zu Ende denken und Mamas Leben auch nicht. Dass da jetzt nichts mehr folgt, nie mehr, kein gemeinsames Filmschauen, kein Gemecker, kein sanftes Streicheln, und in dem Chat auf Lolas Handy, über dem «Mama» steht, wird nie wieder was geschrieben werden, der wird ganz unten landen irgendwann, markiert mit dem Datum dieses einen Tages. Mittags hat Mama ihr ein Herz geschickt und zwei Zeilen, *Wie läuft dein Tag? Hab dich lieb,* als Lola grade Pause hatte. Lola hat es gelesen und wahrscheinlich gelächelt, es war so selbstverständlich. Sie hat nicht geantwortet.

Über der Balkonbrüstung hängt jetzt in Neonschrift: THE END. Unsichtbar für alle außer für sie. Und wie soll das gehen, wie soll es okay sein, dass es an dieser Stelle zu Ende ist, wo es doch für Lola gerade erst anfängt.

Der Arm, der sich von hinten um sie schlingt, kommt aus dem Nichts. Sie erschrickt so sehr, dass sie zusammensackt unter der Wucht von Überraschung und Adrenalin. Johannes fängt sie auf, hält sie an sich gepresst, viel zu fest.

«Was machst du denn, was machst du», sagt er, und seine Stimme ist prickelnde Angst.

Lola ringt nach Luft, atmet an gegen das panische Wummern in ihrer Brust.

«Spinnst du!», ruft sie und schüttelt Johannes ab.

«Ich dachte, du ...» Er schweigt. Macht eine hilflose Geste.

Lola weiß nicht, wie spät es ist, und hat keine Lust, sich zu entschuldigen.

«Ist dir nicht kalt?», fragt er, und seine Worte setzen eine blockierte Stufe in Lolas Empfindungen frei. Das Spüren fließt zu ihr zurück. Wie klamm ihre Finger sind und wie eisig ihre Zehen, ein klumpiges Frösteln auf ihrer Haut. Sie bückt sich nach dem Foto, das ihr aus der Hand gefallen ist.

«Was hast du da?», fragt Johannes, hält aber den Abstand ein, den Lola ihm aufgezwungen hat.

«Nichts», erwidert sie und schiebt das Bild schnell zurück unter ihre Achsel.

Es ist dunkel und still, Johannes zögert. Lola verschränkt die Arme vor der Brust. Das Schweigen hängt über ihnen wie eine schlafende Fledermaus.

«Ich vermisse sie auch», sagt er plötzlich leise, und sein Blick huscht zum Geländer, das so niedrig ist, so leicht zu überwinden. Lola betrachtet seine vom Schlaf schief gelegten Haare, die Augen, die im Nachtschatten sind, den vorsichtig lächelnden Mund, der Offenheit signalisieren soll und die Bereitschaft zu reden. Aber so leicht wird sie es ihm nicht machen, ganz sicher nicht.

«Ach», sagt Lola und geht an Johannes vorbei nach drinnen, muss sich arg zusammenreißen, um ihn nicht zur Seite zu rammen.

CHARAKTERENTWICKLUNG

Leon streckt sich und macht ein Geräusch wie eine Babykatze. «Was wollen wir essen?», fragt er.

Sarah hört auf zu tippen, blinzelt, wundert sich, dass Leon da ist. Sie war in einem feucht-gruseligen Keller, hat die sich nähernden Schritte gehört und den Herzschlag ihrer Protagonistin, der sich zu einem panischen Pulsieren gesteigert hat.

«Wir könnten was bestellen und es bei einem Spaziergang abholen», sagt Sarah und schaut wieder auf ihren Bildschirm, den mitten im Satz blinkenden Cursor.

«Okay», stimmt Leon zu, «und wann?»

Sarah hat Hunger, aber sie will das Kapitel noch fertigbringen.

«In einer Stunde?», schlägt sie vor und steigt wieder hinunter in das kühle Gemäuer, in dem ihrer Hauptfigur klar wird, dass sie sich in ernster Gefahr befindet. Sarah liebt es, das Böse zu schreiben. Angst, Panik und Gewalt, Vergeltung und Mord, das sind die Fäden, aus denen sie ihre Stoffe webt. Alles, was in ihrem Leben nicht stattfindet, alles, wofür sie selbst zu weich wäre, bringt ihr literarisches Alter Ego zu Papier. Der Ermittler ihrer Krimireihe hat eine riesige Fangemeinde. Außerdem ist Sarah lieb und blond und mollig, den Leuten gefällt die Diskrepanz zwischen ihrem adretten Aussehen und ihrer blutrünstigen Fantasie. Immer ist das ein Thema, in jedem Interview, in jedem Artikel, «man sieht Ihnen das gar nicht an», heißt es, und im Verlangen der Menschen, doch noch Abgründe in Sarah zu entdecken, schwingt etwas unverhohlen Lüsternes.

Helene hat Sarahs Manuskripte gelesen. Nicht später, nicht in Buchform, sie hat während des Entstehungsprozesses mitgelesen. Sarah hat ihr die neuesten Seiten geschickt, und Helene hat irgendwie Zeit gefunden. Ihr Feedback war Sarah wichtig, oft genug haben sie gemeinsam an der Handlung gebastelt, über die Figuren beratschlagt, sich gute Wendungen ausgedacht. In jede Danksagung hat Sarah Helene hineingeschrieben, und ihre Bücher wären nicht, wie sie sind, ohne Helene.

Ihre Finger rattern und huschen, sie ist beim Schreiben sicher. Natürlich kennt sie die Selbstzweifel und das Grübeln, das gehört zum kreativen Arbeiten, aber sie weiß bei ihren Romanen genau, was sie will. Und wie sie es erreicht. Die Geschichten folgen ihren Anweisungen, entstehen aus ihrer alleinigen Kraft, fügen sich, lassen sich lenken und beherrschen, sind kontrollierbar und verlässlich. Denn auch wenn Menschen sterben, ohne Kopf in einem Fluss schwimmen oder lebendig begraben werden, am Ende werden die Schuldigen bestraft. Es ist nämlich klar, wer schuld ist und wer nicht. Es gibt keine Grauzonen, keine Fragezeichen, sondern eindeutige Wahrheiten. Und ein festgelegtes Strafmaß.

Sie lässt die Kellertür mit einem beängstigenden Geräusch zufallen und schließt auch den Laptop. Der Abgabetermin des Textes rückt näher, aber sie liegt gut in der Zeit. Sie ist eine zuverlässige Autorin, noch nie hat sie ein Manuskript zu spät abgegeben. Alle achtzehn Monate erscheint ein neuer Krimi von ihr, und nach diesem Takt richtet sich ihr Leben.

«Ich geh noch kurz duschen», sagt sie zu Leon.

Im Badezimmer meidet sie den Blick in den Spiegel. Nicht wegen der Dellen in den Schenkeln und den weichen Oberarmen, sondern weil es schwer ist, weiter zu existieren. Weil es schwer ist, den eigenen Körper zu sehen und dabei nicht an Helenes Körper zu denken. In allen Details muss Sarah ihn sonst durchdenken, ihn im Schnelllauf der Jahre sehen, Helenes unsägliche Achtzigerjahre-Frisur im Kindergarten, Helene mit acht, neun Jahren knochig im roten Badeanzug, später oben ohne am Strand, Helenes schlanke Finger, die sich nicht über Klaviertasten biegen ließen, obwohl ihre Mutter es wollte, die tanzende, sich zu Musik wiegende, in Clubs hüpfende Helene, die gespannte Haut an Helenes schwangerem Bauch, die geschwollenen Adern an ihren Beinen. Und jedes Mal denkt Sarah sich bis zum Ende hin, stellt sich den Körper im freien Fall vor, den Aufprall, das Splittern und Schmettern und wie der Herzschlag aufhört, badamm, badamm, ba–, dann ein starrer Schlaf im Sarg und jetzt? Wie kann sie die Bilder verjagen von Würmern in Helenes Mund, Maden zwischen Helenes Zehen, vom Zerfall der Haut und dem Verfaulen der Muskeln? Sarah hält das Gesicht in den zu heißen Wasserstrahl, der ihr Weinen fortspült. Sie wäscht sich die Haare nicht, lässt das Wasser über sich rinnen, mag sich nicht berühren irgendwo.

Als sie, wieder angezogen, nach unten kommt, steht Leon an der Tür, liest irgendwas am Handy. Er trägt eine Sporthose und seine Laufschuhe.

«Was hast du vor?», fragt Sarah.

«Ich dachte, wir laufen rüber zum Marchharts, bestellen was, trainieren ein bisschen, bis es fertig ist.»

Sarah bückt sich nach ihren Schuhen, Leon haut ihr auf den Arsch, und sie weiß, er meint das als Kompliment.

«Wir müssen uns das Essen ja verdienen», fügt er hinzu.

Sie sagt nicht, dass sie erschöpft ist, dass sie schon geduscht hat, sie schlüpft in ihre Jacke, greift nach dem Schlüssel. Die kalte Luft draußen ist unfreundlich, Sarah würde gern trotten, mit hängendem Kopf, Steine vom Weg wegkicken, grantig dreinschauen und auf gar keinen Fall ein Gespräch führen.

Leon läuft los, mit diesem federnden Schritt. Sie kann sich nie entscheiden, ob sie den affig finden soll oder professionell.

Später packt Sarah ihre Sachen. Ihr Gehirn lässt sich triggern von der geöffneten Reisetasche auf dem Bett und zaubert Urlaubsfantasien herbei. Wie lange sie nicht weg waren. Wie lange sie bereits eingesperrt sind, in diesem Land, in diesem Haus, Pandemieschranken an jeder Grenze, vor jeder Tätigkeit, die Spaß macht, jeder Unternehmung. Sie hätte verreisen können mit Leon, in eine Stadt mit nicht ganz so offensichtlichem Tourismus, Belgrad vielleicht oder Tallinn, ihm beweisen, dass sie unkompliziert ist und belastbar, die beste Gesellschaft für Unternehmungen aller Art, ein Glücksgriff.

Sie faltet die Klamotten und schichtet sie in die Tasche, sie hat Geschenke für Helenes Kinder gekauft, ein paar Bilderbücher, eine zweite Tonie-Box, Concealer und Wimperntusche für Lola. Sie wird ihr erklären, wie man diese Dinge benutzt, wird ein Live-Tutorial machen wie eine Influencerin, im Bad vor dem Spiegel, und sie stellt sich vor, wie sie gemeinsam lachen dabei und sich näherkommen, es wird sich gar nicht verhindern lassen. Sie denkt an die Sauberkeit, die in Helenes Wohnung herrschen wird. Sie fragt sich, wie es sich anfühlt für Johannes, nach Hause zu kommen und zu sehen, dass alles glänzt. Ob er innehält und sich zufrieden umschaut, wie sie selbst es tut, wenn sie fertig ist mit Schrubben. Dann malt sie sich die ersten Spritzer aus, die auf dem Spiegel bleiben, die ersten Zahnpastaflecken, die über Nacht verhärten, Barthaare im Abfluss, die unbemerkt bleiben, es ist ein schleichender Prozess. Das Putzen wirkt auf Johannes und die Kinder vermutlich wie Zauberei, aber Sarah wird ihnen zeigen, dass dahinter keine Magie steckt, sondern Arbeit. Sie wird sie einteilen und ihnen klarmachen, dass sie mithelfen müssen. Ganz sicher wird sie nicht alles allein machen.

Sie legt Shirts und Hosen in die Tasche, irgendein Buch, Socken, das Handy-Ladegerät. So viel wird sie nicht brauchen, Johannes ist ja in ein paar Tagen wieder da.

Im Urlaub auf Ibiza hat Helene Lola jeden Abend mit Mückenspray eingesprüht, aber erst, wenn sie schlief. Die wache Lola wollte von dem Spray nichts wissen, hat sich gewehrt und gebrüllt, aber kaum war sie eingeschlafen, schwitzend und im dünnen Laken verdreht, hat Helene sich zu ihr gesetzt, an den Bettrand, und hat leise und vorsichtig die Haut ihrer Tochter mit kleinen Schutztropfen benetzt. Hat ihr am Ende über die Schläfe gestrichen und sie noch still angeschaut für einen Moment. Sarah hat nie zuvor etwas derart Zärtliches gesehen. Und während alle anderen Leute in ihrem Alter auf der Partyinsel die Nacht zum Tag gemacht haben, waren Sarah und Helene spätestens um elf Uhr abends mit dem Kind im Bungalow. Da war viel Frust, ja, aber viel Liebe war da auch.

Sarah wollte die coole Tante sein, später. Die mit ihrer Patentochter in Clubs geht, als Begleitperson zu Helenes Beruhigung, als moralischer Kompass und als Vorbild. Die Frau, die man als Teenager beneiden kann, weil sie chillig ist, erfolgreich, begehrt. Die Tante, mit der Lola über ihr erstes Mal gesprochen hätte, übers Küssen und Verhüten, was man halt nicht bereden will mit der Mutter. Sie hält inne, als eine Erkenntnis ihren Gedankenfluss blockiert. Dass Johannes ihr Lola weggenommen hat, indem er Helene aus der Wir-erziehen-dieses-Kind-gemeinsam-WG geholt hat, hat sie denken wollen, dass die kleinen Brüder gekommen sind und später die Lockdown-Kontaktsperre, sodass Lola ihr entglitten ist. Aber kümmern hätte sie sich trotzdem können. Und natürlich wird sie all diese Gespräche führen mit Lola, die coolen und die nicht so coolen. Die mit den Ermahnungen und die mit dem Spaß. Ist ja niemand mehr da sonst.

Sarah presst ein Shirt gegen das Gesicht, atmet nicht ein.

Sie hat nichts, das nach Helene riecht.

Die Traurigkeit ist etwas, das ihr injiziert wurde, und genau am Solarplexus ist die Einstichstelle.

Im Badezimmer wirft sie ihre Utensilien in den Kulturbeutel, lässt nur die Abschminksachen und die Nachtcreme stehen. Beides benutzt sie erst, sobald Leon eingeschlafen ist, er soll die Dekonstruktion nicht sehen, den Schichtwechsel, wie Helene manchmal gesagt hat. Bei Johannes war ihr das egal. Ihm hat sie sich ungeschönt gezeigt, verwurschtelt, normal sitzend, der Bauchspeck gewölbt, gebärend, mit Blut verschmiert, voller Schweiß. Es hat wohl nichts gegeben, was die beiden nicht miteinander geteilt haben, und Sarah denkt immer noch mit weiß glühender Scham an das eine Mal, als sie neben Leon im Bett leise gefurzt hat.

Wie aufs Stichwort kommt er ins Bad, er klopft nie an. Sarah wertet das als Zeichen von Intimität und Zusammengehörigkeit, auch wenn sie die Zähne zusammenbeißen muss, um ihn nicht anzuschnauzen. Er küsst sie auf die Wange, am Hals, schiebt eine Hand unter ihrem Shirt den Rücken entlang nach oben, hakt ihren BH auf. Sarah nimmt seine erwärmten Muskeln wahr und den metallischen Geruch der Hanteln an seinen Fingern, sein meersalziges Aftershave und wie er seinen Körper stets aufrecht hält, mit lässigem, nicht gespieltem Selbstbewusstsein. Sie drängt sich an ihn, nicht, um mehr von ihm zu spüren, sondern um ihn aus dem Bad zu schieben. Das Licht ist zu hell, und da ist der große Spiegel. Am Ende würde Leon sie auf den Waschtisch heben, und sie könnte sich nicht weit genug zurücklehnen, ihr Bauch würde in Röllchen zusammengedrückt werden. Sie dirigiert ihn unter Küssen zum Bett wie jemand, der an nichts anderes denken kann als an Sex, dabei sind da viele Dinge, an die sie denken kann, was sie noch einpacken muss, dass sie nicht vergessen darf, den Wecker zu stellen, dass ihr noch ein Cliffhanger für das Kapitel fehlt, dass sie Lola fragen muss, was die Kinder gerne essen, sich Notizen machen, einen Plan erstellen.

Leon küsst methodisch an ihrem Körper entlang. Sarah macht die entsprechenden Geräusche, sie sind automatisiert in Abfolge und Lautstärke. Sie hat irgendwann mal rausgefunden, dass die jungen Männer sich im Bett für Feministen halten. Dass sie glauben, Helden zu sein, weil sie nicht «Erster» rufen, sobald sie gekommen sind, und weil sie wissen, dass es den G-Punkt gibt. Ob sie ihn finden, ist eine andere Frage, sie suchen jedenfalls enthusiastisch danach. Und dann ist das wieder so was, für das man dankbar sein muss als Frau. Wie soll man sich beschweren bei einem, der sich mit so viel Elan zwischen Schenkeln vergräbt, auch wenn es sich anfühlt wie das Abarbeiten einer Checkliste? Die jungen Männer sind beim Sex nicht belehrbar, sie kennen nämlich den Frauenkörper. Sie haben Squirting-Anleitungen auf Youporn gesehen und feministische Slides zur wahren Größe der Klitoris auf Instagram, sie lassen sich diesen Status als informierte neue Männer nicht nehmen, schon gar nicht von einer Frau. Einem solchen Mann kann man nicht erklären, was sich gut anfühlt, denn er weiß es. Weshalb Sarah sicher ist, dass in den Betten dieser Männer mehr Orgasmen vorgetäuscht werden als irgendwo sonst. Den älteren Kerlen war es egal, ob die Frau gekommen ist oder nicht, sie hatte vor Glück zu schmelzen, weil sie penetriert wurde. Aber die jungen Männer sind stolz auf den Sex, den sie bieten, und Leon ist das auch. Weshalb Sex mit ihm geil ist und furchtbar anstrengend. Sarah muss sich konzentrieren, wenn sie mit Leon schläft. Sie muss genießen und die Bemühungen annehmen, sie muss wertschätzen und sich hingeben, und kommen muss sie auch. Was meistens gelingt, aber sie mag es nicht, wie intensiv er sich ihrem Körper widmet. Als gäbe es nichts, was sie verstecken müsste. Als sei alles gut und normal und schön. Eine solche Beziehung hat Sarah aber nicht zu sich selbst, und die Scham hakt sich gern ein. Manchmal hat sie das Gefühl, dass sie im Bett liegt, ihre Lust liegt auch da, aber sie sind wie zwei Geraden, die sich nicht treffen.

Sie hat gelernt, nach dem Orgasmus die Augen geschlossen zu lassen. Sie erträgt Leons Grinsen nicht und dass er dann dreinsieht wie einer, der denkt «jetzt geht's los». Sie sind in Wahrheit keine Feministen, diese Männer, sie schaufeln die weibliche Lust beiseite wie etwas, das man erledigen muss, und dass eine Frau Spaß hat, freut sie, weil sie es als ihr Verdienst ansehen.

Das Thema ist so vielschichtig, nie im Leben könnte Sarah darüber sprechen, sich erklären. Dass einer wie Leon sie begehrt, dass sie einen wie ihn haben kann, ist ein Egokick. Und ja, sie hat Selfies von ihnen beiden hergezeigt, gepostet, die Likes gezählt und sich über die neidvollen Kommentare gefreut. Sein Status wertet ihren Status auf. Aber im Austausch muss sie auch etwas geben, etwas sein. Jung geblieben und aufgeschlossen, kinky und erfahren, nicht zu sehr, damit noch Dankbarkeit bleibt für seinen sexuellen Führungsstil und sein hingebungsvolles Fingern. Manchmal würde Sarah gern einfach nur ein paar Minuten in der Missionarsstellung vögeln und dann einschlafen.

Leon kann lange, und er steht drauf, wenn ein pornöses, rhythmisches Klatschen zu hören ist. Den Cellulitis-Tanz hat Helene das genannt, sie hatten keine Geheimnisse und keine Tabus. Das wird nicht mehr möglich sein, niemals. Sarah wird keine neue Freundin finden, mit der sich eine solche Intimität aufbauen lässt, es ist zu spät und außerdem: Sie will das nicht.

Sie hat es geliebt, Tante Sarah genannt zu werden, weil es Helene zu ihrer Schwester gemacht hat. Und dann hat sich herausgestellt, dass da sehr wohl Geheimnisse zwischen ihnen waren. Und Helene hat das größte Tabu von allen gebrochen.

In den dreiundzwanzig Jahren seit ihrem ersten Mal hat Sarah schon oft beim Sex geweint, aus vielen verschiedenen Gründen, welche Frau hat das nicht. Aber dieser Grund ist neu, und der Schmerz auch.

Hinterher ist Leon so still, dass Sarah das Schweigen viel zu laut hört. Der Verlust hängt über ihr wie ein fetter schwarzer Dunst. Leon lässt das Gummi auf den Boden fallen. Er passt immer auf, dass nichts passiert, und Sarah nimmt keine Pille, die sie heimlich weglassen könnte. Sie kann auch nicht darauf hoffen, dass er plötzlich zum Kondommuffel wird, ausgerechnet zum jetzigen Zeitpunkt musste sie den einen Mann erwischen, der nicht jammert, dass es sich ohne aber besser anfühlt. Jahrelang hat sie sich darüber gewundert, dass Frauen das machen, die Verhütung aussetzen ohne das Wissen des Partners, inzwischen kann sie es verstehen. Aber ist es gut für ein Kind, wenn es in betrügerischer Absicht entsteht, wie etwas Gestohlenes? Andererseits käme man wohl aus dem Zählen nicht mehr heraus, versuchte man herauszufinden, wie viele Kinder von ihren Vätern nicht gewollt wurden.

In einem Beziehungsratgeber hat Sarah gelesen, dass man das, was man sich wünscht vom Partner, selbst tun soll. Wenn man das Bedürfnis nach einer Umarmung hat, soll man zum Partner gehen und ihn umarmen. Wenn man eine Liebeserklärung hören möchte, soll man eine machen. Und stets bereit sein, das zu geben, was man fordert.

«Ich werde dich vermissen», sagt Sarah, und Leon legt ihr schlaftrunken die Hand zwischen die Schulterblätter, um sie zu wärmen an der Stelle, weil sie das gerne mag.

Warum hast du nicht gesagt, dass du nicht laufen willst?, fragt Helene in der Dunkelheit, und nicht einmal leise.

Sarah rollt sich zur Seite, setzt sich auf.

«Hast du etwa die ganze Zeit zugesehen?», fragt sie.

Helene lacht amüsiert. Sie ist kaum zu erkennen, eine zusammengeballte Präsenz neben dem Fenster, halb verdeckt vom Vorhang. Es gibt kein Mondlicht in dieser Nacht.

Warum hast du nicht die Nudeln bestellt?, fragt sie. Die mit der Sahnesauce. Die du so liebst.

Sarah schlingt sich die Decke über den Körper.

Und warum hast du nicht Sex im Badezimmer gehabt? Wenn dir das Licht zu hell ist, ist es vielleicht was anderes, das du nicht sehen willst.

«Ich sehe sehr klar», entgegnet Sarah scharf.

Ist das so? Helene macht eine Geste, die das Zimmer, das Haus einschließt und eigentlich etwas anderes meint.

Das Leben ist zu kurz, Sarah.

«Die Einzige, die hier beschissene Entscheidungen trifft, bist du», erwidert Sarah.

Der Preis ist zu hoch, sagt Helene. Du verstellst dich. Du musst so viele Bedingungen erfüllen für diese Liebe, und du verrätst damit nicht nur dich selbst, sondern alle Frauen.

Sarah lacht leise und mit zynischer Heiserkeit.

«Und deine Liebe für mich, Helene?», fragt sie. «Deine Liebe für uns, was war damit? Welche Bedingungen haben wir nicht erfüllt?»

Es wundert sie nicht, dass an dem Platz neben dem Fenster plötzlich nur noch Schatten sind.

PUNCH

«Magst du ein paar Chips?», fragt Sarah. «Oder Kekse?»

Lola sitzt auf dem Bett und stalkt Alvas Instagram-Account. Sie hat eine Weile gebraucht, um ihn zu finden, seither scrollt sie bei jeder Gelegenheit durch die Bilder und Videos, schaut sich an, mit welchen Leuten Alva unterwegs ist und was sie machen, ob sie nah beieinanderstehen, was die Körpersprache verrät. Ein Mädchen taucht regelmäßig auf und wird von Alva getagged, sie nennt sich Femme, und Lola fragt sich, wie das ausgesprochen wird. Femme war beim Training dabei, sie ist hoch aufgeschossen und hat üppige Kurven, karamellfarbene Haut, einen Schwung schwarzer Locken. Schwer zu sagen, ob sie Alvas beste Freundin ist oder mehr.

Sarah steht mit Snacks beladen im Türrahmen und hat diesen Lass-mal-näher-kommen-Blick. Lola legt das Handy weg.

«Okay», sagt sie, weil es einfacher ist.

Wenn sie die Chips ablehnt, macht Sarah unter Garantie eine Bemerkung über ihr Gewicht. Dafür hat Lola keinen Nerv, der Tag war anstrengend mit den zähen Schulstunden, der erzwungenen sozialen Interaktion, den Bedürfnissen ihrer Brüder, denen es scheißegal ist, wer sich kümmert. Hauptsache, es kümmert sich wer.

Sarah lächelt, lässt die Tür offen, damit sie hören, ob Maxi oder Lucius aufwachen, setzt sich neben Lola aufs Bett. Lola rückt ein Stück nach oben, lehnt sich an die Wand. Sarah breitet die Tüten zwischen ihnen aus, reißt sie alle auf. Nimmt das knisternde Material zwischen die Finger und zieht, sieht dabei Lola an. Soll wohl eine nicht sehr subtile Herausforderung sein, und natürlich hat sie «Du bist so dünn geworden» gesagt, auch: «Esst ihr denn überhaupt richtig?»

Ja, am Arsch, Sarah, hier kocht doch seit Wochen niemand mehr, was denkst du denn.

Lola hat sich um Freundlichkeit bemüht. Sie hat Sarah diktiert, was sie einkaufen soll, welche Folgemilch Lucius zum Einschlafen trinkt, dass Maxi nichts isst, was rot ist, aber Bananen liebt, die Liste ist lang geworden. Sarah hat alles beim Lieferdienst bestellt und dem Fahrer zwanzig Euro Trinkgeld gegeben. Das hätte Mama im Leben nicht gemacht, zwanzig Euro! Und überhaupt: es bringen lassen von jemand anderem, statt es selbst zu holen, raufzuwuchten in den fünften Stock. Lola hat Sarah geholfen, die Sachen in die Küchenschränke und die Regale zu schlichten, die zum Großteil leer waren, zum ersten Mal ever. Diese Arbeit ist stets im Hintergrund passiert. Es war immer was zu futtern da, wieso hätte Lola das infrage stellen sollen? Ist halt doch was anderes, in Büchern und Magazinen zu lesen über Care-Arbeit und Mental Load. Sie hat sich geschämt, insgeheim. Weil sie es ja auch hätte machen können, aber sie hat sich nicht zuständig gefühlt. Und seltsam, der Gedanke: das ist die letzte Packung Kakao, die Mama gekauft hat, die Mama berührt und in den Einkaufswagen gelegt und bezahlt hat. Danach wird es nur noch Post-Mama-Kakao geben. Wie beschissen ist das, wenn die Produkte in deiner Küche dich überdauern. Aber gut, es ist wohl zwangsweise so, dass du stirbst und in deinem Kühlschrank noch Dinge sind, die du irgendwann essen wolltest.

«Paprika», sagt Sarah unnötigerweise und steckt sich einen einzelnen Chip in den Mund.

Super Gesprächseinstieg.

Sie trägt eine gemusterte Leggins und eins dieser atmungsaktiven Tops mit aggressiv-motivierendem Muster, sie zieht sich oft an, als würde sie gleich aufspringen und Sport machen. Ein irgendwie stressiger Kleidungsstil, der es nicht erlaubt, zu relaxen.

«Hast du keine Jogginghose?», fragt Lola und nimmt einen Schokokeks, beißt nicht ab, schiebt ihn sich ganz in den Mund.

Sie weiß, dass Sarah diese ungesunden, dick machenden Dinge ihretwegen gekauft hat. Sie ist sensibel jetzt für Blicke, und Sarah war nicht zurückhaltend beim Abchecken, als Lola ohne Hoodie ins Bad gegangen ist. Sie würde die Kommentare, die sie sich verkneift, als Sorge tarnen, aber Lola hat den Neid bemerkt. Mama war auch so. Hat geseufzt und «deine Haut ist so glatt!» gesagt, «wenn ich auch noch mal so schlank sein könnte!» gestöhnt, gefolgt von: «An mir ist alles ausgeleiert.»

Lola hat es versucht, wirklich. Hat Mama erklärt, was Bodyshaming ist und Age-Shaming, hat ihr ganz unsubtil *Riot don't diet* von Elisabeth Lechner aufs Bett gelegt und einen Satz daraus zitiert: Schönheit ist ein System, das nur dann funktioniert, wenn es viele ausschließt.

«Ja, mich zum Beispiel», hat Mama lachend geantwortet, und Lola wollte ihr begreiflich machen, was für eine Revolution es wäre, sich zu akzeptieren. Zu denken: Cellulite, okay, normal. Schwangerschaftsbauch, ja, normal. Hängende Brüste, hallo, normal.

«Da waren drei Kinder in deinem Körper drin, Mama», hat sie gesagt.

«Das ist ja das Problem», hat Mama entgegnet.

«Ich hab keine Jogginghose mehr angezogen, seit ich mit Leon zusammenwohne», sagt Sarah und bekommt so einen überrascht nachdenklichen Blick wie eine, der zum ersten Mal etwas auffällt.

Lola gräbt die Faust in die Chipspackung, der chemische Geruch der Würzmittel sticht ihr in die Nase. Das Buch hat sie später, als Sarah Mamas Sachen in Kartons verpackt hat, gefunden, zwischen einem Donna-Leon-Krimi und ein paar alten Bildern, die Lola als Kind gezeichnet hat. Das war schlimm. Diese Zeichnungen zu sehen und zu wissen, dass Mama sie aufbewahrt hat all die Jahre.

«Meine Mutter hat mich kleine Miss Piggy genannt, wenn ich eine zweite Portion wollte», sagt Sarah, «wegen der blonden Locken und der …», sie zeichnet einen Kreis mit dem Zeigefinger über ihrer Wange, «roten Backen.»

«Aha», macht Lola.

«Na ja, und natürlich wegen der Verbindung zum verfressenen Schwein.»

Lola runzelt die Stirn, diese Oldies sind manchmal echt schwer zu verstehen.

«Bitte sag mir, dass du weißt, wer Miss Piggy ist», fügt Sarah hinzu und schaut gespielt flehentlich. Blonde Wellen hat sie immer noch, das Gesicht ist eher blass. Die Augen blau, ganz klassisch alles an Sarah, der Körperbau, das Lächeln, hübsch ist sie und durchschnittlich. Außer vielleicht die Titten. Die sind wirklich groß.

«Googel mal», fordert Sarah Lola auf, und Lola tut es. Findet in der Bildersuche Fotos einer gelockten Puppe mit Schweinsnase, daneben einen Frosch aus Stoff.

«Bösartiges Weib», sagt Lola und wirft das Handy wieder auf die Bettdecke.

Sarah hustet erschrocken.

«Meine Mutter?», fragt sie.

«Obviously», erwidert Lola. «So fängt das doch an mit der scheiß Prägung. Die habt ihr von euren Müttern.»

Sarah kaut und schaut und antwortet nicht.

«Ist es nicht eindeutig?», fragt Lola und bekommt dieses Kribbeln im Gehirn wie jedes Mal, wenn aus Smalltalk Bigtalk wird und sie eine Chance hat, was Wichtiges zu sagen. «Wie euch jahrzehntelang eingeredet worden ist, dass ihr eine Augenweide sein müsst für die Männer, eine schmale Taille wie von einem Korsett haben sollt, aber trotzdem nice Hupen, wie ihr darauf gedrillt worden seid, euch hässlich zu finden, zu dick, zu dellig, damit ihr eine teure Creme kauft und diese dummen Magazine mit den Diäten drin und euch operieren lasst, Fett absaugen oder was weiß ich. Und eure Vorbilder waren eure Mütter. Die haben das Spiel mitgemacht und euch reingezogen. Voilà, fertig ist die nächste Generation Frauen mit gestörtem Körpergefühl.»

Als ironischen Abschluss ihres Ausbruchs stopft Lola sich Kekse in den Mund, es sind die runden mit dem Orangengelee in der Mitte, sie schmecken widerlich.

«Du kannst mir nicht weismachen», sagt Sarah leise und wischt sich die Chipsfinger an der Hose ab, «dass du es nicht geil findest, so dünn zu sein.»

Jetzt ist es Lola, die nicht antwortet. Sie zerteilt im Mund die Kekse in weichen Teigbrei, zerlutscht das bittersüße Wabbelzeug in der Mitte zu einem labbrigen Schlonz. Je weniger sie isst, umso stärker reagiert ihr Körper, sobald sie es doch einmal tut. Produziert viel mehr Speichel, haut eine Endorphinwelle raus, macht den geschmacklichen Reiz dreimal so intensiv, salzig, süß, bitter, scharf, sodass es Lola viel Überwindung kostet, nicht alles wieder auszuspucken.

«Ich weiß das. Ich hatte schon zwanzig Kilo mehr und zwanzig weniger», fährt Sarah fort, «und ich merk es an der Art, wie du dich bewegst. Du nennst es Bodyshaming, ich nenne es Körperkultur. Du kannst nicht entkommen, auch wenn du so tust, als stündest du außerhalb und über den Dingen. Du bist Teil unserer Gesellschaft, ob du willst oder nicht.»

Lola hat plötzlich großen Durst, die Kekse verkleben ihr

den Hals. Ist eh sinnlos, zu diskutieren mit einem Boomer, was soll das bringen, über Körperlichkeit und Selbstwahrnehmung zu reden, während sie hochkalorischen Dreck fressen und Sarah den Rücken durchdrückt und den Bauch einzieht, sogar jetzt, sogar hier, neben Lola, es wäre doch egal einfach nur. Sie hat sich schon bei Mama die Zunge wund diskutiert, und Sarah ist mit Mama gemeinsam aufgewachsen. Die sind verloren, denen ist nicht mehr zu helfen. Und vielleicht: Die wollen das auch so. Die haben es sich gemütlich gemacht in ihrem Selbsthass.

«Ich hab eins deiner Bücher gelesen», sagt Lola deshalb und macht eine Kopfbewegung zu ihrem Schreibtisch, wo *Der Nachtwald* von Sarah Krist liegt.

Sarah scheint beim Thema Schönheitsideal bleiben zu wollen, hat etwas Unzufriedenes im Blick, als wäre ihr Mund voll ungesagter Worte, die sie dann aber offenbar hinunterschluckt.

«Das war mein erster Roman», erklärt sie, «ich hab ihn nach einer harten Trennung geschrieben, kurz bevor ich dreißig geworden bin. Innerhalb von drei Monaten.»

Sie lacht auf eine sentimentale, innerliche Art.

«Ich hab nur geheult, Eis gefressen und meinen Frust in das Manuskript gegossen.»

Lola drückt die Zunge an den pappigen Gaumen, presst die Geschmacksverstärker in die Geschmacksknospen. Sie stellt sich vor, wie der Brei durch ihren Magen gepumpt wird, in rhythmischen Bewegungen, wie ihr Körper nach brauchbaren Nährstoffen darin sucht und keine findet. Es ist Sarahs zweite Nacht hier. Johannes ist weg, und Lola hat kurz gedacht: Was, wenn der jetzt auch nicht wiederkommt? Bleiben wir dann so? Als Sarah gecheckt hat, dass Lucius jeden Abend zu Lola wackelt und sich zu ihr in das schmale Einzelbett legt, hat sie ihn überredet, im großen Bett im Elternzimmer zu übernachten, gemeinsam mit ihr. Und plötzlich hat auch Lola geschlafen, unglaubliche acht Stunden am Stück, ohne Unterbrechung, ohne Myoklonien und ohne Splitter. Sie glaubt nicht, dass das mit der Abwesenheit von Lucius zusammenhängt. Sondern mit der Anwesenheit von Sarah. Sie ist ihr dankbar, allein deswegen. Lässt sich aber nicht gut sagen, so was.

«Ich war sechs Jahre mit ... mit diesem Kerl zusammen. Ich wollte den heiraten», sagt Sarah, «eine Familie gründen. Wollte er auch. Nur nicht mit mir.»

Sie schiebt die Chipstüte von sich, greift nach den Nachos.

«Aber das Buch, das war ein Überraschungserfolg», sagt sie und schaut Lola so an: wie fandest du es.

«Es war interessant», fängt Lola an, bewusst harmlos, und da ist es wieder, das Prickelgefühl, der nervöse Druck auf den Pulsadern, «aber ich frage mich, wieso du das tust. Mit deinen Büchern dazu beitragen, dass Gewalt gegen Frauen salonfähig bleibt.»

«Dass ... was?» Sarah zieht die Beine hervor, setzt sich anders hin, verschränkt die Arme vor der Brust. Das ist der Effekt, den Lola sich gewünscht hat für ihre Worte.

«Du bist eine misogyne Serientäterin», erklärt Lola und hat dieses flatternde Gefühl in der Brust, weil sie alles gut erklären muss, bevor ihre Redezeit vorüber ist, bevor das Gegenüber nicht mehr zuhört oder ein Streit ausbricht, «deine Krimis sind frauenfeindlich. Sie normalisieren Gewalt gegen Frauen, die geschlagen und gefoltert werden, entführt, ermordet, zerstückelt. Und die Täter sind Männer. Deine Bücher tragen zu einem gesellschaftlichen Klima bei, in dem ein Femizid stets im Bereich des Möglichen liegt.»

Sarah schaut so entgeistert, dass Lola sich fragt, ob sie zu weit gegangen ist, und das Bedürfnis hat zurückzurudern. Was, wenn Sarah jetzt beleidigt abrauscht? Lola alleinlässt mit den

Buben, nie mehr mit ihr spricht, zu Johannes sagt: Frag doch Lola, warum ich nicht mehr komme.

«Aber die Täter werden bestraft», erwidert Sarah.

Ihr Gesicht ist nicht mehr blass jetzt. Seit sie da ist, fällt nicht so viel von der Last auf Lolas Schultern, weil Sarahs Schultern weiter oben sind. Wie ein Dachvorsprung, ein hilfreich ausgebreiteter Schirm. Weil Sarah das meiste abfängt, bevor es zu Lola hinunterkrachen kann.

«Allerdings sind es erfundene Täter, irgendwelche Psychos. Dabei erleben Frauen in Wahrheit Gewalt in ihren eigenen vier Wänden, von Ehemännern, Vätern, Freunden. Das thematisierst du nicht, und auch wenn dein Ermittler den Mörder am Ende findet, bleiben die Frauen Opfer. Wieso werden fast nie Männer in deinen Büchern ermordet?»

Sie hätte noch mehr zu sagen, hat noch diesen Druck auf den Rippen, schweigt. Sie will es sich nicht versauen mit Sarah. Es ist gut, dass sie da ist, und wichtig, vor allem für Lucius und Maxi. Besserwisser mag niemand, hat Mama oft gesagt, ist ja schön, dass du informiert bist, aber drück das nicht immer allen rein, man muss auch mal den Mund halten können.

Well, fuck it, Mama.

Den Mund zu halten, hat noch nie jemanden weitergebracht.

Sarah blickt auf die leere Chipstüte.

«Ich hab mich eigentlich für fortschrittlich gehalten», murmelt sie, «weil ich als Frau erfolgreich und unabhängig bin.»

Die Stille der Wohnung ist eine heuchlerische Ruhe. Nicht nur, weil Lucius und Maxi jederzeit rufend aus einem Albtraum stürzen könnten, sondern weil sie vorgibt, dass alles in Ordnung ist. Alles safe hier, ganz normaler Abend, gleich gehen wir schlafen und träumen süß. Vergessen unseren Kummer und geben uns zufrieden.

«Vielleicht bist du so geprägt vom Patriarchat, dass du selbst glaubst, eine Frau, die sich emanzipiert, gehört bestraft», sagt Lola, weil ihr das nicht gelingt mit dem Mundhalten, weil es ihr einfach nie gelingt, «vielleicht hältst du dich auch selbst klein.»

Sarah faltet den Rand der Chipspackung, einmal, zweimal, macht sie wieder auf, es raschelt. Sie hat aufgehört zu essen, und irgendwie nimmt Lola es ihr übel, dass sie Kekse benutzt hat, um bei ihr anzudocken. Wie wenn Lola ein Kind wäre. Und das ist es wohl, wofür Sarah sie hält. Dabei war sie schon kein Kind mehr, als sie noch eine Mutter hatte.

«Und du?», fragt Sarah und streicht sich die Haare zurück. «Was bist du?»

Lola denkt an Mama. An die Reibereien, die sich aufgetürmt haben zwischen ihnen im letzten Jahr. Nicht nur wegen dem Lockdown, wegen der ausweglosen Situation und dem Generve der Jungs, sondern wegen Mamas Abwehr. Lola hat plötzlich so viel Zeit gehabt für Bücher und für aufklärende Accounts auf Instagram, und zum Nachdenken auch. Sie hat gescrollt und aktualisiert, sich Videos angeschaut, gelesen, gelesen, gelesen. Und jede weitere Information hat Lola aus sich selbst hinausgeschoben, wie bei einem Tierchen, das sich häutet. Das dann neu dasteht, größer und in seiner eigentlichen Gestalt. Die Ungerechtigkeit ist ihr bewusst geworden, jeden Tag in den Nachrichten: dass die Mütter den Politiker·innen scheißegal waren. Die Mütter und die Kinder. An die Jugendlichen hat keine·r gedacht, sie hatten keine Lobby und kein Stimmrecht. Für die Wirtschaft gab es Geld ohne Ende, «koste es, was es wolle», hat der Bundeskanzler gesagt, Ersatzzahlungen und vom Staat ausgeglichene Kurzarbeit, für die Eltern gab es nichts.

Beim zweiten Lockdown hätten die Entscheidungsträger·innen es wissen können, der kam nicht überraschend. Dennoch haben sie sich kein Konzept überlegt, nicht für die Schulen, nicht für die Familien. Bleibt zu Hause, hieß es, und Lola wusste von mindestens zwei Kindern aus ihrer Klasse, dass sie zu Hause nicht in Sicherheit waren. Sondern in Gefahr. Wie schwer wäre es gewesen, ein bisschen was abzuzwacken von den Airline-Milliarden, für mehr Frauenhausplätze, für mehr Psycholog·innen und Sozialarbeiter·innen, für Essensverteilungen an Kinder aus einkommensschwachen Familien, für Gewaltprävention und Unterstützung von Alleinerziehenden?

All das hat Lola verändert.

Aus der von außen in sie hineingewürgten Empörung ist ein brodelnder Wissenshunger geworden. Vor dem ersten Lockdown war Lola ein Mädchen. Seit dem ersten Lockdown ist Lola Feministin.

Und sie wollte Mama auf ihrer Seite wissen. Wollte mit ihr gemeinsam aufbegehren, wenigstens im Kleinen, wenigstens verbal. Sich solidarisieren, sich austauschen. Aber Mama hat keine Zeit gehabt und keine Kapazitäten für Lolas Themen, «das ist doch alles längst ausverhandelt, dir steht die ganze Welt offen», hat sie gesagt, «das mit dem Feminismus haben Generationen an Frauen vor dir schon erledigt, was willst du noch?» Und dann hat sie Lucius eine frische Windel angezogen und sich an den Herd gestellt, weil ihr Mann gleich aus dem anderen Zimmer kommen und was zu essen wollen würde, und es ist ihr nicht einmal ironisch vorgekommen.

Mama hat den Mund gehalten.

Und wohin hat es sie gebracht?

Lola legt die Hände an den Bauch, wo der wabernde Klumpen aus Hitze sich dreht und wartet. Sie weiß nur noch nicht, worauf.

«Bereit», sagt sie, «ich bin bereit.»

FRAGMENTIERUNG

Lola ist in muffeliger Stimmung, den ganzen Tag schon, Sarah kommt nicht an sie heran. Vielleicht bemüht sie sich nicht genug, weil sie nicht weiß, ob sie das darf. Ist es denn notwendig, dass Lola gut drauf ist und lächelt? Da ist dieses Nagen in Sarah, Harmonie herzustellen. Diejenige zu sein, die Lola aufheitern kann. Die ein Zauberwort findet oder einen bisher ungegangenen Weg, um Lola vergessen zu lassen, dass sie alles und jeden scheiße findet. Als wäre es ein Spiel, und Sarah hat das Gefühl, sie hätte einen Triumph verdient.

«Was bedeutet das?», fragt sie deshalb, als Lola in die Küche kommt, fragt es freundlich und mit überdeutlichem Interesse. «Da auf deinem Shirt.»

An Lolas Gesichtsausdruck erkennt sie, dass das jetzt auch wieder nicht richtig war. *When there are nine* steht quer über Lolas nicht vorhandenem Busen. Sie ist absurd dünn geworden, hat offenbar nichts runtergebracht vor Kummer, während Sarah ständig frisst, seit Leon es nicht mehr mitbekommt. Wo sie früher heimlich im Badezimmer oder im Auto genascht hat, die Schokolade- und Snackverpackungen hastig verschwinden hat lassen, steht sie jetzt ungeniert in der Küche oder im Wohnzimmer, isst Nussschnecken und Nutellabrote, zählt nicht einmal die Kalorien. Im ersten Moment ist da eine ungemeine Erleichterung. Während sie kaut und schluckt, wird ihr Körper geflutet von den Glückshormonen, die sie ihm bei einer strengen Diät verwehrt. Aber sofort danach werden sie verjagt vom schleierschwarzen Hass auf ihre eigene Schwäche. Und der bleibt, der krallt sich fest und lacht sie an, fast so hämisch wie Lola.

«Das ist ein Zitat von Ruth Bader Ginsburg», sagt die jetzt, «über die ungleiche Besetzung von Richtern im Supreme Court, weißt du denn gar nichts?»

Sie schauen sich an, und Sarah ist klar, dass sie gleich erbittert streiten werden. Seit dem Gespräch über ihre Krimis haben sie nicht mehr über das Thema geredet, aber die Missstimmung zwischen ihnen ist nicht vergangen.

«Es ist, als würde Lola nur darauf lauern, dass ich einen Fehler mache», hat Helene gesagt, «damit sie ihn mir unter die Nase reiben kann», und Sarah versteht inzwischen, wie unangenehm das ist und wie belehrend.

«Ich hätte mich als Fünfzehnjährige nicht getraut, mit einem Erwachsenen so zu sprechen. Mit meiner Mutter nicht und mit ihren Freundinnen schon gar nicht», entgegnet Sarah ruhig. «Wir haben sehr wohl aufbegehrt, das Rebellische hat deine Generation, auch wenn du das zu denken scheinst, nicht erfunden, aber wir waren nicht so voller Verachtung. Wir haben gewusst, wo die Grenzen sind. Und die haben wir eingehalten.»

In Lolas Augen glimmt etwas Beunruhigendes auf.

«Vielleicht war genau das das Problem», sagt Lola. «Wenn man sich beim Aufbegehren an die Regeln hält, was ist das dann für ein Aufbegehren?»

Sarah fährt mit den Fingern über die Küchenarbeitsplatte, auf der schon wieder ein Berg dreckiges Geschirr steht. Sisyphos ist jetzt ihr zweiter Vorname. Sie kann gar nicht so schnell aufräumen, wie ein Durcheinander entsteht. Alle ihre Wege durch die Wohnung bahnt sie sich Dinge aufhebend, beiseiteschiebend, einsortierend, und wenn sie sich umdreht, sieht es hinter ihr aus wie vorher. Es ist nicht möglich, das Chaos zu bewältigen. Denn Sarah ist allein, und die Chaoten sind zu viert. Sie haben acht Beine, hundert Arme und null Sinn für Ordnung.

Sie hat alles umorganisiert. Johannes hat seine Klamotten ins andere Zimmer gebracht, wo er im unteren Teil des Stockbetts schläft, Maxi über ihm. Sarah und Lucius teilen sich das Doppelbett, Lola hat ihre Ruhe. Was auch besser ist, so wie die drauf ist. Helenes Kleider und Schuhe, ihre Bücher, ihren Schmuck und ihre Schminksachen hat Sarah in Kartons gelegt und, weil in der Wohnung kein Platz ist und im Keller auch nicht, in einzelnen Fuhren mit dem Auto von Johannes in ihr Haus gebracht. Jedes Mal hat sie dabei auf dem Rückweg ein paar ihrer eigenen Sachen von zu Hause mitgenommen. Sie haben sich eingerichtet, und natürlich ist es eine Übergangslösung.

«Im September bekommt Lucius einen Platz in einer Krabbelgruppe», hat Johannes gesagt, und Sarah hat gedacht: Okay. So lang ist das nicht. Und der Oma geht es sicher bald wieder besser. Dann werde ich hier nicht mehr gebraucht. Dann hab ich meine Schuldigkeit getan.

Am Anfang ist sie nach Hause gefahren so oft wie möglich. Kaum war Johannes da, ist Sarah gegangen. Hat in ihrem stillen Haus lange und ungestört geduscht, hat Leon mit den neuesten Anekdoten unterhalten, sich an ihn gekuschelt auf dem Sofa und jede winzige Geste der Zuneigung seinerseits aufgesaugt mit einem Hunger, der ihr unheimlich war. Und sie hat am Manuskript gearbeitet. Aber nach ein paar Wochen ist etwas in dem schiefen, provisorischen Gefüge, das die Erwachsenen um die Kinder herum aufgebaut haben, verrutscht, und die Jungen wollten Sarah nicht mehr weglassen. Sobald sie nach ihrem Mantel und ihrer Tasche gegriffen hat, hat Lucius derart panisch angefangen zu schreien, dass ein bisher ungekannter Schmerz ihr in die Eingeweide geschnitten hat. Fast noch schlimmer war, dass Maxi lautlos geweint hat, ohne ein Wort, mit dicken, purzelnden Tränen, deren Anblick Sarah bis nach

Hause verfolgt hat. Sie lag dann wach, neben dem schlummernden Leon, der so entspannt war, so unbeteiligt und zufrieden, ob Sarah nun da war oder nicht, es schien keinen Unterschied für ihn zu machen. Für Helenes Kinder aber sehr wohl. Vielleicht, hat Sarah gedacht, ertragen sie keinen Abschied mehr. Vielleicht haben sie Vertrauen gefasst, sehen Sarah als Bezugsperson, brauchen sie. Und wahrscheinlich war das Gefühl, das sie bei diesem Gedanken hatte, verboten und moralisch verwerflich. Aber sie hat sich ein bisschen gefreut, sie hat einen Anflug von Stolz gespürt. Schließlich war es ausgerechnet Lola, die gefragt hat: «Kannst du noch mal über Nacht bleiben?»

Und als sie Sarahs Zögern bemerkt hat, hat sie leise hinterhergeschoben: «Ich schlafe dann viel besser.»

Von dieser Sehnsucht nach Sarahs Anwesenheit ist offenbar nicht viel übrig, wenn Sarah sich die Regungen in Lolas Gesicht ansieht. Ist das Wut, was da in ihren Mundwinkeln hockt, ist das Zorn, was ihre Augenbrauen zusammendrückt? Ja, eindeutig.

«Es war eine andere Zeit», erwidert Sarah und findet sich im selben Moment zu kleinlaut. Sie ist verletzt, gedemütigt, sie kann Helene verstehen. Warum sie es plötzlich schwer fand, mit Lola zu kommunizieren, warum es auf einmal dauernd gekracht hat zwischen den beiden. Sarah hat gedacht, das hätte am Lockdown gelegen, am Hochkochen der Hormone des gelangweilten Teenagers, aber in Wahrheit ist eine Unterhaltung mit Lola keine Unterhaltung, sondern eine Unterrichtsstunde. Sollte Sarah nicht einen Wissensvorsprung haben gegenüber einer Jugendlichen?

«Weißt du, man kann sich schon sehr schlau vorkommen, wenn man mit dem Internet aufwächst», sagt sie, «ihr bildet euch was auf euer Wissen ein, dabei habt ihr es ausgelagert in ein kleines Gerät. Auf jedem Kanal erklärt euch jemand die

Welt. Wer die Guten sind, wer die Bösen, wie das mit dem Feminismus funktioniert und der Selbstbehauptung. Und bitte, dass es neue Erkenntnisse gibt, seit ich in der Schule war, ist ja nur logisch. Da brauchst du nicht so zu tun, als wäre ich von gestern. Unsere Jugend wäre mit dieser Quelle an Informationen auch anders verlaufen!» Sie strengt sich an, ihre Stimme neutral klingen zu lassen, aber ihre Finger zittern. Wie soll Lola das verstehen? Wie soll sie sich eine Zeit vorstellen können, in der nicht die Rede war von queer und trans und white privilege, in der man, wenn man etwas nicht wusste, bloß im Brockhaus suchen konnte, in der man unleserliche Faxe bekommen hat und die gedrehte Schnur vom Festnetz so weit ziehen musste, dass sie bis ins andere Zimmer gereicht hat für ein bisschen Privatsphäre beim Telefonieren?

Lola schnaubt.

«Okay», sagt sie, «und was ist jetzt? Dir steht das Internet genauso zur Verfügung wie mir. Du hast dieselbe Quelle an Informationen. Aber du nutzt sie nicht. Du wirfst mir vor, dass ich zu informiert bin? Dass ich mich zu sehr interessiere für meine Zukunft, für meine Rechte, für mein Leben? Das ist absurd! Außerdem gibt es all dieses Wissen auch offline, ich lese zahllose Bücher und Magazine, dann mach doch das, wenn du mit dem Internet nicht klarkommst.»

Sie zeigt auf den Spruch über ihrer Brust.

«Dass ich mehr weiß als du, ist nicht mein Problem, sondern deins», setzt sie nach, «educate yourself!»

«Ich habe ihr alles beigebracht, alles», hat Helene gesagt, «sie konnte nicht einmal allein laufen! Geschweige denn Rad fahren oder schwimmen oder essen, verdammt. Sogar das Lesen hat sie mit mir gelernt. Stundenlang hab ich mit ihr geübt, ihr die Buchstaben gezeigt, sie zu Silben verbunden. Und jetzt verwendet sie das, was sie liest, gegen mich.»

«Du bist ganz schön respektlos für jemanden, der angewiesen ist auf die Erwachsenen, die er beleidigt», sagt Sarah, und Lola lacht.

Sie ist kein Mädchen mehr, sondern eine Dynamitstange. Die explodiert, wenn man eine falsche Frage stellt. Die mit verblüffender Selbstverständlichkeit im Redefluss gendert und dieses LGBTQ nicht nur mit souveräner Schnelligkeit ausspricht, sondern auch weiß, was es bedeutet. Sarah ist nicht alt genug, um stolz erzählen zu können, sie und Helene hätten in ihrer Jugend brennende BHs geschwenkt. Sie sind Anfang der Achtziger geboren, ein für die Geschichtsbücher relevantes Aufbegehren hat da nicht stattgefunden. Womöglich hätten Sarah und Helene an der Revolution teilgenommen. Aber es gab keine.

«Du bist erbärmlich», sagt Lola und macht einen Schritt zurück, weg von Sarah, «ihr alle. Ihr denkt, ihr habt die große Freiheit, dabei seid ihr umgeben von den Gitterstäben der Gesellschaft und checkt nicht mal, dass ihr im Käfig hockt.»

Es ist einen Moment lang still in der Küche.

«Bis es zu spät ist und ihr in eurem Frust irgendwo runterspringt», flüstert Lola, und bevor Sarah etwas erwidern kann, geht Lola in ihr Zimmer und knallt die Tür zu. Sarah spürt den Schlag bis in ihr Innerstes. Weil ihr dieses Türzuknallen, diese Bleib-mir-vom-Leib-Geste überraschend wehtut.

Sie schenkt sich mit einer hastigen Bewegung einen Fingerbreit von Johannes' gutem Whiskey ein, setzt sich an den Tisch damit, lässt die Flüssigkeit kreisen. Der erste Schluck brennt in ihrer Kehle, das findet sie gut. Weil es überall sonst auch brennt. Sie kämpft gegen das Bedürfnis, Lola in ihr Zimmer hinterherzurennen und ihre ach so klugen Bücher durch die Gegend zu fetzen.

Was soll Lolas letzter Satz überhaupt bedeuten? Sieht sie

etwa in der verhunzten Emanzipation von Sarahs Generation die Schuld am Tod von Helene? Das ist doch Blödsinn, da hat sie sich ja wohl eindeutig in irgendwas verrannt.

Sarah trinkt und ignoriert die Unordnung. Ignoriert die Warnung, dass die Jungs viereckige Augen bekommen und ein abgestumpftes Gehirn, wenn sie zu viel Fernsehen glotzen. Helenes eigene Mutter war eine wortkarge Frau, eine abgeschuftete Person. Sie hatte acht oder neun Geschwister, ist auf einem Bergbauernhof aufgewachsen und hat nichts anderes gekannt als Arbeit und Schläge. So was kann sich eine heutige Fünfzehnjährige nicht vorstellen, deren größtes Problem Herzchen in einer Handy-App sind. Ihrer Tochter hat Helenes Mutter alles verboten, was irgendwie zu verbieten war, und Sarah weiß, dass Angst der Motor hinter diesen Entscheidungen war. Die Mutter wollte nicht, dass Helene was passiert, dass sie «vom rechten Weg abkommt». Manchmal hat sie versucht, Helene gegenüber weich zu sein. Sie hat einen Gugelhupf gebacken und sich mit ihr an einen Tisch gesetzt, hat verstockte Fragen gestellt und hilflos geschaut. Später, wenn Helene selbst Gugelhupf gebacken und ihn angestarrt hat mit diesem verschobenen Blick, hat Sarah genau gewusst, woran sie dachte. Auf ihre Art hat Helenes Mutter es gut gemeint, aber geholfen hat das nichts. Passiert ist Helene trotzdem was. Passiert ist Helene, im Rückblick gesehen, alles. Aber Lola hätte vielleicht mehr Verständnis für die Frauengenerationen, die vor ihr kamen, hätte sie Helenes Mutter noch kennengelernt.

Sarahs Wut verraucht, ertrinkt im Whiskeyglas. Die Buben sind auf das Plärren des Fernsehers fixiert. Dass sie leise sind und sich nicht bewegen, wenigstens für diese eine Stunde, ist eine Wohltat. Morgens verlässt Johannes das Haus, Lola bringt Maxi in den Kindergarten, Sarah und Lucius holen ihn um vierzehn Uhr wieder ab. Bis dahin versucht Sarah, dieses kleine, wilde Kind, das alles entdecken und ausprobieren und in den Mund nehmen will, zu beschäftigen und davon abzuhalten, sich versehentlich umzubringen. Es ist der helle Wahnsinn, was einem Eineinhalbjährigen einfällt. Wie oft er an etwas zieht, das ihm auf den Kopf zu fallen droht, wie oft er sich gefährliche, spitze, giftige Dinge in den Mund schiebt, ins Ohr, in die Nase, wie oft er auf Stühle und Tische und Kommoden klettert, von denen er Gesicht voran wieder runterwill, er klemmt sich die Hände ein, purzelt die Stufen hinunter, rennt blitzschnell auf die Straße, sogar in der Badewanne könnte er ertrinken. Sobald Maxi zu Hause ist, schreien die beiden sich an, treten und beißen, nicht einmal, zweimal, nein. Die ganze Zeit. Wenn sie wenigstens mit Lola an einem Strang ziehen könnte. Wenn wenigstens zwischen ihnen beiden alles gut wäre, dann hätte sie eine Sorge weniger und stattdessen eine Verbündete.

Sie nimmt noch einen Schluck und dreht das Handy um, keine Nachrichten auf dem Display. Leon hat es verständnisvoll hingenommen, dass sie kaum zu Hause ist. Dass sie bei Helenes Kindern schläft, kocht, isst, arbeitet. Und bleibt. Er hat genickt und gesagt, dass sie sich keine Sorgen machen soll um ihn. Und das ist gut, eigentlich. Sarah würde sich ungern dafür rechtfertigen müssen, dass sie der Familie ihrer toten Freundin hilft. Oder irgendwie doch.

Der Alkohol verdrängt ihre Empörung, trotzdem liegt ihr der Streit mit Lola im Magen. Wie viel Zeit muss sie vergehen lassen, bevor sie anklopfen und sich mit ihr versöhnen kann? Vielleicht sind noch Kekse da, die sie Lola anbieten könnte, oder sie denkt sich eine Vorwand-Frage aus, irgendwas mit Maxi und Lucius. Lola wird bestimmt erleichtert sein, dass Sarah auf sie zugeht, und es muss doch auch ihr klar sein, dass sie zusammenhalten sollten.

Sie gibt den Tastencode ein und googelt «When there are nine». Dass Ruth Bader Ginsburg gefragt wurde, wann es genug sei, steht da, wann die Gleichberechtigung erreicht sei. Hundertzehn der hundertfünfzehn Richter waren zu dem Zeitpunkt männlich. «Wenn es neun sind», war ihre Antwort, und sie meinte damit: neun Frauen. Neun ist die Anzahl aller Richter, die im Supreme Court sitzen können.

Sarah stützt die Ellbogen am Tisch auf, legt den Kopf in die Hände, macht die Augen zu. Ihre Stirn fühlt sich warm an, vom Ärger oder vom Whiskey. Es ist Freitag, vierzehn Uhr. Vor ihnen liegt ein gesamtes Wochenende wie ein Tunnel, dessen Ende nicht einmal in der Ferne schimmert. Es gelingt ihr nicht, die quietschenden Stimmen und krachenden Effekte vom Kinderfernsehen auszublenden.

Plötzlich hört Sarah, wie die Wohnungstür aufgeht und geschlossen wird. Lola ist ohne ein Wort gegangen. Sarah schaut zur Balkontür und hebt das Glas für einen stummen Salut.

SHADOW BOXING

Lolas Schlag ist zögerlich. Sie hat die Boxhandschuhe angezogen nach dem Zirkeltraining, hat schon gebadet in Schweiß. Liegestütze hat sie kaum geschafft, jedes wackelige Hochstemmen eine einzige Peinlichkeit. Sie ist zusammengebrochen nach fünf oder sechs. Bei den Sit-ups war es besser, und beim Warmlaufen war sie richtig gut. Aber das Schwachsein zehrt an ihr, ständig kontrolliert sie, ob die Blicke der anderen Mädchen auf ihr ruhen. Ob irgendeine mit dem Kopf schüttelt oder sogar lacht. Ist nicht passiert bisher, oder sie hat es nicht gesehen.

Die Handschuhe hat Sibel ihr gegeben, die jetzt neben dem Boxsack steht. Der hängt an einer Kette und ist mit schwarzem dickem Kunststoff überzogen. Lola haut drauf und geniert sich. Die Scham macht ihre Bewegungen lahm und unkontrolliert. Was, wenn Alva und Femme anfangen zu tuscheln? Was, wenn Sunny es viel besser macht, gleich beim ersten Mal?

«Sorry», murmelt Lola und haut noch mal zu.

Die Blicke, vor denen sie sich fürchtet, jucken auf ihrer Haut. Sie fühlt sich exponiert und wie halb aus ihrem Körper gedrängt.

«Stopp», sagt Sibel, «stopp, hör auf.»

Fuck. Sie hat es gewusst. Jetzt wird Sibel ihr sagen, dass sie hier nichts verloren hat. Dass das nichts wird.

«Mach die Augen zu», fordert Sibel sie auf.

Lola stutzt und reagiert nicht.

«Mach die Augen zu», wiederholt Sibel, und diesmal folgt Lola.

Sibel kommt näher, spricht leise.

«Atme», sagt sie, und Lola atmet.

«Atme langsam und tief. Atme. Konzentrier dich. Ich bin nicht da. Niemand ist da. Nur du, Lola. Du und der Zorn in deinem Bauch.»

Lola erschrickt und vergisst kurz, Luft zu holen. Kann Sibel ihn sehen, den faustgroßen Batzen unter ihrem Herzen? Wie hat sie sich verraten, oder ist es so offensichtlich?

«Weiteratmen», raunt Sibel, «atme direkt dorthin, wo es heiß ist. Wo es wehtut.»

Lola lässt den Atem in sich fließen wie einen Strom aus Energie. Sie macht den Brustkorb groß und weit, und der Zorn springt auf wie jemand, der darauf gewartet hat, gerufen zu werden.

«Wir erkennen einander, wenn wir uns ähnlich sind», sagt Sibel leise, hat womöglich Lolas Wundern gespürt oder die Fragen gelesen in ihrem Gesicht, «und das ist, was du verstehen musst. Keine hier verurteilt dich. Keine hier lacht dich aus. Wir sind du. Du bist wir. Wir gehören zusammen, unser aller Kraft ist eine einzige Kraft.»

Lola nickt, fühlt sich unangenehm durchschaut.

«Konzentrier dich», befiehlt Sibel erneut, hat diese freundliche und unbeugsame Stimme, und da verschwinden die anderen. Verschwinden mit ihrem Stöhnen und ihren Bewegungen, ihren Blicken und ihren Meinungen.

«Wenn du schreien willst, schrei», sagt Sibel mit einer intensiven Dringlichkeit, «jetzt öffne die Augen und schlag zu.»

Lola überlegt nicht mehr. Es ist nicht wichtig, ob jemand lacht. Es ist niemand da. Nur sie und der Zorn. Mit dem ersten Schlag boxt sie sich zurück vor den Spiegel, in den Skatepark, ins Geflüster der Schule. Mit dem zweiten Schlag boxt sie sich zurück auf den Friedhof, wo sie in ihren Arm beißt, um nicht zu schreien. Und schreit dafür jetzt. Schreit, ohne es zu hören, ein tiefes Grollen in ihrem Hals, ein schweres Scheppern. Sie macht keine Pause, lässt die Arme gegen den schwarzen Sack prasseln, der eindellt und schwingt. Mit dem dritten Schlag boxt sie sich zurück an den Abendbrottisch, dann zurück an den Morgen von THE END, zurück zum Tag davor und zu allen Tagen, an denen es noch gut war, zurück zu jeder einzelnen Umarmung und dem unerschütterlichen Vertrauen, zurück zu Mamas Grinsen und ihren sanften, wärmenden Händen, zurück in die Zeit, in der es keine Brüder gab und keinen Stiefvater und keine zu enge Wohnung mit diesem verfickten Balkon, zurück zu der Straße, in der sie Radfahren gelernt und jeden Morgen Kakao aus selbst getöpferten Tassen getrunken hat, zurück in Mamas Bauch, wo es unbegrenzt war und unbegonnen, zurück, zurück, zurück.

Lola fällt auf die Knie, der Schrei ist an seinem Ende angekommen. Erst jetzt macht sie die Augen auf. Vielleicht sind alle still. Vielleicht schauen alle sie an. Kann sein, dass Alva überrascht nickt und Sunny keine Fragen im Blick hat, weil sie die Antworten kennt. Möglich auch, dass Sibel ihr die Hand auf die Schulter legt und etwas Zufriedenes sagt, das Lola nicht hört. Denn alles, was sie bemerkt, ist dieser verkörperlichte Schmerz. Ihre Arme brennen wie Sau, die Beine zittern. Ihr Hals ist wund, der Kopf ausgehöhlt und dumpf, der Magen ein pochender leerer Schlund. Der Zorn ist kein zusammengeklumpter Ball mit glühenden Spitzen mehr, er hat sich aufgelöst wie etwas, das gleichmäßig verteilt wurde. Das sich nicht an einer einzigen Stelle bündelt, sondern überall ist. Eine dünne, fein ausgebreitete Schicht. Wie Schutzlack.

TEMPO

Noch bevor die Haustür ins Schloss fällt, läuft Sarah los. Sie zieht die Kapuze ihrer neonfarbenen Windjacke über den Kopf und dreht sich im Laufschritt einmal um sich selbst, wie um sicherzugehen, dass sie wirklich allein ist. Niemand, der neben ihr herausfordernde Hüpfer macht und ihr auf den Hintern haut. Niemand, der an ihrem Bein zieht, ihr ins Gesicht greift, in ihren Haaren wuschelt und ihr Sabberbussis auf den Bauch drückt. Niemand, der ihr Widerworte gibt, die Augen bei ihrem Anblick verdreht und sie reizt bis aufs Blut. Sie rennt und hat keinen Plan, wohin. Hauptsache, weg.

Der Sonntagmorgen zeigt sich unentschlossen, schwankt zwischen Blau und Grau, die Frühlingssonne verharrt in Warteposition. Sarah joggt auf dem Gehsteig an der Straße entlang, weiter vorne kann sie abbiegen zur Salzach und am Kai laufen, eine neue Strecke und ein wenig Abwechslung, man muss das positiv sehen. Sie hat Johannes allein gelassen mit den Kindern, und es ärgert sie, dass sie in ihren Gedanken diese Formulierung verwendet. Allein gelassen. Als sei das problematisch, als tue sie ihm etwas an damit. Wenn es doch in Wahrheit umgekehrt ist, wenn es doch in Wahrheit er ist, der sie allein lässt mit seinen Kindern, jeden Tag.

Sie wird heute laufen, sie hat das die ganze Woche nicht gemacht. Sie hat überhaupt nichts gemacht, was *sie* machen wollte. Sie wird laufen, möglichst weit, möglichst lange, und wenn sie nicht mehr kann, wird sie spazieren gehen, dann weiterrennen, sicher wird sie nicht umkehren, bevor sie nicht völlig durchgeschwitzt ist und ganz bei sich.

Man würde ja denken, die Sonntage sind am einfachsten. Die Sonntage sind harmonisch und entspannt, keiner muss früh aufstehen, keiner muss in die Schule oder zur Arbeit, da wird gemeinsam gefrühstückt, dann unternimmt man was oder macht es sich daheim gemütlich, und eines hat Sarah gelernt in den letzten Wochen mit Helenes Kindern, die Sonntage sind am schlimmsten. Die Sonntage beginnen viel zu früh, weil der innere Wecker von Lucius und Maxi keine Wochentage kennt, und wenn die Notwendigkeit zum Aufstehen fehlt, ist es viel grausamer, um halb sechs in die Nase gezwickt zu werden, auch noch sehr fest. Entspannt ist am Frühstück nichts, zwar schneidet Sarah die Butterbrote liebevoll in mundgerechte Stücke, aber sie werden nicht von glücklichen Kindern gemampft, sie werden zergatscht und in Gesichtern verteilt, auf dem Tisch und in den Haaren. Wenn sie den Jungs die Teller wegnimmt, sorgt sie für schockiertes Gebrüll, und die beiden auseinanderzusetzen, hilft auch nicht, weil sie dann mit Brotbrocken werfen. Ständig kriecht Sarah auf allen vieren über den Boden und kehrt Brösel, Klumpen, Käsestücke auf, trotzdem ist es unter dem Tisch immer dreckig. Neben den Jungen sitzt Johannes, der auf seinem Handy tippt und Kaffee trinkt, manchmal aufblickt und «Aufhören» grummelt, sitzt Lola, die in einem Buch liest wie eine Unberührbare, nichts isst und auf einmal in ihr Zimmer geht.

Sarah läuft weiter, findet einen Rhythmus und fragt sich, ob sie jemals so etwas besessen hat wie natürliche Autorität. Sie hat geglaubt, jeder kann sich durchsetzen gegenüber Kindern. Aber dass die einen ignorieren oder einem ins Gesicht lachen, wenn man Nein sagt, damit kann man ja nicht rechnen. Und dafür hat man keine Strategie. Sie hat gemerkt, dass sie eine Ausweichende ist, eine Konfliktscheuende, dass sie lieber die Butterflecken putzt, als volle Front in die Auseinandersetzung zu gehen. Und sich aufregt, aber innerlich und stumm. Über sich selbst und über Johannes. Wie er passiv bleibt, wie er dahockt und isst und trinkt und dann den Teller stehen lässt und die Tasse, als wäre er in einem scheiß Hotel. Sie hat keine Sprache für diesen Konflikt, sie weiß nicht, welcher Ton der richtige wäre und welche Wortwahl, weil sie in keinerlei Beziehung steht zu ihm, aber auch nicht nur ein Gast ist in seiner Wohnung.

Da hat sie ihre Sportsachen angezogen und ist gegangen.

Soll er sich doch mal kümmern. Soll er doch mal. Soll er doch!

Unter ihren Achseln kribbelt der Schweiß, Sarah streift die Kapuze ab und atmet die aufbrechende Luft, in der Licht liegt und Kühle, in der sie ein anderes Körpergefühl findet als in Helenes Zuhause. Eines, das ihr vertrauter ist als die Nähe, die unfreiwillige Intimität, die durch das Teilen von Räumen entsteht. Dass sie jetzt Laken wäscht, auf denen Blutflecken von Lolas Periode sind, dass sie jetzt den kleinen Hodensack von Lucius säubert, wenn bräunlich-batzige Kacke daran klebt, dass sie jetzt hört, welche Geräusche Johannes auf der Toilette macht, das bringt sie an Grenzen, von denen sie nicht wusste, dass sie existieren.

Sarah lässt die Arme schwingen, schaut auf den Fluss, der sich breit und gemächlich durch die Stadt biegt. Sie geht unter der Autobrücke durch, auf dem Rad- und Fußgängerweg, der bepflanzt ist mit Bäumen. Im Sommer sitzen hier, am Salzach-Ufer, die Leute, essen Eis und trinken Bier. Vielleicht auch in diesem Jahr, das ist noch unklar. Seit Mitte Mai ist alles wieder offen, Gastronomie und Fitnesscenter, Freibad und Theater, aber Sarah gehört zu keiner Risikogruppe und hat keinen Impftermin in Aussicht. Sie fährt sich mit dem Ärmel über die schwitzige Stirn, beugt sich über eine Bank, um Dehnübungen zu machen. Das hätte sie vorher tun sollen, natürlich. Aber sie wollte los, sofort und dringend, sich bewegen, Distanz zwischen sich und diese Wohnung bringen, diesen Lärm, diese Bedürfnisse. Die alle nicht ihre sind.

Sie stellt ein Bein auf die Holzsitzfläche, streckt das andere. Der ziehende Schmerz nervt sie. Überhaupt, dieser Körper immer. Dass er so unzulänglich ist und ein Dauerprojekt, eine Baustelle, die permanent Aufmerksamkeit fordert. Die nie fertig ist, die man nie zufrieden betrachten kann. Statt jemals in der Lage zu sein, zu denken «ja, so ist es gut, so kann ich diesen Körper bewohnen», muss sie ununterbrochen überlegen, wie sie ihn in die gewünschte Form pressen kann, was sie ihm zugeführt hat und wieder verbrennen muss, wie sie ihn verpacken soll, damit er ansprechend aussieht, und er wehrt sich. Verweigert ihr das Schlanksein und das Glücklichsein. Sie spielen dieses zehrende Spiel, seit Sarah siebzehn war und sich in ihrem ersten Liebeskummer fünfzehn Kilo angefressen hat. Plötzlich war sie weich und weiß und hängend, ein im Schmelzen begriffener riesiger Block Käse. Dieses Bild ist sie nie wieder losgeworden. Egal, wie viel sie wiegt, was sie trägt, wie sie sich fühlt, in ihrer Vorstellung sieht sie immer so aus, überquellend, wuchernd, aus der Form gegangen.

Sie wechselt das Bein, winkelt das Knie an, greift von hinten nach ihrem Fuß, drückt ihn gegen das Gesäß. Lola hat ja recht mit ihren kritischen Bemerkungen. Sarahs Aussehen wird kommentiert und beschrieben, und Sarah weiß, dass über männliche Autoren so nicht gesprochen wird. Aber das ist der Teil, den Lola nicht versteht. Dass Sarah eine öffentliche Person ist. Dass sie auf Bühnen muss und zu Interviews, dass sie fotografiert und betrachtet und eingeordnet wird. Es ist schwer genug, überhaupt so weit zu kommen, dass Magazine und Blogs über einen berichten wollen, dass man eingeladen wird zu Veranstaltungen und Lesungen. Da ist man in der

Bringschuld. Ein Lächeln muss man zeigen, ein ansprechendes Outfit, einen attraktiven Körper, den jeder gern anschauen möchte. Das ist der Deal.

Sarah läuft weiter. Jetzt ist nicht mehr der Bewegungsdrang ihr Motor, sondern die Panik. Weil sie alle diese Snacks und Kekse gefressen hat, die Pizza, die Pommes, das Grillhähnchen, das Johannes bei jeder Gelegenheit holt, die Semmeln, den Zucker. Weil der Sommer naht. Wie soll sie als wabbliger Trauerkloß eine passable Bikinifigur bekommen?

Die kurze Pause hat ihr den Schwung genommen, der Körper mag nicht mehr laufen, und plötzlich pikst sie das schlechte Gewissen. Sehr fein war es nicht, abzuhauen. Die Wohnung im Chaos zu lassen und so zu tun, als ginge sie das nichts an. Bestimmt hat Lucius geweint, als er gemerkt hat, dass sie nicht da ist. Wie lange ist sie schon fort? Sie hat nicht auf die Uhr gesehen beim Rausgehen, hat nur «bis später» gerufen und niemandem Zeit für eine Antwort gelassen.

Der Blick auf die Stadt ist auf eine Art schön, dass er sogar jene berührt, die sie zur Genüge kennen. Das macht Salzburg sehr geschickt, präsentiert sich stoisch und unverrückbar, als würde es nichts darauf geben, angestaunt zu werden, ist dann aber so ästhetisch hingegossen mit der Festung und dem Fluss und den Bergen, die aussehen wie dazugemalt, hat den Stolz derer, die wissen, dass sie etwas Besonderes sind.

Lola ist auch etwas Besonderes. Die hat verstanden, dass sie stark ist und einzigartig, und das Schlimmste ist, dass sie darin Helene ähnelt. Sarah erkennt viel von der jungen Helene in Lola, und dann macht sich betonharte Hilflosigkeit in ihr breit, sie kann die gesamte Gegenwart sehen und die Vergangenheit auch, wie es vorher war, was geschehen ist und warum, wo sie jetzt stehen. Nur Lola diese Zusammenhänge begreifbar machen, kann sie nicht.

Helene hat geglaubt, dass ihr alle Türen offen stehen, dass sie eine bekannte Filmemacherin wird und ein glücklicher Mensch. «Scheiß auf die anderen», hat sie gesagt, «scheiß auf die. Wir werden nicht wie unsere Mütter, Sarah, wir machen unser eigenes Ding.»

Das ist lange her.

Sarah dreht um, läuft zurück. Noch mal zwanzig Minuten, dann war sie vierzig Minuten unterwegs, das genügt doch. Sie muss es nicht ausreizen, sie hat sich abreagiert. Garantiert warten die Kinder auf sie, und Johannes auch. Vielleicht ist Streit ausgebrochen, vielleicht hat sich jemand wehgetan, und sie brauchen Sarah.

Als sie die Tür aufschließt, kann sie die Wohnung kaum betreten, weil so viel Zeug im Weg steht. Johannes trägt eine große Kiste, stellt sie mit Schwung auf den Boden.

«Du warst aber lange weg», sagt er, es klingt fast, als würde es jetzt deswegen hier so aussehen, «ich organisiere den Abstellraum um.»

«Den Abstell…», wiederholt Sarah und denkt daran, wie sie letzte Woche aussortiert hat, abgelaufene Lebensmittel weggeschmissen und neue Vorräte angelegt, das Altglas entsorgt und das Papier, Aufbewahrungsboxen gekauft und den Bestand an Waschmittel, Putztüchern, Backpapier, Müllsäcken aufgefüllt hat, alles gemeinsam mit Maxi, dem sie ein Eis versprochen hat für seine Hilfe und der zusammen mit Lucius mehr Unordnung gemacht hat als Ordnung.

Johannes hat das Regal ausgeräumt, redet davon, dass er mehr Bretter einbauen will, und grinst dabei, als müsse sie das gut finden.

«Heute hab ich frei, da kann ich mich mal um solche Sachen kümmern», sagt er, und Sarah wirft einen Blick auf seine Kinder, die hinter ihm mit einer Packung Nudeln spielen. Die

Plastikfolie ist aufgerissen, die Nudeln sind auf den Fliesen verteilt.

«Ich geh duschen», sagt sie und steigt über die Sachen, um ins Badezimmer zu gelangen. Es ist, neben der Toilette, der einzige Raum in der Wohnung, den man abschließen kann. Immer noch fühlt es sich eigenartig an, hier unter der Dusche zu stehen. Wie in einem Hotel, wie in der Fremde, aber dafür eigentlich zu vertraut. Und immer noch erwartet sie, dass Helene hereinkommt. Dass Helene ihr ein Handtuch gibt und mit ihr plaudert, weil Sarah aus einem spontanen Grund bei ihr brausen muss. Und sie wartet nicht nur auf Helene, sie sucht auch nach dem einen Hinweis, den sie übersehen hat. Jeden Tag sucht sie danach, im Badezimmer, unter dem Bett, in den Küchenschränken, im Abstellraum, aber am meisten, als sie Helenes Klamotten zusammengepackt und weggebracht hat. Die ganze Zeit hat sie gedacht, jetzt taucht es auf, das Geheimnis. Jetzt finde ich es, hier zwischen ihren Handtaschen, ihren Unterhosen, ihren Nagellackfläschchen, irgendwo muss er sein, der Abschiedsbrief, irgendwo muss es sein, das Tagebuch. Dass Helene eine Affäre hatte und bitter verliebt war, dass sie etwas erfahren hat, das sie zum Äußersten trieb, dass es eine unverzeihliche Schuld gegeben hat, eine Sache aus der Vergangenheit, hat Sarah gehofft, und stattdessen war da nichts.

Einfach nichts.

Kein Brief, kein Geheimnis, keine Erklärung.

In der Küche steht alles noch auf dem Tisch wie vorhin, als Sarah gegangen ist. Sie schaut das Geschirr an und weigert sich. Sie beobachtet Johannes, der das Regal zerlegt, und die Buben, die aus den Nudeln Zäune für ihre Plastiktiere bauen. Lucius haut Maxi mit einer handflächengroßen Kuh auf den Kopf, Maxi fängt an zu schreien.

«Ich muss arbeiten», sagt Sarah, nimmt ihren Laptop und

geht ins Schlafzimmer. Sie hat dort einen günstigen schmalen Tisch von Ikea aufgestellt, einen bunten Sessel dazu, es ist ja vorübergehend. Wenn sie sitzt, kann sie sich kaum drehen, ist eingezwängt zwischen Wand und Bett, von draußen dringt das Geschrei herein, sie versucht, es auszublenden. Sie klappt den Laptop auf und lässt den Kopf in die Hände sinken, schließt die Augen, die nassen Haare fallen ihr ins Gesicht.

Sie könnte nach Hause fahren. Aber dann stünde sie vor Leon wie eine Gescheiterte. Wie eine, die keinen Familiensinn hat und keinen Mutterinstinkt, oder sie müsste sagen: Ich hab dich vermisst. Müsste es aussehen lassen, als sei sie seinetwegen gekommen, und bei der Vorstellung spürt sie einen scharfen Kopfschmerz hinter den Augen.

Ihr Kinderlosen glaubt uns einfach nicht, sagt Helene, wir erzählen euch, wie es ist, und ihr hört nicht zu. Ihr denkt: Wird schon nicht so schlimm werden. Ihr denkt: Liegt sicher am Kind, meins wird anders.

Sarah wendet sich nach hinten. Helene sitzt auf dem Bett und zieht an einer Zigarette.

«Wieso rauchst du denn jetzt?», fragt Sarah.

Wieso nicht?, fragt Helene zurück und bläst den weißen Qualm mit vorgeschobener Unterlippe nach oben, lässig aus dem Mundwinkel, schaut Sarah in die Augen dabei.

Er wird das nie wieder wegräumen, sagt sie dann und grinst, er wird mittendrin die Ausdauer verlieren oder abgelenkt werden von irgendwas, das Zeug wird tagelang herumstehen, bis du es selbst wieder verstaust.

Sarah antwortet nicht.

Er erwartet trotzdem Lob, sagt Helene, und Dankbarkeit. Das tun sie überhaupt gern, die Männer, die Väter sind. Erwarten, dass du dankbar bist.

«In unserem Fall ist es wohl eher umgekehrt», erwidert

Sarah und wünscht sich, sie wäre noch an der Salzach. Sie wäre noch unterwegs in der Kühle. Sie hätte nicht umdrehen sollen, sondern weiterlaufen und dann noch weiter.

Es ist ein Wissen, das alle Mütter miteinander teilen, fährt Helene fort, als hätte Sarah nichts gesagt: dass Männer weniger belastbar sind. Sie leiden, wenn das Baby da ist, so sehr unter den schlaflosen Nächten, dass sie in ein anderes Zimmer auswandern, denn sie müssen ja am nächsten Tag arbeiten. Sie sind schnell am Limit, deshalb können sie nur kurz auf ihre Kinder aufpassen. Auf einem Mädelsabend muss man als Mama hart bestehen, und er darf nur eine Ausnahme sein. Dann lassen sie sich feiern dafür, die Väter, dass sie mal zwei Stunden das gemacht haben, was die Mütter in den restlichen zweiundzwanzig Stunden machen, und bei den Müttern ist es selbstverständlich, niemand feiert sie.

Sie inhaliert leise. Sarah würde sich gern beschweren, würde gern sagen: Doch nicht hier, und: Das ist mein Bett. Aber es ist ja nicht ihr Bett.

«Not all men», sagt sie stattdessen, und Helene lacht.

Lacht leise und mit einer zehrenden Traurigkeit, die Sarah wie Schotter in die Brust rasselt.

Der Scheiß an der Sache mit der Belastbarkeit ist, dass Mütter an ihre Grenzen gehen und weit darüber hinaus, ergänzt Helene, sie können nicht mehr, aber sie schaffen es dennoch. Wie so ein überladener Transporter, dessen Reifen fast unter dem Gewicht platzen, dessen Auspuff am Boden schleift, der sehr langsam fährt und quietscht dabei, aber hey, er fährt halt noch.

Sie macht diese Mundbewegungen, die man nur beim Rauchen machen kann, lässig und mit einer Aura zeitloser Eleganz.

Du findest ihn in jedem Haus, in jeder Wohnung, sagt sie, den erschöpften Vater. Ja, wirklich, da liegt er, auf Couchen, in

Betten. Der erschöpfte Vater ist gesellschaftlich anerkannt, er bekommt Verständnis, die erschöpfte Mutter bekommt Sprüche. Sie muss da jetzt durch, sie hätte sich das vorher überlegen müssen, sie hat es sich ja so ausgesucht.

Helene richtet sich auf, hält Sarah die Zigarette hin, als wäre sie ein Joint, den sie sich teilen. Sarah schüttelt den Kopf. Und irgendwie hat Helene sich in Rage geredet, Sarah hat ihr nicht früh genug Einhalt geboten, sitzt da, seltsam verdreht und eingequetscht vor ihrem kleinen Tisch, auf ihrem unbequemen Sessel, zwischen dem leuchtenden, wartenden Laptop und der monologisierenden Helene.

Und auch die vereinzelten Väter, die zu Hause bleiben, in Elternzeit gehen, sind weniger belastbar, fügt Helene hinzu und führt die Zigarette wieder zum Mund, lässt mit den Worten auch den Rauch über die Lippen flitzen, ihre Fürsorgearbeit ist keine selbstverständliche Beteiligung, sondern Unterstützung bei einer Aufgabe, die eigentlich deine ist. Du stehst da, tropfnass, frisch aus der Dusche, deine Brustwarzen sind entzündet, dein Bauch ist ausgeleiert, deine Möse zerfetzt, und dein Mann hat diese Erwartung im Blick, von dir zu hören, wie toll er ist, weil er das Baby zehn Minuten gehalten hat, damit du dich endlich mal waschen kannst.

«Komm schon», sagt Sarah, nutzt den Moment, in dem Helene aufhört zu reden, um sich Rauch in die Lunge zu drücken, «du machst es dir ein bisschen zu einfach, wenn du alles auf die Männer schiebst. Ich versteh dich ja, ich versteh dich inzwischen viel besser. Aber hättest du diese Wutrede nicht Johannes halten sollen statt mir? Hättest du nicht von ihm die Gleichberechtigung einfordern müssen?»

Vom Flur dringt die laute, wütende Stimme von Johannes herein. Helene und Sarah lauschen und versuchen, etwas zu verstehen.

Ich habe auch oft geschrien, sagt Helene kratzig, manchmal hab ich mir geschworen, heute schreie ich nicht. Und dann waren wir noch nicht mal eine Stunde wach, und ich hab den Vorsatz schon gebrochen.

«Ich denke immer, ich kann sie nicht anbrüllen, weil sie nicht meine Kinder sind», entgegnet Sarah, und da fängt Helene erneut zu lachen an.

Aber wenn es deine wären, wäre es okay?, fragt sie. Zu den eigenen Kindern darf man scheiße sein?

«Nein», Sarah sucht nach den passenden Worten, «zu den eigenen Kindern gibt es trotz allem eine Beziehung voller Liebe. Sie wissen, auch wenn sie angeschrien werden, dass sie geliebt werden.»

Ist das so?, fragt Helene und hat die Arme ausgebreitet auf Sarahs Kissen, trägt ein weinrotes Strickkleid und schon wieder keine Schuhe. Sie lächelt und dreht sich auf die Seite, stützt den Kopf auf, liegt wie in Pose auf dem Bett, in dem sie nicht mehr schläft.

An deinem ersten Morgen hier, sagt sie, als Maxi gekotzt hat und Lucius gestürzt ist, was hat Johannes getan?

Sie erwartet keine Antwort.

Lola hat Maxi hochgehoben und ins Bad getragen, du hast Lucius getröstet. Johannes hat auf die Uhr geschaut. Oh, er meint es nicht böse, er liebt sie. Aber wozu sollte er sich kümmern? Ihr wart ja da, ihr beiden. Die Frauen, die machen das. So ist er es gewöhnt, und er hinterfragt es nicht.

Sie ist kurz still.

Du kannst dir nicht vorstellen, wie sauer man wird auf den Vater seiner Kinder, sagt sie dann leise, sagt es wie etwas Geheimes, wie sie früher Unsagbares geteilt haben, das niemand wissen durfte, niemand. Wie es sich in die Beziehung frisst, ins Privateste, wie das Gleichgewicht an jedem einzelnen Tag schiefer und schiefer wird, so leicht auf seiner Seite, so schwer auf meiner.

«Ja, doch», entgegnet Sarah.

Muttersein ist wie ein Schiff, sagt Helene, und irgendwann merkt man, man sitzt da ganz allein drin. Man ist umgeben von dunklen Strudeln, hat kein Ruder, keinen Kompass.

«Aber wer steuert das Schiff?», fragt Sarah.

Das kapiert man erst nach einer Weile, erwidert Helene, es sind die Männer. Es sind die Politiker und die Gesellschaft. Wir Mütter haben keine Macht. Wir tragen die gesamte Last, aber Macht haben wir keine.

Sie liegt auf dem Rücken und sieht an die Decke. Ihre Haare ausgebreitet auf dem Polster, ihr Bauch und ihre Brust so still, ohne die Bewegung von Atemzügen.

«Und da bist du ins Wasser gesprungen», sagt Sarah.

Da bin ich ins Wasser gesprungen, sagt Helene.

Sarah steht auf, klettert vorsichtig über Helene auf die andere Seite des Betts, legt sich ebenfalls auf den Rücken, greift nach Helenes Hand, die sich weich anfühlt und warm. Sie macht die Augen zu, lässt die Tränen an ihren Schläfen entlangtropfen.

Warum bist du hier?, flüstert Helene.

Als Sarah die Antwort schuldig bleibt, setzt Helene sich auf. Sie wischt in einer liebevollen, aber ungeduldigen Bewegung Sarahs Tränen fort.

Und warum schreibst du das?, fragt Helene mit einem Kopfnicken zu Sarahs Laptop, der längst im Ruhezustand ist, ohne dass sie eine Zeile getippt hat.

«Weil ich einen Vertrag unterzeichnet habe», Sarah setzt sich ebenfalls auf, «weil ich eine Deadline einzuhalten habe.»

Es ist das falsche Buch, Sarah, sagt Helene. Und da kommt Lucius herein.

«Sa-a!», kräht er und wirft sich aufs Bett, ihm stürmt Maxi

hinterher. Sie springen auf der Matratze, Helene beobachtet sie lächelnd, hat eine Sehnsucht im Blick, die Sarah eine Gänsehaut macht.

«Sorry», sagt Johannes und steht im Türrahmen, «sie sind mir entwischt.»

Er schaut ein bisschen so, als würde er davon ausgehen, dass Sarah rauskommt aus dem Zimmer, dass sie urplötzlich doch nicht arbeiten muss.

«Bitte nimm sie wieder mit», sagt Sarah, «ich muss weiterschreiben. Ich kümmere mich jeden Tag um sie, heute bist du dran.»

«Okay, ja, natürlich», lenkt Johannes sofort ein und zieht die protestierenden Buben hinaus, nickt Sarah zu. Sie sieht zu der Stelle, an der Helene gerade noch lag, würde gern sagen, dass das doch gar nicht so schwer war, dass Frauen vielleicht mal mehr fordern und weniger leiden sollten, aber Helene ist verschwunden.

Mehrmals kommen die Kinder herein am Nachmittag, versuchen es wieder und wieder, akzeptieren das Arbeitenmüssen von Sarah nicht. Johannes schiebt sie jedes Mal hinaus, allerdings mit einer langsamen Halbherzigkeit und einem fragenden Grinsen, und zähneknirschend wundert Sarah sich, warum er nicht mit ihnen irgendwo hinfährt, zu einem Spielplatz oder in den Park, es hat aufgehört zu regnen, oder wenigstens die Oma könnten sie in dem Altersheim besuchen, in dem sie mittlerweile untergebracht ist, das ist ja jetzt wieder erlaubt.

Als der Hunger sie zu sehr in den Magen beißt, schaltet sie den Laptop aus, lüftet und schüttelt die Bettdecke. Dann geht sie in die Küche, räumt das Geschirr in die Spülmaschine, während Lucius singend an ihrem Bein hängt, saugt die verteilten Nudeln ein, während Maxi auf dem Staubsauger sitzt, stapelt die Boxen auf, die Johannes herumstehen hat lassen, befestigt die Bretter wieder, die er herausgenommen hat, räumt die Spielsachen ein und die Klamotten auch, stellt den Kindergartenrucksack zur Tür und die Schuhe in Paaren zusammen, sammelt Stifte, Taschentücher, Murmeln und Papierschnipsel ein, klopft bei Lola an.

«Möchtest du mit uns einen Film anschauen?», fragt sie. «Und Wraps essen? Ich mache für dich einen vegetarischen.»

Lola schaut von dem Buch auf, in dem sie liest, Sarah vermeidet den Blick auf den Titel.

«Ja, gern», sagt sie, «soll ich dir helfen?»

In der Küche reden sie überraschend freundlich miteinander, während sie das Gemüse schneiden und die Tortillas erwärmen, Johannes zeigt Maxi auf dem Tablet eine App, in der man Zahlen zuordnen und erste englische Wörter lernen kann, Lucius kaut zufrieden an einem Bilderbuch, und Sarah hat eine müde Erleichterung im Kopf. Selbst wenn man sich gestritten hat, geht es danach weiter. Selbst wenn alle grantig waren und genervt, ist die Familie noch da.

Und vielleicht beginnt jetzt der harmonische Teil vom Sonntag. Sarah schimpft nicht, als Maxi zu viel Joghurtsauce in seinen Wrap gibt, sodass sie ihm über die Ellbogen läuft und auf das T-Shirt, sie ist erleichtert, dass Lola immerhin Zucchini und Tomaten isst, und die lärmende Fröhlichkeit am Abendbrottisch hat nichts Forderndes, sondern etwas Lebendiges. Sarah empfindet das Durcheinandergerede wie ein Bollwerk gegen die zähen Gefühle, die in ihr rumoren, gegen die kalten Gedanken, die ihr das Hirn aufschneiden und das Herz. Sie ignoriert, wie der Boden unter dem Tisch schon wieder aussieht, und gönnt sich eine ganze Tortilla, schließlich hat sie heute Sport gemacht, und wenn sie nicht hungrig ist, ist sie weniger gereizt. Hinterher helfen alle mit, die benutzten Teller zur Spülmaschine zu tragen, sie aus- und wieder einzuräumen, Popcorn und Chips in Schüsseln zu verteilen und auf der Couch Platz zu machen. Sie legen eine DVD mit einem Animationsfilm ein, es geht um eine Ratte, die in einem französischen Restaurant kocht, und Sarah lässt sich mitnehmen von der Geschichte, lässt die Bedenken fallen und das Unbehagen darüber, dass sie sitzt, wo Helene sitzen sollte. Lucius liegt mit seinem kleinen warmen Körper auf ihrem Schoß, Maxi hat von der anderen Seite den Arm um ihren Bauch geschlungen, Lola schmiegt den Kopf an Sarahs Schulter. Sie sind ein Kinderberg, ein Kuschelberg, und wie traurig wäre es jetzt, allein zu sein.

ANTICIPATION

Sarah macht alles anders», sagt Lola, «dadurch fehlt Mama noch mehr.»

«Wie meinst du das, anders?», fragt Sunny.

Sie pushen die Boards, Sunny mit dem linken Fuß und Lola mit dem rechten, weshalb sie wie immer schräg hintereinander fahren, ein paar Meter weiter vorne sind die Zaunwände vom Cage zu sehen.

«Sie verteilt die falschen Teller, faltet die Wäsche nicht auf die gleiche Art», antwortet Lola und sucht nach weiteren Beispielen, um Sunny begreiflich zu machen, wie weird das ist, «das Waschmittel riecht süßer, und sie geht anders mit uns um, verstehst du? Sie erledigt alles, aber es ist, als wäre eine Haushaltshilfe da. Und keine Mutter.»

«Okay», sagt Sunny und dreht den Lolly in ihrem Mund. Colageschmack. Lola hat ihren schon zerbissen.

«Und sie schaut immer so, als ob sie ein Danke erwartet», Lola hält Ausschau nach Alva und Femme, «aber ich hab sie doch um nix gebeten.»

«Danke zu sagen, ist ja wohl einfach höflich», entgegnet Sunny nuschelnd wegen dem Lutscher. Sie hat sich die Nägel schwarz lackiert, das ist auch neu.

«Ja eh», stöhnt Lola, «aber ich hasse sie dafür, dass sie ihre Aufopferung so inszeniert. Wie scheiße ist das, was sie da abzieht? Sie geilt sich doch an ihrer eigenen Opferbereitschaft auf.»

Sunny wirft ihr einen Blick zu, den Lola ignoriert. Sie verlagern ihr Gewicht auf die Tails, bremsen ab. Sie sind beim

Skatepark angekommen und suchen. Nicht nur nach den zwei Freundinnen, mit denen sie verabredet sind, sondern auch nach den drei Jungs, denen sie auf keinen Fall begegnen wollen. Sie haben nicht darüber gesprochen, ob sie wieder herkommen oder den Cage in Zukunft meiden. Aber Lola hat keinen Bock, sich aussperren zu lassen, es gibt sowieso kaum coole Orte in dieser elenden Stadt. Und diese Ficker sollen sie und Sunny nicht vertreiben.

«Frauen wie Sarah sind schuld, dass sich nichts bewegt und nichts verändert», sagt Lola und rotzt hinterher: «Mitläuferinnen.»

«Aber was, wenn Sarah nicht da wäre?», hält Sunny dagegen und lässt die hochgezogenen Schultern erleichtert fallen, als sie keinen der drei Typen entdecken. Sie haben nach dem Training locker darüber gesprochen, mit Alva und Femme, mal gemeinsam abzuhängen, und Lola hat gedacht, das wird eh nie passieren, aber dann hat Alva nach ihren Nummern gefragt, und sie haben angefangen zu chatten, in einer Vierergruppe. «Du bist doch froh über ihre Hilfe. Und du hast gesagt, dass du wieder schlafen kannst, seit sie da ist.»

«Wieso ist Johannes nicht zuständig?», zischt Lola. «Wer stellt denn einer Mutter, wenn der Vater stirbt, einen besten Freund zur Verfügung, der ihr hilft? Überleg dir das mal. Kannst du dir vorstellen, dass ein Mann zu der Familie kommt und die Kinder hütet, während die Mutter arbeiten geht?»

«Nein», sagt Sunny ehrlich und lacht über ihre eigene Verblüffung.

«Oder der Opa oder ein Onkel, der Bruder der Mutter vielleicht?»

«Nein», sagt Sunny noch mal.

«Aber umgekehrt ist es normal, oder was», Lola zieht Rotz hoch, spuckt auf den Boden, wo all die Kaugummis kleben, «wenn es die Oma ist, die Tante, die Freundin. Hauptsache eine Frau, auch wenn sie nie zuvor auf Kinder aufgepasst hat oder schon viel zu alt ist dafür!»

Sunny wirft den Stiel von ihrem Lolly neben Lolas Spucke.

«Mama war immer allein mit mir», sagt Lola, dreht das Board in der Luft, fängt es wieder auf, «sie hat ihr Studium aufgeben müssen wegen mir. Sie hat ihren Job nicht zurückbekommen nach der Karenz mit Maxi. Der Chef hat zu ihr gesagt, dass er keine Mutter mit zwei Kindern will, ohne Scheiß. Dabei war das ein sozialer Beruf, im Gesundheitswesen.»

Sie macht ein sarkastisches Geräusch, wie ein rostiger Aufschrei klingt das.

Sunny stellt sich auf ihr Board, fährt eine schlanke Kurve. Es sind nicht viele Leute da, vielleicht werden es später mehr. Seit die Ausgangssperre aufgehoben ist, kommt wieder Bewegung in die Stadt.

Lola stoppt Sunnys Board mit dem Fuß, sucht ihren Blick.

«Aber ist das die Schuld von Johannes?», fragt Sunny, reckt das Kinn nach vorne und schubst ihr Board von Lolas Fuß weg. Gestern hat sie roten Lippenstift getragen, das war auf verwirrende Weise schön. Mit den stachelkurzen Haaren und den grünen Augen hat sie ausgesehen wie eine Provokation.

«Von wem sonst?», fragt Lola und spürt, dass ihr Handy vibriert.

Sie hat nachher ein Date mit Moritz. Sie weiß nicht, warum er sie gefragt hat, und auch nicht, was mit ihm und Emily ist. Er hat gefragt, ob Lola mit ihm spazieren gehen will, und Sunny hat, als Lola ihr die Nachricht gezeigt hat, gesagt: «Why not.» Genau das hat Lola ihm geantwortet.

«Vom System!», ruft Sunny, bevor sie sich mit lautem Rollendonner in den Backyardpool fallen lässt. Sie stolpert vom Board, stürzt jedoch nicht.

Im selben Moment berührt jemand Lola an den Schultern. Die Nähe fremder Körper ist ungewohnt geworden seit Beginn der Pandemie, ist verbunden mit einer unsichtbaren Bedrohung, Lola duckt sich weg. Atmet gegen den Schreck an, dreht sich um. Und nimmt Alvas Umarmung entgegen. «Ich hab dich», hat Alva gesagt bei jener ersten Begegnung, «ich hab dich», und wann immer sie Lola jetzt nahe ist, fühlt Lola sich sicher. Als könnte sie für einen Moment diese kräftezehrende Wachsamkeit bleiben lassen. Als habe ihr Körpergedächtnis Alva abgespeichert bei jenen, die ihr nicht wehtun werden.

Sie begrüßen sich, Femme ist mit Rollerskates gekommen, in einer engen dunkelgrünen Leggins, die ihren Hintern, ihre enormen Schenkel präsentiert als etwas Kostbares, und in einer goldenen Jacke. Sie sieht aus wie eine üppige Köstlichkeit. Lola kommt sich neben dieser muskulösen, dicken Pracht verschwindend vor, unter ihrem Hoodie ist kaum noch ein Körper, nur leere Haut und ein leeres Herz.

Alva klatscht mit Sunny ab, und überhaupt ist alles leicht. Es gab keine Anfangsschwierigkeiten in dieser neuen Freundschaft, kein holpriges Zögern, sie haben sich zusammengefügt wie vermisste Teile. Alva hat den Regenbogen nachfärben lassen, ihre Augenlider glitzern, sie ist erstaunlich leichtfüßig in ihrer Stämmigkeit, und ihr Selbstbewusstsein hüllt sie ein wie eine Blase aus Mut. So müsste Lola sein, so wie die beiden.

«Also, wie soll ich mich draufstellen?», fragt Alva.

Sie hat sich ein Skateboard von ihrem älteren Bruder genommen und steht mitten im Cage, wo eine schnell ausgelacht wird, wenn sie nichts draufhat, aber sie ist Alva, sie hat keine Angst. Sie schaut Lola erwartungsvoll an, und Lola gibt ihr Hilfestellung. Zeigt Alva, wie sie die Füße positionieren soll, läuft neben ihr her, die Arme ausgebreitet, um sie zu fangen, sollte sie fallen.

«Dann wären wir quitt», sagt Alva und grinst. Sie hat ein symmetrisches Gesicht und kurze Finger mit sehr kleinen Nägeln. Sie trägt viele Ringe, auch an den Daumen, mehrere Stecker in den Ohren. Manchmal beim Einschlafen zählt Lola die Stunden bis zum nächsten Training, bis sie Alva wiedersieht, und auch, wie viele es am Morgen noch sein werden, wenn sie aufwacht.

Alva ist vollkommen talentbefreit auf dem Skateboard, und es stört sie nicht.

«Scheiße, ist das schwierig!», ruft sie, nachdem sie es zum zwanzigsten Mal nicht schafft, mehr als zwei Meter geradeaus zu fahren.

Femme lacht, und Alva stimmt ein.

«Erst mal Pause», sagt sie zu Lola, die noch an den Armen und an der Brust spürt, dass sie Alvas Körper umfasst und gestützt hat, die noch im Gesicht spürt, dass Alvas kitzlig-bunte Haare sie berührt haben.

Femme ist eine elegante Wucht auf ihren Skates, schlängelt die Beine zusammen und auseinander, rückwärts, vorwärts, und Sunny fährt dreimal so gut wie sonst. Vielleicht hilft es, dass sie cool sein, etwas beweisen will. Sie hat einen konzentrierten, ruhigen Gesichtsausdruck, keinen Fuchsschweif mehr aus roten Haaren, und Lola sieht ihr zu. Sie haben sich beide verändert in den letzten Wochen, mit unerwarteter Geschwindigkeit. Sie haben die Kindheit nicht zurückblickend und sanft winkend verlassen, haben sie nicht abgestreift. Vielmehr hat die Kindheit sie rausgeworfen, weggeschubst, fallen lassen, ohne ihnen Zeit zu geben, sich vorzubereiten. Oder vielleicht haben sie nicht gecheckt, dass sie sich hätten vorbereiten müssen. Jetzt wird sich zeigen, ob sie auf den Füßen landen oder nicht.

Alva setzt sich auf den Betonboden, macht die Schultern

nicht gerade, zieht den Bauch nicht ein, lässt zu, dass er sich wölbt und sich in zwei, drei Röllchen legt. Lola kann nirgendwo sonst hinschauen, weil sie diesen Anblick so feiert. Sie möchte den Finger zwischen die Speckröllchen stecken, der Länge nach, und wie geil wäre es, wenn Sarah das sehen könnte. Alva holt eine Tafel Schokolade aus ihrem Rucksack, bietet sie Lola an.

Sunny kommt angezischt und gibt Lola einen Rempler, zeigt mit dem Kopf auf die andere Seite vom Cage, wo die Ledges sind. Der Typ mit der Mütze ist aufgetaucht. Lola und Sunny wechseln einen Blick, die Schokolade in Lolas Mund lässt sich nicht mehr so gut runterschlucken.

«Was los?», fragt Femme, hat den Blick bemerkt und das Innehalten.

Also erzählen Lola und Sunny die Geschichte. Erzählen sie mit abgewandten Gesichtern und mehr Fragen als Antworten in der Stimme. Sagen, was passiert ist und dass es genau hier war. Dass er heute allein ist, aber an dem Vormittag waren sie zu dritt.

«Deswegen habt ihr also angefangen zu trainieren», sagt Alva, als sie fertig sind, sagt es, als wäre das die Antwort. Sie verfolgt mit den Augen jede Bewegung vom Mützentyp. Lola schaut lieber nicht zu ihm hin.

Sunny legt beide Hände an den Kopf.

Alva streckt den Arm aus, legt auch ihre Hand auf Sunnys Hände.

«Und deshalb die Haare», sagt sie.

Femme stemmt sich hoch, lässt den Verschluss ihrer Rollerskates aufschnappen. Sie zieht sie aus, legt ihre goldene Jacke auf den Boden. Alva steht ebenfalls auf.

«Was jetzt?», fragt Lola verwundert.

Die Schokolade haben sie aufgegessen, das Papier schwebt

im Wind ein paar Zentimeter über dem dreckig grauen Boden.

«Jetzt schlagen wir ihn zusammen», sagt Alva gelassen.

Lola springt auf, stellt sich den beiden in den Weg.

«Aber –»

«Nein», wendet Femme ein und legt ihre große warme Hand auf Lolas Brust, «kein Aber.»

Lola zögert. Sie würde sich am liebsten an Femme schmiegen, sich ganz hineinschmiegen in diese kugeligen Berge, aus denen Femme besteht, sich eine Kuhle suchen und dort bleiben, es soll ihr nichts geschehen, ihr nicht und auch sonst niemandem.

Femme schaut nach unten, wo Sunny noch sitzt, wo Sunny sich nicht rührt und die Hände auf dem Kopf liegen hat, und Lola würgt sämtliche Abers durch ihren Hals nach unten in ihren Bauch. Der so flach ist und eingedrückt, der sich nicht wölbt und nicht schön ist und stark genauso wenig.

«Die machen das sonst wieder», sagt Alva, «und hören beim nächsten Mal nicht rechtzeitig auf.»

Lola atmet gegen die Übelkeit in ihrer Brust, hat ein neues Zittern im Hals und ja, doch, irgendwie hat sie Bock drauf, genau das zu machen, was Alva vorschlägt. Oder zumindest dabei zuzusehen. Femme nimmt Sunny unter den Achseln, zieht sie hoch. Lola sieht, wie geweitet Sunnys Augen sind und wie dünn der Strich ihrer Lippen, die Anspannung macht sie blass. In der einsetzenden Dämmerung surrt die Luft blau und elektrisierend. Femme geht ohne Schuhe und ist trotzdem noch größer als sie alle.

«Danach», sagt Alva leise, «rennt ihr. So schnell ihr könnt. Und jede in eine andere Richtung. Bis nach Hause. Keine Anrufe, keine Textnachrichten.»

Sagt es, als sei das klar. Als machten sie das immer so.

«Hey!», schreit Femme und schubst den Kerl von seinem Skateboard. Er rappelt sich auf und hat dieses belustigte Erstaunen im Blick.

«Wir haben gehört, du und deine Freunde, ihr wisst nicht, wo die Grenzen sind», sagt Alva, nicht mal laut, aber sehr ernst, «und ihr habt den beiden hier wehgetan.»

Mütze kratzt sich kurz an der Nase, als müsse er überlegen.

«Bullshit», meint er, will sich wieder auf sein Board stellen.

Femme lässt ihn nicht, sie und Alva gehen näher ran. Lola und Sunny bleiben ein paar Schritte entfernt, Lola hat kalte Hände und einen Herzschlag, der in den Ohren gurgelt. Jetzt lässt Mütze den Blick schweifen, dreht sich um, lächelt.

Und rennt los.

Femme sprintet ihm hinterher, holt ihn mühelos ein und wirft sich auf ihn drauf. Sie bringt ihn zu Fall, sein Board rattert auf den Boden. Sie sitzt auf seinem Rücken, hebt seinen Hinterkopf hoch und lässt seine Stirn auf den Beton knallen. Lola schließt die Augen. Sie traut sich nicht, Sunny anzuschauen, will nichts in Sunnys Gesicht sehen, was sie später nicht mehr vergessen könnte.

Irgendwas knackt, Mütze stöhnt. Was Alva zu ihm sagt, kann Lola nicht verstehen. Sie nähert sich, Schulter an Schulter mit Sunny. Femme hat Mütze umgedreht, er hat Blut im Gesicht, aber nicht viel. Und keine Überlegenheit mehr im Grinsen.

«Das ist unfair», sagt er, «ihr seid zu viert, ich bin allein.»

«Fick dich», spuckt Femme, «vorher war es dir auch egal, dass ihr mehr wart und stärker. Jetzt spürst du, wie das ist.»

Sie gibt ihm eine klatschende Ohrfeige.

Er wimmert.

«Und man schlägt niemanden, der auf dem Boden liegt!», ruft er.

«Da hast du recht», sagt Femme, steht auf und zieht ihn in einer fließenden Bewegung hoch. Kaum ist er aufrecht, boxt Alva ihm in den Magen. Er krümmt sich, schreit aber nicht, beißt jedes Geräusch zurück in sich hinein. Femme packt ihn am Hals, und Lola ist erstaunt, dass Mütze sich nicht wehrt. Keinen einzigen Gegenschlag hat er ausgeteilt, hat es nicht einmal versucht. Jetzt ist er der Unterlegene und hat den Kopf gesenkt, eine devote Haltung eingenommen, als hoffte er, mit Unterwürfigkeit Schlimmeres verhindern zu können.

«Du musst verstehen, dass man so nicht mit Mädchen umgehen kann», sagt Alva, «und dass man alles zurückbekommt. Das nennt man Karma.»

Sie haut ihm ins Gesicht. Mittelfest, Lola hat sie im Training schon viel härter zuschlagen sehen. Mütze stöhnt dumpf.

«Und du hast wirklich ein beschissenes Karma», fügt Femme hinzu, hält ihn in ihren Schraubzwingenarmen. Winkt Sunny herbei.

«Siehst du diese schöne junge Frau?», fragt sie Mütze, krallt ihre Nägel in sein Kinn. «Schau sie dir genau an. Sie hat sich die Haare abrasiert wegen dir. Du hast ihr was weggenommen, was ihr gehört hat.»

Sunny steht unsicher daneben, ihre Augen huschen über die Betonbögen. Bis auf das Rauschen der Autos ist es still.

«Los», fordert Alva Sunny auf, «räch dich.»

Sunny zögert, und Lola denkt schon, dass sie es nicht tun wird. Dass sie einen Rückzieher machen und sagen wird: Gehen wir nach Hause, lasst ihn. Da holt Sunny aus und knallt Mütze ihre Faust auf die Nase. Es ist ein unbeholfener Schlag, schief und halb, aber Sunny schreit dabei. Ein Wort, das sich wie «Arschloch» anhört, es ist einer dieser Schreie, die etwas lösen. Mütze wackelt in Femmes hartem Griff, Sunny wendet sich ab, hält sich die Hand.

«Jetzt du, Kamikaze», sagt Alva und zieht mit dem Blick an Lola.

Es kann nicht sein, dass Lola das Blut riecht, aber es kommt ihr so vor. Mütze zuckt und schaut wie eine Maus. Sie denkt daran, wie sie ihm das Board auf die Schulter geschlagen hat und wie etwas aufgeblitzt ist in seinen Augen. Wie er sie umgeworfen und niedergepresst hat. Wie sie nicht atmen konnte und nur den grauen Stoff auf seinem Kopf gesehen hat, Beton, ein Stück Himmel. Damals hatte er die Macht, jetzt hat sie Lola.

Sie grinst Sunny an.

Dann tritt sie Mütze mit voller Wucht zwischen die Beine.

Femme lässt ihn im selben Augenblick los, er kippt nach vorne, kotzt auf den Boden.

Alva, Sunny, Femme und Lola fliegen auseinander. Lola kriegt nicht mit, was Femme mit ihren Rollschuhen macht und in welche Richtung Sunny läuft, sie springt auf ihr Board und flitzt durch das Abendlicht wie ein Wurfgeschoss, das glüht. Der Zorn in ihr schlägt Wurzeln und treibt Knospen, klettert durch ihre Venen wie flüssige Kraft. Lola fährt schnell und kommt aufgepumpt am Treffpunkt an, wo Moritz wartet und nicht ihre erhitzte Haut bemerkt, nicht die silberne Energie, die aus ihren Zellen springt, wo Moritz sitzt und denkt, Lola freut sich, ihn zu sehen.

Dass sie gerade einen Typen einbetoniert hat, dass sie ihm die Eier bis hinauf in den Hals geschlagen hat, ahnt er nicht, und dieses Geheimnis ist wirblig und heiß und riesig.

«Ich hab leider kein Board», sagt Moritz.

«Macht nichts», entgegnet Lola und klemmt sich ihres unter den Arm.

Sie hätte nach Hause fahren können, klar. Sie hätte sich abduschen und beruhigen können. Aber erstens hat noch nie einer gefragt, ob sie was mit ihm machen will. Und zweitens kann Moritz im Notfall bezeugen, dass sie mit ihm unterwegs war.

Ihr Handy vibriert, Lola wirft einen schnellen Blick darauf. Sunny hat ein Fragezeichen geschickt, sonst nichts. Kluges Mädchen. Lola antwortet mit einem Punkt, steckt das Handy wieder weg. Sie ist so aufgepeitscht vom Adrenalin, dass sie nicht stillstehen kann.

Sie gehen am Fluss entlang, die Luft riecht feucht und nach Hundescheiße. Kann sein, dass das Gespräch nicht so richtig in Gang kommt. Kann auch sein, dass es Lola herzlich egal ist. Sie hat sowieso den Kopf voller Bilder.

Wie berauschend Gewalt ist.

Wie geil.

Wie heftig und abartig und natürlich.

Sie hat zugetreten, als wäre es total normal zuzutreten. Sie hat ihn verletzt, mit Absicht. Sie ist über die Hemmung gegangen, und dann war da dieser Instinkt. Der Instinkt zum Zudreschen.

Und während Moritz irgendwas labert und großzügig über seine eigenen Witze lacht, nickt Lola, sagt Ja und sagt Nein und denkt dabei an diese Wiederherstellung des Gleichgewichts. Denn sie geht neben Moritz an der Salzach entlang und ist nicht mehr schief. Sie ist in Balance. Gerader, aufrechter, größer, klarer, heller, neu.

Und wie amüsant, dass sie gedacht hat, *er* sei derjenige mit dem Geheimnis.

«Du kannst echt gut zuhören», sagt Moritz, hat die Hände in die Hosentaschen geschoben und schlurft langsam, bleibt manchmal fast stehen, dreht sich zu Lola.

Sie mag, wie er sich bewegt und sich die Haare wegstreicht und zu ihr gewandt spricht.

«Was ist mit Emily?», fragt sie, und die Stadt fängt an zu

glitzern. Macht eine gnädige Dehnung in die beginnende Nacht hinein, schickt das Lichterfunkeln auf die Flussoberfläche.

«Wir sind nicht mehr zusammen», erwidert Moritz.

«Mhm», macht Lola und weiß nicht, ob sie ihm glauben soll.

«Du gehst mir nicht aus dem Kopf, Lola», er schaut auf seine Schuhe, so gespielt schüchtern, dass Lola es lächerlich findet, aber irgendwie auch cute, «du bist cool.»

Sie beobachtet den Moment. Schaut bei seinem Versuch zu, sie zu küssen. Wie er sich bemüht und lieb ist und denkt, dass Lola ein Mädchen ist wie jedes andere. Weil er nicht weiß, dass Lola innen eisenhart ist und hungrig, aber nach etwas ganz anderem als nach süßen Jungsküssen. Sie lässt seinen Mund näherrutschen, noch näher, bis sie seinen Atem fühlen kann, es ist der Atem von einem Kind. Ihn hat die Kindheit noch nicht ausgespuckt und weggetreten, ihn hält sie zurück, und er versucht, sie aufzusprengen.

Er hat keine Ahnung, was wahre Sprengkraft ist.

Die Sekunde gefriert, in der Lola nach unten geduckt auf ihr Board springt, einmal, zweimal pusht, davonfährt mit einem Flattern in den Haaren und im Bauch. Moritz ruft ihr nicht hinterher, dennoch dreht Lola sich um, winkt ihm zu und lässt sich dann umarmen von der Dunkelheit. Rauscht mit dem Wind und gegen den Wind, niemand kann sie aufhalten jetzt. Es spielt keine Rolle, wann sie nach Hause kommt. Weder Johannes noch Sarah schreiben ihr etwas vor, scheinen nicht daran zu denken, oder sie glauben, dass sie nicht berechtigt sind dazu. Und vielleicht stimmt das ja. Sarah ist nicht Lolas Mutter, Johannes ist nicht Lolas Vater, und beide haben etwas Vorsichtiges an sich, wenn sie mit ihr reden. Es gibt für Lola keine Regeln, und sie ist entschlossen, das auszunutzen.

Sie verlässt den Kai, um auf dem Bürgersteig heimzufetzen, die Straßenlaternen sind angegangen, an manchen blitzen Spinnweben. Lola schmeckt dem Adrenalin nach, das jetzt ausrinnt und verblasst, fragt sich, ob sie sich hätte küssen lassen, wenn es Alva gewesen wäre. Denkt sich Alvas Gesicht so nah zu ihrem, greift sich an die Lippen. Vielleicht könnte sie das gar nicht, küssen, würde sich superdämlich anstellen, sich blamieren. Dann wäre es bei Moritz egaler als bei Alva. Aber garantiert wäre Alvas Atem nicht der von einem Kind.

Sie hat Durst, spürt ein glucksendes Pochen in den Handgelenken und große Lust zu schreien. Glück ist das nicht, was sie fühlt, auch nicht Fröhlichkeit oder Spaß, sondern etwas Wildes, Entfesseltes, Fieses. Wollendes. Sie ist allein, die Straßen sind leer. Sollte die Polizei jetzt auftauchen, könnte sie über Schleichwege sausen, schneller sein, sich nicht erwischen lassen auf ihrem Weg nach Hause.

Nach Hause.

Mama hätte sie gefragt, mit wem sie sich getroffen hat. Ob es ein Junge war und ob er ihr gefällt. Sie hätte versucht, wie eine gleichaltrige Freundin zu klingen und möglichst wenig neugierig, aber alles hätte sie verraten, ihr Blick, ihr Tonfall, ihr unterdrücktes Grinsen. Sie hätte Lola einen Kakao gemacht und irgendwas aus ihrer Jugend erzählt, in der Hoffnung auf einen Geschichten-Deal: Ich zeig dir meine, und du zeigst mir deine. Lola hätte das maximal nervig gefunden und maximal gut.

Mama hätte sich für sie interessiert.

Mama hätte tausend Fragen gestellt, und Lola würde sogar ihr Board geben, um sie beantworten zu können, um den Kakao zu trinken, gemischt mit einer Prise Zimt, wie nur Mama ihn gemacht hat, um mit den Augen zu rollen und sich von Mama umarmen zu lassen vor dem Schlafengehen, es war so selbstverständlich.

Mama hatte diesen Duft von Hibiskus-Seife, unbegrenzter Zuneigung und körniger, sackschwerer Müdigkeit.

Vor dem Haus bremst Lola ab, poppt das Board hoch, nimmt es in die Hand.

Es ist still.

Sie bleibt unter dem Balkon stehen, sieht nach oben.

Die Traurigkeit ist ein Arschloch. Ein Bündel aus Fell, das sich an Lolas Rücken klammert, auf ihren Schultern hockt und in ihren Nacken atmet, kristallkalt und ohne sich je zu lockern.

Sie setzt sich auf den Asphalt.

Ungefähr hier. Oder ungefähr da. Irgendwo dazwischen. Genau an der Stelle.

Sie rollt das Board zu ihren Füßen, in einer leisen Bewegung, legt den Kopf auf die Knie, umschlingt die Beine. Die Tränen kommen mit einem wüsten Drängen, das Schluchzen auch. Lola löst die Finger, streicht über die rauen Teerflecken, die kleinen Steinchen.

Ungefähr hier.

Sie weint um den Kakao und die Fragen und weil sie Mama nicht erzählen kann von diesem ersten Fastkuss, jetzt nicht und auch sonst niemals, weint wegen der Umarmungen, die ungespürt bleiben, und dem Duft, den es in dieser Kombination nie wieder an jemandem geben wird, weint wegen Sarah, die freundinlos ist, wegen Lucius und Maxi, die mutterlos sind, alle angedetscht, aufgerissen, verwundet, sie weint, in erster Linie, um sich selbst.

FORTSCHREITENDE KOMPLIKATIONEN

Sarah öffnet die Tür ihres Hauses, und da ist Leons Präsenz wie ein feiner, durchsichtiger Schleierregen. Entschlossen macht sie einen Schritt hinein, über eine unerwartete Hemmung hinweg. Leons Schuhe liegen im Eingangsbereich verstreut, eine Jacke auf dem Boden, daneben Werbeprospekte und seine Sporttasche, aus der zwei Handtücher und eine Hose hängen. Kleine Misthaufen, die Sarahs Sinn für Ordnung torpedieren. Durch ihre Abwesenheit scheint sich seine Anwesenheit zu verstärken, nimmt sprichwörtlich mehr Raum ein.

Sie stellt die Einkaufstaschen in die Küche, räuspert sich, ruft laut «Hallo», fühlt sich wie jemand, der ungebeten auftaucht. Molly hüpft von der Couch und streicht ihr um die Beine, lässt sich hochheben. Sarah vergräbt die Nase im Katzenfell. Kurz hält Molly gnädig still, dann stemmt sie sich gegen den Griff, strampelt sich frei, läuft zu ihrer Futterschüssel und hat diesen vorwurfsvoll-fordernden Blick.

«Gleich, gleich», sagt Sarah und räumt die Einkäufe aus. Katzenfutter und frisches Streu, Energydrinks, Gemüse, Hafermilch, Hühnerfleisch und Proteinriegel. Sie füllt Mollys Schälchen und sieht zu, wie die Katze zu fressen anfängt, ihre hoheitsvolle Eleganz vergessend. Sie aus dem Tierheim zu holen, war mehr als die Entscheidung für ein Haustier. Es war die Folge stiller Tage am Schreibtisch und einsamer Abende auf dem Sofa, der Versuch, eine gewisse Berührungsbedürftigkeit zu befriedigen, die Sehnsucht, ein lebendes Wesen neben sich zu haben. Und als Single-Frau Mitte dreißig war es auch ein Statement, mit dem Sarah nach wie vor hadert.

Sie legt die Einkäufe in den Kühlschrank, fängt mit dem Einsammeln an. Sie hört Leon im Büro telefonieren, während sie die Klamotten und die Sofapolster aufhebt, die glänzenden Riegelfolien, die dreckigen Teller vom Couchtisch und die herumstehenden Aludosen. Sie befüllt die Spülmaschine, tauscht den vollen Müllsack gegen einen leeren, geht nach oben und schaltet die Waschmaschine ein. Sie hat ihre Sachen mitgebracht, um sie hier zu waschen. Das ist umständlich, aber wichtig, weil alles, was gerade passiert, kein bleibender Zustand ist. Sie packt saubere Unterwäsche ein, Socken, Shirts, einen dünneren Pullover, es soll endlich warm werden nächste Woche.

Das Haus ist groß und leise, das Gegenteil von Helenes beengter, belärmter Wohnung. Und Sarah fragt sich, ob ihr derart viele Quadratmeter zugestanden haben während der Lockdowns, ob es moralisch vertretbar war, nur zu zweit in diesem Haus zu sein. Hätte sie nicht sagen müssen: Komm zu mir, Helene, komm mit den Kindern. Hier ist Platz, wir teilen uns das Homeschooling und die Betreuung auf, wir wechseln uns ab, einmal schreibe ich, und du gehst mit ihnen spazieren, dann arbeitest du, und ich spiele mit ihnen. So wie sie es gemacht haben, als Lola ein Baby war. Und wäre es nicht viel logischer gewesen, sinnvoller, ihrer engsten Freundin den Vorzug zu geben gegenüber einem Tinder-Date?

Sie hätten das schaffen können, wie damals auch. Als Sarah dieses Haus besichtigt hat, mit der Absicht, es zu kaufen, hat es einen Abend gegeben, an dem sie Helene vorschlagen wollte, gemeinsam mit Sarah und Lola hier einzuziehen. Sie konnte sich das vorstellen, sehr gut sogar, obwohl sie selbst eine Familie gründen wollte. Lola wäre eine große Schwester gewesen für Sarahs Kinder, und sie hätten das Klettergerüst gebaut. Sie hat Helene gesagt, dass sie ihr etwas erzählen muss, als sie von der Besichtigung zurückgekommen ist, und Helene hat gerufen, «oh, ich dir auch!», hat dieses Strahlen gehabt und etwas Scheues, hat sofort weitergemacht mit «ich habe jemanden kennengelernt», und das war dann Johannes. Sie hat berichtet, dass sie einem Mann begegnet ist, dass sie sich unterhalten haben, dass sie ihm ihre Nummer gegeben hat, und ab diesem Moment schien alles auf Anfang zu stehen.

Der Vorschlag, den Sarah Helene unterbreiten wollte, kam nie zur Sprache.

Durch die Pandemie hat sich das Bauprojekt verzögert, in das Johannes und Helene investiert haben. Sie wollten ein Reihenhaus kaufen, in einer ländlicheren Gegend, zwanzig Kilometer vor der Stadt. Sie sind in der kleinen Wohnung geblieben, um zu sparen, und weil sie gedacht haben, lange dauert es ja nicht. Mit einem Virus, das die Welt lahmlegt, hat niemand gerechnet, und was jetzt mit dem Haus ist, weiß Sarah nicht.

Im Bad lässt sie die Wimperntusche und den Concealer, die sie für Lola gekauft hat, in die Schachtel mit ihrem Make-up fallen. Wie lächerlich es war, zu denken, sie könnten vor einem Spiegel stehen Seite an Seite und Spaß mit Schminksachen haben. Lola würde sich aus Prinzip weigern, etwas so Oberflächliches zu tun. Sarah schiebt die Produkte ganz nach unten, damit sie sie nicht mehr sehen muss. Als sie und Helene so alt waren wie Lola, haben sie Tattoo-Kettchen getragen, eng am Hals, und ihre Augen mit schwarzem Kajal umrandet, nicht smokey-mäßig, wie es jetzt Trend ist, sondern innen, am Wimpernansatz, wo die Haut feucht und hellrosa ist. Es hat die Augen kleiner gemacht statt größer, und spontan nimmt Sarah einen Eyeliner in die Hand, stellt sich vor den Spiegel. Sie drückt mit den Fingern gegen die neuerdings immer geschwollenen Stellen unter ihren Augen, zupft an ihren Haaren. Die Friseure haben wieder geöffnet, aber sie hat den Punkt überschritten, an dem ihre Frisur sie noch kümmert. Sie trifft sowieso niemanden. Sie zieht an der unteren Wimpernreihe, setzt den weichen schwarzen Stift an. *Let there be love* haben sie oft gehört, von Simple Minds, wenn sie sich aufgehübscht haben in Sarahs kleinem Zimmer, es war das Lied ihrer beider Hoffnung, dass es Liebe geben würde und Abenteuer, ganz sicher schon demnächst, und sie hat es bei Helenes Beerdigung spielen lassen. Das war eine schlechte Wahl, die Zeit hat sich über ihr aufgetürmt, die gelebte und die nicht gelebte. Aber was hätte sie sonst nehmen sollen aus dem Soundtrack ihrer Jugend, *Shiny Happy People* von R. E. M.? *No Regrets* von Robbie Williams? *Don't look back in anger* von Oasis oder *Why does my heart feel so bad* von Moby? Sie haben gesungen, die Haarbürsten in den Händen wie Mikrofone, haben getanzt und sich dreieckige Tücher um die Brust gebunden als Oberteile, Helene hatte genug Geduld, um Sarah viele kleine Zöpfchen zu flechten.

So viele Stunden, zu zweit.

So viele Stunden, verflogen.

Walking in my shoes von Depeche Mode würde jetzt wohl am besten passen oder: *Enjoy the silence.*

Sarah malt mit dem Kajal vom Augenwinkel weg nach unten eine dicke, schwarze Träne über ihre halbe Wange. Sie stellt sich vor, so hinauszugehen. Zu Leon und in den Supermarkt, zu Johannes, den Kindern, sie könnte diese schwarze Schmerzspur in ihrem Gesicht lassen, sie nachzeichnen, sobald sie verblasst. Was würden sie sagen, und würden sie überhaupt etwas sagen? Oder schweigen und denken: Jetzt dreht sie durch, jetzt haut es ihr die Sicherungen raus, aber okay, kein Wunder, und solange sie nichts Schlimmeres macht als das.

Sarah wischt die Träne ab und singt dabei *Baby don't cry* von INXS. Singt extra leise und hört das Echo von Helenes Stimme dennoch nicht.

Zurück in der Küche, wäscht sie Mollys Schüssel aus und stellt Futter für später bereit, reiht die kleinen goldenen Behälter auf der Anrichte auf, damit Leon auf keinen Fall vergisst, sich um die Katze zu kümmern. Er spricht immer noch, und Sarah könnte wieder gehen, ohne mit ihm geredet zu haben. Vielleicht hat er gehört, dass sie da ist, vielleicht auch nicht. Den üblichen Smalltalk zwischen Tür und Angel könnten sie sich sparen, außerdem muss Sarah gleich Lola ablösen, die in der Zwischenzeit mit Lucius und Maxi zum Spielplatz gegangen ist. Sie macht einen Sportkurs, eine Art Boxtraining offenbar, und es ist mit Sicherheit gut, wenn sie sich abreagieren kann. Dazu muss Sarah aber pünktlich zurück sein.

Leon kommt aus dem Büro. Er streckt sich, sein Shirt rutscht ein Stück nach oben. Sarah sieht absichtlich nicht hin.

«Sorry», sagt er, «Zoom-Meeting.»

Sie nickt und bleibt stehen, wo sie ist, geht ihm nicht entgegen, und umarmen will sie ihn auch nicht. Sie ist es so leid, sich zu sehnen. Sie würde gern Wände hochziehen können innerlich, nicht nur eine, sondern viele, sich dahinter verschanzen und heilen. Sie hat sich so zu ihm hingebogen, warum liebt er sie trotzdem nicht?

«Geht's dir gut?», fragt Leon, nicht unbedingt besorgt, vielmehr irritiert von ihrem Verhalten.

Kein Wunder, denkt Sarah bitter, er kennt sie ja nur zu ihm strebend, ihn anlächelnd, sämtliche Entfernung überbrückend.

Sie hebt die Schultern. Wie absurd diese Frage ist.

Er deutet grinsend auf Sarahs Brust, ein Schreck durchzuckt sie. Hat er bemerkt, dass sie zugenommen hat? Dass sie angefangen hat, normal zu essen? Sie senkt den Blick. Auf ihrem Shirt ist ein großer Saucenfleck.

«Das Erkennungszeichen», murmelt sie.

«Kauf bitte wieder die Hafermilch mit der grün-weißen Verpackung», sagt Leon, «die andere Marke schmeckt mir nicht so.»

Sarah bleibt einen Augenblick still und wartet, aber es kommt nichts mehr.

«Ich muss los», erwidert sie, «Lola hat um neunzehn Uhr Training.»

«Okay», sagt Leon und erklärt nicht, was er noch vorhat an diesem Abend. In Sarahs Haus. In dem so viel Platz wäre und wo keine Kinder leben.

Er kommt ihr vor wie ein freundlicher Mitbewohner. Alles, was sie fühlt, fühlt er nicht. Und weil er nicht sehen soll, dass ihr die Tränen in die Augen schießen, weil er nicht spüren soll, wie sehr es sie schmerzt, dass diese höfliche Distanz zwischen ihnen kauert, bückt Sarah sich nach ihrer Tasche und geht zur Tür. Sie hat ihm gesagt, dass sie ein Baby will, und je länger er nicht darauf antwortet, umso überdeutlicher stehen ihre Worte in jedem Raum, in dem sie sich gemeinsam aufhalten. Allerdings kann Leon das entspannt ignorieren.

Er macht eine Bewegung zu ihr hin, will sie vielleicht umarmen und lange festhalten. Seltsam verstockt sieht die Bewegung aus, ratlos, wie ein Angebot, zu vorsichtig, um ernst genommen zu werden.

«Bis bald!», ruft Sarah und hastet nach draußen, ohne ihn noch einmal anzuschauen.

Vor der Tür bleibt sie stehen, wischt sich über die Augen und zögert. Der Impuls ist da, noch mal reinzugehen, die Worte aus der Luft zu klauben und sie Leon ins Gesicht zu knallen, zu schreien und dann eben auch zu weinen ohne Scham, etwas zu erzwingen, das Ende oder einen Anfang. Alles wäre besser als dieser Schwebezustand. Aber vielleicht merkt er ja noch, wie leer es wird ohne sie, in diesem Haus, in seinem Leben.

Vielleicht ist das Einzige, was Sarah haben muss, um Leon für sich zu gewinnen, Geduld.

Sie lässt die Türklinke los und macht sich auf den Weg zu Helenes Kindern.

SPARRING

An den Turnsaalgeruch hat Lola sich nicht nur gewöhnt, er weckt mittlerweile eine Erwartungshaltung in ihrem Körper. Ihre Muskeln fangen an zu kribbeln, das Pulsieren in ihrem Bauch wird wach und hell. Sie hat Boxhandschuhe gekauft für sich und Sunny, zu irgendwas muss das Geld, das ihr Vater auf der ganzen Welt einsammelt und ihr zuschiebt wie beschissene Almosen, ja gut sein. Die Handschuhe, die Lola sich jetzt um die Schultern hängt, sind schwarz, die von Sunny ebenfalls. Nichts Buntes mehr, sondern Klarheit und Kraft.

Den Splitter in ihrem Handballen hat Lola mit der Pinzette entfernt, die entzündete Stelle hat sie tagelang mit einer antibiotischen Salbe eingerieben. Sie kann nicht boxen, wenn sie verletzt ist. Sie kann keine guten Schläge setzen, wenn sie selbst Wunden hat. Deswegen hat sie aufgehört. Mit dem In-den-Arm-Beißen und dem Kratzen, mit dem Nadelbohren und Blut-aus-der-Lippe-Saugen und mit den Spiegel-Sessions auch. Das war ein paar Tage lang schwer, wie so ein dämlicher Junkie hat sie an den Krusten herumgeknibbelt, hat sich gefühlt, als würde sie überfließen ohne ein Schmerzventil. Deshalb trainiert sie inzwischen nicht nur einmal, sondern dreimal die Woche. Und Sunny macht mit. Will sowieso raus nach dem langen Lockdown, will sowieso bei jeder Gelegenheit weg von ihrer überfürsorglichen Mama und deren Freund.

Sie werfen sich einen Blick zu, unwohl fühlen sie sich in der Garderobe längst nicht mehr. Die anderen haben ihnen aufgemacht. Haben die Gruppe geöffnet einen Spaltbreit, haben Sunny und Lola durchgelassen und sie hinter ihnen wieder geschlossen. Jetzt kennt Lola alle Namen und weiß, welches Mädchen beim Pratzentraining am meisten Ausdauer hat (Femme), welches Muay Thai beherrscht (Carina), welches eintausend Sit-ups ohne Pause schafft (Elena) und welches die interessanteste Aura hat (Alva). Sie sind nicht jedes Mal gleich viele, an manchen Tagen kommen fünf oder sechs zum Training, an anderen alle zweiundzwanzig. Sibel bietet den Kurs Montag, Mittwoch und Freitag an, und er richtet sich, vom Polizeisportzentrum gesponsert, explizit und ausschließlich an junge Frauen, damit sie lernen, sich zu verteidigen im Fall der Fälle.

«Wie verkehrt das ist», hat Lola gesagt, «dass uns beigebracht wird, einen Angriff abzuwehren, aber dass Jungs nicht beigebracht bekommen, uns nicht anzugreifen.»

«Amen, Schwester», hat Femme entgegnet.

«Ist mir egal», hat Alva erwidert, «ich find's geil, stark zu sein.»

«Eure Kämpfe werden nicht in einem Ring stattfinden», ruft Sibel, als sie sich alle fertig umgezogen im Turnsaal aufgestellt haben, «und auch nicht in einem geschützten Raum wie hier. Sie werden in einer Wohnung stattfinden oder in einem Club, auf einer Toilette oder auf der Straße. Und auf der Straße wird dreckig gekämpft.»

Lola spürt die Blicke von Sunny, Femme und Alva auf ihrer Kopfhaut. Es stimmt. Was sie getan haben, war irgendwie dreckig.

Und irgendwie gut.

Sie haben darüber geredet, kurz. Und nur, so ist es Lola vorgekommen, um einander zu versichern, dass sie ihr Wort halten und schweigen.

«Auge um Auge», hat Alva gesagt und das Kinn gehoben.

«Ich kann jetzt wieder schlafen», hat Sunny gesagt, und auch Lola muss zugeben, dass die Bilder blasser sind, verschwunden fast. Der Graue-Mütze-blauer-Himmel-Ausschnitt quält sie nicht mehr. Lange hat sie nach einem Weg gesucht, zu verhindern, dass der Zorn sie auffrisst.

Hier, auf der Matte, hat sie ihn gefunden.

Der Boxsack ist das neue Ventil.

Seine Haut statt ihre Haut.

«Das Prinzip für einen Straßenkampf nennt sich KISS», sagt Sibel, «das bedeutet keep it simple, stupid.»

Sie schreitet vor ihnen entlang, gestikuliert beim Sprechen. Manche von ihnen haben diese Erklärungen schon gehört, für andere sind sie neu.

«Eure Techniken müssen schnell, direkt und effektiv sein. Ihr müsst damit rechnen, dass euer Adrenalinspiegel nach oben schießt, und ihr dürft die körperliche Erschöpfung nicht unterschätzen.»

Bei Sibels Worten krabbelt eine Hitze über Lolas Wangen. Sie erinnert sich an die Atemlosigkeit, das wilde, unhörbare Gebrüll in ihrer Brust. Und dabei war es nur ein Tritt, ein einziger.

«Punkt eins», sagt Sibel laut, und sie stehen vor ihr wie kleine Soldatinnen, die bald ausschwärmen werden, die bald im Gefecht sein werden dort draußen, «sind die Schläge. Bei ihnen ist euer Gleichgewicht nicht so gefährdet wie bei Tritten. Ihr müsst sie schnell abfeuern, gleichzeitig verhindern, dass der Gegner in euren Nahbereich kommt. Hält er euch fest, könnt ihr nicht mehr zuhauen. Die Regel lautet, mit der Faust schlagt ihr auf weiche Ziele, mit der flachen Hand schlagt ihr auf harte Ziele.»

Lola denkt an ihren Fuß am weichsten Ziel, das so ein männlicher Körper hat.

«Eine Ohrfeige ist überraschend effektiv», fügt Sibel hinzu, «und sehr demütigend.»

Sie macht Handzeichen, die bedeuten, dass die Mädchen anfangen sollen, sich aufzuwärmen. Sie beginnen mit Dehnübungen, laufen im Stand.

«Punkt zwei, die Tritte», fährt Sibel fort und füllt mit ihrer sicheren Stimme den hohen, großen Raum, «wenn ihr sie in Hüfthöhe setzt, habt ihr die größte Reichweite. Ihr müsst tief zielen, um nicht euer Gleichgewicht zu riskieren. Zielt ihr zu hoch, verlagert sich euer Schwerpunkt, und seid ihr erst mal auf dem Boden, wird es schwierig. Tretet auf das Schienbein, das Sprunggelenk, das Knie.»

«Oder in die Eier», murmelt Sunny neben Lola leise.

Lola verbindet gerade Kniebeugen mit Sprüngen, reißt den Körper hoch und neigt sich wieder, verbeißt sich ein Lächeln.

«Ein Elfmeter ist ein Tritt auf den Kopf von jemandem, der auf dem Boden liegt», erklärt Sibel, und Lola sieht Mütze, wie er im Cage auf den Beton gedrückt wird, «das wird oft als Mordversuch gewertet.»

Jetzt schauen Lola und Sunny sich doch an, ihre Gesichter wenden sich ruckartig einander zu, und genauso schnell drehen sie sie wieder weg. Lola keucht, schafft noch einen Kniebeugensprung, lässt dann den Oberkörper nach vorne knicken und ringt nach Luft.

«Bei den Tritten gibt es die Low Kicks», ruft Sibel, wird noch lauter jetzt, weil auch die Mädchen lauter werden, stöhnen, hüpfen, mit schnellen kleinen Schritten trampeln, «das sind Rundtritte auf die Beine, mit denen ihr den Gegner zu Fall bringen könnt und die auch zu momentaner Bewegungslosigkeit führen können. Das ist für euch natürlich ein Vorteil.»

Sie macht eine Pause.

«Um wegzulaufen.»

Und weil die Mädchen sich aufwärmen, erhitzt sich auch

der Raum. Eine Anspannung kriecht in die Luft, die Erwartungshaltung von Lolas Körper steigert sich.

«Punkt drei, Kopfstöße. Sie können zu schweren Verletzungen im Gesicht führen und sind manchmal effektiv», sagt Sibel, «aber ich persönlich rate euch davon ab. Dazu muss man schon sehr skrupellos sein, die Hemmschwelle ist zu groß. Es ist zu riskant, dass ihr zögert, und dann ist euer Kopf, euer Gesicht, zu nah beim Gegner. Er kann euch am Hals fassen oder an den Haaren festhalten. Wenn ihr lange Haare habt, solltet ihr unbedingt verhindern, dass er euch zu packen bekommt.»

Lola sieht die Bewegung schon, bevor sie passiert. Wie Sunny sich an den Kopf greift, über die Stoppeln streicht, ein Reflex ist das jetzt, und inzwischen hat sie die Haare nachrasiert, weil sie wieder gewachsen sind. Lola war dabei, in Sunnys Bad, wo sie hinterher die feinen kurzen Härchen aus dem Waschbecken und von Sunnys Schultern gesammelt hat, ohne ein Wort zu sagen, sie haben rötlich geschimmert wie Waldtierfell. Das Surren des Rasierers hat ihr arg ins Herz geschnitten.

«Punkt vier», ruft Sibel, «ist ein Takedown. Das bedeutet, dass ihr den Gegner umrennt. Und das werden wir heute üben.»

Sie öffnet ihren Pferdeschwanz und setzt einen Helm auf, dann schlüpft sie in eine Art Schutzpanzerung, wie Mattenstücke auf ihrer Brust.

«Teilt euch in Zweierpaare auf! Zuerst rennt ihr mich gemeinsam um, weil es einfacher ist. Später macht ihr es alleine, weil ihr höchstwahrscheinlich auch alleine werdet kämpfen müssen.»

Sie stellt sich vor die große blaue Matte, stützt die Hände auf die Knie und sieht aus wie ein Eishockeyspieler.

Die Wortwahl verursacht Lola einen trockenen Hals und schwitzige Hände. Dass ständig vom Kämpfen die Rede ist, vom Gegner, von Gefahr und Risiko. Das klingt, als sei ein Krieg im Gange.

Alva und Femme sind die Ersten, die sich nebeneinander aufstellen, ungefähr fünf Meter von Sibel entfernt.

«Die Sache ist», sagt Sibel, «dass da kein Zögern in euch sein darf, nicht einmal für einen Moment. Loslaufen, nicht abbremsen, den Körper des Gegners mit voller Wucht rammen. Und sofort weiterrennen, wenn er zu Boden gegangen ist. Es genügt auch, wenn er sich berappeln muss. Das können die wertvollen Sekunden sein, die euch retten.»

Lola spürt eine blasige Nervosität aufsteigen. Sie kann nicht auf Sibel zurennen und sie umnieten. Wie soll sie? Es kommt ihr wahnsinnig vor und falsch. Mit einem anderen Körper zusammenzukrachen, einen Aufprall zu erzeugen und vielleicht eine Verletzung, macht ihr Angst.

Sibel bewegt beide Hände auffordernd, Femme und Alva stürmen los. Sie laufen stumm und schnell. Der Zusammenstoß ist klatschend, Sibel fliegt nach hinten auf die Matte, landet krachend auf dem Rücken. Ein kollektives Ausatmen im Raum, bis Sibel wieder Luft holen kann.

Lola schaut Sunny an. Sie hätten das vielleicht schaffen können, als die drei Typen sich ihnen in den Weg gestellt haben. Sie hätten die Überraschung auf ihrer Seite gehabt. Statt zu versuchen, sich zwischen ihnen durchzuducken, hätten sie sie zu Boden schießen sollen, einen von ihnen, mit der Kraft ihrer beider Körper. Wenn sie es gewusst hätten.

«Next!», ruft Sibel, die wieder bereitsteht.

Sunny nickt Lola zu, und da ist diese brutale Übelkeit. In Sunnys Gesicht sieht Lola ihr eigenes Zaudern gespiegelt, aber auch eine unheimliche Neugier. Ob es gelingen kann, ob sie dazu in der Lage sind. Gleichzeitig rennen sie los, und im entscheidenden Moment macht Lola die Augen zu, weil es so schwer ist. Nicht auszuweichen. Nicht zu stoppen, den Zusammenprall nicht zu vermeiden. Wie sie es ihr Leben lang gelernt hat. Wie ihre Reflexe es ihr befehlen wollen: Tu dir nicht weh! Tu ihr nicht weh! Lola zieht die Unterarme hoch, und nach einem gewaltigen Tusch fällt sie neben Sibel auf die Matte. Sofort dreht sie sich nach Sibel um, um sicherzugehen, dass sie okay ist. Die grinst, hält beide Daumen hoch.

«Scheiße», murmelt Sunny, als sie zurück zum Ende der Zweierreihe gehen, «ist das krass. Ich krieg einen Herzinfarkt. Und meine Hände zittern.»

Lola spürt ihrem eigenen Zittern hinterher. Spürt in das Wachsen hinein, das sich in ihrem Inneren vollzieht, in das Glühen, die Basis aus Groll, aus der heraus jetzt alles entsteht, was Lola empfindet und macht.

«Wir werden uns nie mehr wegducken», sagt sie.

Nach dem Training, als sie schweißnass, mit Puddingarmen und matschigen Knien nach ihren Trinkflaschen und Handtüchern greifen, stellt Sibel sich Lola in den Weg.

«Hör mal», sagt sie, «du musst essen. Wenn du was aufbauen willst, musst du deinem Körper was geben, mit dem er arbeiten kann.»

Lola schaut an sich hinunter. Immer ist sie dünn gewesen, mit Storchenbeinen, flacher Brust. Sehr groß, schmal und mädchenhaft. Plötzlich ist sie aus der Form gerutscht, zu weit nach innen. Plötzlich krachen ihre Knochen beinahe durch die Haut, und ständig jault ihr Magen.

«Es bringt nichts», sagt Sibel, «wenn du Boxen lernst, aber jeder Hansel dich einfach umschubsen kann.»

Um es zu demonstrieren, legt sie ihre Hand an die Stelle zwischen Lolas Schulter und Busen und drückt. Lola stemmt sich nicht dagegen, macht einen Ausfallschritt nach hinten. Sibel sagt nicht: Siehst du.

«Nudeln», setzt sie hinzu. «Kartoffeln. Iss dich satt. Hol dir Kraft.»

Sie sagt es nicht wie eine Möglichkeit, zu der es Alternativen gibt.

«Fick das Schönheitsideal», sagt Sibel und sieht Lola ruhig in die Augen, «fick es hart.»

In der Garderobe ist es laut, und als Lola bei ihren Sachen ankommt, gibt Sunny ihr eine Banane. Ständig wollen alle, dass du dünn bist, weil das schön ist, aber wenn du dann zu dünn bist, ist es nicht mehr weiblich. Und was genau ist weiblich? Schmal und zierlich zu sein, aber trotzdem mit ausgeprägten sekundären Geschlechtsmerkmalen, wie geht das überhaupt? Schlaff soll er auch nicht sein, der schlanke weibliche Körper, sondern trainiert und muskulös, allerdings nicht zu sehr, denn das wirkt dann wieder männlich.

Was für eine elende Scheiße, denkt Lola und beißt in die Banane.

Sie ist irgendwie beeindruckt, dass Sibel so eiskalt ficken gesagt hat, ohne eine verräterische Regung in ihrem Gesicht. Als könnte eine alles sagen, was sie will.

«Was ist denn jetzt mit Moritz?», fragt Sunny, als sie sich von Alva und Femme verabschiedet haben und auf ihren Boards nach Hause fahren.

«Nichts, was soll sein?», fragt Lola zurück und findet, dass sie heute besonders fest auf dem Skateboard steht.

Vielleicht ist das so, weil sie jemand anderen umgeworfen hat.

«Er hat erzählt, dass ihr zusammen seid», erklärt Sunny und streckt die Arme über den Kopf, balanciert sich aus und hat diese Eleganz, für die Lola sie bewundert.

«Bitte was», ruft Lola lachend, «spinnt der!»

Sunny antwortet nicht, skatet ins verschwindende Licht.

Am Morgen hat Lola mit Johannes gestritten, der gesagt hat, dass sie mehr zu Hause sein muss, mehr helfen muss. Dass sie Sarah nicht so viel allein lassen soll mit den Jungs.

«Aber wir dürfen doch jetzt endlich wieder raus», hat Lola entgegnet, und dann waren sie in einer Pattsituation. Er kann sie nur bitten, er kann ihr nichts befehlen. Und Lola hat keinen Bock, seine Bitten zu erfüllen. Sie hat gewartet, bis Sarah vom Katzefüttern nach Hause kam, und ist zum Training gefahren. Sie macht sowieso mehr als andere in ihrem Alter. Keine·r sonst kümmert sich so viel um die jüngeren Geschwister. Sie tut genug. Im Gegensatz zu ihm.

«Zahl doch eine Nanny!», hat sie gezischt, und er hat sie trotzdem nicht angeschrien. Er hat eine schöne Hilflosigkeit ihr gegenüber, weil sie einander nie wie Vater und Tochter begegnet sind, auch nicht wie Erziehungsberechtigter und minderjähriges Mädchen. Weil er alle diese Fragen ausgelagert hat an Mama und davon ausgegangen ist, dass sie die Antworten findet.

«Ich bin sicher nicht mit Moritz zusammen», sagt Lola, als sie Sunny eingeholt hat.

«Find ich eh schon wieder frech», entgegnet Sunny, «dass der das einfach behauptet. Ist doch übergriffig, oder nicht? Ich würd ihm am liebsten eine reinhauen.»

Lola lacht, stupst an die Boxhandschuhe, die an Sunnys Rucksack baumeln.

«Wild fox», sagt sie.

Bevor Sunny zu ihrer Siedlung einbiegen muss, bleiben sie stehen, steigen von den Boards und umarmen sich wortlos und lange, obwohl sie nach Schweiß stinken.

Zu Hause schlafen die Jungs, Sarah sitzt wahrscheinlich hinter der geschlossenen Schlafzimmertür an ihrem kleinen Schreibtisch, Johannes vor dem Fernseher. Lola geht unter die Dusche und dann in ihr Zimmer, ohne mit jemandem zu sprechen. Sie haben vermutlich gehört, dass sie nach Hause gekommen ist, das scheint zu genügen.

In der Unterhose stellt sie sich vor den Spiegel. Sie ragt auf, einen Meter siebzig fast, ein schmaler Strich. Sie hat fast keinen Busen, dem Körper fehlt das Fett, was auch immer wachsen würde, kann er nicht formen, mit welcher Masse denn. Lolas Rippen sind sichtbar, die Hüftknochen sowieso. Ihre Ellbogen sind spitz geworden, die Knie nicht mehr knubbelig. Ihr Bauch bildet eine Mulde, nichts drin außer der Banane. Der Kopf sieht kugelig aus und zu groß für den dünnen Hals. Sie knallt nicht die Stirn gegen das Glas, klopft nicht gegen ihre Zähne, beißt sich nicht und kratzt sich nicht. Stattdessen schaut sie sich in die Augen. Es ist ein Abschied, es ist ein Neuanfang. Es ist eine Antwort auf die Frage, die ihr Körper ihr seit Wochen stellt.

Leise macht Lola die Tür auf und lauscht. Alles still, auch Johannes ist inzwischen ins Bett gegangen. Mit leichten Schritten und einer lästigen Gänsehaut schleicht Lola in die Küche. Sie öffnet den Kühlschrank, sieht sich alles genau an. Dann holt sie die Dinge einzeln heraus, berührt jedes Lebensmittel mit beiden Händen, die Butter, die Gurken, die Marmelade, den Joghurt, legt die Sachen auf die Küchenanrichte, öffnet die Schubladen. Holt Brot heraus und Kekse, Schokoladentafeln, Salzstangen, schiebt vorsichtig einen Stuhl vom Tisch herüber, setzt sich und beginnt zu essen.

HANDLUNGSVERLAUF

Lucius schiebt seine Hand in Sarahs, tut es mit gedankenloser Selbstverständlichkeit, da ist ihre Hand, also nimmt er sie, geht mit ihr, lässt sich führen und schützen. So oft hat Sarah inzwischen die Wärme seiner kleinen Finger gespürt und weiß nicht, wie sie das finden soll. Sein Vertrauen macht sie stolz. Sein Vertrauen macht ihr Angst.

Sie steigen die Stufen hinunter, das dauert, weil die Treppen hoch sind für Kinderfüße und Lucius alle drei Meter abgelenkt wird von einem Fleck an der Wand, einem Stein auf dem Fliesenboden, einer Fliege auf dem Lichtschalter.

«Da!», ruft er. «Da!»

Sie haben Zeit, Sarah hat gelernt, besser zu planen, früh genug aufzubrechen, damit sie nicht gehetzt an Lucius herumzerren muss, um rechtzeitig beim Kindergarten einzutreffen.

«Ja, das ist ein Käfer», kann sie deshalb geduldig sagen, «der ist tot. Nicht angreifen.»

Lucius macht ein summendes Geräusch, er sieht goldig aus mit den blonden Locken unter seiner Kapuze. Wenn er gut gelaunt ist, ist alles niedlich an ihm, ein Kind aus Zucker, und die Leute halten Sarah für seine Mutter. Was sollen sie auch anderes denken, die gleiche Augenfarbe, die gleiche Haarfarbe, die kleine in der großen Hand.

«Komm», sagt Sarah leise, sie gehen weiter.

Sie haben eine neue Routine, haben sich verzahnt und eingespielt. Der Tagesablauf ist sinnvoll strukturiert, Sarah weiß, womit sie rechnen muss. Sogar die Überraschungen kalkuliert sie ein, und wenn etwas nicht nach Plan läuft, bringt sie das nicht mehr so aus der Balance wie am Anfang. Trotzdem gerät sie noch oft aus dem Takt. Weil ihre Schritte an der Seite von Lucius ihr falsch vorkommen. Jemand anderes sollte sie gehen. Weil sie ein fast dissoziatives Gefühl hat, wenn Maxi ihr an der Tür seiner Kindergartengruppe entgegenstürmt. Jemand anderes sollte ihn in die Arme schließen. Seit sie dem größten Schockzustand und der heftigsten Trauer entwachsen sind, seit man von Normalisierung sprechen kann, fehlt Helene noch mehr. Sie fehlt morgens beim Aufwachen, schon da ist alles falsch, das Bett, in dem sie geschlafen hat, das Zimmer, das sie eingerichtet hat, Sarahs Kleider in Helenes Schrank, und welche Brotsorte hat sie für ihre Kinder immer zum Frühstück gekauft? Je weniger von Helene spürbar ist in der Wohnung, in den Gesprächen, in Sarahs Gedanken, umso heftiger rumort der Schmerz ihrer Abwesenheit. Wie ein Nachtalb sitzt er Sarah auf dem Hinterkopf, krallt sich in die Haut unter dem Haaransatz, bedeckt sie von oben mit einer fühlbaren Kälte.

Und sie ist erfüllt von diffuser Sorge. Sie legt Lola ein Spiegelei auf den Teller und würde am liebsten fragen: Ist es so, wie Mama es gemacht hat? Sie wäscht Maxi in der Badewanne vorsichtig die Haare und überlegt, ob er, die Augen geschlossen, an Helenes Hände denkt im Vergleich. Sie wischt mit Feuchttüchern über Lucius' kleinen Hintern und würde gern wissen, ob er einen Unterschied merkt. Sie scheut alle Handgriffe, die Helene getan hat, und muss sie trotzdem tun. Jede ihrer Bewegungen legt sich über all die vergangenen Bewegungen von Helene, und niemals werden sie deckungsgleich sein.

Aber die Kinder beschweren sich nicht, vielleicht ist Sarahs Furcht unbegründet. Vielleicht brauchen Kinder letztlich einfach ein Spiegelei, eine liebevolle Haarwäsche, eine frische Windel. Jemanden, der sie an der Hand nimmt.

Beim Bäcker neben dem Kindergarten kaufen sie zwei Rosinenkipferl, und Lucius fängt gleich vor der Tür an, seines anzuknabbern. Er hält es mit großem Ernst, er wird es nicht leid, von Montag bis Freitag dieses Kipferl zu essen, er genießt es stets aufs Neue, plappert mit der Verkäuferin, die ihm manchmal ein Salzstangerl schenkt, das er später mit seinem Bruder teilt. Auch das ist etwas, das Sarah fasziniert, diese Repetitionsfreude von Kindern. Ihr Wille zur Wiederholung, wann verschwindet der? Wann wandelt er sich in Fadesse und Trott und den Wunsch, auszubrechen aus dem immer gleichen Alltag?

Die Kindergärtnerinnen sind Sarah ein wenig unheimlich. Nicht, weil sie sie skeptisch beäugen, wenn sie denken, Sarah merkt es nicht, und genau verfolgen, wie sie Maxi die Jacke anzieht, die Schuhe bindet, sondern weil Sarah ihre Berufswahl nicht nachvollziehen kann. Wieso möchte jemand umgeben sein von Kindergeschrei und rotwangigem Zorn, wieso will jemand Hennen aus Eierkartons basteln und Rotz an die Hose geschmiert kriegen? Wo doch nichts gut bezahlt wird, was mit der Pflege anderer Menschen zu tun hat, seien es junge oder alte. Womöglich ist es eine gewisse Form von Altruismus, der diese Frauen dazu bewogen hat, den Umgang mit Gitarre, Blockflöte und Zickzackschere zu lernen, das ist Sarah erst recht suspekt.

Sie schüttelt ihr Unbehagen ab, indem sie extrafreundlich grüßt. Sie pflanzt sich ein Lächeln ins Gesicht, um zu zeigen, dass sie alles im Griff hat. Ihr ist vor einer Weile aufgefallen, dass die Kindergärtnerinnen alle Mütter duzen und nur Sarah siezen.

Maxi fällt ihr mit seliger Erleichterung um den Hals, drückt sie lange und fest. Es ist, als würde er heimlich befürchten, dass sie nicht kommt. Und obwohl es ihr wehtut, dass sie ihm ihre Verlässlichkeit nicht glaubhaft machen kann, ist ihr klar, dass das wohl einfach nicht möglich ist. Er hat ja bereits erlebt, dass ein Mensch an einem Tag da ist und am nächsten nicht mehr.

Sie bleibt so lange in seiner Umarmung, wie er es braucht. Denn auch das hat sie in dem Beziehungsratgeber gelesen, dass man, wenn man ein Kind umarmt, niemals als Erster loslassen soll. Dann setzt sie ihm die Mütze auf, nimmt seinen Rucksack und verabschiedet sich überlaut von den Kindergärtnerinnen, ruft noch ein «Dankeschön!» in den Raum. Beim Hinausgehen gibt Lucius Maxi das frische Kipferl, und Maxi legt seinen Arm um Lucius' Schulter. Solche einträchtigen Momente sind selten zwischen den beiden, Sarah spürt dann eine weiche Rührung im Hals.

Auf dem Heimweg lässt sie sich von Maxi erzählen, was es zum Mittagessen gab, wieso seine Finger voll klebriger Wattereste sind, wer geschimpft wurde, weil die mitgebrachte Jause nicht gesund genug war, und Unterhaltungen mit kleinen Kindern sind erstaunlich unbefriedigend. Sie sind ein Frage-Antwort-Spiel und weniger ein Gespräch, ungleichberechtigt, schief. Trotzdem genießt Sarah es, wenn Maxi mit ihr redet, ihr von seinem halben Tag ohne sie berichtet, weil er nichts von ihr will, außer dass sie zuhört. Sich mit ihm zu unterhalten, ist wunderbar ungefährlich, nichts schwingt zwischen den Zeilen, sie muss keine Signale deuten und nicht auf die Körpersprache achten, wie bei Erwachsenen, die das eine sagen und das andere meinen. Maxi meint alles, wie er es sagt. Und umgekehrt ist es genauso, er hört ihr zu. Er stellt eine Million Fragen am Tag, Sarah bemüht sich, ihm Antworten zu geben, die er verstehen kann, nie sagt sie: Dazu bist du noch zu klein.

«Warum wachsen bei uns keine Kokosnüsse?», fragt er. «Können Forscher überhaupt wissen, welche Farbe ein Dinosaurier gehabt hat, wenn nur Fossilien übrig sind?», überlegt er. «Wieso gibt es Menschen?», flüstert er abends beim Einschlafen.

Sie hält Lucius an einer und Maxi an der anderen Hand, so gehen sie nach Hause.

Am späteren Nachmittag, sie haben gerade eine Höhle aus Decken und Kissen im Wohnzimmer gebaut, kommt Lola aus der Schule. Sarah erwartet das übliche Augenrollen oder einen abfälligen Kommentar, stattdessen kriecht Lola zu ihnen in den improvisierten Unterschlupf.

«Ich habe Gummibärchen», sagt sie, «habt ihr noch Platz für mich?»

«Jaaa!», ruft Lucius, steckt sich gleich eine Handvoll von dem süßen Zeug in den Mund.

«Eure Mama und ich», setzt Sarah an, «haben einmal bei ihr zu Hause im Garten in einem Zelt übernachtet.»

Ganz still ist es in der Kuschelhöhle, die Kinder machen gespannte Gesichter, und Sarah hofft, dass es in Ordnung ist, von Helene zu sprechen. Sie weiß nicht, ob das die Wunden weiter aufreißt oder ob es den Kindern guttut, sich an ihre Mutter zu erinnern. Aber da Lola keine Einwände vorbringt, spricht Sarah weiter.

«Und kurz vorher haben wir uns heimlich was im Fernsehen angeschaut, das durften wir nicht. Wir sind in den unteren Teil vom Haus geschlichen, wo ein alter Fernseher stand, von irgendeinem Onkel. Es lief gerade MacGyver, das war eine berühmte Serie. Und die war ziemlich gruselig.»

Sie senkt die Stimme, unter den Decken ist es nicht ganz finster. Maxi hält beim Kauen inne und greift nach Sarahs Hand.

«In dieser Folge hatte MacGyver mit einem Bombenbauer zu tun. MacGyver war ein Held, der konnte sich von überall befreien und jeden besiegen. Jedenfalls kam der Bombenleger nachts, und er hatte ein grausiges Gesicht, weil ihm ein Unfall mit einer Bombe passiert ist. Man hat jedes Mal seine Hand gesehen, die über ein Fenster gestrichen ist, über eine Glastür oder ein Zelt. Und dann hat er jemanden umgebracht. Eure Mama und ich, wir haben uns so gefürchtet.»

Ein unerwarteter Schwall aus Wehmut kippt Sarah in die Brust, sie versucht, daran vorbeizuatmen. Sie sieht sie vor sich, Helene mit geringelten Socken, die rote Paprika gegessen hat, als wären es Äpfel, die Sarah jeden Abend auf dem Festnetz angerufen hat, um ihr eine gute Nacht zu wünschen, obwohl sie sich am nächsten Morgen in der Schule wiedersehen würden.

«Als es aus war, sind wir hinausgegangen ins Zelt. Wir haben unsere Eltern wochenlang angebettelt, im Garten schlafen zu dürfen. Aber statt das Abenteuer zu genießen, sind wir steif dagelegen und haben an den schrecklichen Film gedacht. Wir konnten nicht ins Haus, denn wir konnten nicht zugeben, dass wir ferngeschaut hatten. Und dann, plötzlich …»

Sie macht eine Pause, muss sich ein Grinsen verkneifen, weil sogar Lola die Augen aufgerissen hat und es in der stickigen Wärme unter den Bettdecken mucksmäuschenstill ist.

«… strich eine Hand über das Zelt. Genau wie die Hand vom Bombenleger! Wir haben losgebrüllt, sind aufgesprungen und durcheinandergepurzelt in unserer Panik. Da draußen war jemand!»

«Wer?», fragt Maxi heiser, drückt Sarahs Hand mit seinen schwitzigen Fingern.

«Es war Helenes Mama», antwortet Sarah und lacht, «sie wollte vor dem Schlafengehen nachschauen, ob bei uns alles in Ordnung war. Und weil wir so geschrien haben, hat sie vor Schreck auch angefangen zu schreien, also haben wir alle drei gekreischt, und Helenes Papa ist aus dem Haus gelaufen, mit einem Küchenmesser in der Hand. Wir haben so einen Ärger bekommen!»

Lola grinst, Maxi schnauft überrascht, Lucius ruft eifrig: «Ha!»

«Helenes Eltern haben die ganze Zeit mit uns geschimpft. Wer nicht hören will, muss fühlen, haben sie gesagt, und: Das habt ihr jetzt davon.»

«Vielleicht mochte Mama deshalb keine spannenden Filme», sagt Lola und hebt die Decke am Höhleneingang ein bisschen an, damit Luft hereinkommt.

«Kann gut sein», erwidert Sarah und erwähnt nicht, dass Helene Horrorfilme geliebt hat, je blutiger, desto besser. Geändert hat sich das erst, als sie Mutter wurde. Mit der Geburt von Lola ging etwas von Helenes Abgebrühtheit verloren, sie konnte sich keine zerfetzten Leichen mehr anschauen, keine finsteren Szenen, kein Blutbad.

«Noch eine Geschichte!», bittet Maxi, und Sarah zögert. Lola nickt, sogar Lucius bleibt ruhig sitzen, mit den Gummibärchen raschelnd, also erzählt sie von ihren und Helenes Streichen, wie sie dem mysteriösen Onkel einen Sack Müll vor die Tür gekippt haben, wie sie im Winter dem Nachbarsmädchen eingeredet haben, dass es mit der Zunge über die Eisenstange am Zaun lecken soll, wie sie Glitzerstifte geklaut haben und erwischt wurden.

Der Unterschlupf, in dem sie sich zusammenkauern, nah beieinander, ist eine Zuflucht vor der Wahrheit. Vor dem Wissen, dass es da draußen, außerhalb der Höhle, keine Helene mehr gibt.

Später legt Sarah Fischstäbchen in den Backofen und zerdrückt Kartoffeln zu Püree, es gelingt ihr schon fast, dass es nicht klumpig wird. Die Jungs sind in der gnatschigen Kurzvor-dem-Schlafengehen-Stimmung und zanken sich, Lola scrollt auf ihrem Handy herum. Johannes sollte längst zu Hause sein, hat sich aber nicht gemeldet und ist, als Sarah ihn anrufen wollte, nicht rangegangen. Sie essen chaotisch wie immer, ein Löffel heißes Püree landet an Maxis Wange, er brüllt, Sarah kühlt die Stelle, der blaue Beutel mit Gel ist im Kühlschrank stets griffbereit. Lucius wirft zwei Fischstäbchen auf den Boden, in die Lola, weil sie den Blick nicht vom Display löst, hineintritt, auch die guten Tage schwanken am Ende, schlagen aus in Richtung Erschöpfung, Gezanke, Geschrei. Es erstaunt Sarah, dass Kinder, die müde sind, sich nicht einfach ins Bett legen lassen, sondern auf hysterische Art überdrehen, fiebrige Augen und etwas Manisches bekommen, das früher oder später in Tränen mündet.

Als Lucius und Maxi endlich eingeschlafen sind, kommt Lola zu Sarah in die Küche, um ihr beim Aufräumen zu helfen.

«Danke, dass du heute von Mama erzählt hast.»

Sarah stellt den Teller in die Spülmaschine, betrachtet dieses fast erwachsene Mädchen, das so forsch und selbstsicher auftritt. Man vergisst leicht, dass es genauso verwundbar ist wie alle anderen auch. Sarah geht einen Schritt auf Lola zu und schließt sie in die Arme, drückt sie an sich, macht es wie Maxi, der sich nicht schämt für seinen Berührungswunsch. Lola erwidert die Umarmung, legt den Kopf an Sarahs Schulter, sie sind inzwischen gleich groß, es fehlt nicht mehr viel, dann wird Lola Sarah überragen. So stehen sie da, ohne zu sprechen, jede in ihre Gedanken versunken, vielleicht denken sie auch dasselbe. Lola löst sich, lächelt Sarah an und hat eine stille Traurigkeit in den Augen.

«Wenn Mama ins Bett gegangen ist, hat sie jedes Mal noch zu mir reingeschaut, meine Decke vorsichtig weggezogen, sie ausgeschüttelt und mit der kühlen Seite wieder auf mich gelegt», sagt sie, «damit ich nicht schwitze.»

Ohne ein weiteres Wort geht sie ins Bad, wo Sarah gleich darauf die Dusche rauschen hört. Sie schaltet die Spülmaschine ein, schaut noch mal auf ihr Handy, ob Johannes geantwortet hat, versucht, das Grummeln der Sorge in ihrem Bauch zu ignorieren, und setzt sich an ihren Schreibtisch. Sie betrachtet den schlummernden Lucius, der, kaum hat der Schlaf sich um ihn gewickelt, etwas Entrücktes hat, etwas Pures, vergessen ist all der Blödsinn, den er am Tag angestellt hat, und ihre aufblitzende Zuneigung macht Sarah zu schaffen. Dieses zarte, unschuldige Kind, sie will es bewachen und bewahren, will mit ihrer Liebe alles wettmachen, aufwiegen, lindern. Als sie ein Geräusch hört, springt sie auf, um nachzusehen, ob Johannes nach Hause gekommen ist. Aber es war wohl nur Lola, die in ihr Zimmer gegangen ist. Sie versucht erneut, ihn zu erreichen, es klingelt ins Leere.

Sie schreibt im schmalen Licht der Leselampe, damit es nicht zu hell ist für Lucius, der sich, wie jede Nacht, durch das halbe Bett wälzt mit unruhigen Bewegungen. Sarah ist müde, aber wenn sie nicht zumindest ein, zwei Kapitel schafft, hält die Versagensangst sie wach, und wie soll sie sich hinlegen, wenn Johannes noch nicht zu Hause ist? Hat er ihr von einem Termin erzählt, und sie hat es vergessen? Ist er auf Geschäftsreise, und sie hat es sich nicht gemerkt?

Sie putzt sich die Zähne, schlüpft in ihren Pyjama, liest noch einmal die zuletzt geschriebenen Seiten. Die Frau im Keller ist jetzt tot. Sarah hat sie sterben lassen, und doch, ja, sie hat gezögert. Mit Lolas Stimme im Ohr hat es nicht mehr so viel Spaß gemacht wie sonst, die Frau zum zitternden, flehenden Opfer werden zu lassen. Jeder Schnitt in ihren Körper hatte einen galligen Beigeschmack.

Vor der Schlafzimmertür rumpelt es, Sarah schreckt hoch, schließt den Laptop. Im Flur steht Johannes und zerrt an seinem Schuh.

Sarah zischt: «Wo warst du?»

Er wirft den Schuh von sich, gibt keine Antwort.

«Es ist halb eins!» Sie zeigt auf ihre Uhr.

«Tschuldigung», murmelt Johannes und will ins Bad.

Sarah stellt sich ihm in den Weg, riecht seine ätzende Fahne.

«Hast du getrunken?», fragt sie entgeistert.

Sie hat alle möglichen Szenarien durchgespielt, sogar jenes, dass ihm etwas zugestoßen ist und sie zurückbleibt mit den Kindern, aber daran, dass er saufen war, hat sie nicht gedacht. Die Wut ist bitter und schwarz. Wie kann er sich weiß Gott wo vergnügen, während sie seine Kinder bekocht und in den Schlaf begleitet und seine Wohnung sauber macht?

«Spinnst du komplett?», fährt sie ihn an, und er blinzelt.

Er stinkt und sieht zerfahren aus, viel älter auf einmal, beladen mit einer steinernen Müdigkeit. Die Haare kleben ihm platt am Kopf, offenbar regnet es draußen. Und auch wenn die Gastronomie wieder geöffnet ist, ist um zehn Sperrstunde, er muss also bei jemandem zu Hause gewesen sein.

«Tschuldigung», sagt er noch mal.

«Ach, und du denkst, das genügt? Ein beschissenes Tschuldigung, während ich hier alle Aufgaben übernehme, die deine sind? Und mir auch noch Sorgen mache, weil du es nicht schaffst, mir Bescheid zu geben! Ist es zu viel verlangt, mich kurz anzurufen?»

Ihr ist die Absurdität dieser Szene bewusst. Sie sind kein Paar, sie haben keine Abmachung. Aber sie hat geglaubt, dass es trotzdem eine Vereinbarung gibt zwischen ihnen, dass sie gemeinsam alles tun im Sinne der Kinder. Stattdessen trinkt er sich einen Rausch an und denkt nicht an die, die daheim auf ihn warten.

«Ich habe …», setzt Johannes an, fährt sich über den Mund, als sei ihm schlecht.

Sarah würde ihm am liebsten in den Magen boxen.

«Wie bist du überhaupt nach Hause gekommen?»

«Mit dem Auto.» Er zuckt mit den Achseln.

Und das regt sie dann am meisten auf. Dass er sich besoffen ins Auto setzt, ungeachtet der Konsequenzen, die eine derart dämliche Entscheidung haben kann. Für seine Kinder. Für Sarah. Für alle.

«Du Arschloch», flüstert sie, «du kannst nicht einfach so viel trinken, du hast doch Verantwortung!»

«Deswegen trinke ich ja!», sagt er, viel zu laut und donnernd. «Genau deswegen!» Er drückt sich an ihr vorbei ins Bad, schlägt Sarah die Tür vor der Nase zu. Einen Moment steht sie zornig davor, dann marschiert sie ins Schlafzimmer, schiebt Lucius auf seine Seite, greift nach ihrem Handy. Leon wird nicht online sein um diese Uhrzeit, aber sie will ihm schreiben, dann bekommt sie vielleicht morgen früh etwas Nettes retour, und das könnte helfen. Als sie den Chat öffnet, sieht sie unter Leons Namen das kleine Wort *online* und lächelt. *Auch noch wach?*, tippt sie und wartet auf seine Antwort. Er bleibt online, doch die Häkchen werden nicht blau, er wechselt nicht in ihren Chat. Nach drei Minuten setzt sie *Hast du kurz Zeit zu schreiben?* hinterher, und, als wäre es nichts: *Ich vermisse dich.* Sie starrt auf das *online* und wartet. Es ist finster im Raum, nur das Handylicht scheint ihr ins Gesicht. Das Display wird dunkel, sie tippt es an. Leon ist immer noch online und antwortet immer noch nicht. Mit wem schreibt er mitten in der Nacht? Ihm muss doch klar sein, dass sie seine Aktivität sehen kann, kümmert ihn das nicht?

Die Empörung wandelt sich platschend in ein eisiges Gefühl des Abgewiesenwerdens. Die Tränen drücken sich unangekündigt und schnell in ihre Augenwinkel, was ist sie für eine Idiotin? Einkaufen darf sie und Wäsche waschen und den ganzen Scheiß machen, den die Männer nicht machen wollen, aber eine Nachricht ist sie ihnen nicht wert? Gar nichts ist sie Leon anscheinend wert, nicht einmal drei Sekunden Tippen. Wahrscheinlich ist er erleichtert, dass sie weg ist, dass er sich nicht beschäftigen muss mit ihr, etwas heucheln, das er nicht empfindet. Sie bleibt im Chat und schaut auf seinen verfickten Online-Status, bis alles vor ihren Augen verschwimmt. Wenn Leon sie nicht zurückholen will zu sich, was hat es dann gebracht, von ihm fortzugehen? Es kostet sie Überwindung, das Handy auszuschalten und wegzulegen.

Bis auf Lucius' Atem ist es still, in der Dunkelheit wartet ihre eigene vorwurfsvolle Stimme. Sarah, was zur Hölle tust du hier?

Plötzlich richtet Lucius sich auf und weint leise. Sie kann ihn nicht sehen, aber sie hört diese Ratlosigkeit in seinem Schluchzen, die Überzeugung, dass niemand da ist.

«Hey», flüstert sie und greift nach ihm, «hey, alles gut, komm her.»

«Sa-a», sagt er und macht ein hicksendes Geräusch, krabbelt an ihrem Arm entlang, legt den Kopf auf ihre Brust.

«Sa-a», sagt er noch einmal, leiser, sagt es getröstet und beruhigt. Und als er wieder einschläft, sein warmer Körper an ihrem, seine Hand auf ihrem Bauch, spürt Sarah es erneut: das Vertrauen, das er in sie hat.

SITTING DUCK

«Ich hab an Alva gedacht, als ich es mir gestern Abend gemacht hab», sagt Lola. Sie sitzt auf ihrem Bett, Sunny plagt sich auf der Matte auf dem Boden mit dem zweiten Set Sit-ups.

«Machst du», Pause, «das nicht», Pause, «sowieso immer?», fragt sie durch zusammengebissene Zähne.

«Nein», entgegnet Lola, «eigentlich nicht.»

«Vierhundertneunundneunzig, fünfhundert», stöhnt Sunny, lässt sich auf den Rücken fallen. Sie trommelt mit den Händen auf ihrem Bauch, wie Sibel es ihnen gezeigt hat. Regelmäßig trainieren sie jetzt auch zu Hause, haben sich anhand von YouTube, Fitnessblogs und Sibels Übungen ein eigenes Programm zusammengestellt. Sie müssen sich abwechseln, weil nicht genug Platz ist in Lolas Zimmer und bei Sunny noch weniger. Dort sind sie nie allein, Sunnys Mutter arbeitet im Homeoffice, und dann hängt da noch ständig deren arbeitsloser Freund herum. Also trainieren sie lieber bei Lola, auch weil Sarah alles für sie einkauft, was sie möchten, und sie in Ruhe lässt.

«Und das, was du dir vorstellst», sagt Sunny, «willst du das auch in echt mit ihr machen?»

Sie tauschen die Plätze.

Lola denkt an Alvas aufmerksamen Blick, an ihre breiten Schultern, die Art, wie sie geht. Wie es sich anfühlt, von ihr umarmt zu werden, eine wortlose Bestätigung dessen, was Lola ist. Ohne Einschränkung.

«Nein», sagt sie.

Was sie möchte: mit Alva auf Augenhöhe sein. Sich diesem

Verbund als würdig erweisen. Vier Freundinnen, die einander nie im Stich lassen.

Sie stellt die Beine auf, verschränkt die Hände hinter dem Kopf, beginnt mit den Sit-ups. Sie haben noch ungefähr eine halbe Stunde, bevor Sarah mit der Torte vom Konditor zurückkommt.

«Sich auf eine neue Freundschaft einzulassen, ist, wie sich zu verlieben», keucht Lola, während ihre Bauchmuskeln sich zusammenziehen, «findest du nicht? Ich denke oft an Alva und Femme. Ich bin aufgeregt, wenn sie uns schreiben. Ich freu mich, wenn wir sie sehen. Ich will ...», sie holt Luft, «ich will, dass sie mich mögen. Dass sie uns mögen.»

Sunny schweigt eine Weile.

«Ich glaube, das Grundgefühl zwischen Frauen ist Liebe», sagt sie dann, wie nur Sunny so etwas sagen kann, ungerührt und sicher.

Lola zählt im Rhythmus des Hochkämpfens, zehn, elf, zwölf, viel mehr Bauch ist da jetzt, und sie will ihn bretthart machen.

«Das Grundgefühl zwischen Frauen ist Schwesterlichkeit und Zusammenhalt», fügt Sunny hinzu, «aber wir werden in dieses Klima der Konkurrenz gezwungen.»

«Hm», macht Lola atemlos.

«Die Liebe zwischen Frauen wird abgewertet und beschämt», meint Sunny, «oder sie wird sexualisiert.»

«Ich habe meine Liebe zu Alva auch sexualisiert», sagt Lola und steckt Sunny mit ihrem Lachen an. Unvermittelt hält sie inne und richtet sich auf.

«Lass uns da nicht mitmachen», sagt sie, «beim Abwerten und Beschämen. Lass sie uns behalten.»

«Was?», fragt Sunny.

«Die Liebe zwischen uns», erwidert Lola und schaut Sunny an, windet sich in ihrem Unbehagen, findet es beschissen, dass es ihr so schwerfällt, darüber zu reden. Dieses Wort auszusprechen, ohne es direkt wieder auszuhebeln, durch einen Scherz, ein Augenrollen. Sie hält stand. Weil sie nicht will, dass dieser patriarchalische Zwang bei ihr funktioniert.

«Ja», sagt Sunny und erwidert ganz gelassen Lolas Blick.

Dann grinst sie plötzlich.

«Aber bisschen sexualisieren ist erlaubt», sie steckt ihre Zunge zwischen Zeigefinger und Mittelfinger, bewegt sie schnell hin und her.

«Du Sau», ruft Lola lachend und macht mit den Sit-ups weiter.

Sunny legt sich seitlich auf Lolas Bett, stützt den Kopf auf.

«Und was ist mit Moritz?»

«Für den empfinde ich keinerlei schwesterliche Liebe», entgegnet Lola trocken.

Sie weicht ihm aus seit dem Beinahekuss, aber nicht, weil sie ihn nicht mag oder er ihr lästig ist. Sondern weil er ein unwichtiges Nebenprodukt geworden ist, jemand, dem sie keine Aufmerksamkeit widmen will. Es gibt anderes, das wichtiger ist.

«Wetten, sobald ich weiter zunehme», Lola schnauft, «und richtig schön fett werde, schmilzt sein Interesse wie ein Twinni in der Sonne.»

Sie sind beide stärker, schneller und mehr geworden. Mehr Gewicht, mehr Masse, mehr Schlagkraft, mehr Körper. Manchmal geht diese Zunahme Lola zu langsam, zu oft fühlt sie sich noch umgeblasen und schmal. Aber sie hat eine Antwort gefunden auf dieses Gefühl: essen.

«Kann gut sein», antwortet Sunny und streichelt über die Haut an ihrer Taille.

Sie tragen nichts außer Sport-BHs und kurze Pantys. Und es macht so viel Spaß zu futtern. Alle sagen: Ihr geht aus der Form. Alle verstehen nicht: Jetzt bekommen Lola und Sunny jene Form, die sie sich wünschen. Jetzt beeinflussen sie ihre Form zum ersten Mal im Leben selbst.

Ihre Mitschüler·innen haben aufgehört, neidisch zu schauen oder Lola zu dem Spalt zwischen Hosenbund und Bauchnabel zu gratulieren. So einen Spalt gibt es nicht mehr. Stattdessen ziehen sie irritiert die Augenbrauen hoch, schütteln die Köpfe mit zäher Enttäuschung, und Lola erntet jeden dieser wertenden Blicke wie eine reife Frucht.

«Wie gut, dass wir heute Kuchen kriegen», sagt sie und atmet schwer, als sie mit der letzten Runde Bauchmuskeltraining fertig ist.

«Duschen?», schlägt sie vor mit einem Blick auf die Uhr. Sobald Sarah wieder da ist, werden sie mit den Partyvorbereitungen beginnen.

«Denkt ihr, es ist okay, dass ich die Torte nicht selbst backe?», hat Sarah leise gefragt, bevor sie losgefahren ist. «Es ist nur so, ich hasse backen.»

«Klar, dann können wir wenigstens sicher sein, dass sie schmeckt», hat Sunny geantwortet, und Sarah hat gelacht.

«Mama hat Backen auch gehasst», hat Lola gesagt und sich über die massive Erleichterung gewundert, die Sarah nach diesem Satz anzumerken war.

Im Bad braust Lola sich ab, während Sunny sich schon mal auszieht. Als Lola aus der Dusche tritt, sind sie nah beieinander, beide nackt, und Lola fragt sich, wie es wäre auf dieser Welt, wenn die Männer die Frauen in Ruhe ließen. Nicht nur in körperlicher Hinsicht, dass sie sie nicht bedrängen, angreifen, vergewaltigen würden, sondern generell, in allem. Wenn es keinen Lookismus gäbe und kein Slutshaming und keine Heteronormativität. Nur Liebe. Verständnis. Zusammengehörigkeit. Wenn Frauen unbehelligt von Männern leben könnten, wie würden sie leben?

«Sarah hat total angespannt gewirkt vorhin», sagt Sunny, während sie sich anziehen. «Macht die sich echt ins Hemd wegen einer Kindergeburtstagsfeier?»

Lola kämmt ihre nassen Haare, fängt Sunnys Blick im Spiegel auf.

«Sie will eben alles richtig machen», antwortet sie, «damit Maxi eine gute Zeit hat.»

Schon vor Tagen hat Sarah sie beide gefragt, ob sie ihr helfen würden.

«Sieben Kinder», hat sie gesagt, «um spätestens achtzehn Uhr werden alle abgeholt. Wir gehen auf den Spielplatz, es wird also nicht viel zu tun sein. Nur ein bisschen aufpassen, dass niemandem was passiert, ich bin nicht sicher, ob ich alle im Auge behalten kann. Wir machen ein Picknick. Und ich bezahle euch selbstverständlich.»

Lola wollte Einwände hervorbringen, aber Sunny hat sofort zugestimmt.

«Sind fünfzig Euro okay?», hat Sarah gefragt, und Sunny hat gesagt: «Sicher.»

Lola braucht das Geld nicht, sie hat dieses überladene Jugendkonto, mit dem ihr Vater sein schlechtes Gewissen vergoldet, aber es scheint Sarah wichtig zu sein, ihnen etwas dafür zu geben. Lola wollte eine Diskussion beginnen, wer denn mehr zuständig ist für Maxi und Lucius, eine Freundin der verstorbenen Mama oder die eigene Schwester, wer denn hier Geld bekommen müsste, aber Sunny hat sie leicht am Ellbogen berührt, Lola hat genickt, und so war es beschlossene Sache.

Der neue Spielplatz im Volksgarten ist seit Kurzem fertig, das Wetter ist ihnen gnädig. Wie Sarah sieben Kindergartenkinder in der engen Wohnung beschäftigt hätte, will Lola sich nicht ausmalen. Maxis Gäste sind so alt wie er, im September werden sie alle in die Schule kommen. Lucius himmelt sie an, wackelt ihnen hinterher, stört sich nicht daran, wenn er über die Wiese purzelt oder nicht schnell genug die Schaukel erreicht, Hauptsache, er kann dabei sein. Seine Begeisterung ist ansteckend, Lola hält das Gesicht in die Sonne und sieht ihren Brüdern beim Unbeschwertsein zu.

Letztes Jahr hat Mama für Maxi einen Gutschein für die Piratentherme organisiert, eineinhalb Stunden entfernt, einzulösen im Winter, er hatte es sich so gewünscht. Sie konnte nicht ahnen, dass sie im Lockdown sitzen würden, niemand hat das gedacht, und der Gutschein hängt noch an der Pinnwand neben der Küchentür. Hundert Euro für nichts.

Mama war sentimental an den Geburtstagen, hat zahllose Fotos gemacht, ungläubig den Kopf geschüttelt.

«Ist das zu fassen?», hat sie Lola gefragt. «Dass er schon so groß ist.»

Obwohl sie an so was nicht glaubt, überlegt Lola, ob Mama jetzt zusieht von irgendwo. Ob sie sich in den Arsch beißt. Ob sie ihren Schritt bereut und gern rückgängig machen würde.

Oder nicht.

Lola wischt sich über die Stirn, geht hinüber zur Picknickdecke. Sarah steht da, die Hände in die Hüften gestemmt, lässt den Blick unablässig über den Spielplatz wandern.

«Hätte ich den Müttern sagen sollen, dass wir Ersatzkleidung brauchen?», fragt sie und zeigt auf zwei Kinder, die am kleinen Staudamm mit dem Wasser spritzen.

«Ach, es ist doch eh so warm», entgegnet Lola und trinkt aus ihrem Becher.

Sarah hat jeden einzelnen mit Edding beschriftet. Sogar Geburtstagskronen aus Pappe hat sie besorgt und singende Kerzen für die Torte. Maxi hat so gelacht, dass er sie kaum ausblasen konnte.

«Nicht, dass die dann sauer auf mich sind, wenn sie ihre

Kinder nass zurückbekommen», murmelt Sarah, und am liebsten würde Lola stöhnen: Entspann dich mal.

Sie beobachtet Sunny, die den Jungs aufs Klettergerüst hilft. Ihnen zuwinkt, als sie oben sind, lachend etwas ruft, das Lola nicht verstehen kann. Ihre kurzen roten Haare schimmern in der Sonne wie Samt.

Johannes ist am Vormittag mit Maxi und Lucius eine Runde spazieren gegangen, damit Sarah die Torte abholen konnte, das war sein Beitrag zum Geburtstag. Lola ist sich sicher, dass Sarah ihn nicht gefragt hat, ob er mitkommt, ob er dabei sein und mit ihnen aufpassen kann. Er hätte sowieso gesagt, dass er arbeiten muss. Die Stimmung zwischen den beiden ist seltsam aufgeladen. Johannes weicht dem Blick von Sarah aus, das ist Lola aufgefallen, sie antwortet ihm einsilbig, stellt ihrerseits keine Fragen. Es ist, als hätten sie gestritten, aber worüber?

«Das ist eine tolle Feier», sagt Lola, «wirklich. Maxi hat den größten Spaß.»

Sarah lächelt so erleichtert, dass Lola sich schämt.

Als alle Kinder abgeholt sind, geht Sarah mit einem Stoßseufzer in die Hocke wie eine, der sämtliche Anspannung mit einem Knall aus dem Körper fällt. Sie hält den Kopf in den Händen. Sunny und Lola sehen sich an, haben ihre Skateboards aus dem Kofferraum geholt, die Jungs sitzen im Auto.

«Ist doch alles gut gegangen», sagt Sunny, und Sarah richtet sich wieder auf.

Sie hat einen irgendwie irren Blick, drückt dann jeder von ihnen einen Fünfziger in die Hand. Lola und Sunny sagen nicht, dass sie gedacht haben, die Summe sei für sie beide, zum Teilen.

«Ist es okay, wenn wir noch ein bisschen rumfahren?», fragt Lola und macht eine Kopfbewegung zu ihren Brüdern. «Schaffst du das allein?»

«Natürlich», erwidert Sarah, «natürlich schaff ich das.»

Lola zögert, meint, einen Unterton in ihren Worten zu hören, den sie nicht recht deuten kann. Aber dann ist Sarah schon eingestiegen und hat den Motor gestartet, im selben Moment vibriert sowohl Lolas als auch Sunnys Handy. Alva hat etwas in ihrer gemeinsamen Gruppe geschrieben.

Können wir uns treffen? Femme braucht uns.

DAS UNGESAGTE

Ihr Timing ist perfekt. Gerade als Sarah mit dem Fahrrad in ihre Straße einbiegt, sieht sie, wie Leon das Haus verlässt und zu seiner abendlichen Laufrunde aufbricht. Es war eine spontane Idee. Sie hat Maxi und Lucius nach Hause gebracht, und die beiden waren von der Geburtstagsfeier müde genug, um sofort einzuschlafen.

«Ich muss noch mal weg», hat Sarah zu Johannes gesagt und nichts weiter erklärt.

Er hält es ja auch nicht für nötig, ihr zu sagen, was er macht und mit wem.

Zu Leon hatte sie wenig Kontakt, seit er sie nachts auf WhatsApp ignoriert hat. Zweimal hat er angerufen, aber Sarah hat sich bemüht, kurz angebunden zu sein und vor allem: ihm keine Vorwürfe zu machen. Dabei hat die Frage, die sie ihm nicht gestellt hat, wie ein Watteknäuel hinter ihren Zähnen gelauert, das sich nicht ausspucken ließ, aber schlucken auch nicht.

War schon besser früher, sagt Helene, die neben dem Eingang an der Mauer lehnt und darauf wartet, dass Sarah die Tür aufsperrt, als wir noch keine Handys und Chats hatten, oder? Jetzt sieht man immer, ob jemand online war, und diese blauen Häkchen sind die Hölle.

«Weiß nicht, ob es besser war», murmelt Sarah und dreht den Schlüssel, «es gab auch damals genug Arschlöcher. Dann war es halt das Festnetz, auf dem sie nicht wie vereinbart angerufen haben. Das mit dem Ghosting, das ist doch keine neue Erfindung.»

Sie macht die Tür hinter ihnen beiden zu, sieht sich um.

Wo fangen wir an?, fragt Helene.

Sie hat die Haare zum Pferdeschwanz gebunden, hat so einen Elan und eine Neugier an sich, dass Sarah ihre eigene Erschöpfung umso deutlicher spürt. Sie hat heute auf dem Spielplatz in ihrer Fantasie zahllose grausige Szenen gesehen, einen Sturz vom viel zu hohen Klettergerüst, ein gebrochenes kleines Genick, einen spitzen Holzstock in einem Auge, sie konnte wegen der holprigen Panik in ihrem Bauch nicht einmal etwas essen.

«Schlafzimmer», sagt sie und folgt Helene nach oben.

«Dafür, dass Leon so auf seinen Körper und seine Außenwirkung bedacht ist», murmelt Sarah und steigt über die fallen gelassenen Klamotten, «ist er in Sachen Ordnunghalten echt ein Schwein.»

Wenn alles vergammelt, kaum dass du weg bist, meint Helene und öffnet die oberste Kommodenschublade, wühlt durch Sarahs Unterhosen und BHs, bedeutet das doch, dass du diese gesamte Arbeit gemacht hast, während du hier warst. Nur ohne es zu registrieren.

Sarah öffnet den Schrank, schiebt jedes ihrer Kleider einzeln zur Seite, um zu prüfen, ob sie wirklich alle ihr gehören. Ganz am Ende kommt das Hemd ihres Vaters. Sie streicht über den Ärmel, senkt hastig den Kopf, steckt die Nase in den Stoff.

«Ich weiß es nicht», sagt sie, «wahrscheinlich hast du recht. Tausend unbemerkte Handgriffe. Hier ein dreckiger Teller, dort die Socken. So machen wir es doch, oder? Wir räumen hinter unseren Männern her.»

Auch kinderlose Frauen tragen den Großteil der Care-Arbeit, sagt Helene, und Sarah nickt ihr dankbar zu. Das ist ja so ein Ding der Unmöglichkeit, das Aufrechnen und Vergleichen.

Wer ist erschöpfter, wer leistet mehr, wer ist näher am Burnout, wer trägt die größere Last?

Sarah wendet sich dem Nachtkästchen auf ihrer Seite des Betts zu. Obwohl sie seit Wochen nicht hier geschlafen hat, sind ihre Decke und ihr Kopfkissen zerwurschtelt. Und es ist immer noch dieselbe Bettwäsche drauf.

Die kann er selbst wechseln, sagt Helene und macht das andere Nachtkästchen auf.

Ich vermute, das ist deiner?, fragt sie und hält einen lilafarbenen Vibrator hoch.

«Ja.» Sarah überlegt, wann sie den zuletzt benutzt haben. Und haben sie ihn wirklich auf seiner Seite in die Schublade gelegt, nicht auf ihrer? Sie kann sich nicht erinnern. So ist das mit Verdächtigungen: Sind sie erst einmal aufgewacht, lauern sie überall. Verzerren den Blick und das Gefühl.

Ich finde nichts, sagt Helene. Badezimmer?

Auch dort wirkt alles normal. Keine zweite Zahnbürste, kein Frauenohrring, kein fremder Rasierer. Womöglich ist Sarah einfach paranoid.

«Das wäre auch zu offensichtlich, oder?», fragt sie und meidet den Blick in den Spiegel.

Es sind schon dümmere Sachen passiert, erwidert Helene und hebt die Schultern. Sie hat ein rotes Top an, das ist ungewöhnlich, lange hat sie kein Rot getragen, dazu eine kurze schwarze Hose, wieder keine Schuhe.

«Ich komm mir blöd vor», sagt Sarah leise und macht eine Handbewegung, die das Haus einschließt und ihre Suchaktion und überhaupt die ganze Beziehung.

Ich weiß, erwidert Helene, geht aus dem Bad, und ihre Schritte sind so beschwingt, gelöst irgendwie, von keiner Sorge dieser Welt beschwert.

Das Gute ist, sie dreht kurz den Kopf über die Schulter zu

Sarah, dass du nicht aufräumen musst. Weil er eh nicht wissen soll, dass du da warst. Also kannst du den ganzen Scheiß liegen lassen.

Sie lacht, als würde sie sich richtig darüber freuen.

Im Wohnzimmer hebt Sarah jedes Kissen auf der Couch an, steckt die Finger in die Polsterung. Außer Brösel befördert sie nichts zutage.

«Vielleicht liebe ich ihn gar nicht», sagt Sarah, «vielleicht liebe ich nur die Vorstellung von ihm an meiner Seite.»

Im Vergleich zum Rest des Hauses ist Leons Schreibtisch spektakulär sauber. Zwei Stifte liegen da, sein Notebook, eine kleine Schere, eine halb gefüllte Schale mit Walnüssen. In den Schubladen Büroklammern und Klarsichthüllen, zwei leere Notizblöcke, ein Locher und vier Packungen Kaugummi.

«Es ist absurd, aber ich bin enttäuscht, dass wir nichts gefunden haben», gesteht Sarah, als sie die Bürotür wieder hinter sich schließen.

Weil es dann einen Grund gäbe?, fragt Helene. Weil es die Entscheidung einfacher machen würde?

«Hm», erwidert Sarah und trinkt ein paar Schlucke Orangensaft aus der angebrochenen Packung, die im Kühlschrank steht.

«Ich sterbe vor Hunger», stöhnt sie, «aber der hat ja hier nur sein …», sie zeigt auf das Gemüse im Kühlschrank, auf den Cottage Cheese, die Proteinshakes, «harmloses Zeug.»

Vielleicht ist er ein harmloser Mann, sagt Helene, und Sarah weiß, auch ohne sie anzusehen, wie sie jetzt grinst, mit einem Mundwinkel, ein bisschen verschmitzt, aber auch auf der Hut, ob sie eventuell zu weit gegangen ist.

«Ich vermisse das», sagt Sarah und macht den Kühlschrank zu, «mit dir über Männer zu lästern. Das war essenziell.»

Über Leon hast du nicht mit mir geredet, erwidert Helene.

«Ich weiß. Ich wollte … ich wollte manche Dinge nicht laut aussprechen.»

Ich wünschte, wir wären ehrlicher zueinander gewesen, sagt Helene. Wir hätten nie aufhören sollen, ehrlich zu sein.

Sarah geht in die Hocke, streichelt die Katze. Und denkt, dass an der Oberfläche keine Lüge wie eine Lüge aussieht. In diesem Haus zum Beispiel haben sie keine Spur entdeckt, aber bedeutet das wirklich, dass da nichts ist? Wie viel von dem, was im Verborgenen steckt, kommt nie ans Licht? Sie steht in der Küche, mit diesen Wänden um sich herum, die womöglich etwas gesehen haben, von dem sie nie erfahren wird.

«Ich glaube», sagt Sarah und schaut Helene an, «wir haben gedacht, dass wir auch das voneinander wissen, was wir nicht sagen.»

DISTANCE CONTROL

Sunny hat keinen Vater, und manchmal denkt Lola, dass sie deswegen so ist: nicht gebremst in ihrer weiblichen Energie. Sunnys Fürsorge hat etwas Ursprüngliches, eine nie infrage zu stellende Kraft, die alles und jede·n einschließen kann, wenn Sunny es möchte. Ihr ganzes bisheriges Leben hat sie verbracht ohne einen Mann in unmittelbarer Nähe, da waren sie und ihre Mutter, ohne Kontakt zum Vater, und als Sunny jetzt Femme in die Arme schließt, bricht etwas in ihr auf, Lola sieht es in ihrem Gesicht. Sunny macht die Augen zu, Femme lehnt sich an die Stelle zwischen Sunnys Hals und Brust, und Sunny hält sie nicht bloß fest, sondern umhüllt sie, streicht so sanft, als könnte sie mit ihren Händen einen Schutzzauber weben um Femmes Körper.

Aber dazu ist es zu spät.

Lola wendet sich ab, wischt die Tränen weg, die aus ihren Augen springen. Ihr ist heiß, unter ihrer Haut vibriert ein Gewusel wie von tausend schwarzen Käfern, die darauf warten, freigelassen zu werden. Sie muss aufpassen, nicht zu schreien. Der Schrei liegt schon in ihrer Kehle, wickelt sich um ihre Stimmbänder und enthält so viel Mitleid, so viel Wut, dass Lola sicher ist, sie wird ersticken daran. Sie räuspert sich, dreht sich wieder zurück, schaut Alva an. Alva, die immer weiß, was zu tun und zu sagen ist, und die so still dasteht, während die Sonne untergeht, während die Schatten aufziehen, die diesen Blick hat, der Lola quer durch den Brustkorb schneidet. Es ist ein Blick, der ein Band knüpft, ein unzerstörbares. Ein Blick, den eine nicht zurücknehmen kann. Alva hat alle Antworten,

Alva kennt die Geschichte, aber Alva sagt nichts. Weil nicht der Moment ist, zu fragen und zu erzählen, das werden sie später tun. Lola klemmt sich an Alvas Blick fest und geht einen Schritt nach vorn, fügt sich in die Umarmung von Sunny und Femme. Sie macht ihren Körper weich und die Grenzen auf. Sie lässt zu, dass die Liebe durchkann und die Fürsorge, sie berührt Femme mit all dem Trost, zu dem sie fähig ist, im Wunsch, er möge sie heilen. Hinter sich und neben sich spürt sie Alva, die zu ihnen tritt, spürt Alvas Arm und ihre Hüfte, sie bauen einen Wall um Femme, um sie alle, sie sind warm und zart und erfüllt von stummem Verständnis. Sie sind nicht vier, sie sind eins, sie halten Femme, die atmet, einfach nur atmet.

Und dann weint Lola. Sie weint, weil fingerbreite Abdrücke an Femmes Hals sind, weil ihre Paillettenjacke zerrissen ist, wie viel Kraft braucht einer denn, um eine Jacke zu zerreißen, weil Femme blutet, dort, eben genau dort, weil Lola die Gewalt, die geschehen ist, nicht nur sieht, sondern auch spürt. Ihre Tränen fallen in diese Festung aus Körpern, und es spielt keine Rolle, dass sie fünfzehn sind, siebzehn, achtzehn, Lola fühlt sich alt, unendlich alt. Diese Verbindung reicht Jahrtausende in die Vergangenheit und genauso weit in die Zukunft. Sie hört einen Herzschlag, vielleicht ihren eigenen, vielleicht Sunnys oder Alvas oder Femmes, und sie weiß, was sämtliche Frauen auf dieser Welt wissen: Was einer von uns geschieht, geschieht uns allen.

DAS GESAGTE

Sarah beobachtet die Wischbewegungen von Johannes' Daumen auf seinem Handydisplay und fragt sich, ob er tindert.

«Kannst du mal das Handy weglegen», sagt sie und beobachtet sein Gesicht, ob er ertappt aussieht, «und mir zuhören?»

Er nickt, und Sarah bedeutet ihm, dass er zu ihr in die Küche kommen soll.

«Hier im Kühlschrank sind die Papiertüten mit jeweils einer Nummer drauf», erklärt sie, «und da liegen die entsprechenden Rezepte. Wenn du das Blatt umdrehst, siehst du Schritt für Schritt, was du machen musst.»

«Okay.» Johannes steckt die Hände in die Taschen seiner Jogginghose.

Abends zieht er Hemd und Krawatte immer mit einem demonstrativen Stöhnen aus, das Sarah ihm gern zurück in den Mund stopfen würde. Ja, wir haben verstanden, dass du ein viel beschäftigter, hart arbeitender Mann bist, denkt sie dann und beißt sich auf die Zunge.

«Das krieg ich hin», fügt er hinzu.

«Es ist ja nicht für lang.» Sarah sagt nicht, dass sogar sie es mit der Kochbox schafft, anständige Mahlzeiten auf den Tisch zu bringen. Johannes hat keine Ahnung, dass sie nicht das Hausweibchen ist, für das er sie hält. Er denkt, als Frau weiß sie automatisch, wie man Schnitzel macht und Apfelstrudel, welches Waschprogramm das richtige ist und wann der Staubsaugerbeutel gewechselt gehört.

Aber die nächsten drei Tage muss er sich selbst um alles kümmern, Sarah fliegt zu ihrem Verlag nach Berlin. Um über die Cover-Vorschläge zu sprechen und neue Autorenfotos zu machen, um mit ihrer Lektorin mittagessen zu gehen und mit ihrer Agentin auf einen Drink. Und sie freut sich drauf. Sie ist «Sa-a», die Kipferl kauft und zum Kindergarten kommt, die kleine Hosen auf die Wäscheleine hängt und Gute-Nacht-Geschichten vorliest. Sie will aber mal wieder Sarah sein, die für ein Shooting geschminkt und in ein teures Restaurant eingeladen wird, die eine andere Rolle hat als hier.

«Ich verabschiede mich noch von den Jungs», erklärt Sarah, «Lola ist ja beim Training, wir haben vorhin schon Tschüss gesagt.»

Sie wird zu Hause schlafen und von dort aus morgen früh zum Flughafen starten. Johannes hat sich freigenommen, musste sich freinehmen, es ist das erste Mal seit Helenes Tod vor vier Monaten.

«Sag lieber nichts und geh einfach», schlägt Johannes vor, «dann machen sie nicht so ein Theater.»

Sarah schaut ihn an, kann ihre Verblüffung nicht verbergen. Er scheint es ernst zu meinen.

«Niemand in dieser Familie geht jemals wieder, ohne sich zu verabschieden», sagt sie mit Nachdruck. Und merkt, dass sie das Wort Familie verwendet hat, als gehöre sie dazu.

Johannes hat zwei weiße Flecken auf dem Pullover, seine Haare sind ein bisschen zu lang. «Er ist mein viertes Kind mit Bart», hat Helene manchmal gesagt, hat den Satz verpackt in melancholische Zärtlichkeit, und ihr Lachen, das nimmt Sarah ihr inzwischen richtig übel. Dass sie alles eingehüllt hat in diesen Fake-Humor, was für eine Scheiße!

Johannes zuckt zusammen, als hätte Sarah ihn geschlagen.

«Es tut mir leid, dass ich letztens nicht Bescheid gegeben

habe, dass ich später komme», murmelt er, sofort winkt Sarah ab.

«Schon gut», entgegnet sie, als sei es nicht schlimm gewesen.

«Ich weiß, es ist auch für dich schwer», fügt sie hinzu, «für uns alle.»

Und auf einmal öffnet sich das Gespräch. Sarah spürt eine Veränderung in der Luft zwischen ihr und Johannes, auch in der Art, wie er dasteht, er verschränkt die Arme nicht mehr, richtet sich auf. Plötzlich ist er bereit zu reden.

«Ohne dich ginge es nicht», stößt er hervor, «du bist ... du rettest uns.»

Er schickt ein heiseres Lachen hinterher und schaut auf seine Hände, dabei halten sie gar nichts.

«Ich weiß, ich müsste das öfter sagen, ich bin nur nicht so gut in ...», er bricht ab, sucht nach Worten, «ich danke dir. Ehrlich. Danke.»

«Ach», sie verliert ein bisschen die Fassung, weil er unerwartet emotional ist, «das ist doch selbstverständlich.»

Er hebt überrascht den Kopf, sieht sie direkt an.

«Das ist es nicht. Es ist überhaupt nicht selbstverständlich. Und das ist mir bewusst.»

«Helene würde ...», Sarah räuspert sich, weil sie merkt, dass ihr gleich die Stimme versagt, «Helene hätte es auch für mich gemacht.»

Johannes gibt keine Antwort, legt kurz die rechte Hand über beide Augen.

«Du tust, was du kannst», sagt Sarah, wie um ihn zu trösten, zu beruhigen, dabei weiß sie nicht, was in ihm vorgeht.

«Aber viel ist das nicht.» Er lacht bitter.

Jetzt ist es Sarah, die nicht antwortet.

«Ist dir eigentlich aufgefallen, dass Lola nie mit mir

spricht?», fragt er. «Als wäre ich unsichtbar für sie. Dabei waren wir … ich dachte eigentlich, wir wären …»

Er fährt sich über den Bart, als sei dort das Ende seines Satzes versteckt.

«Wenn du mal hörst, was sie zu mir sagt», versucht Sarah es mit einem Scherz, «bist du froh, dass sie mit dir nicht redet.»

Johannes tut ihr nicht den Gefallen zu lachen.

«Sie gibt mir die Schuld, oder?»

Er kann Sarah nicht ansehen, als er diese Frage stellt.

«Das …», sie will ihm widersprechen, «das weiß ich nicht. Ich weiß es nicht, wir haben nie …»

Was ist das für ein Gespräch?, fragt sie sich. Endlich sagen sie, was bisher unausgesprochen war, aber sie sagen es nur halb. Dabei hatten sie doch eigentlich genug Zeit, die Worte einzuüben, in all diesen stummen Monaten, in denen sie schon aneinander vorbeileben. Und jetzt ist es so schwer.

«Vielleicht solltest du sie fragen.»

«Ich trau mich nicht», entgegnet Johannes derart leise, dass Sarah es nur erahnen kann.

Sie schweigen, aus Maxis Zimmer dringt das Gebrüll der Brüder. Sie werden gleich herausschießen und sich lauthals beschweren über irgendwas, das der eine dem anderen angeblich getan hat, oder nach Keksen fragen, obwohl sie ins Bett gehen sollten, und Sarah quetscht die Luft in ihre Lunge, hat das Gefühl, dass nicht genug davon dort ankommt.

«Ich war bei einer Frau», krächzt Johannes, «ich habe nur … mich hat seit … niemand hat mich je wieder berührt, weißt du? Ich wollte bloß …»

Er fängt so unvermittelt an zu weinen, dass er selbst erschrocken wirkt. Sarah hört an der Tiefe seines Schluchzens, dass es ein altes, schweres Weinen ist, das er sich lange verwehrt hat.

Sie zögert nicht, und Johannes scheint in ihrer Umarmung

zu zerspringen. Ein Schütteln geht durch seinen Körper. Er bekommt keine Luft, das lang gezogene leise Heulen ist nichts, gegen das er sich wehren könnte. Sie spürt, wie seine Muskeln verkrampfen, und sie stützt ihn, obwohl er größer ist als sie und schwer, sie stemmt sich seinem Schmerz entgegen, macht sich zum Staudamm für ihn.

«Das Salz», flüstert er, «das elende scheiß Salz.»

«Was?», fragt Sarah zurück.

«Das Salz», sagt er noch mal, mit dieser Erschütterung, die sich von seinem auf Sarahs Körper überträgt.

Sarah wartet auf eine Erklärung, will ihn nicht drängen.

«Ich habe gefragt, ob wir noch Salz haben», bricht es aus ihm, «und da ist sie ... sie ist einfach ...»

Er krampft sich zusammen, und Sarah denkt an ihr eigenes Weinen in den ersten Wochen, das sie überfallen hat, egal, wo sie war. Auf dem Fahrrad, unter der Dusche, beim Essen, beim Schreiben, mitten in einer Bewegung, abends im Bett. Und wieso hat Johannes gedacht, er würde ein solches Weinen nicht brauchen, warum hat er es sich nicht zugestanden?

«Hätte ich es bloß gegessen», murmelt er, «ohne Salz.»

Er löst sich aus der Umarmung, wischt sich über das Gesicht, wendet sich ab wie ein Kind, das sich schämt.

«Entschuldige», sagt er und greift nach der Küchenrolle.

«Entschuldige dich nicht.» Sarah legt die Hand auf seinen Arm.

«Die Kartoffeln sind durch», hat Helene gesagt, als Letztes, und das war dann dieses Abendessen.

«Es war nicht wegen dem Salz», versichert sie Johannes.

«Bist du sicher?», fragt er und putzt sich mit dem Küchenpapier die Nase.

Die kurze, heftige Tränenattacke hat sein Gesicht gerötet, seine Augen schwimmen.

«Ich denke ständig, Lola hat recht. Es ist meine Schuld. Mit mir hat sie noch zwei Kinder bekommen, wegen mir war sie so viel zu Hause, ich habe sie alleingelassen im Lockdown, und zu wenig hingeschaut habe ich auch. Ich hätte doch etwas bemerken müssen, wieso habe ich nichts bemerkt?»

«Aber Johannes», sagt Sarah, «das gilt doch auch für mich.»

Er blinzelt sie an, schnäuzt sich noch mal.

«Ich konnte es nicht ... mit dieser Frau, ich konnte ... ich habe Helene plötzlich noch mehr vermisst. Ich bin gegangen, ich bin praktisch rausgerannt. Ich hab mir an der Tanke eine Flasche Tequila gekauft, und dann saß ich die ganze Zeit unten vor dem Haus im Auto», er macht eine Kopfbewegung zum Fenster, «und habe zum Balkon hinaufgestarrt.»

Er hält sich die Hand vor den Mund, wie um zu verhindern, dass das Weinen noch einmal schneller ist als er. Er sieht überrumpelt aus und überfordert.

«Vielleicht solltest du mit jemandem reden», schlägt Sarah vor, «der dir helfen kann? Professionelle Hilfe, meine ich.»

Johannes schnaubt und schüttelt den Kopf.

«Ich krieg das schon hin», meint er, «ich krieg es hin.»

Und im selben Augenblick zieht er sich wieder zurück, Sarah kann förmlich zuschauen, wie er dichtmacht. Ihr erster Impuls ist, ihn daran zu hindern, aber sie kann ihn verstehen. Wir alle brauchen eine Schutzzone, damit das Leben uns nicht mit dem nächsten Schlag enthauptet.

«Okay», erwidert sie, «aber du sollst wissen, dass ich da bin. Du kannst jederzeit ... ich bin immer da.»

«Ich weiß», antwortet er und wirft die Papierknäuel in den Mülleimer, streicht den Pullover glatt, «und ich bin dir dankbar. Dass du da bist. Dass du die Kinder ... ich habe keine Ahnung, wie ich das dann machen soll ohne dich.»

«Auch das wirst du schaffen», sagt Sarah, «es wird sich eine Lösung finden. Es muss. Spätestens, wenn das Buch erscheint, werde ich viel unterwegs sein, und außerdem ist das», sie zeigt auf sich, dann auf ihn, noch einmal auf sich, «ja nur vorübergehend, nicht von Dauer.»

«Bis September?», fragt Johannes mit einem Lächeln, das er zuversichtlicher gedacht hat, als es ihm gelungen ist, da ist sich Sarah sicher.

«Ja», sagt sie, «bis September.»

Sie würde ihn gern noch einmal berühren, abschließend, als Versiegelung, ihm über den Oberarm streichen, aber es geht nicht. Er hat sich wieder verschanzt, und obwohl sie sich kaum bewegt haben, ist da wieder dieselbe Distanz zwischen ihnen.

Sarah dreht sich um und geht zu den Jungs, um ihre kleinen, erhitzten Körper fest an sich zu drücken und ihnen etwas ins Haar zu flüstern, das sie nicht hören können.

FULL CONTACT

Zehn Tage lang haben sie ihn ausspioniert. Abwechselnd, nie gemeinsam. Haben seinen Tagesablauf studiert und herausgefunden, welche Gewohnheiten er hat, dass er morgens um acht hinübermarschiert zu dem Elektroladen, wo er arbeitet, dass er immer im selben Supermarkt einkauft und sein Shirt nur jeden zweiten Tag wechselt. Lola ist ihm abends gefolgt, wenn er sich mit seinen Freunden getroffen hat, immer im Lehener Park, wo sie bis kurz nach Mitternacht Musik hören und Bier trinken. Sie hat sich im Gebüsch versteckt und ausgeharrt, am Handy ein laufendes, stummes Telefonat mit Sunny oder Alva, für den Fall der Fälle. Damit sie die Polizei rufen könnten, sollte Lola anfangen zu schreien. Das war jedoch nie nötig, die Typen haben sie nicht bemerkt.

Einundzwanzig ist Femmes Ex-Freund, ein gar nicht mal so großer, stämmiger Mann, mit Schnauzer und dicken Fingern. Wenn Lola daran denkt, was er mit diesen Fingern gemacht hat, möchte sie sie ihm einzeln brechen.

Am Anfang hat Sunny darauf bestanden, ihn anzuzeigen.

Aber dann sind Femme und Alva mit Details rausgerückt.

Dass der Ex das nicht zum ersten Mal getan hat. Dass Femmes Vater nichts von dieser Beziehung wusste und auch nicht wissen soll. Dass es niemanden gibt, an den sie sich wenden kann.

«Außerdem, schau mich doch an», hat Femme gesagt, «denkst du wirklich, mir glaubt jemand, wenn sein Wort gegen meines steht?»

Und damit hat sie ihre schimmernden Leggins gemeint, das

enge Top, ihre schwarzlockige Schönheit und die Misogynie der Gesellschaft.

«Aber du bist stark», hat Lola gesagt, «Femme, du kannst doch boxen. Warum hast du ihm nicht seine scheiß Nase gebrochen?»

Femme hat ihre Hände betrachtet, als hätten die noch nie zugeschlagen, dann hat sie Lola angesehen.

«Er hatte ein Messer», hat sie gesagt.

Und Lola hat sich schlecht gefühlt, als wäre sie auch so eine, die das Opfer fragt: Was hast du gemacht, hast du dich nicht gewehrt? Sie hat sich entschuldigt, Femme hat es ihr nicht übel genommen. «Ich hätte dich dasselbe gefragt», meinte sie, und da hat Lola gedacht, dass sie in Femmes Augen jemand ist, der einem Typen die Nase brechen kann.

Und es ist wahr.

Sie stemmen Gewichte und dreschen auf Boxsäcke ein, sie machen Liegestütze morgens und abends. Sie essen gezielt, Bananen, Kartoffeln, Nudeln, Pizza und Eier, Bohnen, Erbsen, Linsen. Allein zum Frühstück verdrückt Lola eine Portion für drei, Müsli mit Obst, Rührei mit Toast, eine Schüssel Quark mit Honig. Sarah freut sich über ihren Appetit, Sarah glaubt, eine Verbündete gefunden zu haben in Sachen Gelüste.

Sarah hat keine Ahnung.

Aber die Sache mit dem Messer, die war wichtig. Denn Femmes Ex hat es ihr an den Hals gehalten und sie dadurch quasi lahmgelegt. Also hat Lola vor ein paar Tagen beim Training Sibel gefragt: «Wie kämpfen wir mit einem, der ein Messer hat?»

Jetzt haben sie drei Vorteile.

Vorteil eins: Sie wissen um das Messer, er kann sie nicht damit überraschen.

Vorteil zwei: Sie haben von Sibel gelernt, wie sie es ihm am besten aus der Hand schlagen und dass sie es sofort an sich nehmen müssen.

Vorteil drei: Dass das Messer in seiner linken hinteren Hosentasche steckt, haben sie dank der Observierung herausgefunden.

«Deswegen habt ihr also angefangen zu trainieren», hat Sunny gesagt, als sie alles über den Ex-Freund erfahren haben, im selben Ton der Erkenntnis wie Alva bei der Geschichte mit Mütze.

«Es kommt doch keine von uns *vorher* zu Sibel», hat Alva geantwortet, «wir kommen alle erst, wenn uns schon was passiert ist. Nicht zur Prävention, sondern zur Schadensbegrenzung.»

«Was soll das für eine Schadensbegrenzung sein, hm?», hat Lola gezischt. «Wenn Femme sich wehren könnte, es aber nicht tut? Wozu trainiert sie überhaupt, was soll der Scheiß bringen, wenn er ihr trotzdem … wenn er ihr …»

In ihrem Frust hat sie ihre Hände zu Fäusten geballt und in die Luft geboxt. Aussprechen konnte sie es nicht, und dabei wollte sie eigentlich lernen, es zu benennen. Nicht die Scham siegen zu lassen und das Tabu.

«Wenn Femme sich nicht traut, trauen wir uns für sie», hat Sunny gesagt und Femme zugenickt.

«Wie meinst du das?», hat Lola gefragt.

«Jetzt schlagen wir ihn zusammen», hat Sunny entgegnet, mit derselben Gelassenheit und Selbstverständlichkeit wie Alva damals im Cage.

Lola steigt aus der Dusche und trocknet sich ab. Sie greift nach dem Rasierer, den sie bereitgelegt hat. Oft genug hat sie es bei Sunny gemacht, heute ist sie an der Reihe. Sie haben es ausprobiert mit verschiedenen Frisuren, aber selbst einen Dutt kann der Gegner noch zu gut greifen und Lola zu Fall bringen, indem er daran reißt.

Sie setzt den Rasierer an, oberhalb der Stirn, zieht ihn nach hinten, eine erste freigelegte Bahn. Sie reißt schockiert die Augen auf, so krass sieht das aus. Aber sie hat ja auch was Krasses vor.

In wenigen Minuten hat Lola sich die Haare abrasiert, Strähne für Strähne. Nicht ganz so kurz wie Sunny, aber kurz genug. Sie betrachtet sich, plötzlich ist ihre Schädelform sichtbar, wirken ihre Augen größer, schöner, ein Fokus auf ihr Gesicht, ohne Ablenkung. Sie dreht den Kopf nach rechts, nach links, nichts kitzelt an ihrem Kinn, nichts schwingt mit, die totale Abwesenheit. Die totale Freiheit.

Eine Frau hat lange Haare zu haben.

Lange Haare machen eine Frau zur Frau.

Für das Selfie grinst sie und zeigt den Mittelfinger.

Fuck it.

Eine Frau ist eine Frau, scheißegal, wie sie aussieht.

Sie gräbt die Haare aus dem Waschbecken und wirft sie ohne Reue in den Mülleimer. In ihrem Zimmer stellt sie sich nackt vor den Spiegel, das hat sie lange nicht getan. Von den Verletzungen, die sie sich zugefügt hat, sind an manchen Stellen blasse Narben geblieben, an den meisten Stellen nichts. Ihr Körper hat sich um Heilung bemüht und ihr verziehen, er ist ein Wunderwerk, und sie behandelt ihn als solches. Das hat sie sich geschworen. Dass sie nichts als Respekt empfinden wird für diesen Körper, der sie trägt und für sie springt und hüpft, boxt und denkt, der für sie atmet und ihre Brüder im Arm hält, der alles, alles tut, was Lola möchte. Nie wieder wird sie ihn verachten, nie wieder wird sie ihm wehtun.

Sie kneift die Arschbacken zusammen, betrachtet sich von hinten, dicke, tiefe Dellen bilden sich in der Haut. Sie fährt mit dem Finger über jede einzelne. Das ist, was sie nicht haben soll. Wofür sie sich schämen soll. Lola schaut die unebenen, von kleinen Kratern übersäten Arschbacken an und lächelt zufrieden. Sie weiß nicht, wie viel sie zugenommen hat, es gibt in dieser Wohnung keine Waage. Genug, dass ihr die alten Hosen nicht mehr passen. Das Dickwerden ist anders, als sie es sich vorgestellt hat. Immer hat sie gedacht, eine wird plump, unbeweglich, schwerfällig, und so wird es ja erzählt. In sämtlichen Filmen sind die Dicken träge oder dumm, Witzfiguren, die sich langsamer bewegen und deshalb langsamer denken. Dabei ist das ein aus Fettphobie gewachsenes Narrativ, das den Menschen eine verzerrte Wirklichkeit einbläut. Wenn du dick bist, bist du nicht gesund, heißt es. Wenn du dick bist, bist du faul und schwach, kein wertvolles Mitglied dieser Gesellschaft.

In Wahrheit war Lola nie so stark und sich ihrer selbst bewusst. In der Masse liegt Kraft, und unter den Fettpolstern lauern ihre Muskeln. Sie sind warm und fest und zäh. Sie wissen, dass sie gebraucht werden, schon bald.

Außerdem findet sie es geil, so zu sein, wie niemand sie haben will.

Nicht zu gefallen.

Nicht zu entsprechen.

Wie erwartet, zieht Moritz sich zurück, je weniger Lola dem Ideal gerecht wird, das sie alle mit Schönheit verbinden. Schreibt nicht mehr, umgarnt sie nicht, schaut nicht sehnsüchtig zu ihr im Unterricht. Oh, sie sind so blind. Rückständig und klein im Denken. Wäre es nicht so traurig, würde Lola sich darüber amüsieren. Sie spotten nicht laut, das trauen sie sich nicht. Und das zeigt Lola, dass sie bereits etwas erreicht hat, eine neue Aura, ein Standing. Die wissen nun, dass sie sie nicht einfach umschubsen können. Nicht mehr.

Sie dreht sich um, sie hat viel mehr Busen, jetzt, wo genug Fett da ist. Sie fährt mit einer Hand über den Bauch, folgt den weichen, runden Linien, liebkosend, zufrieden. Was für eine

Erleichterung, keinen Krieg mehr gegen den eigenen Körper zu führen.

Sie zieht sich an. Seit sie zugenommen hat, trägt sie ihre Hoodies seltener. Sie will sehen, wie ihre Speckrollen sich durch ein eng anliegendes Shirt drücken. Sie hat sich figurbetonte Klamotten gekauft, die sie niemals getragen hätte, als sie dünn war. Jetzt, wo sie sich der Meinung anderer zufolge verstecken sollte, versteckt sie sich nicht mehr.

Sarah ist in Berlin, also muss Lola nur warten, bis Johannes ins Bett geht. Dass sie noch einmal das Haus verlässt, wird er nicht merken. Sie treffen sich eine halbe Stunde vor Mitternacht, beim Eingang zum Lehener Park. Auf der Seite, auf der Femmes Ex nach Hause geht.

Dass sie eine prickelnd große Vorfreude empfindet, ist vielleicht pervers.

Andererseits: Sie tun nichts, was er nicht auch getan hat.

Sie tun viel weniger als das.

Die Vorboten vom Adrenalin, das ihr in wenigen Stunden durchs Hirn pfeifen wird, stechen ihr schon jetzt ins Blut.

Um dreiundzwanzig Uhr steckt Lola den Kopf aus ihrem Zimmer. In der Wohnung ist es dunkel, ist es still. Sie schlüpft in einen ihrer alten Pullis, zieht die Kapuze über den von Haaren befreiten Kopf, den sie jetzt hat, greift sich ihr Board und ihre Schuhe. Draußen ist es nachtschwarz und verlassen, der Sommer hat die Luft träge gemacht, bald beginnen die Ferien.

Zwei Straßen vor dem Lehener Park steigt Lola vom Board, nimmt es in die Hand und geht die letzten zweihundert Meter zu Fuß. Die Rollen sind zwar halbwegs leise, aber sicher ist sicher. Neben der Höheren Schule versteckt sie das Board hinter einem Stromkasten.

«Gute Idee», flüstert Sunny, die bereits am Treffpunkt gewartet hat, und tut es Lola gleich.

«Zeig», fordert sie Lola dann auf, und Lola nimmt die Kapuze ab.

Sunny fährt stumm und zärtlich über die weichen, borstigen Stoppeln.

«Wie schön du bist», wispert sie und drückt Lola einen Kuss auf die Lippen, von dem Lola Gänsehaut bekommt.

Als Alva und Femme eintreffen, ist es Viertel vor zwölf. Es hat etwas anregend Verbotenes, so spät draußen zu sein, weil sie jung sind und das kaum jemals durften, schon gar nicht während der Lockdowns. Sie tragen schwarze Hoodies, schwarze Hosen, schwarze Schuhe und Handschuhe, außerdem schwarze Mund-Nasen-Schutz-Masken. Sie stellen sich kurz zueinander und berühren sich, es ist kein ausgefeiltes Ritual, mehr ein Bedürfnis der gegenseitigen Versicherung. Als Lola sieht, dass Alva ihren Nasenring entfernt hat, wird ihr klar: Das ist ernst jetzt.

Sie gehen in den Park, nur vier, fünf Meter. Ein Auto fährt vorbei, ansonsten ist niemand zu sehen. Sie warten still. Als Femmes Ex kommt, summt er ein Lied. Und er ist allein, seine Freunde wohnen auf der anderen Seite des Bahnhofs, fahren jedes Mal mit ihren Mopeds, nur er geht zu Fuß.

So ist das, er ist ein Mann.

Ihn hat niemand gelehrt, wie er sich kleiden muss, damit er keine Aufmerksamkeit erregt.

Ihm hat niemand gesagt, dass er nicht im Finstern durch den Park spazieren soll.

Dass er selbst schuld ist, wenn er es tut.

Er achtet nicht auf seine Umgebung, rechnet nicht mit einer Gefahr, denn er weiß nicht, wie das ist: sich in Gefahr zu befinden.

So ist das, er ist ein Mann.

Sie haben sich positioniert, sie teilen sich auf.

Lola und Sunny stellen sich ihm in den Weg, die anderen kommen von hinten, und als er verdutzt innehält, rammt Alva ihm das ausgestreckte Bein in den unteren Rücken. Der Typ, der Femme seine Faust ins Gesicht getrümmert hat, der Femme einen dreckigen Holzstecken in die Vulva gesteckt hat, weil sie «da unten» zu schmutzig sei für ihn, der Femme gewürgt und ihr seinen Schwanz in den Mund gezwungen hat, geht in die Knie. Das Geräusch, das er macht, klingt wie ein Seufzen.

Lola schlägt zu. Boxt ihm ins Gesicht, rechts, links, aufs Kinn, auf die Augen, die Nase, sie springt vor und zurück, bleibt in der richtigen Distanz, dass er nicht nach ihr greifen kann. Timing. Energy. Motion.

Sie zögert keine Sekunde, feuert eine präzise Folge an Schlägen ab. Er hebt unkoordiniert die Hände, versucht, etwas zu fassen, sich aufzurichten. Nach einem harten Tritt auf seine Schläfe kippt er endgültig um. Längst hat Alva das Messer aus seiner Hosentasche gezogen.

Alles läuft exakt so ab, wie sie es geplant haben.

Es ist halbdunkel am Parkeingang, trotzdem sieht Lola im fahlen orangenen Licht das Blut, das aus seinem Mund sickert. Sie sprechen kein Wort, und sie hören noch nicht auf. Der Rausch ist anders, als Lola erwartet hat. Nicht verzerrend und schwer zu durchdringen, sondern klar, die Sinne schärfend. Ihr Körper weiß, was er zu tun hat.

Im Endeffekt ist es nicht anders als mit einem Boxsack.

Sunny setzt eine harte, schnelle Runde von Tritten in den Bauch von Femmes Ex, auf seine Brust. Er ist nicht bewusstlos, er stöhnt. Zweimal will er sich auf die Knie rollen und hochstemmen, Sunnys Tritte nageln ihn wieder auf den Boden.

Es ist, als würden sie tanzen.

Femme nähert sich, steigt langsam und fest auf seine Finger. Es ist das erste Mal, dass er aufschreit, und Lola findet es lächerlich, dieses Gebrüll. Da krümmt er sich und ist nur ein Wurm. Hat gedacht, dass er damit davonkommt, dass er das darf, zwingen, zuhauen, vergewaltigen, verletzen, Frauen hassen, dass das keine Konsequenzen hat für ihn, er hätte damit weitergemacht bis in alle Ewigkeit. Alva beugt sich hinunter, hält das Messer in der Hand, klappt es auf.

«Wenn du noch einmal, ein einziges Mal», sagt sie ruhig, «etwas gegen den Willen einer Frau tust, bringen wir dich um.»

Sie spannt die Haut seiner Wange zwischen Daumen und Zeigefinger ihrer linken Hand. Was hat sie vor?, fragt sich Lola, merkt jetzt, wie schnell ihr Atem geht, dass sich in ihr ein Schwindelgefühl ausbreitet, und wie viel Zeit ist vergangen? Es können nicht einmal zwei Minuten sein, es fühlt sich an wie ein Zeitloch, aus dem sie gleich flüchten müssen.

Mit dem Messer ritzt Alva drei Striche in seine Backe, sie ergeben ein K.

Er hebt abwehrend die Hand, auf die Femme getreten ist, drückt sie dann wimmernd an seine Brust.

«Karma is a bitch», flüstert Alva und richtet sich auf.

Zu viert schauen sie auf ihn hinunter.

«We are Karma», sagt Femme.

DAS UNSAGBARE

Es beginnt bereits am Flughafen, Sarah sieht auf die Uhr. Halb sieben, bestimmt ist Lucius schon wach, sucht nach ihr. Sie stellt sich vor, wie er durch die Wohnung tapst und ihren Namen ruft, sein singendes Sa-a, Sa-a, wie Lola versucht, ihn abzulenken, während Johannes hilf–

Nein.

Sie darf sich Johannes nicht hilflos ausmalen.

Sie ärgert sich, dass sie geprägt ist von diesem Bild: der mit seinen Kindern belastete Vater. Der keinen Mutterinstinkt hat und keinen stillenden Busen. Ob er sich das umgekehrt jemals ausgemalt hat, als er im Auto saß, unterwegs zum nächsten Termin, als er Baustellen besichtigt und Pläne abgesegnet hat? Hatte er je den Gedanken: Um die Zeit macht Lucius Mittagsschlaf, hoffentlich gelingt es Sarah, ihn hinzulegen? Sarah, die genauso wenig Erfahrung mit kleinen Kindern hat, nein: weniger.

Sie hebt ihren Handgepäckskoffer vom Band, gibt den Beutel mit den Flüssigkeiten und die elektronischen Geräte wieder hinein. Der Salzburger Flughafen ist klein, alle Gates befinden sich im selben Raum. Als das Boarding beginnt, schickt sie Leon eine Nachricht und macht ihr Handy aus. Er hat sich gefreut, als sie nach Hause gekommen ist, hat sie an der Tür geküsst und mit diesem gierigen Begehren angesehen, bei dem ihr in Sekundenschnelle heiß geworden ist. Sie hatten zweimal Sex, hinterher hat Sarah sich satt und träge gefühlt, bestätigt. Die kreiselnden Gedanken waren langsamer, die Verdächtigungen blasser, sie hat sich da bloß in was reingesteigert, ist einfach emotional nicht belastbar im Moment. Ihre Beziehung ist stabil, natürlich ist sie das. Man darf halt auch nicht so viel erwarten. Und im Herbst wird sich ohnehin alles ändern. Im Herbst wird sie wieder in ihrem Haus wohnen, mit Leon, und sie werden Nägel mit Köpfen machen.

Der Flug nach Berlin ist kurz, doch die Lockdowns haben ihr jedes Gefühl für solche Verhältnisse genommen. Sie war so lange nicht in einem Flugzeug, nicht in einer Bahn, hat alle diese Dinge nicht getan, die vorher normal waren, einen Ort verlassen und an einen anderen reisen, eine Bar betreten und einen Drink bestellen, jemandem die Hand schütteln, ihn umarmen. Sie ist aufgeregt und nervös. Alles läuft unproblematisch, sie sind pünktlich, es rumpelt nicht einmal, trotzdem steigt Sarah nach der Landung mit wackligen Beinen die Gangway hinunter. Kann man das Reisen verlernen oder eher: die Gelassenheit beim Reisen?

Im Hotel legt sie sich aufs Bett und macht die Augen zu. Heute ist Notenkonferenz in Lolas Schule, nächste Woche bekommt sie das Zeugnis. Wieder schießt Sarahs Blick zur Uhr, sie hat nicht damit gerechnet, dass dieses Band derart dehnbar sein würde, dass es bis Berlin nicht zerreißt, dass es sie hält in ihrem neuen Tagesrhythmus, in Helenes Wohnung, bei Helenes Kindern. Sie wäscht sich die Hände, frischt ihr Make-up auf und nimmt ihre Tasche.

Raus. Raus und ablenken. Raus und Menschen treffen. Raus und an was anderes denken.

Beim Mittagessen mit ihrer Lektorin gelingt es ihr langsam, sich einzufinden. Anzukommen in der Stadt und sich zu erden. Es ist in Ordnung, sie ist es nicht mehr gewöhnt, sie hat in der Zwischenzeit viel Aufwühlendes erlebt, sie sollte sich die innere Unruhe zugestehen.

Sie sprechen über das neue Manuskript. Sarah hat ihr Notizbuch mitgebracht, und es tut ihr gut zu reden. Seit Helene nicht mehr da ist, in vielerlei Hinsicht fehlt und eben auch als Pingpong-Partnerin für Sarahs Buchideen, bastelt Sarah allein an Figuren, Stimmung, Plot. Und braucht jetzt dringend jemanden zum Reden.

«Das wird gut», sagt ihre Lektorin am Ende, und Sarah registriert verblüfft, dass drei Stunden verflogen sind. Sie haben gegessen, mehrere Tassen Kaffee getrunken, Johannes hat Maxi sicher bereits vom Kindergarten abgeholt und hoffentlich an die Kipferl gedacht.

Im Hotel schläft sie eine Stunde, bevor sie duscht und sich umzieht für den Abend. Lola ist inzwischen garantiert zu Hause, vielleicht hilft sie Johannes beim Kochen und geht dann zum Training. Auf jeden Fall wird sie etwas essen, und nicht zu wenig. Es erstaunt Sarah nicht, wie stark Lola zugenommen hat, es erstaunt sie, dass Lola das nicht stört. Während Sarah stolz ist auf jedes abgehungerte Kilo, scheint Lola sich zu freuen, wenn sie den Hosenknopf nicht mehr zubekommt. Zuerst fand Sarah ihre Magerkeit beängstigend, jetzt weiß sie nicht, wie sie umgehen soll damit, dass Lola immer massiver wird. Sie traut sich nicht, das zu thematisieren. Zum einen, weil sie nicht die Miss-Piggy-Bemerkungen ihrer eigenen Mutter wiederholen will, zum anderen, weil Lola sie garantiert rhetorisch aufspießen würde.

Vor dem Spiegel schüttelt Sarah den Kopf, um die Gedanken hinauszuwirbeln, macht Musik auf ihrem Handy an, während sie sich die Haare föhnt und Lippenstift aufträgt.

Ihre Agentin Marie trifft sie in einer noblen Bar, in der ein Gin Tonic zwanzig Euro kostet.

«Auf die Preise achtest du nicht», sagt Marie im Befehlston, als sie Sarahs hochgezogene Augenbrauen bemerkt. «Erstens kommen die Männer aus der Agentur regelmäßig hierher, zweitens bist du eine unserer wichtigsten Autorinnen.»

Sarah macht eine abwiegelnde Handbewegung, wenig später heben sie ihre Gläser.

«Auf den neuen Bestseller von Sarah Krist», sagt Marie, sie stoßen an.

«Das ist der letzte Krimi, den ich schreibe», sagt Sarah, nimmt einen Schluck und hustet sofort.

«Was?», fragt Marie.

«Was?», fragt Sarah zurück und spürt, wie ihr der Herzschlag in den Ohren dröhnt.

Wie lange hat dieser Satz in ihr gewartet? Warum kam er so plötzlich und unüberlegt heraus? Sie könnte lachen, «haha, Scherz» sagen und mit dem Gespräch weitermachen, aber eine helle Erleichterung in ihrem Kopf sagt ihr, dass sie es ernst meint. Sie möchte keinen weiteren Krimi schreiben.

«Aber die Serie ist –», setzt Marie an, und Sarah ergänzt: «Zu Ende. Als Nächstes machen wir was anderes.»

«Okay», erwidert Marie zögernd, nickt, hebt noch einmal ihr Glas.

Sarah grinst, prostet ihr zu.

Es ist der erste Abend seit einem Jahr, den sie in einer Bar verbringt, mit jemandem, den sie selten sieht und nicht tagaus, tagein um sich hat, ein Abend, der in die Nacht übergehen darf, sich ausdehnt und verschwimmt, als Sarah und Marie immer betrunkener werden. Und Sarah ist glücklich, dass sie das noch kann. Über was anderes reden als Paw Patrol, Dinosaurier und das kleine Einmaleins, ein Erwachsenengespräch führen, anzügliche Witze machen, die nicht kindertauglich sind.

Leon hat auf ihre Nachricht nicht geantwortet. Marie pfeift beim Anblick seiner Fotos leise durch die Zähne, dann unterhalten sie sich herrlich derb, und Sarah sieht nur zweimal auf die Uhr, jetzt müssten die Buben auf jeden Fall eingeschlafen sein, ob Lola gut nach Hause gekommen ist?

Um dreiundzwanzig Uhr ist Sperrstunde.

«Auch okay», murmelt Marie, «dann bekommen wir genug Schlaf, bevor wir uns morgen beim Shooting treffen.»

Sie versprechen sich selig alles Mögliche, woran Sarah sich wenige Minuten später nicht mehr erinnert. Sie geht zu Fuß zurück zum Hotel, kauft sich auf dem Weg einen Döner, von dem sie jeden Bissen zelebriert. Berlin ist Berlin, laut und dreckig, finster und gleichgültig, sie wird zweimal angepöbelt, biegt einmal falsch ab, sucht nach Helene und ist sich sicher, sie zu sehen, doch dann ist es nur irgendeine Frau. Sarah ist über die Maßen müde, als sie ins Bett fällt. Sie greift nach ihrem Handy, möchte Johannes schreiben: *Ist alles okay bei euch?*, hält sich nur wegen der Uhrzeit davon ab.

Sie legt die Hände auf die Augen. Diese emotionale Verbundenheit hat sie nicht erwartet, sie macht ihr das Einschlafen schwer, es fühlt sich nicht an, als hätte sie Lola, Maxi und Lucius zurückgelassen, sondern als sei sie von ihnen verlassen worden. Was ist das für eine grausige Zerrissenheit? Als sie dort war, wollte sie weg, jetzt, da sie weg ist, will sie zurück.

Um drei Uhr morgens schreckt sie hoch, weil sie sich einbildet, Lucius weinen zu hören. Sie greift nach ihm, das Bett neben ihr ist leer.

OPPONENTS

Das Haus, in dem Alva wohnt, ist so groß, dass es Lola verschluckt. Femme, die schon oft hier war, spaziert hinein, als wäre nichts, während Sunny und Lola eingeschüchtert in der riesigen Eingangshalle verharren. Zwei geschwungene Treppen führen nach oben, und sie hätten es sich denken können, wegen der Adresse. Die Villa steht in einem von Salzburgs nobelsten Vierteln.

Alva dreht sich nach ihnen um und lacht. Steht in diesem Prunk mit ihren knallbunten Haaren, ihrer breiten Statur und den ausgeleierten Baggy Pants, sieht aus wie ein Graffito an einer Wand aus Marmor.

«Kommt rein», sagt sie und scheint zu wissen, was Lola und Sunny denken, «es ist niemand da.»

Sie macht eine ausladende Handbewegung.

«Zweiundzwanzig Zimmer, alle für uns.»

Femme wirft Lola einen Blick zu, den sie so versteht: Wir haben alle unsere Wahrheiten.

Und unseren Schmerz. Denn hinter Alvas Lachen dröhnt Alleinsein.

Einen ganzen Trakt hat Alva für sich, eine komplette Wohnung. An drei Tagen die Woche kommt die Haushälterin, erklärt sie, manchmal fliegen ihre Eltern für eine Nacht hierher. Sie sind Teil der High Society, notorische Workaholics, arbeiten an Orten, an denen jede·r gern wäre: Los Angeles, Dubai, New York, Saint Tropez.

«Meine Geschwister sind viel älter als ich», sagt sie, während sie Lola und Sunny das zweite Badezimmer zeigt, «die kommen ab und zu, um eine Party zu feiern oder sich von Elvira bekochen zu lassen.»

«Das ist –», setzt Sunny an.

«– total geil», fällt Alva ihr ins Wort, in einem Ton, der keinen Widerspruch duldet, «ich habe alle Freiheiten der Welt.»

Sie grinst.

«Wer hat Lust auf Rum Cola?», fragt sie.

Femme hebt die Warmhaltetasche mit Essenssachen hoch, die ihr Vater für sie gepackt hat. Leckereien aus seinem Laden. Das macht er immer, wenn sie zu Freundinnen geht.

«Wir haben die passende Grundlage», sagt sie.

Sie bleiben in der unteren Küche, im hinteren Teil von Alvas Wohnbereich, als suchten sie, zusammengedrängt in der Ecke des Hauses, ein wenig Behaglichkeit. Die Leere der Zimmer über und neben ihnen ist spürbar, Lola hat den Eindruck, dass es in diesem Haus hallt. Als würde jedes Gefühl, das man empfindet, verstärkt, wie von einem Resonanzkörper.

Jetzt empfindet sie Freude. Zuversicht. Eine neue Sicherheit. Außerdem ist sie betrunken. Das war sie noch nie, es haben die Gelegenheiten gefehlt. Umringt von diesen Mädchen, am Tisch mit ihnen, die Gläser kippend, zur Musik tanzend, schlüpft Lola aus sich heraus. Lässt die eine Fassade zurück und die andere auch, weiß: Sie sehen mich. Sie sehen mich, wie ich bin. Und das, was sie sehen, das finden sie gut.

Rum mit Cola schmeckt widerlich, sie mischen die Limonade mit Whiskey und Mozartlikör, der Schrank ist gut bestückt. Nichts davon begeistert Lolas Geschmacksknospen, aber es begeistert ihr Gehirn. Ihre Anspannung löst sich, ihr Gleichgewichtssinn überschlägt sich, das Stolpern macht Spaß. Sie fällt Sunny in die Arme und hat nie zuvor eine so gleichmäßige, überbordende Liebe gespürt. Sie flüstert Sunny ins Ohr, was sie immer meint und nie aussprechen kann.

Als ihre Zungen schwer werden, reden sie. Sie sagen sich alles.

Alva singt die Melodie der leeren Zimmer, des Zurückgelassenseins.

«Ich bin zu spät geboren worden», sagt sie, «da waren sie schon fertig mit dem Familiesein.»

Sunny erzählt von dem Räderwerk, in dem ihre Mutter steckt, wie aufgerieben sie ist als Alleinerziehende.

«Manchmal denke ich, es hätte ihr das Leben gerettet», sagt sie, «mich nicht zu bekommen.»

Und Lola zieht die Worte aus ihrem Mund, die schmecken wie Steine.

«Meine Mutter hat sich umgebracht», sagt sie, «und ich glaube, sie ist nicht am Muttersein gescheitert. Sondern am System.»

Femme gestaltet ihre Verletzungen um, verteilt den Geschmack der Rache auf ihnen wie eine heilende Salbe.

«Das K an seiner Wange sieht man noch», sagt sie, «es ist verkrustet, und alle fragen sich, was es zu bedeuten hat. Seine Finger sind ein wenig schief, ansonsten ist wohl alles in Ordnung. Und zur Polizei gegangen ist er nicht.»

«Es war verrückt, was wir getan haben», krächzt Sunny, schüttet Wodka in ein Glas mit Cranberrysaft.

«Es war gut, was wir getan haben», Alva hebt die Flasche. «Auf das Karma!»

«Auf das Karma», erwidert Lola, «und auf uns!»

Sie trinken, aus den eleganten Boxen auf dem breiten, amerikanischen Kühlschrank summt Billie Eilish.

«Und wer kommt als Nächstes?», fragt Femme.

Sie können nicht so tun, als hätten sie die Frage nicht verstanden. Sie können nicht verwundert murmeln: was meinst du, denn über diesen Punkt sind sie weit hinaus.

«Einer, der es verdient hat», sprudelt Sunny, und Lola merkt, wie weich und lallend sie schon spricht.

Alva lacht.

«Der dürfte nicht schwer zu finden sein», antwortet sie.

Und während sie durch Alvas hallendes Reich wandern, während sie die Räume füllen mit Musik und Gelächter und Tanz, um Mitternacht mit plötzlichem Heißhunger über die Köstlichkeiten von Femmes Vater herfallen, die Finger voller Öl, die Bäuche voller Sehnsucht, die kein Essen stillen kann, spaziert diese Frage mit ihnen, sitzt diese Frage zwischen ihnen: Wer kommt als Nächstes?

«Sie vergewaltigen uns», sagt Femme, «sie reißen uns auf und stopfen sich in uns hinein.»

Sie hat ihren Zopf geöffnet, ihre Locken ergießen sich in einer Wildheit über ihre Schultern, in die Lola eintauchen möchte.

«Sie verprügeln uns, und niemand hilft», sagt Sunny, und Lola weiß, dass das die Geschichte über ihren Vater ist, die in Sunnys Knochen schlummert, «sie schlagen zu, weil ihnen das Essen nicht schmeckt oder kein Bier mehr da ist, sie schreien und spucken, sie treten und lachen dabei.»

«Sie entführen uns», sagt Alva, hat den Kopf gesenkt und die Augen geschlossen, «sie ermorden und verscharren uns in irgendwelchen Wäldern, lassen uns verschwinden, als hätte es uns nie gegeben.»

Die Gänsehaut beginnt an Lolas Beinen, wandert mit einem feinen Stechen nach oben. Erreicht ihren Bauch, ihre Brust, erreicht ihre Kopfhaut und die Fingerspitzen. Als würde kurz darauf etwas bersten, aufplatzen, ausbrechen. Sie denkt einen alkoholschweren, aufmüpfig harten Gedanken: dass THE END vielleicht in Wahrheit der Anfang war.

«Sie zwingen uns in die Prostitution», sagt sie, und es fühlt sich an, in dieser dunklen Küche, in dieser heimlichen Nacht, als läge in ihrem Sprechgesang ein viel tieferer, weltweit erklingender Ton. Als könnten Frauen überall auf der Welt, würden sie jetzt, in diesem Moment hinhorchen, ihn hören. Und verstehen.

«Sie sperren uns in Keller und tun uns weh, und es ist ihnen egal, wie alt wir sind, je jünger, desto besser», sie flüstert es, der Raum dreht sich, es ist ein starkes, magisches Schwanken.

«Sie verdienen mehr als wir», ruft Alva, springt plötzlich auf, aus ihrem Glas schwappt die Flüssigkeit, «sie werden bevorzugt, weil sie keine Gebärmutter haben, sie glauben, sie sind wertvoller für die Arbeitswelt, die Gesellschaft!»

Die Empörung hockt in ihren Mundwinkeln und in den verkrampften Fingern, Lola stellt sich vor, dass sie jetzt warm und streng riecht unter den Achseln.

Diese drei jungen Frauen sind das Schönste, was Lola je gesehen hat, obwohl sie versehrt sind, verschieden, den Idealen nicht entsprechen. Die Verbindung von Lola zu ihnen ist hart und eng und verwickelt wie eine Nabelschnur, das liegt nicht am Alkohol. Sie haben ein Geheimnis, das sonst niemand hat. Sie haben eine Kraft, die kaum eine besitzt. Vielleicht müssen sie sie nutzen. Vielleicht ist deshalb die Frage nicht: ob, sondern nur: wer.

«Sie führen Krieg gegen uns», sagt Femme, sagt es wie ein klares, belegtes Statement.

«Aber ist es Krieg, wenn die andere Seite nie zurückschlägt?», fragt Lola und schiebt das Glas von sich. «Wenn es keine Gegenwehr gibt, nur Angriffe, Attacken, Mord und Missbrauch, keine Schlachten, nur ein Abschlachten?»

Die Playlist ist zu Ende, niemand sagt etwas.

Die Stille ist voll wie ein schwangerer Bauch.

«So wie jetzt gerade in Afghanistan», sagt Alva, «die Frauen haben keine Chance, gar keine. Ihnen drohen Fremdbestimmung, Vergewaltigung und Tod.»

Sie haben die Nachrichten der letzten Tage verfolgt, ständig Twitter aktualisiert, beim Anblick der Videos vom Flughafen in Kabul stockend geschwiegen vor Entsetzen.

«Dann lasst uns anfangen», Sunny schlägt gegen die Kühlschranktür wie auf eine Trommel, noch mal, noch mal, «mit der Gegenwehr. Auge um Auge.»

«Wir sind dazu in der Lage», auch Femme hat ihren Stuhl zurückgeschoben, «andere sind es nicht.»

Zu viert stehen sie um den Tisch.

«Und diese anderen brauchen uns», sagt Lola, sie schauen sich an. Es bedarf keiner Berührung, keines Siegels, ihr Beschluss hat Gültigkeit. Und Lola fragt sich, ob eine Revolution so beginnen kann: betrunken, in einer Küche, nachts, mit vier Einzelnen, von denen eine allein zu schwach wäre. Aber dann denkt sie, dass wohl jede Revolution auf eine solche Art begonnen hat.

Sie zerren die große Matratze aus dem Gästebett in Alvas Schlafzimmer, legen sie dort auf den Boden. In diesem Knäuel aus Körpern rutscht Lola ein schwitziger, dunstiger Film auf die Haut, trotzdem will sie auf keinen Fall weg. In der Dunkelheit weiß sie nicht, ob es Sunnys Bauch ist, an dem ihr Kopf lehnt, ob es Femmes Hand ist, die ihre findet, ob es Alva ist, die kichert. Das Gespräch schlägt Wellen, schwappt wieder hoch, als es bereits versickert schien, der Schlaf grätscht hinein, dann ist es leise.

Sie sind zusammen, sie sind anders, sie sind gleich. Sie sind eine, sie sind vier, sie sind alle. Lola glaubt, auf einer Luftmatratze zu liegen, langsam und gleichmäßig bewegt sich ihr Körper, verkettet mit Alva, Sunny und Femme, sie weiß nicht, wohin es sie treibt, aber sie hat keine Angst. Der Zorn in ihr ist nicht mehr der kleine, hämmernd heiße Ball. Er hat sich über ihr Inneres gestülpt und sie vollständig ausgekleidet.

Es ist still, sie schlafen ein, sie haben einen gemeinsamen Frieden, oder vielleicht ist es die Ruhe vor dem Sturm. Denn da ist ein Ziehen und ein feines, glühendes Simmern. Das ist die Wut, die bleibt.

INTENSIVE HANDLUNG IM JETZT

Maxi liegt auf dem Rücken im Pool, die Arme ausgebreitet, die Augen geschlossen. Sarah beobachtet ihn, dann Lucius, dann wieder ihn, immer im Wechsel, den ganzen Tag tut sie nichts anderes. Maxi schwimmt so schlecht wie alle Kinder, die es kurz vor der Pandemie gelernt haben und wegen der geschlossenen Bäder nicht üben konnten. Er verweigert jedoch die Schwimmflügel, brüllt bei ihrem Anblick, dass er kein Baby mehr ist. Sie nimmt das Buch von ihrem Schoß, sie hat auch heute kaum zehn Seiten gelesen, packt es in die Tasche und legt ihr Handtuch zusammen. Sie bückt sich mit einem Seufzen, sammelt die Flipflops der Jungs ein. Erneut der Kontrollblick zum Pool, Lucius springt vom Beckenrand, hustet, spuckt, lacht, klettert hinaus und springt noch mal. Zweimal hat er die Flügel abgenommen, als sie kurz nicht hingesehen hat. Wäre Sarah nicht schnell genug ins Wasser gehechtet, wäre er abgesoffen.

Und wie faszinierend es ist, dass Menschen am Anfang so klein sind. So unfähig und dumm und zu hundert Prozent auf die Hilfe Größerer angewiesen. Wie ist es möglich, dass sich dieses Konzept evolutionsbiologisch durchgesetzt hat? Die meisten Tiere können sich direkt nach der Geburt fortbewegen, laufen, schwimmen, robben, nur ein menschliches Baby kann nichts. Was heißt Baby, Lucius wird bald zwei Jahre alt. Sein Vokabular erweitert sich, er versteht, plappert, nickt, und dann tut er das, was Sarah ihm verboten hat, trotzdem.

«Raus jetzt aus dem Wasser!», ruft sie. Sie hat es fünfmal schon gesagt.

Mit der Badetasche in der Hand steht sie vor dem Pool, sie hat Hunger. Abendessen gibt es im Hotel bis einundzwanzig Uhr, um die Zeit liegen sie längst im Bett. Das ist auch etwas Neues: zu den Ersten gehören, die essen gehen. Vom Achtzehn-Uhr-Strom mitgezogen werden, der aus Familien und älteren Menschen besteht, und den Essbereich verlassen, wenn die Paare und jungen Leute eintrudeln. Jedes Mal denkt Sarah bei diesem Schichtwechsel: Ich bin auf der falschen Seite.

«Kommt schon!», ruft sie.

«Einmal!», brüllt Lucius, wischt sich das Wasser aus den Augen.

Und sie kreidet es Helene an. Wenn die Kinder nicht gehorchen, wenn sie auf Sarahs Nein mit einem Lachen reagieren, klickt es in Sarah, und sie nimmt es Helene übel. Dass Maxi und Lucius nicht richtig erzogen wurden, denkt sie, dass Helene zu lasch war, dass sie als Mutter doch zustän –

Dann macht sie die Augen zu und schämt sich.

Immerhin bewegt Maxi sich jetzt, hopst auf Zehenspitzen über den Poolboden zum Beckenrand, sie lässt ihn nur dort Rückenschwimmen, wo er stehen kann. Sie hilft ihm heraus, legt ihm das Handtuch um die Schultern.

«Du hast gesagt, einmal!», ruft sie, als Lucius zum dritten Mal hineinhüpft.

Sie hat sich das so vorgestellt: schwimmen, beschäftigte Kinder, Urlaub, Entspannung.

Sogar den Laptop hat sie mitgebracht, das war wirklich sinnlos. Denn abends ist bloß ein angeschwollenes Erschöpfungsrauschen übrig, und dann wacht Lucius ja auch noch nachts ständig auf. Sobald er wieder einschläft, liegt sie wach oder im Halbschlaf, sinkt nicht in die Tiefe, dorthin, wo die Erholung wäre. Und läuft mit einem duseligen Schleier über dem Denken durch den Tag. Oft genug hat sie einen Einfall für ihr

Buch, doch bis sie ihn notieren kann, bricht eines der Kinder mit einem Bedürfnis zu ihr durch, und sobald sie sich darum gekümmert hat, ist die Idee verschwunden. Sie hat bereits einen ganzen Friedhof verflüchtigter Sätze in sich, die sie nie aufschreiben wird.

Als die letzten anderen Gäste den Badebereich verlassen, fängt sie deren Blick auf und weiß, sie hat selbst oft solche Blicke geworfen. Das sind nicht meine Kinder, würde sie gern sagen, sind sie nicht, schaut doch, was ich auf mich nehme. Sie geniert sich für ihren Wunsch, sich Wildfremden zu erklären, und hat ihn dennoch.

«Der Pool wird geschlossen», behauptet sie gegenüber den Kindern, denn sie hat gemerkt: die Schuld auszulagern, hilft. Wenn *sie* diejenige ist, die gehen möchte, kommen die Jungs nicht. Wenn sie betont, dass sie lange in der Sonne waren, eine Pause machen, etwas essen sollten, widersprechen sie. Aber wenn es eine unsichtbare Autorität gibt, die Regeln aufstellt und das Weiterbaden verbietet, fügen sie sich. Maxi und Lucius trotten zu ihr, lassen sich mit hängenden Köpfen abtrocknen und die nassen Badehosen ausziehen, Sarah gibt sich genauso enttäuscht, macht ihr «Ich kann nichts dafür»-Gesicht.

Oben im Zimmer versucht sie, Lucius in eine frische Windel zu stecken und Maxi dazu zu bewegen, sich anzuziehen, aber die beiden spielen ein für Sarah unverständliches Spiel, das aus Schlägen, Anspucken und hellem Gelächter besteht. Sie gibt auf und duscht sich hastig ab, in der gehetzten Panik, die sie jedes Mal überfällt, sobald sie die beiden nicht sehen kann. Weil sie dann Blödsinn machen. Weil die eine Hälfte von diesem Blödsinn viel Geld kostet und die andere Hälfte zu Verletzungen führt. Am ersten Abend hat Lucius über eine Stunde gebrüllt, sie haben seinen Plüschigel zu Hause vergessen, und

Sarah war kurz davor, wieder ins Auto zu steigen und den ganzen Weg zurückzufahren.

Sie hätte nicht eine volle Woche buchen sollen, das war übereifrig, aber zu dem Zeitpunkt hat sie noch gedacht, dass Johannes mitkommen würde oder Leon. Das zweite Zimmer konnte sie stornieren, selbst Lola wollte lieber zu Hause bleiben, und jetzt schläft Sarah mit den Jungs zu dritt in einem großen Bett. Sie hat sie eingepackt und ist mit ihnen im Auto von Johannes' Mutter nach Kärnten aufgebrochen. Ein nettes Hotel am Millstättersee, was soll da schiefgehen, hat sie gedacht, und: Die müssen doch mal rauskommen, die zwei. Was erleben, bisschen Ablenkung haben und Spaß. Jetzt, wo Sommer ist. Wo die Hotels offen haben und die Gasthäuser, vielleicht kommt im Herbst der nächste Lockdown, wer weiß das schon. Sarah wollte ihnen unbedingt etwas bieten.

Als sie beim Essen sitzen, drängt sich die Müdigkeit in einer solchen Dichte durch ihren Körper, dass sie die Geräusche rundherum kaum wahrnimmt. Lucius will Pommes, jeden Abend will er Pommes, schüttelt den Kopf, wenn Sarah ihm Salat und Bohnen auf den Teller legt, einmal hat sie ihm ein Stück Tomate in den Mund gezwungen, er hat es halb zerkaut mit der Zunge auf die Tischdecke gedrückt. Seither lässt sie ihn Pommes essen. Maxi mag Gemüse, aber er ist unkonzentriert, starrt vorbeigehende Leute an, mit dem Löffel in der Luft, der nie den Weg zu seinem Mund findet, es dauert, bis er ein paar wenige Bissen gegessen hat, dann erklärt er, er sei satt. Doch eine halbe Stunde später, oben im Zimmer, bekommt er wieder Hunger, zweimal schon ist Sarah erneut zum Buffet runtergeschlichen, hat eine Scheibe Brot geholt oder eine Semmel, in der Hoffnung, dass niemand etwas sagt.

Urlaub mit Kindern ist kein Urlaub.

Die Jungs können nicht still sitzen und nicht still sein, morgens um halb sechs wachen sie auf und wollen Action, obwohl in Sarahs Kopf noch Nacht ist und es zwei Stunden dauert, bis es Frühstück gibt, mittags kann Lucius nicht einschlafen, weil Maxi ihn nicht in Ruhe lässt, deshalb stolpert er zuverlässig am späten Nachmittag in sein Stimmungstief, ist überreizt, ein plärrender Zwerg, und dazu die Hitze.

Am zweiten Tag hat ihn eine Biene gestochen, panisch hat Sarah Johannes angerufen und gefragt, ob Lucius allergisch ist, als Antwort hat sie ein «ach, ich glaube nicht» bekommen. Aufgeschlagene Knie, blutende Schnitte, eingezwickte Finger, Bisswunden vom Bruder, sie hat mittlerweile so viel versorgt, so oft getröstet, immer ist etwas, und wenn gerade nichts ist, dann nur, weil sie es noch nicht bemerkt hat.

Sie ist vielleicht auch zu wenig konsequent, das schon. Sie würde das gern ändern und weiß nicht, wie. Sie schafft es nicht, hart und bestimmend zu sein. Weil sie nicht über diese Hemmschwelle kommt, die da vor ihr aufleuchtet, dass sie kein Recht hat, dass die Kinder zu viel durchgemacht haben, dass sie Nachsicht brauchen, Liebe, Spaß. Und weil sie es generell nicht schafft, nirgendwo in ihrem Leben, bei niemandem. Sie weiß das, und der Frust ist wie Sand zwischen den Zähnen.

Sie essen ausnahmsweise halbwegs gesittet, ein Theater gibt es nur, als Lucius noch eine Kartoffel möchte, am Buffet aber gerade keine mehr sind. «Ich will», ruft er, und damit ist für ihn alles gesagt. In seiner Welt ist es Sarahs Aufgabe, dieses Wollen, das ihr den ganzen Tag entgegenschallt, zu erfüllen.

«Da, nimm meine», sagt sie und legt ihm ihre zwei verbliebenen Kartoffeln auf den Teller.

Lucius nickt zufrieden, und sie registriert inzwischen, wie oft sie das tut: etwas von sich selbst geben, das von den Kindern für selbstverständlich gehalten wird.

Während die Buben sich anstellen für eine Kugel Eis, tippt

Sarah auf ihr Handy. Sie hat Johannes ein Video der beiden geschickt, wie sie unter der Spielplatzschaukel hindurch auf der Wiese robben, die Grasflecken gehen garantiert nie wieder raus. Johannes hat mit einem Daumen hoch geantwortet, und im Chat mit Leon herrscht Funkstille. Sie haben sich gestritten, als er ihr erklärt hat, dass er nicht mitkommt, sie hat ihm einen Brocken Enttäuschung ins Gesicht geworfen, der vielleicht zu groß war. Sie hätte es sich denken können, klar, aber gehofft hat sie trotzdem. Dass er sagt: Lass uns das machen, schwimmen, am See spazieren, abends das Babyfon einschalten und einen Absacker trinken. Stattdessen hat er gelacht, und das war womöglich das Schlimmste. Dass er ihre Idee absurd fand, lachhaft.

Sie weiß, dass er nicht zuständig ist.

Aber er hätte es ihr zuliebe tun können.

«Schau!», gluckst Lucius und zeigt Sarah sein Schokoladeneis, das bereits angefangen hat zu tropfen.

Sie haben kaum noch saubere Kleidung, zu Hause wird sie tagelang waschen müssen.

«Lecker», sagt Sarah und lächelt.

Als sie den beiden einen Wasserball gekauft hat bei einem Kiosk am See, haben sie sie umarmt. Zu dritt sind sie dagestanden, ein großer Körper und zwei kleine, sonnenwarm, angeschwitzt. «Danke», hat Maxi gesagt und Sarah so angesehen, dass sie beinahe erwidern wollte: «Ist doch bloß ein Ball», stattdessen hat sie ihn auf die hellen Locken geküsst und gehofft, dass er ihre nassen Augen nicht bemerkt.

Sie sind sich nah. Sie schlafen zusammen, gehen voreinander aufs Klo, sie essen und planschen und sind nie getrennt, nicht einmal für ein paar Minuten. Das macht etwas mit ihnen, es macht etwas mit Sarah, die in diesem Urlaub immer wieder darüber nachdenkt, dass sie eine Platzhalterin ist, eine Übergangsfrau. Nicht nur wegen Helene, die fehlt, Helene, die ersetzt werden musste, sondern wegen der Frau, in die Johannes sich verlieben wird. Aus seiner nächsten Beziehung wird vermutlich eine Patchwork-Familie, und die nächste Frau wird sich nicht für Wochen um Maxi und Lucius kümmern, sondern für Jahre, sie wird die Bonusmutter sein, die Stiefmutter, die vielleicht auch eigene Kinder mitbringt. Sie werden gemeinsam in dem neuen Haus leben, ob das wohl sein Plan ist? So schnell wie möglich eine Freundin finden, sich wieder einrichten in einem Gefüge, in dem alles ist wie vorher, nur mit einem anderen Muttergesicht. Und wer wird dann noch an Sarah denken, werden Lucius und Maxi sich überhaupt erinnern? An die Zeit, in der Sarah bei ihnen war, an die Rosinenkipferl, den Wasserball, die abendlichen Stunden beim Vorlesen, an Sarahs Hände, die ihnen geholfen haben beim Anziehen, beim Trinken, beim Stufensteigen?

Am Nebentisch sitzt das Großelternpaar, das mit den Enkeln Urlaub macht, der Opa albert mit der Achtjährigen herum, und Sarah denkt an die Omas. Die einen, die ständig sagen, ich hätt so gern ein Enkelkind, die anderen, die keins wollten und es trotzdem betreuen. Weil es nicht geht ohne die Omas. Die zur Abholzeit zum Kindergarten kommen und nachmittags zum Spielplatz, die die Hausaufgaben kontrollieren und Grießbrei mit Zucker und Zimt kochen, damit ihre Töchter und Schwiegertöchter arbeiten und Geld verdienen können. Das ist ein Netzwerk, das aus Frauen besteht. Sarah sieht das immer klarer, je mehr sie darüber nachdenkt. Ein geheimes Bienenvolk im Hintergrund, das die gesamte unbezahlte Fürsorgearbeit erledigt, unter sich aufteilt: die Mütter und ihre Mütter. Die Omas, die selbst noch erwerbstätig sind, und solche, die sich schon gefreut haben auf die Ruhe in der Pension, kommen alle dran. Sie haben womöglich gedacht, sie könnten sich zurücklehnen, nachdem sie sich jahrzehntelang um ihre Kinder gekümmert haben, könnten graben, ob da noch etwas ist in ihnen, das im Verborgenen liegt, ein Talent, ein Wunsch, ein Fernweh. Aber das System lässt nicht zu, dass die Großmütter der Mutterpflicht entkommen, das ganze Leben lang nicht. Sarah beobachtet die Oma am Nebentisch nun schon seit Tagen und meint manchmal etwas Harsches, Ungeduldiges in ihren Zügen zu erkennen, für Millisekunden nur. Sie fühlt sich ihr in diesen Momenten verbunden. Auch sie hat es ganz normal gefunden, dass Johannes sich nach Helenes Tod an seine Mutter gewendet hat. Es war naheliegend. Und absurd, denn sie war krank, halb taub, selbst bereits pflegebedürftig. Den Opa dagegen würde Sarah gern anraunzen. Denn wenn ein Großvater teilnimmt am Betreuungsangebot, dann mit pseudowehmütigen Sprüchen wie «es wär nicht möglich gewesen damals» und «es waren andere Zeiten». Die Zeiten sind immer noch anders! Als Väter waren sie nicht zugegen, als Großväter sind sie Helden. Dass sie eine gesamte Generation, die eigenen Kinder, nicht mit Aufmerksamkeit bedacht haben, spricht niemand aus. Das sorgt für einen heimlichen Schmerz, der weggelächelt wird. Sarah schnaubt und wendet den Blick vom Nachbartisch ab. Die Scheibe Brot in ihrer Hand hat sie völlig zerwuzelt. Da sind so viele neue Gedanken in ihr, die unerwartet hochsteigen wie gärende Blasen. Sie würde gern mit Helene reden, noch mal die Chance haben auf ein Gespräch, einfach nur das: mit ihr reden.

Sie hilft Lucius, die vollgeschmierten Hände an der Serviette abzuputzen, sein Kinn ist verklebt, er grinst sie an. Maxi schiebt ihr sein Erdbeereis zu, hat nur die Hälfte gegessen, es passt nicht viel hinein in dieses Kind. Sarah löffelt den kleinen Becher aus, die rosa Süße ein leichter Trost. Sie schaut noch einmal aufs Smartphone. Sie ist auch für Leon die Übergangsfrau, mit der er das Ernste übt, bevor er sich noch mal ein wenig austobt und dann eine kennenlernt, mit der er sich niederlässt. Für beide Männer ist Sarah das Dazwischen.

Sie steckt ihr Handy ein.

«Wollen wir vorlesen gehen?», fragt sie.

«Jaaa!», ruft Lucius, springt mit seinen kleinen Beinen, an denen die speckigen Knie Grübchen haben, vom Tisch auf.

«Und kuscheln», sagt Maxi.

Sie lassen das Chaos, das sie angerichtet haben, zurück, nur die Traurigkeit, die an Sarah hängt wie ein unsichtbarer Sack voller Wehmut, die kommt mit. Sie lässt sich seit Helenes Tod nicht abschütteln, hat dieselbe Form wie Helene, liegt auf Sarah wie Helenes Schatten.

COMBAT

In diesen Sommernächten sind sie ein Schwarm. Sie sprechen nicht, kommunizieren auf einer anderen Ebene, wie Insekten. Bewegen sich auch so: leise. Schnell. Mit einer natürlichen Anmut. Sie brauchen keine Worte, keine Blicke, sie senden auf derselben Frequenz. Sie sind ein geschmeidiges schwarzes Tier mit acht Beinen und acht Armen, nein: mit acht kickenden Füßen und acht hämmernden Fäusten. Es taucht nachts auf, dieses Tier, und dort, wo niemand es vermutet, es nähert sich rasch, kommt gleichzeitig von vorn und von hinten, es zögert nicht, hinterher verschwindet es ungesehen.

Es weiß: wann und wo.

Es weiß vor allem: wer.

Morgens nach dem Aufwachen überprüft Lola ihre Wunden. Ihre Fingerknöchel sind trotz der Handschuhe gerötet, seit ein paar Nächten versucht sie es mit speziellen Tapes zur Polsterung. Die Muskeln sind übersäuert und verhärtet, es spannt und zieht, und wenn sie sich streckt, kracht ihre Wirbelsäule. Jeder Schlag trifft auf Widerstand und staucht ihren eigenen Körper zusammen. An der Schulter hat sie einen Bluterguss, der behäbige Anwaltssohn hat mit seinem Fahrradschloss ausgeholt und Lola getroffen, bevor Alva es ihm entwinden konnte. Im Adrenalinfieber hat sie die Verletzung kaum gespürt, aber jetzt hat der Schmerz sie eingeholt. Sie trägt Hämatomsalbe auf, achtet bei der Wahl ihres Shirts darauf, dass der blauschwarze Fleck nicht zu sehen ist.

Manchmal schlägt einer zurück. Aber unkoordiniert, mit falsch gelenkter Energie. Hat genug Actionfilme gesehen, um eine Kampfszene zu imitieren, allerdings nie ein echtes Training absolviert. Hat gelernt, dass Männer überlegen sind, hat das eingeflößt bekommen, und merkt plötzlich: stimmt gar nicht. Deshalb verteilt Lola gern simple Ohrfeigen. Sie sind die beste Demütigung.

Sie putzt sich die Zähne, wäscht sich das Gesicht und streicht mit der nassen Hand über die stoppelkurzen Haare. Dann geht sie ins Wohnzimmer, wo Maxi auf sie wartet. Sie bringt ihn wie jeden Morgen zum Kindergarten, Sarah bereitet in der Zwischenzeit das Frühstück zu. Lola isst alles auf, als sie zurück ist, dann kümmert sie sich um Lucius, während Sarah schreibt. Sie baut mit ihm einen Turm aus Lego, liest ihm seine Barbapapa-Bücher vor und geht mit ihm hinaus zur Baustelle, Bagger schauen, bevor sie mittags kocht. Er steht in der Küche neben ihr auf seinem Schemel und führt konzentriert die Handgriffe aus, die sie ihm zeigt, ein Stück Butter abschneiden, die Joghurtsauce verrühren, auf die Eieruhr drücken, wenn sie piepst. Als der Couscous und das Gemüse fertig sind, schickt sie ihn zum Schlafzimmer, wo er klopft, bis Sarah aufmacht.

«Essen fertig», sagt er stolz.

Er kann sich schon so viel besser artikulieren als noch vor einem halben Jahr, und Johannes versteht ihn trotzdem nicht. Schaut Hilfe suchend zu Sarah, wenn Lucius was zu ihm sagt, und sie übersetzt für ihn. Das bringt Lola jedes Mal dermaßen in Rage, dass sie ihn anschnauzt. Dann schaut er erst recht hilflos, und das regt Lola noch mehr auf.

Lucius zieht Sarah an der Hand zum Tisch, wo sie sich gemeinsam hinsetzen. Das ist die Staffelübergabe. Ab hier übernimmt Sarah. Sie macht sich nach dem Essen mit Lucius auf den Weg, um Maxi abzuholen, Lola räumt die Küche auf und die Spülmaschine ein, geht dann selbst los, und so haben sie sich organisiert. Zum Wohle aller, oder wie Lola manchmal verbittert denkt: zum Wohl von Johannes. Der ist nicht Teil dieser Organisation, verlässt das Haus wie gewohnt gegen sechs Uhr morgens.

Es regnet, sie treffen sich nicht im Freibad, sondern bei Alva. Lola hat die Kampfausrüstung im Rucksack und ein Buch. Manchmal sind sie ein wilder Wirbel aus Worten, manchmal lesen sie alle still nebeneinander oder sehen sich eine Serie an. Je nach Observierungsplan gehen sie abends vereinzelt in verschiedene Richtungen oder gemeinsam zu Sibel in die Sporthalle.

Dort fragen sie nach den Geschichten, hören zu. Sie bieten den Mädchen beim Training ein offenes Ohr, die einen zögern noch, die anderen sprudeln. Alva hatte recht, keine von ihnen ist unbeschädigt zum Boxen gekommen. Es gibt einen Grund, und dieser Grund ist der Klassenkamerad, der seine Finger / der Stiefvater, der seinen Mund / der beste Freund des großen Bruders, der seinen Schwanz /

Sie brechen die Finger.

Sie schlagen den Mund.

Sie zerdrücken den Schwanz unter ihren Schuhspitzen.

Und dann haben alle diese Mädchen eine Freundin, eine Cousine, eine Schwester, und immer, wenn sie erzählen, ist ihr Blick entsetzt, resigniert, empathisch, aber es schimmert auch etwas anderes durch. Etwas Dichtes, Dunkles, nicht schwer zu erkennen für eine, die schon mal dasselbe empfunden hat.

Das ist die Wut.

Es erstaunt Lola, wo sie diese Männer antreffen, wo sie sie finden: in Tiefgaragen und stillen Gassen, auf verlassenen Parkplätzen und in finsteren Bahnunterführungen. Überall dort, wo Frauen nach Möglichkeit nicht hingehen. Wo sie Angst haben, den Schlüssel zwischen den Fingern halten, einen Anruf auf dem Handy fingieren, sich umsehen tausendmal. Die Männer gehen locker, glauben: Sie sind die Angreifer. Nicht die Angegriffenen.

Alvas Eltern hat Lola noch nicht kennengelernt, dafür jedoch Elvira, die sich um die Villa kümmert und um die vier Freundinnen. Sie füllt den Kühlschrank und kocht für sie, wäscht Alvas Hoodies und wundert sich nicht, dass es so viele einfarbig schwarze sind.

«Glaubst du, dass deine Eltern das Haus verkaufen, sobald du auch ausgezogen bist?», fragt Lola, während sie ihre Sachen in Alvas Zimmer in eine Ecke wirft.

«Kann gut sein», bekommt sie zur Antwort, «die wollen, dass ich behütet aufwachse.»

Alva lacht.

«Und sie denken, dass mir im beschaulichen Salzburg nichts passiert.»

Jetzt lachen sie alle.

Sie tun es nachts, natürlich. Es bleibt lange hell im August, aber irgendwann und irgendwo erwischen sie ihn.

Sie erwischen jeden.

Sie müssen nur Geduld haben.

«Der Architekt kommt heute aus Puerto Rico zurück», sagt Femme, «ich hab bei ihm im Büro angerufen und mich als Bewerberin ausgegeben. Hab dann auf der Seite vom Flughafen nachgeschaut, es gibt nur einen Flug aus dieser Richtung, der landet um kurz vor halb zehn. Der Flughafen-Parkplatz ist aber zu riskant.»

«Obwohl um die Uhrzeit kaum jemand da sein dürfte», überlegt Sunny.

«Na ja, er wird nicht als Einziger in diesem Flieger sitzen», entgegnet Alva.

«Ich bin dafür, dass wir warten, bis er zu Hause ist, und ihn in seinen Garten locken», erklärt Lola, «ich hab mir das angeschaut, während er weg war. Rundherum stehen so große Dinger aus Gras und Stein, die Nachbarn können von keiner Seite hineinsehen. Und irgendein Normalo kommt da von außen nicht drüber. Aber wir schon.»

«In Ordnung», meint Femme.

Sie geben sich nicht preis, auch den Mädchen beim Training nicht. Wenn niemand etwas weiß, kann niemand etwas verraten. Sie haben alles, was sie wissen müssen, im Kopf, besprechen sich ausschließlich persönlich, nichts Schriftliches. Selbstverständlich ahnen die anderen es. Dass da ein Zusammenhang besteht. Zwischen: eine erzählt, dass der DJ sie in eine Toilettenkabine gedrängt hat, und: dem DJ werden die Zähne eingeschlagen. Könnte Zufall sein.

Wenn es nur ein Typ wäre.

Aber inzwischen sind es acht, der Architekt wird die Nummer neun.

Er ist der Ex-Chef von Sibel.

Sie hat ihnen derart beiläufig erzählt, was er getan hat, dass es absichtslos hätte wirken können. Aber Alva, Sunny, Femme und Lola haben sich angesehen und verstanden: Sibel weiß Bescheid. Und Sibel will dasselbe.

«Es ist vierzehn Jahre her», hat sie gesagt, «damals war ich noch nicht … so.»

Sie hat gelächelt und ihren Bizeps spielen lassen.

Lola hat nicht gefragt: kommst du mit. Sie fragen nie: willst du dabei sein. Sie nehmen den Schmerz wie eine Murmel, stecken ihn ein, bringen ihn zurück zu seinem Ursprung. In der Hoffnung, dass er dann verschwindet für immer. Und das Risiko tragen sie allein.

Der Architekt schließt um zwanzig nach zehn seine Tür auf, das Licht im Haus geht an. Lola steht neben den anderen am

Rand des großen Gartens, gegenüber der Glasfront und dennoch unsichtbar. Er ist im Hellen, sie sind im Finstern, und während er nicht weiß, dass er beobachtet wird, sehen sie alles. Dass er die Krawatte abnimmt und die Hose auszieht, den Koffer zur Treppe stellt und eine Platte auflegt, ernsthaft, er hat einen Plattenspieler, das Boomer-Arschloch. Er gießt eine Flüssigkeit in ein Glas, macht zwei, drei wiegende Tanzschritte. Nach der verabredeten Wartezeit, ob noch jemand kommt, ob er ein Date hat, wirft Alva die Steinchen gegen die Verandatür, die sie gesammelt haben. Eins nach dem anderen, zuerst dringt es nicht zu ihm durch. Dann horcht er auf, macht die Musik aus. Alva schmeißt, als er zum Fenster sieht, gleich mehrere Kiesel auf einmal. Er stellt das Glas ab, öffnet die Schiebetür. Tut das einfach, ohne sich zu fürchten, ohne sich zu bewaffnen, der Scheißkerl. Er sieht die Steinchen auf dem sorgsam mit Schieferplatten gepflasterten Weg, kommt noch einen Schritt weiter heraus.

Sie treten aus den Schatten, reihen sich zu viert vor ihm auf.

«Oh», sagt er und grinst.

Nur das: oh, und eine Anspannung ruckt durch seinen Körper, die Lola sofort verrät, dass er kämpfen kann.

Doch statt den Mut zu verlieren und den anderen ein Zeichen zum Rückzug zu geben, setzt sie dieselbe Anspannung bei sich an. Endlich. Es war noch keiner dabei, der ihnen ebenbürtig war. Sie will wissen, wie das ist.

Sein Überlegenheitsgefühl ist wie ein aufdringlicher Geruch. Er steht da in Hemd und Socken und glaubt, es mit ihnen aufnehmen zu können, zweifelt nicht daran, obwohl es 1:4 steht. Eine Frau muss bei 1:1 schon Angst haben um ihr Leben. Das ist male entitlement in der reinsten Form.

Er grinst. Scheut nicht zurück, sucht nicht nach einer Fluchtmöglichkeit. Er freut sich auf die Gewalt.

Sunny springt ihm als Erste entgegen, aber nur, um ihn zu einem Tritt zu verlocken, der ihn einen Schritt vom Eingang wegbringt, dann noch einen. Er folgt ihrem Tanz, und Femme zieht hinter ihm rasch die Tür zu, damit er nicht hineinkann, wo das Handy ist, wo Messer sind und Scheren und schwere Gegenstände. Zu viert umringen sie ihn.

«Wer hat euch geschickt, Mädels?», fragt er, und an dem kleinen Keuchen in seiner Stimme hört Lola, dass er zwar weiß, wie man sich wehrt, aber ganz sicher nicht so fit ist, wie er glaubt. Wanst hat er keinen, aber der Wohlstand setzt sich an.

«Monika?», fragt er. «Oder Angelika, hm?»

Er wartet auf eine Reaktion, nennt mehr Frauennamen, und mit jedem lodert eine Stichflamme in Lola auf, als wären seine Worte Öl.

Woher weiß er, dass sie weiblich sind? Bisher hat keiner das so schnell erkannt, wegen ihrer Statur und Kraft hat jeder sie irrtümlich für Jungs gehalten, sie sprechen auch deshalb nie, damit ihre Stimmen sie nicht verraten. Vielleicht hat er so vielen Frauen wehgetan in seinem Leben, dass für ihn klar war: Eines Tages werden sie kommen.

Alva nimmt Anlauf, rennt auf ihn zu, und während er die Fäuste vors Gesicht hebt, lässt sie sich fallen, tritt ihm mit aller Wucht gegen die Kniescheibe. Das ist ein gefährlicher Move, weil sie dann nah am Gegner ist, selbst auf dem Boden liegt. Aber sie rollt sich in derselben Bewegung zur Seite, Lola und Sunny stürmen los. Nicht, wie damals, *auf Sibel zu,* als sie den Takedown geübt haben. Sondern *für Sibel.*

Sie werfen ihn um, und der Schmerz des Zusammenstoßes schießt Lola wie Säure ins Gehirn. Sie reibt sich die Schulter, dreht sich nach ihm um, schon hockt Femme über ihm, lässt ihre Schläge auf ihn prasseln. Er schreit, aber er erholt sich sofort. Er wirft Femme ab, verpasst ihr einen Kinnhaken, tritt zweimal mit dem Fuß nach, bevor sich Alva von hinten an seinen Hals hängt. Lola würde am liebsten jede Formation und Koordination aufgeben, nur noch brüllend um sich hauen, die Wut rausballern und Zufallstreffer landen, doch sie atmet scharf und konzentriert sich, wie sie es gelernt hat. Sie ist hellwach, alle ihre Sinne aktiviert. Unter der Maske ist das Atmen schwer, bei jedem Luftholen klebt der Stoff an ihren Lippen.

Die Schwingung zwischen ihnen summt, kein Tritt geht ins Leere. Sie umzingeln ihn, schlagen von jeder Seite zu. Sie sind ein Schwarm, sie sind überall zugleich. Er teilt aus, er wehrt sich, ist schnell. Er erwischt Sunny am Schienbein und Alva am unteren Rücken, für eine Ohrfeige kommt Lola ihm nicht nah genug.

Sie kämpfen still, und das überlegene Grinsen rutscht ihm ab. Weil er zwar die Deckung hat und die Beinarbeit, jedoch keine Kondition. Er wird müde, seine Kräfte lassen nach. Sie sind viermal so viele. Und tausendmal so wütend.

«Was wollt ihr», schnauft er irgendwann, «wollt ihr Geld? Geht es darum?»

Sie geben keine Antwort. Auch Lolas Herz pumpt, trägt schwer an der Anstrengung. Die Prellung strahlt ein schmerzhaftes Pochen aus. Sie müssen es zu Ende führen, und Lola weiß: Die anderen denken das auch.

Sie ziehen die Schlinge zu, bringen ihn erneut zu Fall, Sunny kniet sich auf seine linke Hand, Femme auf die rechte. Alva holt das Messer heraus.

«Ich krieg euch», droht er und spuckt, «ich krieg euch und fick euch, bis ihr nur noch blutige Fetzen seid.»

Lola hat recht gehabt: Es ist am Ende gar nicht so schwer, Zähne aus dem Zahnfleisch zu brechen. Und das Geräusch ist so viel harmloser als erwartet.

Die Kraft in ihrem Faustschlag ist nicht die Wut eines Teenagers. Es ist die Wut aller Frauen dieser Welt.

Und deshalb ist es der finale, heftigste Schlag, der den Architekten zum Schweigen bringt.

Alva klappt das Messer auf.

SPANNUNGSBOGEN

Sie sehen so ernst aus. Sarah betrachtet das Foto, auf dem Maxi die Schultüte hochhält und Lucius seinen neuen Kindergartenrucksack an die Brust presst, beide haben einen starren, fast angstvollen Blick, lächeln nicht. Schnell steckt sie das Smartphone weg, klatscht in die Hände wie eine Animateurin, die Vorfreude erzeugen will.

«Das wird toll», sagt sie laut, murmelt dann: «Wir schaffen das», mehr für sich selbst.

Sie nimmt die Kinder an der Hand, es ist kurz vor halb acht. Sie wird Maxi zu seinem ersten Schultag begleiten, dann mit Lucius die Eingewöhnung in der Krabbelgruppe beginnen, wo er nicht allein bleiben darf, wie sie erklärt bekommen hat. Sarah soll danebensitzen, und nach fünfundvierzig Minuten müssen sie gehen. Am Ende der Woche kann er vielleicht schon zwei Stunden mitspielen, und sie darf vor der Tür in der Garderobe warten. Das Konzept erscheint ihr seltsam, sie kann sich nicht erinnern, dass das in ihrer Kindheit so gewesen wäre. Aber es ist vermutlich förderlich für die Entwicklung, und da Maxi am ersten Schultag um neun Uhr fünfzehn aushat, ist das eben der Plan: die Betreuungseinrichtungen kennenlernen und gleich wieder verlassen.

«Moment», sagt Sarah am Zebrastreifen, wartet ab, bis die Autos stehen bleiben, «jetzt können wir gehen. Ihr müsst euch immer sicher sein, dass die Autofahrer euch gesehen haben.»

Maxi und Lucius trotten neben ihr her ohne ihr übliches Geplapper und Gezanke. Am Abend konnte Maxi nicht einschlafen, hatte Bauchweh und blasse Wangen. Sie hat ihm eine

Wärmflasche gemacht und eine Duftlampe mit Lavendelöl in sein Zimmer gestellt.

«Das ist ein Spezialduft», hat sie ihm erklärt, «der macht mutig und stark.»

Sie hat an seinem Gesicht gesehen, dass er überlegte, ob er ihr das glauben soll. Und dass er sich dann dafür entschieden hat.

«Du musst keine Angst haben», hat sie ihm ins Ohr geflüstert, «deine Freunde werden da sein, und du wirst neue Freunde finden. Bestimmt ist die Lehrerin supernett. Mach dir keine Sorgen.»

Und dann konnte sie selbst nicht einschlafen, lag selbst sorgenvoll wach. Was, wenn Maxi sich schwertut, nicht mithalten kann? Was, wenn er nicht in der Lage ist, vier Stunden still zu sitzen, wenn die Lehrerin ihn nicht mag? Sarahs Schulzeit ist eine Weile her, aber das sind prägende Erlebnisse, die man nicht vergisst: die Ungerechtigkeiten, die einem in Klassenzimmern widerfahren sind. Die Willkür mancher Lehrer und die eigene Hilflosigkeit, die Gnadenlosigkeit der Klassenkameraden. Maxi gehört zu den Angeschlagenen, vielleicht können die anderen Kinder das riechen, sehen in ihm ein Opfer. Und Sarah weiß, wie alle Erwachsenen, was das für ihn bedeuten würde.

Es fällt ihr schwer, seine Hand loszulassen. Es ist Zeit für ihn, er muss lesen und rechnen können, eine große Neugier springt in ihm herum, er ist reif für das Lernen. Aber wie kann sie ihn durch diese Tür gehen lassen, so unbedarft, wie kann sie ihn ausliefern, und vor allem: Wer soll ihm helfen, wer soll für ihn da sein in Zukunft?

Die Aufregung auf dem Schulplatz ist wuchtig und laut. Die älteren Kinder rufen durcheinander, die Erstklässler drücken sich an die Mütter, und das ist es, was Sarah auf den ersten

Blick auffällt: Drei, vier Väter sind anwesend, stechen heraus in ihrer Vereinzelung, haben so ein selbstgefälliges Grinsen, das Sarah sauer aufstößt. Ansonsten nur Mamas. Früher hätte sie das nicht bemerkt, und falls jemand sie darauf aufmerksam gemacht hätte, hätte sie es nicht absonderlich gefunden. Früher wäre sie aber auch nicht hier gestanden, in diesem Ring aus Frauen, zu denen sie jetzt irgendwie gehört, obwohl sie kein Kind geboren hat, nicht hineingewachsen ist in diese Aufgabe.

Maxi löst sich von ihr, läuft auf zwei Jungs zu, die Sarah von seiner Geburtstagsfeier kennt. Erstaunlich lange fühlt sie noch die Wärme seiner Finger an ihrer Hand.

Als der Direktor herauskommt und die Kinder begrüßt, stellt Maxi sich wie gefordert brav in die Zweierreihe, die Schultüte im Arm, um in die Klasse zu marschieren. Sarah wartet bis zum letzten Augenblick, ob er sich nach ihr umdreht, versucht dann, es als gutes Zeichen zu werten, dass er es nicht tut.

Bevor sie in die Krabbelgruppe gehen können, braucht Lucius eine frische Windel. Sarah schließt sich mit ihm auf der Toilette ein, zum Glück liegt alles nah beieinander, Volksschule und Kindergarten befinden sich auf demselben Areal, Johannes wird beide Buben um die gleiche Zeit morgens hierherbringen können. Wenn er es denn eines Tages macht.

Sie stellt die Windeltasche ab, kniet sich vor Lucius. Sie können das inzwischen gut, Windelwechseln im Stehen, er bleibt sowieso nicht liegen. Manchmal läuft er davon und lacht, wenn sie ihn durch die Wohnung jagt, mit den Pampers in der Hand. Vielleicht kann sie ihn bald aufs Töpfchen setzen, oder ist es dafür noch zu früh? Sarah schwitzt in ihrem Mantel, wickelt die volle Windel zusammen und wirft sie in den Mülleimer. Sie zieht Lucius' Hose hoch und drückt ihn an sich, sie hat ihm eine neue Jacke gekauft, blau mit roten Druckknöpfen, auf dem Rucksack sind die Hunde aus seiner Lieblingsserie *Paw*

Patrol. Er windet sich aus der Umarmung, saust zur Tür, die abgeschlossen ist. Sarah wirft einen Blick in den Spiegel.

Johannes hat die Wohnung verlassen, als wäre es ein normaler Arbeitstag. Es ist Mitte September, er jongliert mit vier Baustellen. Zwei davon befinden sich im angrenzenden Bayern, deshalb sitzt er Stunden im Auto, geht morgens noch früher und kommt abends noch später. Er hat sich entzogen. Und sie hat es zugelassen. Statt ihn zu konfrontieren, ihn in die Pflicht zu nehmen und an sein Versprechen zu erinnern, hat sie eine Schultüte für Maxi befüllt und alles besorgt, was auf der Klassenliste stand, hat mit der Krabbelgruppenleiterin den schrittweisen Plan für Lucius' Eingewöhnung besprochen und mit Lola diskutiert, wie sie sich die Nachmittage aufteilen können, hat ihren Impftermin so gelegt, dass sie zu Schulbeginn wieder fit sein würde. Im Oktober muss sie das fertige Manuskript abgeben, ihr läuft die Zeit davon.

Was ist mit dem Haus, sollte sie Johannes fragen, wann zieht ihr um? Wie hast du dir das vorgestellt, das ist doch zwanzig Kilometer entfernt?, sollte sie fragen und ihm ein Gespräch aufzwingen über die zukünftige Betreuung seiner Kinder. Manchmal stellt sie sich vor, einfach ihren Koffer zu packen und zu gehen. Was für ein Gesicht er wohl machen würde.

Aber wie könnte sie Maxi und Lucius alleinlassen ausgerechnet jetzt, wo ihnen dieser neue Lebensabschnitt bevorsteht und sie eine Bezugsperson brauchen? Sarah hat dieses Wort so oft gehört in letzter Zeit: Bezugsperson. Für das System ist das alles, was relevant ist, worauf es hinausläuft: Wer ist die Bezugsperson? Und es gibt Sarah zu denken, dass sie diejenige ist, von der sich die Kinder offenbar im Eingewöhnungsprozess abnabeln müssen.

Sie wäscht sich die Hände, fischt ein Papierhandtuch aus dem Spender, während Lucius ungeduldig an der Türklinke rüttelt. Sie hat keine Lust, am Rand der Spielegruppe auf dem Teppichboden zu sitzen, Lucius und den anderen Zweijährigen zuzuschauen, wie sie Legotürme demolieren und zu Bi-Ba-Butzemann tanzen, zu warten mit ausgehängtem Gehirn und ohne Beschäftigung. Sie sollte am Laptop sein, sie sollte arbeiten, aber sobald sie Maxi abgeholt haben, ist immer noch Morgen, und es bleibt dieser restliche Tag ohne Betreuungsmöglichkeit, die ganze Woche wird das so sein. Sarah lässt das kalte Wasser über ihre Finger laufen. Wie machen Eltern das, wie können sie neun Wochen Sommerferien bewältigen und gleich im Anschluss diese angebrochenen Tage, an denen man früh aufstehen und pünktlich zur Stelle sein muss, es aber keinen Stundenplan gibt, kein Mittagessen und keine Nachmittagsbetreuung?

Sie zupft an ihren Haaren, reibt einen Mascarafleck in ihrem Augenwinkel weg, merkt dabei, dass sie kein Gefühl hat in ihren Händen.

«Sa-a!», ruft Lucius.

«Alles gut», sagt sie, «ich komme.»

DIRTY BOXING

Es ist Zufall, dass sie Moritz in der leeren Garderobe begegnet. Lola hat ihren Turnbeutel dort vergessen, die Sportlehrerin hat sie nach unten geschickt. Moritz kommt gerade herein, hat vielleicht verschlafen oder war beim Arzt, und Lola sieht, wie ihm das Gesicht entgleist für einen Atemzug. Wie er denkt: ach, Scheiße. Wie er denkt: DIE.

Dass er es so unangenehm findet, mit ihr allein zu sein, amüsiert sie dermaßen, dass sie auf ihn zugeht. Er hat die Jacke noch an, den Rucksack auf einer Schulter, hinter ihm die weiße Wand mit den Haken. Eigentlich will sie nur an ihm vorbeigehen, viel zu nah, ihn angrinsen dabei, doch weil er zurückweicht, die Augen zusammenzwickt und den Eindruck macht, auf keinen Fall von ihr berührt werden zu wollen, bleibt sie stehen. Direkt vor ihm.

«Na?», fragt sie und denkt an den Moment am Salzachkai, als er versucht hat, sie zu küssen.

Sie stützt sich mit dem ausgestreckten Arm an der Wand neben seinem Kopf ab, er zwingt sich zu einer künstlichen, unterwürfigen Geduld, die Lola sauer macht. Ständig hat er ihr geschrieben, ist ihr nachgelaufen, wollte sie sehen. Und jetzt kräuselt sich sein Mund, natürlich kann sie das lesen: Ekel.

«Wie findest du meine neue Frisur, hm?», fragt sie, kann seinen Babyatem an ihrer Nase spüren.

«Ja», erwidert er, «eh.»

«Willst du sie mal anfassen?» Lola schnappt nach seiner Hand.

Er macht den Arm steif.

«Lieber nicht», sagt er und schaut zur Seite. Ob da jemand ist. Ob er nach jemandem rufen kann.

Lola zieht an seinem Arm. Legt seine Finger auf ihren Kopf.

«Schön weich, oder?»

Sie bugsiert seine Hand an ihren Arsch.

«Und das, magst du das?»

Moritz blinzelt, aus seinem Mund kommt ein komisches Geräusch. Schnell presst er die Lippen aufeinander. Lola hält immer noch ihre Hand auf seiner, behandelt ihn wie eine Puppe, eine Marionette, die sie nach Belieben bewegen kann.

«Auch weich», sagt sie, drückt seine Finger in ihre Hinterbacke.

Er wehrt sich nicht. Wie schräg ist es, dass er sich nicht wehrt? Wieso entzieht er ihr seine Hand nicht, wieso schubst er Lola nicht von sich?

Das ist eines der interessanten Dinge, die sie herausgefunden hat: Es ist nicht so einfach, sich zu wehren. Zu erstarren und alles über sich ergehen zu lassen, scheint eine viel menschlichere Reaktion zu sein, als sie früher gedacht hat. Vielleicht sagt der Überlebensinstinkt: Wenn du still bist, wenn du es erträgst, hört es gleich auf, dann bist du safe. Aber wenn du wegläufst, wirst du eingeholt. Und wenn du zurückschlägst, stachelst du die Wut erst recht an.

Auch Männer bleiben stumm und still. Nicht alle. Aber die meisten.

«Scheiße», murmelt Moritz, und Lola kribbelt das Lachen im Hals.

Sie drückt sich an ihn, hebt ihr Knie, damit sie es in seinen Schritt bohren kann. Legt seine Hand auf ihren Busen.

«Lass», murmelt er und formt langsam einen Widerstand. Lola kennt sich aus mit Körpern, Lola weiß inzwischen unglaublich viel über Körper. Sie registriert die winzige Veränderung in seiner Haltung und spürt, dass er gleich einen Stoß riskieren wird, um sie loszuwerden. Sie spannt ihre Muskeln an, und als Moritz den Schubs umsetzen, auf die Überraschung bauen will, merkt er, dass er Lola keinen Zentimeter verrücken kann. Dass sie gar nicht überrascht ist. Sondern stärker als er. Schwerer, härter, breiter.

«Wir könnten da weitermachen, wo wir aufgehört haben», sagt Lola, «und endlich ein bisschen schmusen.»

Er versucht noch einmal, sich zu befreien. Es macht ihr Spaß, wie er sich windet, seine Hand losreißen möchte und es nicht kann. Wie sein Atem schneller wird, dieser süße Kinderatem, der sich jetzt vielleicht verändert zum ersten Mal.

Sie kommt ihm noch näher, um ihn glauben zu lassen, dass sie ihm tatsächlich einen Kuss aufzwingen wird, reibt ihr Knie an seinem Penis, der, und jetzt lacht Lola wirklich, merklich hart wird. Das ist, sie weiß es genau, die schlimmste Demütigung für Moritz. Dass sein Körper ihn verrät, und im selben Augenblick lässt Lola ihn los.

Sein Aufseufzen ist laut und kurz, sofort duckt Moritz sich weg. Er rennt, läuft nicht und geht nicht, er rennt davon.

«Du willst es doch auch!», ruft sie ihm nach.

Sie nimmt ihren Turnbeutel vom Haken und schlendert Richtung Sporthalle. Die anderen haben in der Zwischenzeit einen Hindernisparcours aufgebaut, die Lehrerin deutet ihr mit einem ungeduldigen Winken, dass sie sich einreihen soll. Sie müssen über Böcke und Kästen springen, sich an den Ringen entlanghangeln, über mehrere Bänke balancieren, auf den Matten ein Rad schlagen, einen Unterschwung am Reck machen. Lola läuft erst einmal eine Runde am Turnsaalrand entlang, um sich aufzuwärmen.

Der kollektive Blick am ersten Schultag nach den Ferien war schief vor Entsetzen. Sunny und Lola haben sich in die letzte Reihe gesetzt wie immer, und es war schlagartig still in der Klasse. Sunny hat Lola angegrinst mit so viel Vergnügen in den Augen, dass Lola begonnen hat zu lachen. Laut und belustigt, frei und wild.

Niemand hat etwas gesagt.

Hinter Sunny schiebt Lola sich in den Strom der Mädchen, die Jungs turnen getrennt mit einem anderen Lehrer in der Halle nebenan. Sunny wendet sich im Laufen zu ihr um, gerät dadurch aus dem Trott, und statt elegant über den auf höchste Stufe gestellten Kasten zu springen, knallt sie dagegen. Sie lacht, schüttelt sich, geht weiter zum nächsten Hindernis. Und es ist nichts passiert eigentlich, aber Lola sieht den verärgerten Blick der Lehrerin, die etwas vor sich hinmurmelt. Sie nimmt Anlauf und macht, aus einer Laune heraus, dasselbe. Statt die Arme auf das mit Leder bezogene Oberteil zu stemmen und in der Hocke über den Kasten zu hüpfen, lässt sie sich gegen das Holz krachen. Sunny lacht noch mehr, die anderen stimmen ein. Freuen sich über die Gelegenheit, sich lustig machen zu können über die zwei, die vor den Ferien noch ganz anders ausgesehen haben.

«Was gibt es da zu lachen!», ruft die Lehrerin und bläst in ihre Trillerpfeife. «Lola und Sunny, sofort zurück, ihr wiederholt den Kastensprung.»

Sie müssen einander nicht ansehen, es ist klar, dass sie die Aufgabe erneut verkacken werden. Sunny rennt als Erste gegen den Kasten, Lola tut es ihr nach. Scheißblödes Ding, mit dem hier seit Jahrzehnten Kinder drangsaliert werden. Wer hat schon jemals Spaß gehabt im Turnunterricht, beim schambehafteten Umziehen, beim Abgeschossenwerden, bei den unfairen Wettbewerben? Sogar Mama hat erzählt, dass das schlimme Stunden waren. Dass es Demütigungen gab und Gelächter, eine für den Rest des Lebens eingeprägte Abneigung gegen Sport.

Jetzt lachen alle, es drückt ihnen den Spott aus dem Mund.

«Findet ihr das witzig, ja?» Die Lehrerin kommt zu Lola und Sunny.

Hat so ein irres Funkeln in den Augen, das Lehrer·innen kriegen, wenn sie ihre Autorität bedroht sehen. Lola reckt das Kinn, das Lachen verstummt.

«Aber kein Wunder eigentlich», sagt die Turnlehrerin, «dass ihr es nicht mehr über den Kasten schafft. Ist schwer, sich hochzuwuchten, oder?»

«Was meinen Sie damit?», fragt Sunny.

Die Lehrerin antwortet mit einem Blick, der von Sunnys Gesicht über Busen, Bauch, Beine wandert, dann wieder zurück nach oben.

«Sagen wir es so», erwidert sie, «ihr beide hättet Sport am dringendsten nötig. Aber offenbar seid ihr nicht nur fett geworden, sondern auch faul.»

Lola beißt die Zähne derart fest zusammen, dass es in ihrem Hirn knackt.

«Diese elende Dickenfeindlichkeit ist Diskriminierung pur», sagt sie, «Sie reproduzieren Vorurteile. Dass man dumm ist als dicker Mensch, faul, hässlich und unhygienisch.»

Die Sportlehrerin hebt nur die Augenbrauen, als wolle sie sagen: Ist doch so.

«Es ist übergriffig, dass Sie unsere Körper kommentieren», sagt Sunny, «es ist eine Form von Mobbing. Und wir sind noch in der Entwicklung. Wollen Sie uns in eine Essstörung treiben?»

«Ich glaube, eine Essstörung habt ihr schon», sagt sie, «aber in die falsche Richtung.»

Sie hat eine Dreiviertelleggins aus Lycra an, ein farblich passendes Tanktop, die Haare zum Pferdeschwanz gebunden. Es ist natürlich einfach, sich sportlich zu geben, wenn mensch in

Wahrheit am Rand des Geschehens steht, Anweisungen ruft und zur Ermahnung in das blöde Pfeifchen bläst.

Vereinzeltes Kichern aus der restlichen Mädchenmenge, die sich aufgestellt hat und das Geschehen gespannt verfolgt.

«Jeder Körper ist in Ordnung, wie er ist», sagt Lola, «vor allem Frauenkörper sind nicht dafür gemacht zu gefallen. Wir müssen keinem Ideal entsprechen.»

«Frauen wie Sie sind am schlimmsten», sagt Sunny neben ihr, «die nicht mitmachen bei der gemeinsamen Sache. Die anderen Frauen in den Rücken fallen.»

Die Lehrerin kneift die Augen zusammen.

«Ihr wollt mir doch nicht erzählen, dass das gesund ist, so zuzulegen wie ihr beide. Was sind das, zwölf, fünfzehn Kilo mehr? Es hat nichts mit einem Schönheitsideal zu tun, dass ihr behäbig geworden seid und schwach.»

Sie deutet auf den Kasten mit der Matte dahinter.

«Haben wir ja gerade gesehen.»

Lolas Arm schnellt nach vorne, ihre Hand schließt sich um den Hals der Lehrerin. Sie drückt zu.

«Kommt Ihnen das schwach vor?», fragt sie.

Nimmt mit der anderen Hand die Finger der Lehrerin, legt sie auf ihren eisenharten, hervortretenden Bizeps. Die Lehrerin keucht, zerrt an Lolas Handgelenk, die Augen geweitet. Sie ringt nach Luft und ist nicht in der Lage, etwas zu sagen. In ihr beschissenes Trillerding kann sie auch nicht mehr blasen. Lola drückt noch fester zu, lässt abrupt los.

Die Lehrerin fasst sich an den Hals, hustet übertrieben.

«Das wird ein Nachspiel haben», stößt sie hervor.

Dann bedeutet sie den anderen Mädchen weiterzumachen und zwingt Lola und Sunny zum Direktor.

Später am Abend prügelt Lola auf den Boxsack ein, brüllt ihn sogar an. Wenn eine mal anfängt, hinzuschauen, nach denen zu suchen, die ausgrenzen, diskriminieren, verletzen, die eine Lektion erteilt bekommen sollten, sieht sie sie plötzlich überall, überall. Als sie eine Pause einlegt und aufschaut, fühlt sie Sibels prüfenden Blick auf sich.

«Mein Ex-Chef hat einen Kieferbruch», sagt Sibel, «es stand in der Zeitung. Dass er die Polizei eingeschaltet hat. Und niemand sich einen Reim darauf machen kann, weil nichts gestohlen wurde.»

«Aha», macht Lola, wischt sich mit dem Handtuch den Schweiß aus dem Nacken.

«Ich hoffe, ihr seid vorsichtig», sagt Sibel.

Lola trinkt gierig aus ihrer Flasche, lässt Sibel nicht aus den Augen. Wie hat es sich für sie angefühlt, diesen Artikel zu lesen? War ein Foto vom Architektenschwein dabei, hat sie es lange angestarrt?

«Er hatte viele Feindinnen», entgegnet Lola und registriert das winzige schmerzvolle Zucken in Sibels Mundwinkeln. Sie hat sich im Griff, aber Lola spürt den Groll, den Sibel seit Jahren mit sich trägt, den sie schultert mit ihren trainierten Oberarmen, den sie über die Matte zerrt und der sie beschwert bei jedem einzelnen Schritt.

Vielleicht wird er jetzt leichter.

Lola wendet sich ab, da hält Sibel sie am Ellbogen fest. Kurz stehen sie so da, Sibel hat den Kopf gesenkt, will etwas sagen und findet die Worte nicht. Dann richtet sie sich auf, sieht Lola in die Augen.

«Danke», flüstert sie.

WENDEPUNKT

Sind Sie erziehungsberechtigt?», fragt der Direktor stirnrunzelnd.

Sarah ist alles andere als das, und sie will auch nicht hier sein. Aber Lola hat sich vor zwei Tagen anscheinend «im Unterricht widersetzt» und eine Lehrerin «tätlich angegriffen», wie Johannes am Telefon erklärt wurde. Deshalb sitzt Sarah hier, im Büro des Direktors, neben Lola, und die Lehrerin sitzt da auch.

«Nein», sagt sie und hebt die Schultern.

«Wo ist denn der Herr ...», der Direktor sieht in seinen Unterlagen nach, «Achensteiner, mit dem ich telefoniert habe?»

«Bei einem Termin», entgegnet Sarah.

«Er ist der Vater?»

Der Direktor hat an den Kopf geschmierte braune Haare und einen Fleck auf seiner Krawatte.

«Nein», sagt Lola.

Sarah hätte sich gern vorbereitet, aber aus Lola war nichts herauszukriegen. Sie weiß deshalb nicht, was genau passiert ist.

«Und die Mutter?», fragt der Direktor.

«Tot», sagt Lola.

Der Direktor schlägt den Ordner zu, räuspert sich, wirft der Lehrerin einen kurzen «Hätte ich das wissen müssen?»-Blick zu, der Sarah ein wenig amüsiert.

«Wie auch immer», hüstelt er, «Fakt ist, dass es am Dienstag zu einem Zwischenfall im Sportunterricht kam, bei dem Ihre To– ... bei dem Lola handgreiflich wurde. Sie ist auf Frau

Steiger losgegangen, als diese ihr aufgetragen hat, eine Sportübung durchzuführen.»

Lola schweigt.

«Sie müssen sich im Klaren sein, dass sich das auf die Betragensnote im Halbjahreszeugnis auswirken wird», erklärt er, und Sarah denkt, dass sie stets so reden, die Amtspersonen, von oben herab und wichtigtuerisch, als wären sie die Bestimmer. Die Erinnerung ist eine körperliche, ihr gesamtes System fällt zurück in die Zeit, als sie in der Schule war, in das altbekannte Gefühl, einen Anschiss zu bekommen. Und ihn schweigend über sich ergehen zu lassen. Gesagt hat sie nie etwas, wie denn auch, die Möglichkeit war nicht eingeschrieben in ihren Verhaltenskodex. Helene war anders, die hat sich gewehrt. Die hat sich aufgelehnt und zu Hause ihre Version der Ereignisse erzählt. Nur zugehört hat ihr niemand.

«Du willst dich doch nur wichtigmachen», haben die Eltern behauptet, «du wirst sicher irgendwas angestellt haben. Der Lehrer hat garantiert einen Grund.»

Mehr als einmal mussten Sarah und Helene sich bei den Lehrern entschuldigen. Mussten klein beigeben und buckeln, weil sie Kinder waren.

So war das damals.

Aber heute?

In Sarahs Bauch beginnt es zu brodeln. Sie wirft einen Blick auf Lola, die sich cool gibt und nach hinten gelehnt dasitzt wie jemand, der entspannt ist, aber einen wachen Blick hat und seine Finger nicht still halten kann. Da ist eine neue Energie in ihr, das ist Sarah bereits im Sommer aufgefallen. Ein Unwille, sich einzuordnen, unterzuordnen, und eine stets weiter wachsende Unfähigkeit, sich zu kontrollieren. Nach ihren eigenen Streitigkeiten mit Lola kann Sarah sich gut vorstellen, dass die Lehrerin Lola auf irgendeine Weise provoziert hat und Lola hochgegangen ist wie eine Colaflasche, in die jemand ein Mentos geworfen hat.

Auf welche Seite soll Sarah sich jetzt stellen? Auf die der Erwachsenen, aus Prinzip, wie ihre Eltern das gemacht haben, zur Aufrechterhaltung der Autorität und weil man der Meinung war «das schadet euch schon nicht»? Oder auf die von Lola, ohne zu wissen, was geschehen ist, aber im Vertrauen darauf, dass Lola im Recht war, und selbst wenn nicht, dann aus blinder Solidarität zu ihr? Sarah fragt sich, was Helene tun würde.

«Außerdem denkt Frau Steiger über rechtliche Schritte nach», fährt der Direktor fort, «im Falle einer Anzeige müsste man die Angelegenheit freilich genauer untersuchen. Alle Mädchen der Klasse sind Zeugen und kön–»

«Zeuginnen», platzt es aus Sarah.

Lola dreht sich zu ihr um, Sarah fängt ihren Blick auf. Plötzlich verschiebt sich etwas, denn es liegt eine Komplizenschaft in diesem Blick, ein Anerkennen, eine Zusammengehörigkeit, die Sarah in diesem Kontext, einem Schulgebäude, einem Direktorenzimmer, zuletzt mit Helene erlebt hat. Und sie merkt in diesem Augenblick, so viele Jahre später, wie sehr sie damals jemand Erwachsenen gebraucht hätte, der sich neben sie stellt, vor sie stellt, für sie einsetzt. Jemanden, der ihre Hand nimmt, Position bezieht, dagegenhält. Was auch immer Lola angestellt hat, sie kann nicht zulassen, dass sie vorschnell abgekanzelt und verurteilt wird.

Sie weiß jetzt, was Helene getan hätte.

«Bitte?» Der Direktor runzelt erneut die Stirn. Er gehört zu denen, die sich ein Gesicht zugelegt haben für ihren Beruf, ein stoisches, oberlehrerhaftes Gesicht, das keine Regung verrät.

«Zeuginnen», wiederholt Sarah, «als Pädagoge sollten Sie die Grammatik schon beherrschen.»

Sie lässt ihn nicht antworten.

«Was haben Sie gemacht?», fragt sie die Lehrerin.

Die verschränkt die Arme.

«Was haben Sie zu Lola gesagt?», schießt Sarah nach, als die Lehrerin nicht antwortet.

«Die Situation ist eskaliert», mischt sich der Direktor ein, «und Lola hat gewalttätig rea –»

«Aber warum ist die Situation eskaliert?»

Jetzt sieht auch der Direktor die Lehrerin an. Lola schaut stur geradeaus, sie wird es nicht erzählen. Und Sarah rechnet ihr das an, dass sie sich nicht rechtfertigt und nicht versucht, sich rauszureden. Lola wird nicht klein beigeben, Lola wird sich nicht entschuldigen. Sie ist nicht, wie Sarah war.

«Ich habe gesagt, dass es den beiden Mädchen, also Lola und Sunny, aufgrund ihrer neuen Körperfülle nicht mehr so gut möglich ist, die geforderten Übungen durchzuführen», erklärt die Lehrerin, spricht dann unvermittelt nicht weiter.

«Fatshaming ist nicht in Ordnung», sagt Lola an den Direktor gerichtet, «die Körper von Frauen zu kommentieren, ist nicht in Ordnung. Mit solchen Kommentaren und mit der Art ihres Unterrichts trägt sie dazu bei, dass Mädchen sexualisiert und zu Objekten gemacht werden.»

Die Lehrerin lehnt sich erbost vor, der Direktor hebt die Hände, sie fangen gleichzeitig an zu sprechen.

«Lola hat recht», schneidet Sarah in den Redefluss, «sie ist vielleicht erst fünfzehn, aber sie hat Ahnung. Und der Sportunterricht an Ihrer Schule», sie macht eine Handbewegung hin zum Direktor, der sich nun doch zu einer Regung hinreißen lässt, nämlich jener, dass er ungern unterbrochen wird, «sollte auf eine Art und Weise stattfinden, die dem seelischen Gleichgewicht junger Menschen nicht schadet. Um das zu gewährleisten, müssen Sie sich beschäftigen mit Körperwahrnehmung und Selbstakzeptanz.» Sarah steht auf und registriert, dass Lola es ihr sofort gleichtut. Sie schiebt den Stuhl zurück, hat ein Hämmern in der Brust, das Brodeln ist stärker, wilder, es gurgelt nicht erst seit ein paar Minuten in Sarah. Sondern seit Jahren.

Denn als man ihnen damals gesagt hat, es würde ihnen schon nicht schaden, klein beizugeben, sich zu entschuldigen, nicht aufzumucken, den Kopf einzuziehen, woher wollten die das wissen? Vielleicht hat es ihnen geschadet. Vielleicht hat es ihnen sogar sehr geschadet.

Die Lehrerin presst die Lippen aufeinander, sie verlässt sich auf die Macht ihrer Notenvergabe in der beengten Schulwelt, in der sie sich Königin wähnt, wird Lola einfach schlecht bewerten und denken, damit hätte sie ihren Standpunkt durchgesetzt. Sarah muss ein Schnauben unterdrücken, so lächerlich findet sie das plötzlich.

Alles hier. Die ganze Situation. Das System dahinter. Und ihre eigene Angst, sie könnte in diesem Gespräch überfahren werden, wie früher.

«Und sollte ich erfahren, dass das in irgendeiner Weise Konsequenzen für Lola hat», fügt Sarah hinzu, spricht hinunter auf den Direktor, «werden Sie mich kennenlernen. Ich bin vielleicht nicht erziehungsberechtigt, aber ich habe eine enorme Reichweite. Das wäre ein Shitstorm, den Sie nicht heraufbeschwören möchten, glauben Sie mir das.»

Der letzte Teil ist glatt gelogen oder zumindest halb, denn wie sollte Sarah ihre Krimifans mit einem solchen Thema aufbringen, aber das muss der vertrottelte Direktor ja nicht wissen.

Sarah wendet sich zur Tür, dicht gefolgt von Lola. Sie sehen sich stumm an. Dann laufen sie aus dem Gebäude, als würden sie gejagt.

Draußen vor der Schule sind sie einen Moment lang still, die Herbstsonne legt sich auf ihre Köpfe. Sarah hat dieses durchdringende Beben in sich und denkt mit frischer Wut an ihre Mutter. Sicher, es war eine andere Zeit. Und so ein verkrusteter Groll bringt niemandem was. Aber es hätte etwas verändert, vorgelebt zu bekommen: Sei laut, und nicht: Sei still.

Sie wendet sich zu Lola, die sie abwartend anschaut.

«Heute ist mein vierzigster Geburtstag», sagt Sarah.

Lola grinst. Hat ein enges Shirt an, das jede einzelne Kurve betont, statt sie zu verbergen, dazu diese stoppelkurzen Haare, steht da mit Sonne auf der Nase und grinst.

«Und heute bist du zum ersten Mal für dich eingestanden», sagt Lola.

Sarah will entgegnen, dass es sicher nicht das erste Mal war und dass sie ja für Lola eingestanden ist, nicht für sich, aber sie bleibt stumm. Weil es wahrscheinlich stimmt.

«Was sagt uns das?», fragt Lola, und Sarah überlegt, ob man auch nachträglich heilen kann. Ob man etwas tun kann, das man vor Jahrzehnten gebraucht hätte, und ob es dann noch hilft, beiträgt zu einer Versöhnung mit sich selbst.

«Hm?», macht sie.

«Dass es nie zu spät ist, Feministin zu werden», antwortet Lola.

Sarah lacht, knufft Lola in die Seite.

Hinter ihnen ertönt die Schulglocke.

«Und jetzt feiern wir deinen Geburtstag», sagt Lola, legt den Arm um Sarah.

Sarah spürt die Berührung wie die Bestätigung, die sie an anderer Stelle gesucht hat.

«Aha, und wie?», fragt sie.

«Ich backe dir einen Kuchen», entgegnet Lola, und sie setzen sich in Bewegung, Arm in Arm, eng aneinander, weg von der Schule, «und dann essen wir ihn komplett auf.»

GROUND FIGHT

Das ist doch krass, oder», sagt Sarah, sitzt am Küchentisch vor dem Laptop und hat eine Nachrichtenseite geöffnet, «seit dem Angriff auf diesen Architekten haben sich weitere Männer gemeldet, die attackiert wurden. Die Polizei vermutet, dass es sich bei allen Fällen um dieselben Täter handelt.»

Lola hält beim Kauen inne, den Löffel mit den Cornflakes in der Luft.

«Mhm», macht sie und schaut Sunny an, die den Kopf über ihre Schüssel gesenkt lässt, als wäre nichts.

«Über das Motiv der Täter wird gerätselt», liest Sarah vom Bildschirm ab, «da die Opfer einander nicht kennen und nichts gemeinsam haben. Die Polizei sucht nach einer Verbindung und nimmt Hinweise aus der Bevölkerung entgegen.»

«Nichts gemeinsam», murmelt Lola und kaut weiter.

«Bitte?»

Lola winkt ab, wechselt jetzt doch einen Blick mit Sunny. Sie sitzen mit Sarah für ihren Snack nach dem Training am Tisch, Lucius macht Mittagsschlaf, Maxi die Hausaufgaben für Montag.

«Es ist ungewöhnlich, oder», sagt Sarah nachdenklich, «dass es Männer sind, die attackiert werden. Nachts, in Parks und Bahnunterführungen und im eigenen Garten. Oder vielleicht gibt es auch weibliche Opfer, und die schweigen noch.»

Lola stopft sich schnell die nächste Portion in den Mund.

«Ein Video ist auch verlinkt, die haben inzwischen einen YouTube-Kanal», meint Sarah und klickt mit ihrer Maus,

«Wahnsinn, schon achttausend Follower. Und die schlagen da ...» Sie verstummt, starrt auf den Bildschirm, spricht viel leiser weiter. «Die schlagen den tatsächlich zusammen. Das ist ... krass.»

Es war eine spontane Idee, hat Femme hinterher gesagt. Als der Metzgersohn zu Boden ging, hat sie eine Pocketkamera herausgeholt und die letzte Minute gefilmt. Auch das K auf seiner Wange und sein Gesicht, am Ende. Ganz so spontan kann es nicht gewesen sein, hat Lola gedacht, denn Femme hat die kleine Kamera ja besorgt und eingesteckt. Aber sie hat es ihr zugestanden, weil sie gemerkt hat: die braucht das für ihren Heilungsprozess. Dass sie das anschauen und sich vergewissern kann. Dass sie diesen Beweis hat für den Austausch, der stattfindet. Geht am Männerkörper eine Wunde auf, schließt sich eine an Femmes Körper. *Reclaim the streets,* haben die demonstrierenden Frauen in England gerufen, bei Femme ist es: *Reclaim the bodies.* Ein verwackeltes, stummes Video, und zuerst haben sie gar nichts damit gemacht. Aber in einer Nacht in Alvas Küche haben sie es hochgeladen und dazugeschrieben, was Sache ist.

«Das Persönliche ist das eine», hat Sunny gesagt, «dass wir unsere Schwestern rächen. Aber die Kerle bleiben trotzdem Täter.»

«Und niemand erfährt, was sie getan haben», hat Femme zugestimmt, «sie gehen ja nicht zur Polizei und sagen: Hey, hallo, ich wurde verprügelt, aber das ist okay, ich hab's verdient, weil ich ein Vergewaltiger bin.»

Damit war #wearekarma geboren. Drei Videos haben sie bisher online gestellt, bei jedem haben sie penibel darauf geachtet, dass sie nur von hinten zu sehen sind und nichts aufblitzt, das sie verraten könnte.

«Da steht, dass das kein Überfall ist, sondern ein Akt der

Rache», liest Sarah vor, «eine notwendige Bestrafung. Wir sind nicht die Täter», und Lola kann nicht sagen, dass sie jedes Wort aus der Caption kennt, dass sie zu viert an den Formulierungen gefeilt haben, «wir ziehen vielmehr die Täter zur Rechenschaft, die in eurem System ungeschoren davonkommen. Fragt bei diesen Männern nicht, wer das getan hat. Fragt stattdessen, was *sie* getan haben.»

Lola hört sehr laut das Krachen der Cornflakes zwischen ihren Backenzähnen, schlürft den letzten Rest Milch.

«Jetzt hab ich eine Gänsehaut.» Sarah klappt den Laptop zu.

Sie schaut, als würde sie ein Gespräch erwarten.

«Gäbe es denn niemanden, an dem du dich rächen würdest?», fragt Sunny mit einer Gelassenheit, die Lola bewundernswert findet und abgebrüht. «Niemanden, der etwas getan hat, das nicht in Ordnung war?»

«Oh, da gäbe es genügend», entgegnet Sarah leichthin, «aber deshalb kann ich denen doch nicht ins Gesicht hauen. Und schon gar nicht kann ich mich an einem x-beliebigen Mann rächen, der sich zwar auch mal scheiße verhalten hat, aber nicht mir gegenüber. Wenn man Gewalt mit Gewalt begegnet, ist das unmoralisch, dann kommen wir nie aus dieser Spirale heraus.»

«Die Frage ist nur, wenn wir in einer allumfassenden rape culture leben, wo beginnt die Gewalt?», erwidert Lola. «Männer verüben diese Gewalt, und sie entscheiden auch, was Gewalt ist.»

«Und was nicht», ergänzt Sunny, «sie sind ihre eigenen Richter. Männer urteilen über das, was Männer Frauen antun. Sie sagen: Was, er hat dir an die Brust gefasst? Na ja, dein Kleid war sehr weit ausgeschnitten, da kann er nichts dafür. Sie sagen: Was, du wurdest von diesem Typ missbraucht? Na ja, auf dem Video sieht man, dass du zu ihm ins Taxi gestiegen bist. Das ist die klassische Opfer-Täter-Umkehr. Es gibt keine objektive Instanz, und deshalb gibt es keine Gerechtigkeit. Die Spirale, von der du sprichst, existiert seit Jahrtausenden. Aber sie dreht sich nur in eine Richtung, die Gewalt geht von den Männern aus zu den Frauen hin.»

Sarah sieht Sunny nachdenklich an, und Lola ist bewusst, dass sie sich auf gefährlichem Terrain bewegen. Sie dürfen die Taten nicht zu sehr verteidigen. Oder kommt Sarah gar nicht auf die Idee, das kleine Mädchen, das sie seit seiner Geburt kennt, das sie hat aufwachsen sehen, könnte einem Neunzig-Kilo-Mann den Kiefer brechen?

«Es ist Notwehr», sagt Lola, «nichts anderes als verspätete Notwehr.»

«Das sehe ich nicht so», entgegnet Sarah und zieht die Augenbrauen zusammen, «was ist denn Notwehr daran, wenn vier maskierte Männer einen einzelnen Mann verletzen? Gibt es überhaupt Beweise, dass der was angestellt hat? Wo sind die Frauen, die gegen ihn aussagen?»

Lola ist erleichtert, dass Sarah die Täter für Männer hält. Dass die Verbindung nicht so auf der Hand liegt wie befürchtet. Sie weiß, was in den Kommentaren steht und dass es stündlich mehr werden. Da sind schockierte Ausrufe, die von Selbstjustiz und Lynchen sprechen, von Unschuldsvermutung und anarchistischen Zuständen. Da sind aber auch Zustimmung und Jubel und vor allem: Hilfeschreie. Andere Frauen, die schreiben: mir hat einer Rohypnol in den Drink gekippt und mich zwei Tage in seiner Wohnung / mich beim gemeinsamen Joggen ins Gebüsch gezerrt und meine Schreie mit seinem Schuh / mir vor der Dusche vom Sportzentrum aufgelauert und sofort / mir die Nase zugehalten, bis ich den Mund / mir eine Taschenlampe in den Arsch geschoben und / mir gedroht, dass er dasselbe mit meiner kleinen Schwester macht, wenn /

Sogar die Namen und Adressen ihrer Peiniger nennen manche, die meisten von ihnen befinden sich jedoch in anderen Städten, sogar in anderen Ländern. Lola liest aufmerksam die Kommentare, jedes Mal, wenn sie online ist. Sie spiegeln all die Fragen, die sie sich auch selbst stellt. Was ist Recht, was ist Unrecht? Wo fängt das eine oder das andere an, und wer entscheidet darüber?

Manchmal wünscht sie sich, die Antworten darauf wären klar und eindeutig.

«Vielleicht ist es Zeit, dass diese Frauen sich untereinander besser vernetzen», sagt Lola vorsichtig, «und am System vorbei Gerechtigkeit finden. Weil das System sie im Stich lässt.»

«Da könnte ja jeder kommen und irgendwas behaupten», fährt Sarah auf, und Lola merkt, wie es wühlt in ihr, wie es sticht und gräbt, weil sie die Glaubenssätze, die sie seit vierzig Jahren verinnerlicht hat, nicht durchbrechen kann, «und wenn ihr recht habt, dann würden Männer doch sowieso nicht einen von ihnen ...»

Sie klappt den Laptop noch mal auf.

Sunny schiebt die leere Schüssel von sich, dreht ihr Ohrläppchen zwischen Zeigefinger und Daumen, beobachtet Sarah. Maxis Bleistift kratzt über das Blatt, ansonsten ist es still im Wohnzimmer. Sarah schaut sich das Video ohne Ton an.

«Das können doch keine Frauen ...», murmelt sie.

«Wir befürworten diese Gewalt nicht», sagt Lola hastig, «aber wir können das, was da passiert, verstehen.»

Sie überlegen noch, wie sie in Zukunft vorgehen. Die Welle ist noch nicht groß, aber sie ist da. Fängt an, sich aufzutürmen. Der Hashtag #wearekarma löst Diskussionen auf verschiedenen Plattformen aus, mehrere Nachrichtenseiten haben das

Thema bereits aufgegriffen, bisher nur lokal. Femme ist ein Programmiergenie, eine kleine Hackerin, die dafür gesorgt hat, dass die Videos nicht zu ihnen zurückverfolgt werden können, und an einer Website arbeitet. Um einen Schutzraum zu schaffen für Überlebende sexualisierter Gewalt, wo ihnen zugehört und geglaubt wird. Wo sie füreinander da sein können und ihnen eventuell Rache in Aussicht gestellt wird. Sie haben noch nicht entschieden, ob sie damit online gehen sollen. Oder ob das dann doch eine Nummer zu steil ist. Zu riskant und gefährlich.

«Einunddreißig Frauen wurden letztes Jahr in Österreich ermordet», Sunny kann ihre Erregung nicht mehr verbergen, ihr Ton ist nur noch an der Oberfläche geduldig, «und jeder Femizid wurde Beziehungsdrama genannt. Als Frau bist du permanent in Gefahr, und das bloß, weil dir kein Schwanz zwischen den Beinen hängt.»

Lola hebt leicht die Hand, die auf dem Tisch liegt, in der Hoffnung, Sunny ein wenig bremsen zu können. Dieses Gespräch ist wichtig, aber es darf auf keinen Fall entgleisen.

«Ich lebe ja noch.» Sarah sagt es sarkastisch, lockert ihre Schultern, fühlt sich sichtlich unwohl. Sie schaut auf die Uhr, Lucius schläft bestimmt nicht mehr lange.

«Es kommt doch auch immer drauf an, wie man damit umgeht, oder nicht», Sarah streicht sich die Haare zurück und lächelt wie eine, die glaubt, dass sie es verstanden hat, «ob man nach den Regeln spielt, die man sich als Frau ja auch durchaus zunutze machen kann. Und dieses MeToo-Geschrei, ich weiß nicht … manche wollen ja vielleicht nur ein bisschen Aufmerksamkeit.»

Lola hört, wie Sunny scharf einatmet.

«Du schaust durch den Filter deiner internalisierten Misogynie», sagt Lola, «es gibt viele Frauen, die anderen Frauen nicht helfen, die sagen: Wieso war sie auch so dumm, abends allein zum Auto zu gehen, *mir* ist so was noch nie passiert. Das ist ein psychologisches Phänomen. Du denkst, die Frauen, denen Gewalt angetan wurde, haben etwas falsch gemacht, und wenn du aber alles richtig machst, geschieht dir nichts. Du stellst dich auf die Seite der Täter, im Glauben, dass sie dich verschonen werden, wenn du brav bist.»

Sarah schaut wie eine, die in Erinnerungen versunken ist, diese aber nicht teilen will. Garantiert gibt es Geschehnisse in ihrem Leben, die sie neu bewerten müsste, da ist Lola sicher. Wenn sie den Mut dazu hätte.

«Denkt ihr denn, diese Gewalt gegen Frauen hört auf, nur weil mal jemand zurückschlägt? Nur weil die Täter selbst Gewalt zu spüren bekommen? Das ist doch absurd.»

«Keine Ahnung», gibt Lola zu, «vielleicht bringt das alles nichts. Aber vielleicht ist es an der Zeit, es auszuprobieren. Denn was haben die Frauen bisher getan? Aufbegehrt, ja. Demonstriert, Bücher geschrieben, Gespräche geführt. Aber zurückgeschlagen, zugetreten und damit die Gewalt gespiegelt? Nein.»

Eine Erkenntnis flackert durch Sarahs Blick, ein Gedanke, und Lola hält intuitiv den Atem an.

«Ist euch denn schon …», fragt Sarah, knetet die Finger der rechten mit der linken Hand, «ich meine, hat euch mal jemand … ihr könnt immer mit mir reden, das wisst ihr, oder?»

Sie sieht erst Sunny an, dann Lola.

«Reden ist nicht mehr genug, Sarah.» Sunny steht vom Tisch auf, stellt ihre Müslischale in den Geschirrspüler und geht in Lolas Zimmer.

Lola strubbelt Maxi durch die Haare, der in seinem Lustigen Taschenbuch blättert, auf dem Weg in die Küche sagt sie: «Wir gehen runter vors Haus zum Skaten. Ruf mich einfach, wenn Lucius wach ist und du anfängst zu schreiben, dann kommen wir rauf.»

Sie dreht sich um.

Sarah sitzt da und schaut auf ihren geschlossenen Laptop, als hielte er etwas vor ihr geheim.

PRÄMISSE

Der Novemberwind zerrt an Sarah, während sie in die Pedale tritt. Sie trägt denselben Mantel, dieselben Handschuhe wie im März, als sie in die andere Richtung gefahren ist. Da war es das erste Mal ohne Helene, jetzt macht sie es schon so lange ohne Helene. Rad fahren, schreiben, essen, einen Film schauen, leben. An einem Tag wie heute wäre Helene die Erste gewesen, die sie angerufen hätte.

«Das Buch ist in den Druck gegangen», hätte sie gesagt, «es ist fertig», und Helene hätte sich aufrichtig gefreut.

Aus Sarahs Augen rollen Tränen, die der Kälte geschuldet sind, ihre Nase juckt. Es ist längst dunkel, sie wird das Wochenende in ihrem Haus verbringen, um mit Leon zu feiern.

Als sie das Vorzimmer betritt, steigt ihr die Hitze in die Wangen, ihre eisigen Finger fangen an zu stechen.

«Oh, perfekt!», ruft Leon aus der Küche, als sie die Tür hinter sich schließt. «Das Essen ist gerade fertig.»

«Das Essen?», echot Sarah verwundert, hängt ihren Mantel auf und registriert die Ordnung. Nichts liegt herum, nicht einmal Staubflusen in den Ecken, sogar Leons Schuhe stehen aufgereiht da. Sie kontrolliert ihren Anblick im Spiegel, vielleicht wird sie sich die Haare schneiden lassen. Sie hat das Gefühl, eine Veränderung steht an, sie weiß nur noch nicht, welcher Art.

Das Manuskript abgegeben und das Lektorat abgeschlossen zu haben, ist eine Erleichterung. Sie hat diesen Prozess oft genug durchgemacht, trotzdem ist es jedes Mal eine Herausforderung. Das Schwanken zwischen Selbstzweifel und Euphorie, die schlaflosen Stunden, das Gewirr im Kopf, wenn jeder einzelne Satz aufgedröselt und untersucht wird, sodass er plötzlich falsch klingt.

Sie zupft ihren blauen Pullover an den Hüften zurecht, geht dann hinüber zu Leon.

«Hast du was bestellt?», fragt sie und gibt ihm einen Kuss auf die Wange.

Er hantiert mit einer Pfanne, in der Gemüse brutzelt.

«Nein», erwidert er und grinst, «gekocht.»

«Oha», macht Sarah, sie kann sich nicht erinnern, dass Leon je eine Mahlzeit für sie beide zubereitet hätte, die über Haferflocken in eine Schüssel schütten oder eine Banane schälen hinausgegangen wäre.

«Ich wusste gar nicht, dass du dazu in der Lage bist.»

Sie sagt es, als würde sie sich freuen, in Wahrheit hinterlässt die Erkenntnis ein hohles Echo.

«Was sollte ich denn sonst essen?», meint er. «Du bist doch nie hier.»

Sie schüttelt die Missstimmung ab, die sie überfallen hat, sie will gute Laune haben an diesem Abend.

«Was gibt es denn?» Sie folgt ihm zum Tisch, den er bereits gedeckt hat.

Sogar eine Flasche Weißwein hat er geöffnet und zwei Gläser befüllt, sie sind beschlagen von der Kühle.

«Fisch mit Gemüse», antwortet er und klingt stolz.

Sie lässt sich einen Teller reichen und weiß, dass sie sich gut fühlen sollte. Dass sie ihm Dutzende solcher Teller gegeben hat mit Speisen darauf, die sie für ihn gekocht hat, dass es völlig normal ist, wenn die Rollen einmal vertauscht sind. Trotzdem oder gerade deswegen erscheint es ihr unwirklich.

«Wow», sagt sie anerkennend, und da ist sie wieder: die Sache mit der Dankbarkeit.

«Schmeckt es?», fragt er nach dem ersten Bissen, Sarah nickt sofort.

Während sie essen, erzählt er von einem Projekt für eine Schweizer Firma, Sarah betrachtet seine Oberarme, den Zweitagebart, die Haare, die nicht lockig sind, aber auch nicht glatt, wie er gestikuliert, das Glas hält. Sie trinkt zwei große Schlucke Wein, zieht den Pullover aus. Um ihn nicht zu demotivieren, salzt sie das fade Gemüse nicht nach.

Sie stoßen an, auf den Auftrag aus der Schweiz, auf Sarahs Roman. Dann geht sie um den Tisch herum auf Leon zu, öffnet den Knopf ihrer Hose. Im Sitzen umfasst er ihren Hintern, drückt sein Gesicht gegen ihren Bauch, stöhnt erfreut. Sie haben Sex zwischen den Tellern und Gläsern, es ist eine wackelige Angelegenheit, das Besteck scheppert zu Boden. Nichts daran ist komfortabel, Sarah spürt die Tischkante im unteren Rücken, aber darin liegt die Befriedigung. Dass man den anderen will, so dringend will, dass man es nicht einmal bis zum Bett schafft. Gekommen ist hinterher nur Leon, Sarah lächelt dennoch. Weil es ihr gelungen ist, ihn zu einer solchen Aktion zu verführen, obwohl er noch nicht einmal aufgegessen hatte. Er lässt sich zurück auf seinen Stuhl fallen, die Hose noch an den Knöcheln. Sarah zieht sich wieder an und räumt den Tisch ab.

«Ausgezeichnetes Dessert», sagt Leon, sie lachen beide.

«Setzen wir uns auf die Couch», meint er dann, «ich hab ein Geschenk für dich.»

Sarah erwähnt nicht, dass ihr Geburtstag im September war. Sie hat ihn nicht gefeiert, wollte nichts auf die Beine stellen und organisieren müssen, nicht die Fröhliche mimen und dabei letztlich doch wieder an Helene denken. Das Backen mit Lola war schön. Sie haben den Kuchen, noch warm aus dem Ofen, gleich angeschnitten, am Abend gemeinsam mit Maxi und Lucius die restlichen Stücke verputzt. Dieser Geburtstag war anders als gewohnt, aber doch, ja, er war gut.

Leon überreicht Sarah eine Pappschachtel, ohne Geschenkpapier. Sie achtet auf ihre Gesichtszüge, während sie die Schachtel öffnet, weil sie weiß, dass er sie beobachtet. Die Kletterschuhe sind violett und von einer teuren Marke. Sie hebt einen heraus, es ist die richtige Größe.

«Ich dachte, wir könnten im Frühjahr anfangen zu klettern», sagt Leon und freut sich sichtlich, «wolltest du ja immer.»

Sarah kann sich nicht erinnern, jemals mit ihm übers Klettern gesprochen zu haben. Sie stellt sich vor, wie Leon vor ihr eine Steilwand bezwingt, locker aus der Pobacke, während sie schwitzt und sich nicht hochgestemmt kriegt. Das Lächeln auf ihrem Mund ist festgeklebt.

«Im Frühjahr erscheint mein Buch», erwidert sie, «da werde ich erst einmal auf Lesereise sein.»

Sofern die Pandemie es erlaubt, denkt sie, aber sagt es nicht.

«Und ich hüte das Haus», meint er und tätschelt ihr Knie, als müsse er sie trösten, «klettern wir eben im Sommer.»

Sie empfindet tatsächlich den Trost seiner Pläne. Dass er mit ihr zusammen sein will auch im nächsten Jahr, vom Frühjahr und vom Sommer redet, dass ihre Beziehung für ihn ein Fixum ist.

«Aber wenn ich schwanger bin», sagt Sarah und sieht ihn an, «klettere ich lieber nicht.»

Er zieht seine Hand von ihrem Knie zurück.

«Willst du wirklich ein Kind?», fragt er derart beiläufig, dass ihr klar wird, auf der Frage hat er herumgedacht.

«Oder glaubst du nur, eins zu wollen, weil du bald keins mehr bekommen kannst?», macht er weiter. Einer Frau, denkt

Sarah, hätte nicht die Empathie in der Stimme gefehlt bei einer solchen Frage.

«Und du», entgegnet sie, «willst du nur deshalb jetzt noch keins, weil du noch genug Zeit hast?»

Er gibt keine Antwort, lehnt sich gegen das Sofakissen, spielt mit dem kleinen Schild, das am Kletterschuh hängt. Er ist die Entspannung in Person, ihn wühlt dieses Thema nicht auf.

«Nicht jede Frau muss Mutter werden», meint er, «du brauchst dir das nicht einreden zu lassen von der Gesellschaft. Du kannst auch ohne Kinder eine vollwertige Frau sein.»

In Sarahs Mund schmeckt es gallig. Wie er das sagt: eine vollwertige Frau. Als ob er irgendwas darüber wüsste, mit seinem Fitnessplan und dem Jungspund-Flair, dem Genuschel und dem Ich-schenke-dir-Orgasmen-Gönnerblick, was das bedeutet, Frausein. Er denkt, dass es genügt, ihr zwei pseudopsychologische Fragen hinzuwerfen. Er denkt, dass der Kinderwunsch einer Frau nicht komplexer ist als Ja oder Nein.

«Du wärst sowieso kein guter Vater», sagt sie.

Er zieht überrascht die Augenbrauen hoch.

«Also sind wir uns einig?»

«Und ein guter Partner bist du auch nicht», fügt Sarah hinzu.

Er lacht, als sei es ein Witz gewesen.

«Ich hab für dich gekocht!»

Sie nickt stumm, packt die Schuhe wieder ein.

«Danke schön», sagt sie.

Er streckt sich, sieht sich um, wahrscheinlich nach der Fernbedienung. Sarah sehnt sich plötzlich nach Helenes Wohnung. Nach der Körperwärme von Lucius und Maxi, nach dem engen Platz vor dem kleinen Schreibtisch, nach Lolas hellwachem Blick. Vielleicht hat sie dort inzwischen ein größeres Zuhausegefühl als hier.

«Ich dachte, jetzt, wo du so viel Zeit mit Kindern verbringst, willst du eh sicher keine mehr», sagt er und grinst.

Sarah schluckt, um die Worte, die ihr auf der Zunge liegen, hinunterzuwürgen. Sie wird nach oben gehen, die Schuhe verstauen, sich das Gesicht waschen, durchatmen. Sie muss jetzt kein Fass aufmachen, sie will in Feierlaune bleiben, und müde ist sie auch. Als sie den Kopf hebt, steht Helene schräg hinter Leon, lehnt an der Wand und sieht Sarah an. Sie lächelt nicht, und doch ist alles an ihr liebevoll, bestärkend, friedlich. Es fließt ein tiefes, ehrliches, beklemmend rohes Gefühl zwischen ihnen, und dann lässt sich nichts mehr hinunterwürgen, nichts mehr schlucken, nicht für eine einzige Sekunde.

«Ich denke», sagt Sarah, an Leon gewandt und den Blick auf Helene gerichtet, die aussieht wie früher, bevor sie verloren ging, bevor sie verschwand und diese aufgebohrte Lücke hinterließ, «es ist besser, wenn du ausziehst.»

ALERTNESS

Alva holt die Auflaufform aus dem Ofen und stellt sie auf das Holzbrett mitten auf dem Tisch. Die Lasagne, die Elvira am Vortag gekocht hat, riecht so gut, dass Lola sofort ihren Teller hochhält. Alva gibt allen eine große Portion. Femme erzählt gerade eine Geschichte von einem Kunden aus der Firma, wo sie eine Ausbildung zur Fachinformatikerin macht.

«Und dann betont er noch mal, er will die Benutzeroberfläche wie auf dieser Website, die ihm so gefällt, und zeigt uns eine Seite, die aussieht, als hätte jemand sie in den Neunzigern erstellt.»

Sie macht eine kurze rhetorische Pause.

«Mit Word Art.»

Sie lachen leise, schaufeln sich die Nudeln, den Käse und das Gemüse rein, Lola trinkt Johannisbeersaft. Kein Alkohol vor dem Training und auch nicht vor einer Aktion, an die Regel halten sie sich.

«Darf ich dich was fragen?» Lola räuspert sich. «Dass wir deinen Ex-Freund abmontiert haben, hat das etwas bewirkt bei dir? Hat es dir geholfen?»

Die Atmosphäre schwankt um, wird schwerer und dichter. Femme legt die Gabel zur Seite, etwas steigt in ihre dunklen Augen, das Lola nicht deuten kann.

«Am Anfang waren meine … ich hatte trotzdem alle diese Verletzungen.» Sie schaut zur Seite. «Aber ich habe ein Stück von mir zurückerobert. Wie wenn dir jemand was wegnimmt, das dir viel bedeutet, und du ringst mit ihm, bist schließlich stärker und kriegst es zurück. Er hat es in seinen scheiß Fingern gehabt und angetatscht, vielleicht hat er es beschädigt, aber du hast es dir zurückgeholt. Es ist wieder bei dir.»

Lola nickt und versucht, es sich vorzustellen. Beraubt worden zu sein, dann aber die Oberhand zu haben. Einen heißen Flash Genugtuung zu spüren.

«Und schon auch die Sache mit dem Schmerz», fährt Femme fort, «dass der mir wehgetan hat und ihm jetzt auch etwas wehtut. Dass er sieht und spürt, wie das ist.»

Sunny streicht über Femmes Hand.

«Außerdem das Wissen, der macht das nicht noch mal», fügt Femme hinzu, «das hat geholfen. Dass die Angst weniger geworden ist.»

Sie essen schweigend weiter.

«Denkt ihr, das ist wirklich so? Dass sie es nicht noch mal machen?», fragt Lola.

Sie sieht Sunny an, die gar nicht hier sein sollte, die von ihrer Mutter schon wieder Hausarrest bekommen hat für irgendeine unbedeutende Sache, sich aber heimlich hinausgeschlichen hat und seit zwei Stunden ihr vibrierendes Handy ignoriert. Etwas Sorgenvolles liegt in Sunnys Blick, als würde sie denken: Ich fürchte ja, doch.

«Ich hoffe es», sagt Sunny, «zumindest Femmes Ex rührt sie sicher nicht mehr an.»

Lola stochert in dem Rest Lasagne auf ihrem Teller. Die Impfstelle an ihrem Arm kribbelt, sie schüttelt ihn kurz.

«Aber so einer wie der Architekt zum Beispiel», sagt sie, «der hat jetzt womöglich noch mehr Hass auf Frauen. Bei dem haben wir eventuell bloß Öl ins Feuer gegossen.»

Es kommt ihr vor, dass das Schweigen der anderen betroffen ist, betreten, grüblerisch.

«Warum bist du so negativ heute?», fragt Alva. «Hast du Zweifel bekommen?»

Lola schüttelt den Kopf, schiebt den Teller von sich.

«Nein, ich denke nur nach. Und möchte eure Meinung hören. Wie ihr das einschätzt.»

«Es wäre natürlich gut, wenn wir mit den Mädels sprechen könnten», wirft Femme ein, «die uns ihre Geschichten anvertraut haben. Nachher, meine ich. Wenn wir nachher mit ihnen reden könnten.»

«Ihnen sagen, dass wir sie gerächt haben. Es ihnen erzählen, es ihnen beschreiben», ergänzt Sunny.

«Das ist unmöglich», erwidert Lola, «im Moment können wir nicht einmal sicher sein, dass sie davon erfahren. Es ist doch eine stillschweigende Übereinkunft. Keine fragt was oder sagt was ... vielleicht hören sie es in den Nachrichten oder kriegen es aus ihrem Umfeld mit, vielleicht auch nicht.»

«Sollen wir die Website doch liveschalten?», fragt Femme. «Dann gäbe es eine Möglichkeit zu kommunizieren. Zu fragen, wie es ihnen damit geht. Sich auszutauschen, füreinander da zu sein.»

Niemand gibt eine Antwort, sie haben das bereits mehrfach diskutiert und sind nach wie vor unsicher. Es erscheint ihnen zu riskant. Zu geplant auch, zu systematisch und gewollt. Und dann könnten sie nicht mehr so einfach damit aufhören. Dann würden sie fast ein Versprechen abgeben und die damit einhergehende Verantwortung tragen. Wie lange könnte das gut gehen, bis sie auffliegen würden? Und wie sollten sie noch helfen, wenn sie im Gefängnis wären?

«In Texas dürfen Frauen nicht mehr abtreiben», sagt Sunny, «habt ihr es schon mitbekommen?»

Die anderen nicken stumm.

«Ich hab mich gefragt, was wäre, wenn alle Frauen in Texas sich verweigern würden», sagt Lola, und es ist wahr, sie stellt sich diese Dinge vor, beim Einschlafen und auch im Wachsein, «wenn sie nichts mehr tun würden, gar nichts, nicht zur Arbeit gehen, nicht kochen, nicht putzen, sie würden keinen Bus lenken und kein Hemd bügeln, nicht an der Supermarktkassa sitzen und keine Klasse unterrichten, sie würden einen umfassenden Stillstand erzwingen und sagen: Das sind unsere Körper, unsere allein, und wenn ihr glaubt, sie gehören euch, dann wollen wir doch mal sehen.»

Nach ihren letzten Worten gibt es erst einmal kein Geräusch im Raum.

«Welche Macht sie hätten», murmelt Sunny dann.

«Aber wir sind trotzdem nicht die Einzigen, die aufbegehren», sagt Alva und sieht sich nach ihrem Handy um, schiebt sich das letzte Stück Lasagne in den Mund, trinkt ihr Glas aus, «ich wollte euch was zeigen. Moment.»

Sie sammelt die leeren Teller ein, stellt sie neben die Auflaufform zur Spülmaschine. Auf der Suche nach ihrem Handy geht sie aus der Küche, kommt mit ihrem Laptop zurück, auf dem ein großer schwarz-roter Sticker klebt: RAGE. Nachdem Lola den zum ersten Mal gesehen hat, hat sie den Schriftzug nachgeahmt. Auf der Unterseite von ihrem Skateboard. Mit ihrem Schlüssel hat sie die Buchstaben neben den Totenschädel und die Rose eingeritzt, richtig fest. Sie rückt ihren Sessel zur Seite, sodass sie neben Sunny und Alva auf den Bildschirm schauen kann, Femme steht auf und stellt sich hinter sie.

«Das war vorhin in den News», sagt Alva und ruft eine lokale Nachrichtenseite auf, «es geht um einen Physiklehrer von diesem Gymnasium, das früher eine Mädchenschule war. Der hat irgendeine Ehrung bekommen, keine Ahnung, vom Land Salzburg, und siebzig ist er auch geworden. Jedenfalls gab es da heute Vormittag ein Event, mit dem Landeshauptmann, und vor der Schule standen drei Frauen, nackt. Mit zugeklebten Mündern.»

«Wie bitte?», rutscht es Lola raus, eine reflexhafte Gänsehaut zieht über ihren Körper.

Alva klickt und scrollt, sucht nach der Meldung.

«Anscheinend gab es einen Riesentumult, mit Polizei und so. Die Frauen wurden verhaftet. Und sie sollen ein Schild gehalten haben, auf dem stand, dass das Land lieber die Mädchen ehren sollte, die diesen Lehrer hätten ertragen müssen», erklärt sie und ruft eine Seite auf, die eine kurze Zusammenfassung der Ereignisse zeigt sowie ein Bild des Lehrers.

«Die Berichterstattung hält sich in Grenzen», sagt sie, «wie immer bei einem solchen Thema. Könnte ja unangenehm werden für einen von ihnen, also halten die Männer zusammen.»

«Geht ja nur um Frauen», murmelt Sunny, und sie schauen alle vier das Foto des alten Mannes mit der krummen Nase und den wässrig blauen Augen an. Sein Name kommt Lola vage bekannt vor, sie hat keine Ahnung, woher.

«Wann hat der dort unterrichtet?», fragt sie.

«Ich weiß nicht», meint Alva, «wenn er siebzig ist, dann wahrscheinlich bis vor fünf Jahren? Die drei Frauen waren anscheinend in den Neunzigern dort Schülerinnen.»

«Das heißt, die sind alt», sagt Femme verwundert, «fast vierzig oder so. Und die machen so was trotzdem.»

«Vielleicht fühlen sie sich inspiriert», wirft Sunny ein, «von den Karmas. Vielleicht merken sie, dass das Klima sich verändert, zu unseren Gunsten.»

«Vielleicht sind sie auch einfach nur wütend», wirft Lola ein, starrt konzentriert auf das verhutzelte, milde lächelnde Gesicht und ist sich trotz des leisen Kitzelns in ihrem Gehirn sicher, dass sie den Typ noch nie gesehen hat.

«Da wird eh nichts dabei rauskommen», sagt Alva mit Resignation in der Stimme, «wird sicher unter den Teppich gekehrt. Aber ich find's geil, dass sie sich das getraut haben. Sich nackt hinzustellen, wenn der Landeshauptmann kommt. Das ist mutig.»

Sie klappt den Laptop zu.

«Wer mag eine Nachspeise?», fragt sie.

Während sie ein Eis essen und Sunny vorschlägt, dass sie sich ein Tattoo stechen lassen, «ein K zum Beispiel oder das Zitat von Audre Lorde», geht Lola die Sache mit dem Lehrer nicht aus dem Kopf.

«I am not free while any woman is unfree», murmelt sie.

Auch später beim Training rutscht ihr sein Glatzkopf in den Sinn, ohne dass sie etwas damit anfangen kann. Sollen sie versuchen, die drei Frauen ausfindig zu machen? Mehr über den alten Mann herauszubekommen? Oder es auf sich beruhen lassen, sich fernhalten, weil da schon die Polizei im Spiel ist?

Auf dem Weg nach Hause vergräbt sie ihre Hände und das Gesicht tief in der Winterjacke. Der Matsch flatscht unter ihren Stiefeln. Daheim isst Lola die asiatische Suppe, die Sarah für sie aufbewahrt hat, liest noch ein paar Seiten, bevor sie einschläft. Und in der Nacht arbeitet, von ihr unbemerkt, Lolas Unterbewusstsein für sie. Legt Schicht für Schicht das Wissen frei, auf das sie nicht zugreifen konnte, das verborgen lag unter all den anderen Informationen. Als sie am nächsten Morgen aufwacht, ist die Erkenntnis klar und frisch und an der Oberfläche. Sie weiß, aus wessen nebenher erwähnten Sätzen sie den Namen des Lehrers kennt. Und wer auch in den Neunzigern an diesem Mädchengymnasium war.

DIE KUNST DES DIALOGS

Sarah streckt die Beine unter der Bettdecke aus, rollt sich auf die andere Seite. Sie öffnet die Augen, starrt in die Dunkelheit. Sie ist grantig, weil sie nicht schlafen kann, und je größer ihr Grant wird, desto weiter rückt der Schlaf von ihr weg. Sie strampelt sich frei, aber gleich ist ihr zu kalt, also deckt sie sich wieder zu. Als Lucius seufzt, macht sie sich starr, um ihn auf keinen Fall zu wecken. Sie weiß nicht, wie spät es ist, sie will ihr Smartphone nicht in die Hand nehmen. Weil sie dann zwar die Uhrzeit, aber auch das nachrichtenfreie Display sieht.

Sie hat Leon gesagt, dass er ausziehen soll, und danach ist einfach gar nichts passiert. Sie ist ins Bett gegangen und am nächsten Tag wieder zu den Kindern gefahren. Die ganze Zeit denkt sie daran. Was er da jetzt macht, in ihrem Haus. Ob er irgendwas mitnimmt, das ihr gehört, weil er es kann. Ob er sauer ist. Ob er in seine alte WG zurückgeht oder sich etwas Neues sucht und wie lange das wohl dauert.

Und Johannes, Johannes, Johannes. Der nach Bayern fährt und in die Schweiz, den Kindern Geschenke mitbringt und am Wochenende für ein paar Stunden den Superpapa spielt, es ist einfach für ihn, sich beliebt zu machen, weil das Schimpfen an ihr hängen bleibt, das Ermahnen und Alltagszeugbewältigen, die Hausaufgaben erklären, in die verhasste Strumpfhose zwängen, zum Hustensaft überreden. Sie setzt sich auf, lässt die Schultern kreisen, als könnte sie dadurch den Strudel in ihr bremsen. Sie wünscht sich weg, nicht nur aus dem Bett, aus der Wohnung, richtig weg. Nach Bali, Australien, Tansania, an irgendeinen Strand, und dann: Ruhe. Ein Drink in ihrer Hand.

Sonne, Helligkeit, das süße Leben. Ohne Kinder und ohne Männer.

Sie hat gedacht, sie kann den Schwung mitnehmen, den Mut, mit dem sie Leon diesen einen Satz gesagt hat, und einen solchen Satz auch für Johannes finden. Aber sie ist an den Kindern gescheitert. Sie ist an dem Jubelgestürm von Maxi und Lucius gescheitert, die sie überfallen haben wie eine verloren geglaubte Heimkommende, Maxi hat ihr ein Bild gezeichnet, Lucius saß auf ihrem Schoß mit einer Anhänglichkeit, die ihr nicht nur den einen, sondern alle Sätze geraubt hat. Sie hat das Gefühl, die beiden zu verraten, wenn sie sagt: Johannes, das war lange genug, ich gehe.

Sie schwingt die Beine aus dem Bett, sucht mit den Füßen nach ihren Hausschuhen. Es ist kalt, aber sie muss aufs Klo. Und vielleicht sollte sie eine Tablette nehmen, um wenigstens noch ein paar Stunden zu schlafen. Als sie sich durch die Dunkelheit tastet, stimmt etwas mit ihrem Herzen nicht. Weil es nicht schlägt, wie es sollte, sondern in einem falschen, stockenden Rhythmus, wie damals am Weiher, wie auf dem Friedhof, wie überhaupt so oft in den letzten acht Monaten. Sie legt eine Hand auf die Brust, und wie abgefuckt kann etwas sein? Da sitzt man dann auf der Toilette um ein Uhr morgens, mit heruntergelassener Hose und umgeben von nächtlicher Stille, mit einem Herzpoltern und einer absurden Angst in den Adern, weil man ja doch schon vierzig Jahre alt ist. Sie nimmt die Hand von der Brust und drückt sie auf ihren Kopf, als könnte sie sich erden. Zum Herausweinen ist das Gefühl zu scharf.

Als sie das Klo verlässt, geht im selben Moment die Wohnungstür auf, und Lola kommt herein.

Sarah bleibt vor Schreck und Überraschung stumm, Lola entfährt ein leises: «Oha.»

«Wo warst du denn bitte!», fragt Sarah, nicht aufgebracht, bloß verwundert, sie hat nicht gemerkt, dass Lola noch einmal das Haus verlassen hat. Wann war das? Und warum?

«Bei Moritz», sagt Lola schnell, ist ganz eingepackt mit Stiefeln, dicker Jacke, Mütze und Handschuhen, hat einen seltsamen Geruch an sich, nicht nur die blauen Wolken von Schnee, auch etwas Dunkles, Rotes.

«Ist das dein Freund?» Sarah weiß nicht, wo die Balance liegt. Muss sie Lola jetzt einen Vortrag halten, sie daran erinnern, dass morgen Schule ist? Oder ist das eine der Gelegenheiten, bei denen sie die coole Tante spielen kann, wie sie sich das vorgestellt hat früher, pikante Details aus Lola kitzeln, zu den wenigen Eingeweihten gehören?

«Mhm», macht Lola, und sie hätte ja was sagen können. Sie muss doch nicht verschwinden, ohne Bescheid zu geben, hält sie Sarah für so tyrannisch, dass sie ihr kein Date erlaubt?

«Hast du was getrunken?» Sarah nähert sich Lolas Gesicht, um eine eventuelle Fahne erschnuppern zu können. «Oder was genommen?»

Sie greift nach Lolas Kinn, um ihre Pupillen anzuschauen, obwohl das kaum möglich ist im schattigen Vorzimmer, in das nur der schmale Schimmer der Straßenlaterne dringt, die durchs Badezimmerfenster scheint. Lola schlägt Sarahs Hand weg, erstaunlich fest. Sarah hat eine solche Wucht nicht erwartet, reibt sich den Arm. Überhaupt hat Lola eine verstörende Unruhe an sich, etwas Forsches, Rohes, hatte sie Sex mit diesem Moritz? Ist es das, was ihr diesen Geruch gibt?

«Ich hoffe, es war … gut», sagt Sarah vorsichtig.

Lola gibt keine Antwort, bückt sich, um die Schuhe auszuziehen.

«Sag mir bitte, wo du hingehst», flüstert Sarah, «ich mach mir sonst Sorgen.»

«Du wusstest doch gar nicht, dass ich weg bin», entgegnet Lola ebenso leise, der Sarkasmus ist trotzdem hörbar.

«Ich hätte es dir eh nicht verboten», erwidert Sarah, «du kannst mit mir reden.»

«Okay», sagt Lola und öffnet den Reißverschluss ihrer Jacke.

Sarah meint, einen Hauch Schweiß wahrzunehmen, etwas Gehetztes, Dichtes, als habe Lolas Körper sich extrem aufgeheizt und noch nicht abgekühlt.

«Ja, wirklich?», fragt sie. «Ist alles okay?»

Lola lacht fast geräuschlos.

«Sag du es mir», entgegnet sie, «du schleichst doch hier rum und schläfst nicht.»

«Ich musste –» Sarah zeigt auf die Tür hinter sich.

Lola lehnt sich zurück, verschränkt die Arme. Es ist eine seltsame, aus der Zeit gefallene Situation, in der sie sich befinden, drei andere Menschen schlafen wenige Meter von ihnen entfernt und sollen sie nicht hören, es gibt zu wenig Licht, um die Mimik zu erkennen, und doch ist da, im Halbfinstern, eine übersteigerte Vertrautheit, die im Hellen verblassen würde.

«Erzähl mir keinen Scheiß», sagt Lola, «du wälzt dich herum, weil du unzufrieden bist. Und feig… und immer noch hier.»

«Willst du nicht, dass ich hier bin?», fragt Sarah, wappnet sich gegen eine Kränkung.

«Darum geht es nicht», erwidert Lola, «*du* willst nicht hier sein.»

Sarah schweigt.

«Und du solltest es auch nicht. Warum sagst du nichts zu ihm?»

«Wegen euch», antwortet Sarah, «wegen deiner Brüder. Wer kümmert sich denn sonst?»

«Oh verdammte Scheiße», zischt Lola, «hast du immer noch nicht verstanden, dass er dich ausnutzt? Wieso lässt du dir das gefallen? Wieso lässt du dir dauernd alles gefallen?»

«Warum motzt du mich an», zischt Sarah zurück, «was hab ich dir getan?»

«Du bist eine Bremserin», Lola kommt näher jetzt, ragt breit und fest in der Dunkelheit auf, «du bist zu weich. Du wehrst dich nicht. Und das kotzt mich an!»

«Schhh», macht Sarah unwillkürlich. Nicht nur wegen Lolas Lautstärke, sondern auch, um ihren Redefluss zu stoppen. Sie sind sich nahgekommen in den letzten Wochen, haben sich organisiert und zusammengehalten, und Sarah hat geglaubt, dass sie in Lolas Augen aufgewertet worden ist, eine undefinierte Prüfung bestanden hat.

«Immer wird uns eingeredet, dass wir lieb sein sollen und brav», sagt Lola, «nachgiebig, nicht zu frech, nicht zu wild, und bloß nicht zornig, bloß nicht laut. Diese Wut in dir, sie ist berechtigt, Sarah. Du darfst wütend sein.»

«Du machst es dir auch einfach mit dei–»

«Nein», fällt Lola ihr ins Wort, «du machst es dir schwer.»

Sie geht zwei Schritte an Sarah vorbei, zu ihrem Zimmer. Der Geruch schlägt noch einmal zu, erinnert Sarah an aufgebrochene Erde, nasse Haut, eine Kuhle voller Dreck. Garantiert hatte Lola Sex, bestimmt ist sie deshalb so aufgewühlt. Und es war ja auch wild, fünfzehn zu sein, Sarah weiß es noch. Die Zeit der ersten Male, der Zukunftspläne, der vermeintlichen Klarsicht. Als sie und Helene zu dem Festival geschlichen sind, waren sie genauso alt.

«Ich hab doch beim Schuldirektor gesehen, dass du das kannst», sagt Lola über die Schulter gewandt, «aufstehen und einem Mann Einhalt gebieten. Warum hast du dann wieder damit aufgehört?»

«Es braucht viel Kraft.» Sarah überrascht sich selbst mit ihren Worten.

Lola dreht sich zu ihr um, lässt die Arme hängen jetzt, sieht im blassen Lichtschimmer erschöpft, zerschmettert aus.

«Aber das alles hier», sagt sie, «das, was du tust, kostet das nicht letztlich mehr Kraft?»

Sie wendet sich ab, schließt ihre Zimmertür, und in Sarah schäumt die Hitze mit einem so urknallartigen Druck hoch, dass sie mit der flachen Hand gegen die Wand schlägt. Das Geräusch ist laut und deplatziert in der dunklen Stille, ihre Hand brennt im selben Augenblick. Jetzt ist ihr Herzschlag nicht mehr polternd, nicht mehr zäh, sondern überhastet, flatternd, ein schnelles Ticken.

Sie horcht. Niemand rührt sich.

Im Schlafzimmer schaltet sie den Laptop ein, öffnet ein leeres Word-Dokument. Und wirft Worte auf die weiße Seite, Worte, die von Sprachlosigkeit erzählen und kleinen warmen Händen, von aufgestapelter Verzweiflung und ja: von der Wut. Sie schreibt, bis ihr Herz sich beruhigt, sie schreibt, bis das blanke Zittern in ihr abflaut, sie schreibt, bis Lucius sich langsam ins Aufwachen schiebt. Während draußen der Morgen anbricht, schickt Sarah eine ungeplante, im Affekt geborene Datei an ihre Agentin, und obwohl das noch lange kein Roman ist, nicht viel mehr als eine Idee, ein Versuch, ein Anfang, schreibt sie ganz vorne, vor dem ersten Satz:

Für Helene.

BATON TECHNIQUE

Fuck», sagt Sunny und springt auf, gibt Lola ein Zeichen, dass sie die Getränke bezahlen soll, hastet aus dem Café. Lola winkt der Kellnerin, wartet ungeduldig auf das Wechselgeld. Sie läuft Sunny hinterher, die bereits die Straße überquert hat. Zum Glück hat sie im richtigen Augenblick aus dem Fenster geschaut. Es ist das vierte Mal, dass sie hier sitzen und an einer Cola nippen, warten, dass etwas passiert, dass die Tür vom Haus gegenüber aufgeht, und jetzt ist er endlich rausgekommen.

Lolas Schuhe platschen im Schneematsch, sie spürt die Nässe bis zu den Socken. Als sie Sunny eingeholt hat, stehen sie vor der kleinen Tabak Trafik mit den vielen Stickern auf der Scheibe.

«Er ist da rein», sagt Sunny, «wir sollten ein bisschen weggehen vom Eingang.»

Sie lehnen sich in einem fünf Meter entfernten Hauseingang an die Mauer, beide mit abgewandten Gesichtern und den Blick auf ihre Handys gerichtet. Deren Displays in Wahrheit schwarz sind, sie können sich keine Ablenkung leisten.

An einem Abend hat Lola sich mit Alva in das Gebäude geschlichen, in dem er wohnt, aber das hat wenig gebracht. Außer einem steingrauen Treppenhaus und identischen dunkelbraunen Türen mit Namensschildern gab es nichts zu sehen oder herauszufinden. Er hat keinen Balkon, so viel wissen sie. Er bleibt ständig in seiner Wohnung. Niemand klingelt jemals bei ihm, niemand will was von ihm. Die Sache ist in den Nachrichten verloren gegangen. Alva hat jeden Tag gegoogelt. Es gab keinen Folgebericht über die drei protestierenden Frauen und den Physiklehrer.

Wenn einer zu ihnen gehört, schützen sie ihn.

Und es ist ihnen scheißegal, was er gemacht hat.

«Da», sagt Lola und stößt Sunny mit dem Ellbogen an.

Der alte Mann tritt auf den Gehsteig, hat einen Blick wie einer, den nichts mehr interessiert auf dieser Welt. In echt ist seine Hautfarbe aschiger als auf dem Bild im Internet. Er steckt eine Packung Zigaretten in die Tasche seiner abgewetzten Jacke, faltet einen Lottoschein, schiebt ihn hinterher. Dann zündet er die Tschick an, die er sich zwischen die schmalen Lippen gesteckt hat, die nicht rot sind, sondern lila. Die braunen Altersflecken auf seinen Händen erkennt Lola sogar auf die Entfernung. Wie hat er damals ausgesehen, als er noch Haare gehabt hat, welche Farbe hatten sie? Was hat er getan mit diesen Fingern, wie viel Schlimmes und wie viel noch Schlimmeres, und wer entscheidet, wie schlimm es war?

«Ein bisschen auf dem Schoß des Lehrers sitzen», hat Mama mal lachend gesagt, als sie Lola von ihrer Schulzeit erzählte, «würde heute für eine Eins in Physik wohl nicht mehr reichen.»

Und jetzt hat Lola diesen klammen Gedanken, dass das vielleicht gar nicht lustig war.

«Hat der keine Freunde», murmelt Sunny enttäuscht, als er zurück zu seiner Wohnung geht und sie mit ausreichend Abstand hinter ihm herspazieren.

«Und keine Familie», sagt Lola.

Grausiger Mann, wer will den schon.

«Offenbar ist er nicht verheiratet», sagt Sunny, und Lola liegt etwas Gehässiges auf der Zunge, sie spricht es nicht aus.

«Wir kommen seit Tagen immer wieder her», entgegnet sie stattdessen, «er hat nichts Nennenswertes gemacht. Keine Spaziergänge oder Autofahrten, er ist nicht ins Café gegangen oder sonst wohin, nur zum Spar und in die Trafik. Der Typ hat kein Leben.»

«Ich würd ihm auch keins gönnen», erwidert Sunny, und sie schauen zu, wie der pensionierte Lehrer seine Zigaretten, den Lottoschein, die abgeschabte Jacke und die alten Knochen wieder in das schäbige Wohnhaus auf der anderen Seite vom Mönchsberg trägt. Auf der falschen, vom Glanz der Festspielstadt abgewandten Seite. Als die Tür krachend zufällt, seufzt Sunny.

«Tun wir es eben bei ihm zu Hause», überlegt Lola laut, «wenn er nie rauskommt, kommen wir zu ihm rein.»

«Scheißriskant», sagt Sunny, «die Nachbarn hören garantiert alles. Und rufen die Polizei, wenn ihnen was komisch erscheint.»

«Knebel», erwidert Lola und hebt die Schultern.

Natürlich hat Sunny recht. Aber wie sollen sie den Typen aus seiner Höhle kriegen? Dass ihnen ein Vorwand einfällt, der ihn runter vors Haus lockt, okay. Nur können sie ihn ja schlecht auf offener Straße zusammenschlagen, neben der Trafik und gegenüber vom Café, wahrscheinlich gibt es auch noch Überwachungskameras. Da er nie in den Park zu gehen scheint, nicht an die Salzach, nicht in eine Tiefgarage, fallen ihr keine anderen Möglichkeiten ein.

Und tun müssen sie es.

Daran führt kein Weg vorbei.

«Vielleicht sollten wir es lieber …» Sunny bricht ab, als sie Lolas Blick bemerkt.

Sie schweigen, lassen die Autos vorbeirauschen. Die Kälte ist klar und trocken, in einer Stunde wird es dunkel sein, knackendes Eis wird sich in der Nacht auf den Gehsteigen bilden. Da könnte so ein alter Mann natürlich auch ganz leicht ausrutschen.

«Es ist nicht gesagt, dass er deiner Mutter was getan hat», Sunnys Stimme ist fest, «ihr nicht und Sarah auch nicht. Außer du fragst sie. Außer es gibt einen Beweis, eine Geschichte, eine Erinnerung.»

Lola antwortet nicht.

Sie wird nicht mit Sarah darüber sprechen, jetzt nicht und später nicht. Dann könnte sie gleich mit dem Finger auf sich und Sunny zeigen, wenn es in den Nachrichten käme, dann wäre sogar Sarah klar, was hier läuft. Letztens, als sie ihr nachts zufällig in der Wohnung begegnet ist, war sie sich sicher, dass Sarah es kapiert hat. Was Lola getan hat und wo sie herkam. Aber während es Lola offensichtlich erschien, war für Sarah etwas ganz anderes näherliegend: dass Lola sich rausgeschlichen hatte, um irgendeinen random dude zu bumsen. Sie kam nicht auf die Idee, Lola könnte etwas ganz anderes mit einem random dude gemacht haben.

Aber der Physiklehrer? Die Connection wäre rot und dick wie ein Ausrufezeichen.

«Du weißt, dass das nicht geht», sagt Lola.

«Nicht jede ist ein Opfer», antwortet Sunny, und ihr Ton ist wie von einer, die einen letzten Versuch starten will. Die akzeptieren wird, was kommt, die aber gesagt haben möchte, was es zu sagen gibt.

«Ich weiß.»

Lola schiebt die Hände in die Taschen ihrer Winterjacke, als sie sich zum Gehen wenden. Sie hat ihre Handschuhe vergessen, auch die Mütze, die Novemberluft beißt an ihren Ohren, an ihrer Kopfhaut unter den stoppelkurzen Haaren. Sie hat Hunger und überlegt, was sie essen könnte, wenn sie zu Hause ist. Irgendwas Warmes auf jeden Fall. Kohlenhydrate. Und Zucker. Sie hat große Lust auf Zucker.

«Drei Frauen», sagt Lola, «die sich nackt ausziehen und sich den Mund zukleben, sind Beweis genug. Ich glaube ihnen. Niemand tut so was, ohne dass es dafür einen Grund gibt. Ohne dass da ein Schmerz ist.»

«Ja», entgegnet Sunny, «aber ich hab den Eindruck, du verrennst dich in was Persönliches.»

Sie marschieren durch den Winternachmittag zur Bushaltestelle, Lola vermisst ihr Skateboard. Das Gleiten der Rollen, den Speed, die feine Balance im Sog der Luft.

«Es ist immer was Persönliches», sie geht so dicht an Sunny, dass ihre Arme sich berühren, «es war bei Femme persönlich und bei Sibel. Es ist bei jeder persönlich, Sunny, es geht nicht um die Einzelne, es geht um uns alle.»

Sunny setzt ihre Kapuze auf und macht ein Geräusch. Es ist ihr Du-hast-recht-Geräusch. Lola weiß, Sunny hat kein gutes Gefühl dabei. Hat sie ja selbst auch nicht. Aber um gute Gefühle geht es bei der ganzen Sache sowieso nicht.

«Mir behagt es dennoch nicht», sagt Sunny unsichtbar aus der Kapuze heraus, «er ist alt, er steckt das sicher nicht so einfach weg. Das müssen wir bedenken. Und er war in den Medien. Kurz nur, aber trotzdem. Dann die Sache mit der Wohnung. Am Ende hinterlassen wir Spuren oder was weiß ich.»

Lola blickt zurück, der Wohnkomplex ragt an der Ecke auf. Irgendwo oben, eins von den Lichtern, ist seines. Wahrscheinlich sitzt er da jetzt auf einer grindigen Couch, glotzt Richtung Fernseher und raucht mit seinen fleckigen Fingern. Lola starrt dorthin, wo sie ihn vermutet, und wie die Kälte auf ihrem Kopf, auf ihrer Haut, in ihrer Brust ist auch ihr Hass sehr trocken und klar.

«Vielleicht hat er, vielleicht nicht», sagt sie, «das spielt keine Rolle. Ich weiß, dass er nicht schuld ist an dem, was Mama getan hat. Aber irgendwo hat es angefangen. Sie haben ihr viele Tausend Steine in den Weg gelegt, und einer davon war der erste.»

LOGISCHE SCHLUSSFOLGERUNG

Sarah schiebt die kleine Tür im Holzzaun auf und huscht über die dünne Schneeschicht durch den Garten. Sie drückt das Gesicht in ihren übergroßen Wollschal, lugt über den Stoffrand. Die Terrasse beginnt auf der Seite des Wohnzimmers, auch das Küchenfenster geht Richtung Garten. Als sie hier eingezogen ist, hat sie sich manchmal an die Schwelle gestellt, genau zwischen draußen und drinnen, hat versucht, in das Gefühl hineinzufinden, dass das alles jetzt ihr gehört. Hat sich eingereiht gesehen in all die Generationen, die dieses Haus bewohnt und weitergegeben haben, hat sich ihre Kinder vorgestellt. Die hier herumlaufen würden, streitend, lachend, die nach ihr rufen und Dreck ins Wohnzimmer tragen würden.

Wenn sie ehrlich ist zu sich selbst, wird das sowieso nichts mehr. Sie müsste es erzwingen, nicht nur in körperlicher Hinsicht. Bis sie eine neue Partnerschaft aufgebaut hätte, die stabil wäre und ein sicheres Zuhause, hätte ihr Körper die Entscheidung längst für sie getroffen.

Sarah drückt sich an der Hauswand entlang, ihre Schritte sind lautlos, der Schnee ist frisch.

Vielleicht hat das Leben ihr einfach nicht den Partner geschenkt, der ihren Kinderwunsch aufgegriffen, bestätigt und erfüllt hätte. Vielleicht hat sie sich aber auch immer Partnern zugewendet, von denen sie insgeheim wusste, dass sie keine Kinder mit ihnen bekommen würde.

Bleibt nur noch die Möglichkeit, allein eins zu kriegen.

Sie und das Baby, zu zweit.

Sie lässt den Blick schweifen über die stille, dunkle Straße.

Der Winter ist ruhiger und verschworener als der Sommer, alles, was man tut, bekommt etwas Heimliches.

Seit sie in Helenes Wohnung gezogen ist, weiß sie, dass sie das könnte: es allein machen.

Seit sie sich um Maxi und Lucius kümmert, weiß sie aber auch: dass sie das nicht will, allein.

Im Haus brennt Licht. Durch das Wohnzimmerfenster erkennt sie nichts, die hellen Vorhänge sind zugezogen. Sie sieht minimale Bewegungen, vermutlich der Fernseher. Er ist also wirklich noch da. Er ist einfach noch da.

Sie geht um die abgedeckten Gartenmöbel herum, der Vorhang vor der Terrassentür lässt ebenfalls keine Einblicke zu. Sie hat ihn nähen lassen aus cremefarbenem Stoff und erinnert sich, wie amüsiert Helene war. Wie sie etwas gemurmelt hat von Kinderhänden und Schokoladeflecken, es ist so lange her. Kurz lehnt Sarah die Stirn gegen das eiskalte Glas, macht die Augen zu. Der rohe, eruptive Schmerz ist zu einem Simmern geworden, einem Dauerbrummen, leiser jetzt, unter einer immer dicker werdenden Schicht von Tagen ohne Helene. Das ist die Zeit, die vergeht.

Auf der Scheibe hat ihre warme Haut einen beschlagenen Fleck hinterlassen, Sarah sieht sich im dunklen Garten um. Helene ist nicht da.

Sie biegt um die Ecke und lugt durch das Küchenfenster. Sie spürt die Kälte kaum und friert nicht, weil ihr ein Schuss Adrenalin durch die Adern springt. Auf dem Weg hierher hat sie gehofft, Leon wäre gegangen. Hätte ihr einen Brief mit Schimpfworten hinterlassen und Barthaare im Waschbecken und wäre fort. Sie hat sich ausgemalt, durch die Räume zu gehen und überall nachzusehen, auch in der hintersten Ecke, ob da noch Dinge von ihm wären, um sie in einen Karton zu legen und nach draußen zu stellen.

Stattdessen glotzt sie durchs Fenster in die Helligkeit ihrer Küche und weiß nicht, was sie tun soll. Ihren Schlüssel benutzen, reinmarschieren, eine Szene machen? Wie geht das denn, was soll sie sagen? Sie könnte anrufen, nicht zu erkennen geben, dass sie so nah ist, am Telefon ist es einfacher, die richtigen Worte zu finden. Wenn sie ihm nicht in die Augen schauen muss dabei. Wenn sie nicht daran denken muss, wie viele Nächte sie miteinander verbracht haben, dass sie sich etwas erhofft hat, das nie entstehen wird. Die Scham ist wie ein Kratzen im Hals, aufdringlich und lästig.

Sie macht zwei Schritte zurück, plötzlich schlägt sich die Kälte doch zu ihr durch. Ihre Zehen sind taub, es hat wieder angefangen zu schneien. Nie ist die Luft so still, wie wenn gefrorene Flocken aus dem Himmel fallen. Als würden sie alle Geräusche aufnehmen, sich einverleiben und dem Boden zuführen.

Wie seltsam es wäre, Helene hier stehen zu sehen, barfuß im eisigen Weiß.

Wie seltsam und gut.

Die Terrassentür wird mit einem Ruck geöffnet, Sarah erschrickt und taumelt. Leon steht im Türrahmen, hinter ihm, neben ihm der Vorhang, dieser helle, kinderuntaugliche Vorhang, der Sarah wie ein Zeichen vorkommt, dass sie nie weit genug gedacht hat.

«Was tust du da?», fragt er.

Sie gibt keine Antwort, sie kann ja nicht die Wahrheit sagen.

«Schleichst du etwa durch deinen eigenen Garten, weil du nicht ins Haus kommen willst?»

Sarah schweigt. Wie unhöflich von ihm, das Offensichtliche auszusprechen und sie bloßzustellen.

Er hat ein T-Shirt an und eine Jogginghose, natürlich. Ständig ist er in seinen gemütlichen Sweatpants rumgelaufen, und sie hat nie welche angezogen, nicht ein einziges Mal, hat sich in allen Lockdowns und an sämtlichen Fernsehabenden in eine Hose mit Knopf gezwängt, weil man das so macht. Weil man sich nicht gehen lässt, sich nicht unförmig und ungestylt präsentiert, weil man sich Mühe gibt für den Mann. Jetzt würde sie gern etwas sagen, aber aus ihrer Kehle kommt nur ein leises Knurren.

Leon zieht die Augenbrauen hoch und verschränkt die Arme vor der Brust. Er macht keinen Schritt zur Seite, um sie hereinzulassen. Er versperrt den Weg nach drinnen wie einer, der das Recht dazu hat. Wie einer, der Antworten will, obwohl sie ihm vor über einer Woche gesagt hat, dass er verschwinden soll.

«Warum bist du –»

«Noch hier?», fällt er ihr ins Wort. «Na ja, irgendwer muss doch deine Katze füttern und den ganzen Scheiß machen, oder? Es wundert mich, dass es dir überhaupt auffällt. Schließlich bist du ja selber nie da.»

Sarah zuckt zusammen. Als hätte sie Molly jemals vergessen. Sie hat einen trockenen Mund und einen Schluckauf im Herzen. Sie will raus aus diesem Gespräch, aus dieser Situation, sieht sich noch einmal nach Helene um.

«Typisch», schnauft Leon wütend, «jetzt schweigt sie wieder, die Madame. So wie letztens, ich koche für dich, ich mache dir ein Geschenk, spreche mit dir über unsere Zukunft, und du? Wirfst mir an den Kopf, dass ich ausziehen soll, gehst schlafen und bist am nächsten Tag wieder weg, und ich höre nichts mehr von dir. Findest du das normal? Kannst du nicht mit mir reden? Haben wir nicht noch einiges zu klären?»

Sarah zieht die Schneeluft in ihr Inneres, vielleicht funktioniert diese Flockenstille auch in Körpern. Aber nein, sie zerschellt an Leons Konfliktbereitschaft. Sarah steht in ihrem

Garten, er steht in ihrem Haus, zwischen ihnen die Mauer des Unausgesprochenen.

Diese Sprachlosigkeit wurde dir anerzogen, hat Lola gesagt, die Gesellschaft hat dir nicht das Rüstzeug gegeben, dich in ihr zu behaupten, im Gegenteil, sie hat dir beigebracht, dass du nicht berechtigt bist, dich zu behaupten. Dass du schweigen sollst, wenn du gedemütigt wirst. Oder noch besser: dich entschuldigen.

Leon schnaubt erneut.

Sarah atmet Kälte aus.

«Komm wieder, wenn du was zu sagen hast.» Er wirft die Terrassentür zu.

Zwei schnelle Bewegungen, dann sieht Sarah nur noch den cremefarbenen Vorhang.

ATTACK

Sie überrennen ihn, als er die Tür aufmacht, und fangen ihn gleichzeitig auf. Sie haben das mehrmals geübt, immer in einem engen Bereich, so ein Vorzimmer ist schmal, eine von ihnen hat sich hingestellt, die anderen haben sie umgeworfen und sind in derselben Sekunde seitlich und hinter ihr in die Knie gegangen, um sie abzufangen und den Aufprall des Körpers zu verhindern. Die Aktion erfordert Schnelligkeit und Kraft, beides haben sie.

Er ist überrumpelt, sackt zurück, ohne einen Laut von sich zu geben. Damit sein Kopf nicht auf den Boden knallt, lässt Femme ihn in ihren Armen landen. Damit er nicht schreit, klebt Sunny ihm den Mund zu. Damit er nicht nach etwas greift, einem Messer, einem Telefon, umwickelt Lola seine Hände mit Klebeband. Zwei, drei Sekunden, schon legen sie ihn auf dem Teppich ab. Alva steht auf, schließt leise die Tür. Er rührt sich nicht, hat die Augen aufgerissen, die gefesselten Hände sind am Zittern, unter dem grauen Tape zeichnen sich seine Lippen ab. Die wenigen verbliebenen Haare stehen von seinem Kopf ab wie ein Kranz unter Strom.

Lola atmet ein, ihr ist heiß. Sie kommen aus der Kälte, die Bude ist total überheizt, außerdem ist sie, im Gegensatz zu sonst, nervös. Wie vereinbart, halten sie einen Moment still, um zu lauschen. Aus den anderen Wohnungen ist nichts Ungewöhnliches zu hören, Fernsehgeräusche, ein dumpfer Streit irgendwo. Niemand weiß, dass sie hier sind. Sie bücken sich wie auf ein geheimes Zeichen und ziehen den Lehrer mitsamt dem unappetitlichen Flickenteppich in sein Wohnzimmer.

Der Boden ist dreckig, es riecht unangenehm. Nach Rauch, kalter Suppe und feuchten Socken. Der alte Mann windet sich und schüttelt seinen Oberkörper, hat wohl den ersten Schreck überstanden. Als er mit dem Fuß nach Femme zielt, tritt sie sofort zurück. Das ist der Auftakt, und sie lassen Schläge auf ihn regnen.

Lola kickt nicht so hart wie sonst, aber hart genug. Weil da diese drei Frauen sind und viele mehr. Weil es garantiert nicht nur in den Neunzigern war, sondern immer. Weil – er – da – mit – durch – ge – kom – men – ist. Wie alle, alle, alle. Weil es jemand gewusst hat, ganz sicher. Weil er sich hinterher, am Abend, mit diesen Händen, die jetzt harmlos aussehen, einen runtergeholt hat in Gedanken an die kindlichen Körper, an denen alles klein war und eng und verboten. Haben viele Mädchen morgens gedacht, mit einem Knoten im Bauch: Scheiße, heute ist Mittwoch, da haben wir Physik? Haben sie vor der betreffenden Stunde auf die Uhr geschaut, einander wortlose Blicke zugeworfen? Haben sie sich elend gefühlt und unsauber, haben sie versucht, das Gefühl wegzulachen, und wie alt waren sie, zwölf, dreizehn?

Sie traktiert die Seite seiner Schenkel mit ihrer Schuhspitze, dann den Rippenbogen. Der Lehrer ist dünn und schmächtig, da ist nicht viel Fleisch auf seinen Knochen, es hängt und ist fahl. Er bäumt sich auf, wimmert, wirft den Kopf hin und her. Als Femme bemerkt, dass sich ein dunkler, nasser Fleck auf seiner Hose ausbreitet, stellt sie ihren Fuß darauf. Drückt langsam zu, jetzt hält er still. Hat etwas Flehentliches im Blick, und wetten, das hatten die Mädchen auch. Wetten, das hat ihn erst extrageil gemacht. Femme quetscht seinen Schwanz unter ihrer Ferse zusammen, dieses kümmerliche, häutige Zeug, das sein Tun gesteuert hat.

Er heult.

Das ist gut.

Er soll heulen.

«Sie waren Kinder, du perverse Sau», zischt Alva, als sie sich hinunterbückt und das Messer aus der Tasche zieht. Und das ist der Moment, in dem es schiefgeht. Zuerst bemerkt Lola einen eigenartigen Geruch, der anders ist als der Urin, etwas Schäumendes, Erstickendes, und auf einmal wird das glatzköpfige Arschloch steif, will die gefesselten Hände an die Brust führen. Wie es den Körper schüttelt, das hat er nicht mehr im Griff, das ist ein unkontrollierter Krampf.

«Scheiße», flüstert Sunny, sie machen alle einen Schritt zurück.

Der Lehrer biegt sich zur Seite, aus seiner Nase kommt Blut. Femme reißt ihm hastig den Klebestreifen vom Mund, er ringt nach Luft. Ist das ein Herzinfarkt? Ein epileptischer Anfall?

«Fuck, fuck, fuck», murmelt Alva, schiebt das Messer zurück in ihre Hosentasche.

Lola haut mit der Faust dorthin, wo sie sein Herz vermutet. Aber das bringt nicht den erhofften Kickstart, sondern hat einfach gar keine Wirkung. Sie stöhnt, sieht sich nach seinem Handy um. Es liegt nicht auf der versifften Couch, auch nicht auf dem Tisch. Alva befreit die Hände des Mannes. Sie fallen kraftlos zur Seite. Femme und Sunny heben den schlaffen Körper hoch, während Alva den Teppich unter ihm hervorzieht und zurück in den Vorraum legt.

Sie sind nie hier gewesen.

Lola findet kein Smartphone, plötzlich wird sie hektisch. Kann es sein, dass er keines besitzt? Die anderen fangen an, mit ihr zu suchen, die Unruhe wächst mit jedem Ticken des Sekundenzeigers der hässlichen Holzuhr an der Wand.

Auf einmal ändert sich die Energie in der Luft. Mit den Händen, mit denen sie zuvor verletzt haben, bugsieren sie den

Alten jetzt in die stabile Seitenlage. In ihren Blicken, die zuvor entschlossen waren und wütend, stehen Angst und Sorge.

«Festnetz?», flüstert Sunny, aber da hängt keines im Flur, da steht keines auf einer Kommode.

Auch im Schlafzimmer ist kein Handy, Alva schüttelt den Kopf.

Lola schaut hinunter auf den bewegungslosen Alten, der vielleicht noch atmet, vielleicht auch nicht. Für den wahrscheinlich jede Minute zählt und der ihnen nicht sagen kann, wo er sein scheiß Telefon hingepackt hat.

Sie selbst haben ihre Handys nie dabei, zu riskant ist es, dass eines unbemerkt rausfällt, wenn sie treten, schlagen, boxen, wenn sie rennen, sprinten, springen, und dann sind sie am Arsch.

«Ich mach's», sagt Lola leise, «schnell jetzt.»

Sie bewegen sich ohne ein auffälliges Geräusch, lassen die Tür offen. Und während die anderen die Treppen hinunterlaufen, bleibt Lola vor der Wohnung gegenüber stehen. Sie drückt auf die Klingel. Sie wartet mit einem Herzschlag bis hinauf ins Hirn. Als jemand öffnet, schaut sie nicht hin, zieht die Kapuze über ihre Augen, hat sowieso die schwarze Maske auf und Handschuhe an.

«Der alte Mann braucht Hilfe», stößt sie hervor, rennt im selben Moment davon. Ihre Schuhe quietschen auf dem abgeschliffenen Steinboden, die unnatürliche Stille aus der Wohnung des Lehrers kriecht ihr hinterher.

Jetzt gibt es einen Zeugen.

Sie sind sehr wohl hier gewesen.

VORGETÄUSCHTES ENDE

Sie hat Lola einen Fünfziger in die Hand gedrückt und sie gebeten, mit den Jungs eine Pizza essen zu gehen.

«Ich muss mit Johannes allein sprechen», hat sie gesagt.

Lola hat sofort ihren Brüdern die Jacken angezogen und Sarah so angesehen beim Hinausgehen, dass ihr ganz ernst zumute geworden ist. Jetzt wartet sie, und Johannes ist wieder zu spät. Sie hat nicht gekocht für ihn, da wird kein Essen auf der Anrichte stehen, das er aufwärmen kann.

Sie hat nicht geschlafen.

Sie ist zurückgekommen von der Begegnung mit Leon wie eine, die geschlagen wurde. Mit einem Ganzkörperschmerz. Sie hat an sich selbst gedacht, wie sie in ihrem eigenen Garten herumgeschlichen ist, sich wegschicken hat lassen. Sie war derart schockiert, sie konnte sich nicht hinlegen. Konnte die Augen nicht schließen die ganze Nacht. Und kein anderes Bild in ihren Kopf ziehen lassen als dieses eine, sie vor dem Vorhang, Leon dahinter. Es war, als hätte jemand sie freigelegt. Alles weggeätzt mit heftiger Säure. Und da wären nur noch die blanken Knochen gewesen, Sarahs Essenz, ohne die Möglichkeit, etwas zu beschönigen.

Sie ist leise in Lolas Zimmer gegangen, hat vorsichtig ihre Decke genommen, sie ausgeschüttelt und umgedreht, mit der kühlen Seite wieder auf Lola gelegt. Sie hat sich zu Maxi und Johannes geschlichen, hat beide lange betrachtet, und schließlich, im großen Bett, in dem Helene früher geschlafen hat, in dem Helene geträumt und wach gelegen und sich zu große Fragen gestellt hat, hat Sarah sich an Lucius geschmiegt, nur um bei seinem Geruch, bei der Wärme seiner kleinen Finger anzufangen zu weinen. Sie hat geschluchzt und sich geschüttelt, ist aufrecht dagesessen, mit dem Rücken zur Wand.

Das haben sie geschafft, die beiden Männer. Leon und Johannes sind weitergegangen, immer weiter, und Sarah ist zurückgewichen.

Sie knetet ihre Finger, die klamm sind und an den Spitzen wie abgestorben. Sie fühlt sich krank vor Nervosität. Sie setzt sich an den Küchentisch, springt auf, geht im Wohnzimmer auf und ab, schaut aus dem Fenster, marschiert zurück in die Küche, einmal ins Bad. Wo bleibt er, verdammt, wo bleibt er? Aber okay, wenn er nicht kommt, kann sie die Konfrontation noch ein wenig aufschieben, sich bessere Sätze zurechtlegen, sich Mut antrinken mit einem Schnaps, eventuell dann nächste Woche oder wenn Weihnachten vorbei ist, weil es ja –

Sie hört das Klicken seines Schlüssels. Die Tür schwingt auf.

«So ruhig heute?», fragt Johannes überrascht, während er sich die Schuhe auszieht.

Und Sarah mag nicht sagen: Ich hab die Kinder weggeschickt, wir müssen reden. Mag es nicht derart deutlich machen und zusehen, wie er sich wappnet für das, was –

«Ich gehe», bricht es aus ihr, und so wollte sie nicht anfangen.

Johannes knöpft seine Hemdsärmel auf, lächelt sie an.

«Ich muss …», sie atmet ein, «in einer Woche bin ich hier weg.»

Sie fasst sich an den Hals, als könnte sie ihr eigenes Gestammel dadurch geschmeidiger machen.

«Wollen wir uns nicht setzen?» Johannes kommt auf sie zu, die rechte Hand ausgestreckt wie für eine beruhigende Berührung. Sarah will diese Berührung nicht und die Beruhigung auch nicht, will nicht behandelt werden wie eine, die man beschwichtigen muss.

«Nein», sagt sie und zieht ihre Schulter zurück, bevor er sie erreichen kann, «die Kinder sind mit Lola in der Pizzeria, sie kommen sicher gleich zurück, weil du zu spät bist, Johannes, weil du dich zwar ums Geld kümmerst, aber halt auch nur darum», und jetzt wird das Reden leichter, stückweise, in Krümeln, presst sich die Wut nach oben, sie ist kompakt und zusammengeballt, weil sie oft, so oft, zu oft unterdrückt wurde, «du denkst, Sarah ist ja da, Sarah sagt nichts, Sarah regt sich nicht auf, obwohl ich mit ihr vereinbart habe, dass ich bis September eine Lösung finde, und jetzt ist Dezember, aber Sarah hat –»

«Offenbar noch nichts gegessen heute», fällt Johannes ihr ins Wort und lacht.

Er geht an ihr vorbei in die Küche, macht den Kühlschrank auf, spricht im Plauderton weiter. Sarah hört nur Fetzen, «wurde an der Grenze aufgehalten», dann «tut mir ja auch leid, dass», schließlich «wir können doch gemeinsam», und währenddessen holt Johannes Butter aus dem Kühlschrank, Käse und Wurst, Essiggurken, sieht Sarah gar nicht an dabei, spricht vor sich hin und vor allem: hat das Gespräch an sich gerissen. Hat ihr den Faden weggenommen und die Erzählung zu seiner gemacht.

Sie setzt zwei Schritte in die Küche hinein, und dieses Beben, das aus ihr klettert, könnte sie nicht mehr bändigen, selbst wenn sie wollte. Aber sie will gar nicht.

«Ich bin noch eine Woche hier», sagt sie in all der Deutlichkeit, zu der sie fähig ist.

Die Panik rauscht in ihren Ohren, und sie verschränkt ihre Finger so fest ineinander, dass es wehtut. Aber sie hört nicht auf zu sprechen.

«Du bist ab sofort der Vater, Johannes. Das warst du noch

nie, ab jetzt bist du es. Du übernimmst Verantwortung. Einen Tag in der Woche hole ich die Jungs von Kindergarten und Schule ab, dann nehme ich sie bis zum Abend mit zu mir. Damit du arbeiten kannst und weil ich sie sehen möchte. Du kannst dir aussuchen, an welchem Tag das sein soll, und wenn ich mal nicht da bin, gebe ich dir Bescheid, damit –»

«Das ist doch –»

Er fuchtelt mit der Hand, in der er das Buttermesser hält.

«Lass mich ausreden!», ruft Sarah, und er verstummt verblüfft.

«Ansonsten führe ich wieder mein eigenes Leben», sagt sie, «in meinem eigenen Haus. In nicht einmal drei Monaten ist Helene seit einem Jahr tot, seit einem Jahr!»

Sie wird lauter, ihr Gesicht brennt und hat vermutlich rote Flecken, es spielt keine Rolle.

«Hast du geglaubt, dass das immer so weitergeht? Dass ich deine Nanny, Putzfrau und Köchin spiele, bis wir beide ins Altersheim kommen? Ich habe dir geholfen, ich habe euch geholfen, weil ihr mich gebraucht habt, aber dass du dir einfach kein –»

«Jetzt stell doch mich nicht als den Bösen hin», unterbricht er sie erneut, mittlerweile mit dem Mund voller Butterbrot. Er mampft, schüttelt den Kopf, hat das Hemd an den Armen hochgekrempelt und immer noch diesen Da-können-wir-uns-doch-einigen-Blick.

Sarah stemmt sich nicht mehr dagegen. Sie macht auf, lässt sich wegwaschen von diesem knallheißen, teerschwarzen, brüllend roten Zorn, und da ist er. Der Schrei. Sie hat lange auf ihn gewartet, nicht erst seit Helenes Tod, hat ihn herbeigesehnt und trotzdem nie zugelassen.

Sie schreit Johannes an. Sie brüllt und schlägt mit der flachen Hand gegen die Kühlschranktür. Es ist ein Schwall, der aus ihren Lippen quillt und strudelt und springt, da sind Wörter, aber in erster Linie ist da Lautstärke und Entfesselung, eine blendende, säurehaltige Wut, die ihr auf dem Weg aus ihrem Mund die Brust verätzt, den Hals, die Lippen. Sie kann den Schrei nicht lenken, sie erbricht ihn. Und dann legt sich etwas in das Gurgeln und Kreischen, etwas Warmes, Sanftes. Ein glänzender, zärtlicher Stolz.

Der ist neu.

Sarah ist noch nie auf diese Art stolz auf sich selbst gewesen.

Vielleicht kann Johannes nicht alles verstehen, was sie ausspuckt, aber immerhin hat er aufgehört zu essen. Er starrt sie an, unterbricht sie nicht mehr.

Endlich unterbricht er sie nicht mehr.

Auch nicht, als das Schreien abebbt und Sarah wieder Luft holen kann.

Für einen Augenblick ist es sehr still in der Küche, und sie erinnert sich an kein einziges Wort, das sie gebrüllt hat. Da ist nur eine silberfarbene, tief sitzende Leere. Johannes bleibt stumm, scheint abzuwarten. Greift nicht nach dem Brot, rührt sich nicht, und sie muss daran denken, wie sie ihn umarmt hat, genau hier, in der Küche. Er hat ihr versprochen, sie von ihrer Schuld zu entbinden, sie von ihrer Aufgabe zu entlasten, und sie hat ihm geglaubt.

«Ich mache alles, was eine Mutter macht», sagt Sarah, «dabei habe ich diese Kinder nicht geboren. Ich möchte Lucius und Maxi nicht im Stich lassen, ich fühle mich verantwortlich. Doch während andere Mütter nicht wegkönnen, gebunden sind, verheiratet und verpflichtet sind, bin ich nichts davon.»

Sie merkt, wie ihre Stimmung kippt, wie auf die Wut, die sie über die Klippe geworfen hat, eine klebrige Traurigkeit folgt.

«Helene hat oft gesagt: Ich habe drei Kinder, mein Mann hat keine Kinder», sagt sie, «und dann hat sie gelacht. Verstehst du? Und die Zuhörer auch. Sie haben gelacht, Johannes.»

Er reagiert nicht, will nicht oder traut sich nicht.

«Ich bin ihretwegen hierhergekommen», sagt Sarah, «und du hast meine Hilfsbereitschaft ausgenutzt.»

Sie flüstert jetzt, weinen will sie auf keinen Fall. Nicht hier, nicht vor ihm.

«Entschuldigung», sagt Johannes, nur das.

Er sieht sie an, als wolle er sie umarmen.

«Nein», sagt Sarah und lässt offen, ob sie die Entschuldigung oder die Umarmung meint.

Sie wendet sich zum Gehen.

«Eine Woche», sagt sie, und bevor Johannes antworten kann, verlässt sie die Küche, schnappt an der Tür ihre Jacke und ihre Stiefel.

Im Aufzug schlingt sie die Arme um sich selbst. Die Wut hat die Kontrolle übernommen für einen Moment, der ihr vorkommt wie eine Ewigkeit, und sie weiß noch nicht, ob sie das gut finden soll. Es war befremdlich und einschüchternd, auch befreiend auf ungekannte Weise. Ihr Hals ist rau, in ihrer Brust sitzt ein erhitzter Schmerz. In ihren Handinnenflächen sind Abdrücke ihrer Fingernägel, ihre Achseln sind schweißnass.

Wenn sie daran denkt, in einer Woche ihre Sachen zu packen, sich zu verabschieden von Lucius und Maxi, denen sie kaum wird verständlich machen können, warum sie ihnen nicht mehr jeden Morgen Kakao kochen und sie nicht jeden Nachmittag mit einem Rosinenkipferl in der Hand abholen wird, zuckt ein so wildes Bedauern durch ihr Herz, dass sie sich niedergedrückt fühlt vor Hilflosigkeit.

Die kalte Winterluft ist eine sanfte Ohrfeige.

Komm zu dir, sagt die Winterluft, das wird schon.

Und dann: Eine Sache noch. Die musst du auch endlich

regeln. Sarah zieht ihr Handy aus der Manteltasche, tippt mit steifen Fingern darauf herum.

«Lola?», sagt sie. «Ja. Ja, hab ich. Nein, ich bin draußen, ein bisschen spazieren.»

Sie macht kurz die Augen zu, die Stadt rauscht ungerührt und leise.

«Ich brauche deine Hilfe, Lola.»

TAKEDOWN

Sie haben einen Moment der Liebe. Anders kann Lola es nicht bezeichnen. Sie holen Femme zu Hause ab, weil die Wohnung, die sie mit ihrem Vater teilt, auf dem Weg liegt. Lola war erst einmal hier, und nur kurz. Dass es recht düster war, ist ihr aufgefallen. Nicht wegen des Lichts, sondern wegen der Stimmung. An den Wänden zahllose Bilder von Femmes Mutter, zu Hause in Griechenland, damals. Auch von Femme, wie sie mit Zahnlücke lacht, wie sie Radfahren lernt, wie sie am Strand steht und einen Krebs in der Hand hält. Der Vater ist ein versunkener Mann, der morgens zu seinem Laden schlurft und abends vor dem Fernseher sitzt. Ein Vergessener, ein Übriggebliebener.

«Er hat sie hierhergebracht, weil er gedacht hat, die Medizin im Westen könnte sie retten», hat Femme erzählt, «und dann ist sie trotzdem gestorben.»

Femmes Vater ist äußerlich anwesend und innerlich abwesend, und mit der Gleichgültigkeit von Vätern kennt Lola sich aus. Der Erzeuger überweist ihr seit Mamas Tod jeden Monat das Doppelte. Als könnte er sich freikaufen, dabei hält Lola ihn ja gar nicht fest. Und Johannes hat sie seit Wochen kaum gesehen, obwohl sie offiziell in denselben Räumen wohnen. Sie halten sich selten gleichzeitig darin auf, und wenn, dann ist es verblüffend, wie gut sie einander aus dem Weg gehen können. Lola will ihn nicht vermissen und kann ihm trotzdem nicht verzeihen. Dass er sie derart schnell aufgegeben hat, dass sie ihm die Mühe nicht wert war. Dass er kein Gespräch gesucht und sich widerstandslos in diese Distanz gefügt hat, die Lola zwischen ihnen aufgebaut hat. Hätte sie sich damals, als er sie auf dem Balkon überraschte, umarmen lassen von ihm, wäre dann alles anders gekommen? Hätte sie in dieser Situation geredet mit ihm, wäre er dann nicht so schweigsam geworden?

«Tschüss, Papa!», ruft Femme über die Schulter und verdreht die Augen, als keine Antwort kommt.

«Inzwischen schläft er sogar abends vor dem Fernseher ein», sagt sie auf dem Weg nach draußen, «er checkt echt gar nichts mehr.»

Sie will locker klingen und genervt, aber Lola hört den Schmerz dahinter, weil ihre Sinne empfänglich sind für diese Frequenz. Die Harmlosigkeit und das Desinteresse von Femmes Vater sind praktisch, und verletzend sind sie auch.

Zu viert stehen sie vor Femmes Wohnhaus und sind still. Es ist das erste Mal, dass sie einander sehen seit der Katastrophe mit dem Lehrer. Aus einem Impuls heraus geht Lola auf Alva zu und gibt ihr einen Kuss auf den Mund. Wendet sich zu Sunny, drückt die Lippen auf ihre, küsst danach Femme, und es fühlt sich schwesterlich an, wie ein zärtlicher Schwur. Von Mund zu Mund geht ihre Verschwiegenheit. Sie können sich nie wieder trennen jetzt, sie wissen es. Alva breitet die Arme aus, und sie stellen sich zusammen, neigen ihre Köpfe, bilden einen Kreis. Die Kraft, die sie haben, hat denselben Klang, da ist kein Misston, keine offene Frage. Niemand hat Lola einen Vorwurf gemacht, niemand hat gesagt: Das war eine Scheißidee, in seiner Wohnung, viel zu riskant. Oder: Das war eine Scheißidee, mit so einem Alten, kein Wunder, dass der das nicht verkraftet, wenn wir auf ihn eindreschen. Sie haben es gemeinsam entschieden und gemeinsam durchgezogen, sie stehen gemeinsam dafür ein. Dass sie zu weit gegangen sind, sagt auch keine. Das wissen sie sowieso.

Sie haben keine Ahnung, ob er tot ist.

Sie haben online nichts gefunden, und dann hat Femme gemeint, dass sie aufhören sollen, seinen Namen zu googeln, weil: wer weiß.

Lola fragt sich, wie der Mensch von gegenüber reagiert hat, sie ist ja sofort abgehauen. Ob das eine hilfsbereite Person war, die hinübergeeilt ist und einen Krankenwagen gerufen hat oder das Ganze für einen Scherz gehalten und sich wieder vor den Fernseher gesetzt hat. Und wenn dieser Mensch der Polizei erzählt, dass da jemand vor der Tür stand, ganz in Schwarz mit Hoodie, Handschuhen und Maske, wenn die Polizisten über ein minimales Kombinationstalent verfügen, werden sie verstehen, was los ist. Weil in der ganzen Stadt Männer verprügelt werden, denen sexualisierte Gewalt vorgeworfen wird wie dem Lehrer auch.

Sie wollten, dass er bezahlt.

Dass er die Hilflosigkeit spürt, die Machtlosigkeit und die Panik.

Aber umbringen wollten sie ihn nicht, verdammt.

Es macht ihr zu schaffen, vor allem in der Nacht. Dass das Ganze so schnell gekippt ist und plötzlich viel ernster war. Sie hofft, dass der Nachbar Hilfe geholt hat. Und dass diese Hilfe nicht zu spät kam.

Sie bleiben in diesem engen Kreis, sie sind sicher. Sie haben stillgehalten seither, und oft genug ist Lola in den letzten Tagen hochgeschreckt, hat gedacht: Jetzt kommen sie, jetzt finden sie mich, jetzt wissen sie alles. Umgeben von den anderen drei kann sie atmen. Sie weiß nicht, was passieren wird, aber sie hat auf einmal das Gefühl, dass sie es hinkriegen werden, egal was. Dass sie sich nicht fürchten muss, dass sie nicht allein eine Lösung finden muss.

Sie gehen zu Fuß, es ist nicht weit, eine Viertelstunde ungefähr.

«Was sollen wir jetzt tun», fragt Sunny, «einfach abwarten?»

«Der ist bestimmt nicht gestorben», meint Femme, «das Krankenhaus hat das sicher als normalen Herzanfall oder was immer es war eingestuft. Garantiert denken sie, dass er gestürzt ist und deshalb blaue Flecken bekommen hat.»

«Ich glaube, dass ihnen ihr eigenes Vertuschen auf den Kopf fällt», wirft Alva ein, «denn wenn sie jetzt öffentlich machen, dass er von schwarz vermummten Angreifern attackiert wurde, wie die anderen vor ihm, liegt die Vermutung nahe, dass er ein Täter ist. Dann kommt die Sache mit den drei nackten Frauen auf, und ich wette, es melden sich noch mehr ehemalige Schülerinnen. Das wollen sie nicht, und er auch nicht, also schweigt er und sagt niemandem, dass wir da waren. Wir haben ja deutlich gemacht, *warum* wir da waren.»

Es ist einer dieser Wintersonntage, die wehtun in ihrer Schönheit. Glitzernder Frost an den kargen Ästen, blitzende Sonnenstrahlen am hellblauen Himmel, der Boden angezuckert vom Schnee. Aber Lola hat keinen Blick für diese Pracht und auch keinen Nerv. Überhaupt: diese elende Stadt. Die klein ist, eingenäht, borniert und verstaubt, auf Geld und Glamour ausgerichtet, die an den Jungen vorbeidenkt und an den Frauen sowieso.

«Vielleicht sollten wir für eine Weile wegfahren», sagt sie, «bis Gras über die Sache gewachsen ist.»

Dass niemand antwortet, zeigt ihr: Sie denken darüber nach.

«Neues Jahr, neue Stadt?», fragt Femme witzelnd, aber gleichzeitig irgendwie ernst.

«Na ja», sagt Alva gedehnt, und Lola sieht die kleine weiße Wolke, die aus ihrem Mund kommt, «was hält uns hier? Wir haben ja sowieso alle kein Zuhause.»

Und wie sie das sagt, fordert es fast einen Widerspruch ein, aber niemand widerspricht. Weil sie verstehen, wie Alva es meint. Und wissen, dass es wahr ist.

Inzwischen ist Mama lange genug tot, dass Lolas Erinnerungen etwas Surreales, Traumverzerrtes haben. Eine wabblige Masse sind sie, und es ist möglich, hineinzugreifen, ein Bild herauszuziehen, ein Lied, einen Blick, eine Situation, die sich so abgespielt hat, aber eventuell auch nicht. Sie hat zu viel gerührt in der weichen Masse, hat die Ereignisse verdreht und kann sich bei keiner einzigen Erinnerung mehr sicher sein.

Das Foto, auf dem Mama den dicken Bauch hat, trägt sie immer bei sich.

Es ist ihr Beweis, dass sie eine Mutter gehabt hat. Aber egal, wie oft sie das Foto ansieht, es gibt sein Geheimnis nicht preis. Die Wahrheit hat so viele Jahre gewartet und ist dann doch nie erzählt worden. Seit der Sache mit dem Lehrer hat Lola das Bild nicht mehr hervorgezogen. Sie weiß nicht, ob sie enttäuscht sein soll, ob sie das Gefühl haben muss, gescheitert zu sein in ihrer Rache. Oder ob es genügt hat, ob es sogar mehr als genug war, was sie getan haben. Vielleicht funktioniert *Reclaim the bodies* bei ihr nicht, weil der Körper, nach dem sie sich sehnt, dieser eine Frauenkörper, den sie umarmen, berühren, halten, riechen möchte, verloren ist.

Seit der Katastrophe haben sie keine Aktion mehr durchgezogen und werden es auch an diesem Abend nicht tun. Stattdessen wollen sie sich in Alvas Küche setzen und reden. Über das, was passiert ist. Und das, was noch passieren soll. Lola war sich ihrer Position die ganze Zeit über so sicher, hat von Vergeltung gesprochen, von verspäteter Notwehr, hat tausend Gründe gefunden, dass das, was sie tun, gerechtfertigt ist. Muss sie jetzt alles neu denken? Und was sagen Sunny, Femme und Alva dazu? Sie wird sie fragen. Aber erst einmal steht etwas anderes auf dem Plan, denn sie sind bei Sarahs Haus angekommen. Es ist klein und süß und bieder, und Sarah wartet mit dem Auto von Johannes' Mutter davor.

«Was ist angesagt?», fragt Alva, während sie auf Sarahs Zuhause schauen, in dem Lola, im Rückblick betrachtet, erstaunlich wenig Zeit verbracht hat. Wie oft war sie mit Mama zu Besuch, dreimal, viermal insgesamt? Wird Sarah sie einladen, wenn sie wieder hier wohnt? Werden sie sich überhaupt noch sehen oder einander aus den Augen verlieren, wie es oft passiert, wenn der Kontakt nicht mehr notwendig ist, sondern freiwillig?

«Da ist ein Mann drin», antwortet Lola, «und der muss raus.»

Die anderen nicken, weitere Fragen stellen sie nicht. Wenn eine Frau sagt, dass da ein Mann ist, der wegmuss, dann genügt das.

Sarah steigt aus dem Auto und öffnet den Kofferraum, in dem die zusammengefalteten Umzugskartons liegen. Jede nimmt ein paar, klemmt sie sich unter den Arm. Lola merkt, dass Sarah eine Jogginghose angezogen hat und ungeschminkt ist. Wie geil, möchte sie sagen, verkneift es sich aber, weil das Aussehen von Frauen nicht zu kommentieren ist.

«Wie machen wir das jetzt?», fragt Sarah mit diesem Rehblick, den sie hat, wenn sie sich nicht in der Lage sieht, eine Verantwortung zu schultern.

«Ohne zu zögern», sagt Alva und nimmt Sarah den Schlüssel aus der Hand.

Sie öffnet die Tür, als sei das kein fremdes Haus für sie, zu fünft marschieren sie hintereinander hinein. Femme und Alva gehen direkt nach oben.

«Werft einfach alles in die Kartons, was unmöglich mir gehören kann», sagt Sarah, «und wenn was von mir dabei ist, ist es auch nicht tragisch.»

Aus den oberen Zimmern hört Lola sofort gezielten Lärm, das Öffnen von Schränken und Schubladen, das Knallen von Dingen auf Kartonböden. Sarah sieht ein bisschen verschreckt drein, Lola nimmt spontan ihre Hand, drückt sie fest. Sarah schaut auf ihre miteinander verschränkten Finger.

«Ich helfe dir», sagt Lola, «so wie du mir geholfen hast.»

Sarah nickt, lässt aber Lolas Hand nicht los. Ihre Haut ist kalt, und Lola spürt ihre Nervosität. Sie räuspert sich.

«Ich weiß, ich hab dir viele Vorwürfe gemacht», raunt sie dann, «weil du zu uns gekommen bist und Mamas Platz eingenommen hast. Aber ich bin ...»

Sie denkt an Sarah in ihrer Küche, Sarah, die Lucius trägt, die Maxi beim Schuhebinden hilft, die Lola morgens eine Jause für die Schule macht und abends fragt, wie es ihr geht, die vielleicht keine echte Feministin ist, dafür eine echte Freundin, die Lola in den Wahnsinn treibt mit ihrer Ignoranz, aber sich Mühe gibt, zu lernen und zu wachsen, das schon.

«Ich bin dir sehr dankbar.»

Sarah schaut auf, Lola weicht ihrem Blick nicht aus.

«Es hat mich über die Maßen aufgeregt, dass du dich so extrem langsam emanzipierst», sagt Lola, «aber ich muss dir zugestehen, dass du es in deinem eigenen Tempo machst. Und immerhin hast du jetzt endlich damit angefangen.»

Sie grinst, Sarah erwidert das Lächeln nicht. Sie kommt Lola gelähmt vor, wie eine, die auf den Fünf-Meter-Turm gestiegen und bis zum Rand gegangen ist, um dann zu merken, dass sie doch nicht den Mut aufbringt.

«Mach dir keine Sorgen», sagt Lola, «wir erledigen das. Du hast ja keine Ahnung, wie stark wir sind.»

Wie aufs Stichwort kommt ein Mann aus dem Raum neben dem Wohnzimmer.

«Was ist das für ein Lä–», setzt er an, bricht ab, als er Lola,

Sunny und Sarah sieht. Lola spürt, dass Sarah sich einen halben Schritt hinter sie stellt, und muss lachen. Nicht nur, weil diese vertauschten Rollen absurd sind, sondern auch wegen des Typen.

Was für eine jämmerliche Wurst.

Steht da wie einer, der was zu sagen hat. Der sich geil findet mit seinen Fitness-Klamotten, dem gelackten Haarschnitt und dem fein auf Kuschellänge getrimmten Bart. Der sich für sportlich hält, in Wahrheit nur elegant im Stand laufen kann, und wenn er ein Gewicht stemmen soll, fängt er an zu winseln.

Sunny knallt ihm einen Umzugskarton an die Brust.

«Pack deinen Scheiß ein», sagt sie, «in einer halben Stunde bist du hier raus.»

Der Kerl hat echt Nerven. Kriegt so was arrogant Ungläubiges, schubst den Karton zu Sunny zurück.

«Hey», sagt Lola leise und tritt auf ihn zu. Lässt ihn spüren, was für ein Körpergefühl sie hat. Und dass sie keine Grenzen der Höflichkeit einhält. Er weicht instinktiv zurück.

«Spinnst du?», zischt er an Sarah gerichtet. «Das ist deine Lösung, du tauchst hier auf mit vier fetten Weibern? Dass ich nicht la–»

Im selben Moment poltern Femme und Alva aus dem oberen Stock herunter, werfen gefüllte Umzugskartons ins Vorzimmer, aus denen Klamotten quellen.

«Was zur –» Das Sackgesicht macht einen Schritt nach vorn, hält inne, als Lola ihn anknurrt.

«Sarah», jammert er, «die haben meine Sachen –», und da wird es Sunny zu bunt.

«Oh mein Gott, halt dein Maul», schnauzt sie ihn an und drückt ihm erneut den Karton entgegen, jetzt mit mehr Nachdruck, «und pack ein.»

Er verzieht den Mund, Lola findet es erstaunlich. Dass er

diesen trotzigen Widerstand leistet, dass er nicht wahrnimmt, wie unerwünscht er ist. Haben die dieses Macho-Gehabe derart verinnerlicht, dass sie es ausleben müssen, sogar in einer solchen Situation? Und dabei ist er so ein Lauch. Sie hätten ihn ausgeknockt in unter einer Minute.

«Was ist mit dir?», ruft Femme von der Tür. «Hast du es noch nicht geschnallt?»

«Ich gehe erst, wenn Sarah es sagt», entgegnet er mit dieser kindisch verzogenen Fresse, es kostet Lola viel Überwindung, nicht zuzuhauen. Er bettelt ja förmlich darum.

«Sie will, dass du abhaust», sagt Sunny, und Lola fühlt hinein in diese Konstellation, vier Mädchen, eine Frau, die sich aufbauen vor einem Mann, einem einzigen Mann, und dennoch verlässt er sich auf den Pimmel, der ihm zwischen den Beinen baumelt. Glaubt, weil er es so gelernt hat: dass ich dieses Ding besitze, macht mich zum Überlegenen.

«Und sie braucht dafür nicht mal einen Grund», fügt Sunny hinzu, «das ist ihr Haus, sie muss sich nicht rechtfertigen, sie schuldet dir nichts, also schieb dir deine Machtspielchen in den Arsch und schleich dich.»

Er lässt den Karton absichtlich fallen, will etwas sagen, und Lola stellt sich vor, sie hätte seine Eier in der Hand. Würde direkt vor ihm stehen, ihm ins Gesicht atmen und seine Hoden quetschen, nicht so fest, wie sie es wollen würde, aber fest genug, um ihm die Augen zu weiten. Er würde quieken wie ein Schweinchen, es wäre ein süßes Geräusch.

«Jetzt hast du noch vierundzwanzig Minuten», sagt sie leise, «bevor wir dich in so einen Karton stecken und abtransportieren, und zwar in Einzelteilen.»

Das genügt.

Sie schlagen nicht zu, sie verteilen keine Ohrfeigen, Lola rammt ihm nicht einmal das Knie zwischen die Beine. Er reagiert endlich auf die Präsenz, die sie haben, senkt die Schultern, beugt ganz leicht den Kopf. Eine Geste der Demut, die ihm nicht bewusst ist, aber Lola registriert sie.

«Verschwinde», sagt Sarah, und das ist der Auslöser.

Der Typ bückt sich nach dem Karton, bewegt sich wie einer, der geprügelt worden ist, und allein das macht Lola sauer. Dass der sich noch traut, so einen manipulativen Hundeblick zu haben. Dass der noch denkt, irgendjemand hier würde Männer ernst nehmen.

Femme und Alva laufen wieder nach oben, werfen die nächste Ladung nach unten.

«Du kannst dir schon mal ein Großraumtaxi bestellen», ruft Alva und wuchtet die ersten Kisten nach draußen auf die Straße.

Lola hört, wie Sarah neben ihr atmet, verstockt und irgendwie zu schnell, hebt dann ebenfalls zwei gefaltete Kartons auf. Sie deutet Sunny mit dem Kopf, dass sie die Sachen aus der Garderobe zusammenpacken soll.

«Wir übernehmen die Küche», sagt sie zu Sarah und zieht sie mit.

Gemeinsam leeren sie den Kühlschrank. Hühnerfleisch, Proteinriegel, eine erstaunliche Menge an Energydrinks. Sie reden nicht, schichten die Dinge, der Ex-Freund rumort im Zimmer nebenan, schimpft vor sich hin, zweimal klingt es, als würde etwas runterfallen, vielleicht schmeißt er mit Sachen. Schließlich kommt er heraus, schiebt einen Karton auf dem Parkettboden vor sich her.

Lola lacht.

«Ich trage ihn für dich», bietet sie an, und er wirft ihr einen Blick zu, den er wohl für bedrohlich hält. Aber er sagt nichts mehr, er hat begriffen, dass die wahre Bedrohung in diesem Fall nicht von ihm ausgeht. Es dauert tatsächlich exakt eine halbe Stunde, dann haben sie den Loser und sein Zeug vor dem Haus abgestellt.

«Frohe Weihnachten, Arschloch!», ruft Lola ihm hinterher und wirft ihm einen kleinen gelben Trainingsball an den Kopf, den sie neben der Couch gefunden hat. Das kann nicht wehgetan haben, trotzdem greift er sich mit schmerzverzerrtem Gesichtsausdruck an den Schädel, schaut flehentlich in Sarahs Richtung.

Und die macht einfach die Tür zu.

Lola feiert das so sehr, dass sie Sarah umarmt. Sie spürt, wie Sarah schwitzt und zittert und schwankt, versucht, etwas Stabiles in ihre Umarmung zu legen. Etwas, das bleibt.

Sunny knufft Sarah in die Seite, Alva gibt ihr ein High five. Sie kommentieren nichts, stellen Sarah nicht bloß. Wenn eine um Hilfe fragt, bekommt sie diese Hilfe.

Fertig.

«Was kann ich euch anbieten?», fragt Sarah. «Wollen wir Pizza bestellen?»

«Hell yeah», entgegnet Lola und weiß, dass Pizza für gewöhnlich das Letzte ist, was Sarah isst, dass sie regelrecht Angst hat vor Pizza, und trotzdem ordert sie für jede eine.

Bis der Lieferdienst kommt, trinken sie was und unterhalten sich, Lola merkt, wie Sarah mehr und mehr ankommt, sich neu ausrichtet, sich das Haus zurückerobert. Diesmal ist es also: *Reclaim the rooms.* Und dann gibt es diesen Moment zwischen ihnen, den die anderen nicht sehen oder vielleicht doch. Es schwingt ein unaussprechliches, alle Ebenen umfassendes Verständnis zwischen Lola und Sarah, das eine Brücke baut über den dampfenden Abgrund, den Mamas Sprung hinterlassen hat. Gut möglich, dass Sarah kapiert, was Sache ist. Vier Mädchen wie Kästen, die hier auftauchen und sich einem Mann entgegenstellen. Vier Mädchen, die heute keine schwarzen

Hoodies tragen, in deren Kleiderschränken aber welche liegen. Vier Mädchen, die Muskeln haben und keine Angst. Gut möglich auch, dass Sarah nicht fragen und nichts sagen wird, weil sie mehr begriffen hat, als sie zugeben kann. Dass eine neue Zeit kommt, ein neues Machtverhältnis, eine neue Balance. Sie schauen sich an und wissen, dass sie beide ankaputtet sind. Aber nicht zerbrochen.

«Jetzt mal im Ernst», sagt Sunny verschwörerisch, während Sarah in das erste Stück Pizza beißt, herzhaft und genießerisch, sodass Lolas heimliche Freude wächst, «was wolltest du denn mit *dem*?»

Sie sagt es nicht verurteilend, sondern ehrlich verwundert, und plötzlich lacht Sarah, lacht so laut und befreit und raumeinnehmend, dass Lola denkt: Ja. Die kriegt das hin. Ich muss nicht mehr auf sie aufpassen.

DIE KUNST DES SCHWEIGENS

Der Abschied war nicht so schwer wie gedacht. Sie hat erwartet, dass Maxi protestieren und Lucius weinen würde, aber beide haben stumm zugehört, als sie ihnen erklärt hat, dass sie zurückmuss in ihr eigenes Haus, dass sie sie am Mittwoch von Schule und Kindergarten abholen und mit ihnen Palatschinken backen wird, dass sie ihre Katze streicheln dürfen und dass die Katze Molly heißt.

«Welche Farbe hat sie?», hat Maxi gefragt, und Sarahs Erleichterung war wie eine luftige Decke.

Sie werden sich umgewöhnen irgendwann, sie werden Sarah vermissen, und dann nicht mehr, weil Kinder so sind: anpassungsfähig und resilient.

Aber was ist mit ihr, kann sie sich auch anpassen und vor allem, woran?

Es war krass, mit welcher Entschiedenheit Lola und ihre Freundinnen aufgetreten sind. Sarah war gleichermaßen schockiert wie begeistert, diese Bestimmtheit kennt sie von Mädchen und Frauen nicht. Sie haben sich nicht auf Diskussionen eingelassen, sie sind nicht zurückgewichen. Im Gegenteil, sie sind auf Leon zugegangen, bis er zurückweichen musste. Das hat Sarah derart befremdet, dass sie kurz davor war einzugreifen. Alles zu stoppen, das Gleichgewicht wiederherzustellen.

Aber gleichzeitig hat sie verstanden: dass es gar kein Gleichgewicht war.

Sondern ihr verinnerlichter Glaube, dass die männliche Energie mehr wiegt als die weibliche, dass Männer lauter sein und mehr Platz einnehmen dürfen, ihre Wut rauslassen und ihre Aggression.

Ihr erster Impuls bestand darin, Leon zu helfen. Die Mädchen zu bremsen, sie sollten zurückhaltender sein, freundlicher, nicht dermaßen provokant und selbstsicher. Diesen Impuls niederzukämpfen, war eine Herausforderung.

Dabei haben sie ihn nicht einmal angerührt. Sie scheinen immerhin zu wissen, wo die Grenzen sind.

Trotzdem hätte Sarah sich selbst nie im Leben ein solches Auftreten zugestanden. Sie weiß nicht einmal, wieso Lola so was kann, wer hat ihr das beigebracht? Sarah und Helene hatten keine starken weiblichen Vorbilder, aber Lola doch eigentlich auch nicht. Ist ihre Selbstbestimmtheit aus dem Kampfsport erwachsen? Oder hat es mit dem Verlust von Helene zu tun, ist sie eine von denen, die an großer Trauer nicht ersticken, sondern aus Trotz wieder aufstehen? Hat sie gedacht, wenn meine Mutter mich im Stich lässt, mach ich es eben alleine, und besser? Zuerst hat Sarah sich gefragt, woher diese Mädchen ihre Wut haben. Aber die Antwort darauf ist eigentlich klar. Und die wichtigere Frage ist wohl, woher nehmen sie den Mut, diese Wut zuzulassen?

Sarah hat noch am selben Abend Leons Nummer gelöscht. Und dem Streit der zwei Stimmen in sich zugehört. Die eine hat gesagt: Wie konntest du das tun, das war nicht nett, ihn einfach rauszuschmeißen. Die andere hat dagegengehalten: Denk an dich im Schneetreiben vor deiner eigenen Terrassentür, und du musst verdammt noch mal nicht nett sein.

Johannes ist mit Maxi und Lucius zu seiner Mutter ins Altersheim gefahren, um ihr Weihnachtspralinen zu bringen, der eigentliche Abschied kommt jetzt. Von der Wohnung, aber in Wahrheit von Helene, und obwohl Sarah alles gepackt und rübergebracht hat, obwohl sie nichts mehr hier hat außer ihrer

Handtasche und ihrem Mantel, schafft sie es nicht hinauszugehen. Sie weiß nicht, was sie noch zurückhält, beginnt deshalb mit einer Runde durch die Räume.

Letztlich geht es doch darum, dich abzugrenzen, sagt Helene, als Sarah das Badezimmer betritt, von dieser Wohnung und den Bedürfnissen der Kinder, von Leon und seinen Hinhaltetaktiken, aber auch von deinem Gefühl, verpflichtet zu sein.

«Ich hab auf dich gewartet», erwidert Sarah.

Ist es einfacher, wenn ich dich begleite?, fragt Helene, lehnt wieder so lässig im Türrahmen und hat ein glattes, blaues Kleid an, bloße Füße.

Sarah nickt.

Sie stützt sich am Waschbecken ab, sieht kurz in den Spiegel, der im Moment noch sauber ist.

«Wenigstens muss ich hier nie wieder putzen», sagt sie, und das gewünschte Lachen gelingt ihr nicht ganz, bricht irgendwo auf dem Weg auseinander.

Helenes Lachen dagegen klingt sicher, gelöst. In ihr ist nichts, das sich dem Lachen in den Weg stellt. Sarah schaut zur Waschmaschine und fragt sich, wie viele Ladungen sie hier wohl gewaschen hat für diese Familie, die nicht ihre ist, aber ein wenig doch. Sie hat Pullover zusammengelegt und Hemden gebügelt, jeden Abend alles eingesammelt und den Wäschekorb befüllt.

Auch Männer können Waschmaschinen einschalten, sagt Helene.

«Ja», sagt Sarah leise, und sie verlassen das Bad.

Das Zimmer, in dem Johannes und Maxi im Stockbett geschlafen haben, ist nun das Zimmer der Jungs. Wird Lucius oft aufwachen in der Nacht und nach ihr greifen?

Die schaffen das schon, sagt Helene, er ist ja nicht allein.

«Ja», sagt Sarah wieder und denkt an ihre eigenen Nächte.

Die ebenfalls ohne das Atmen von Lucius stattfinden werden, ohne seine Hand, die ihr auf die Wange klatscht, ohne den rührenden Anblick seines Gesichts, in Träumen verloren.

«Das ist das Schlimmste», flüstert Sarah, «dass ich jetzt nicht nur dich vermissen muss, sondern auch deine Kinder.»

Helene antwortet nicht, aber Sarah fühlt eine kühlende Berührung an ihrer Hand. Als würde sie in einen still fließenden Bach greifen, ihre Finger vom Wasser umspielen lassen.

In Lolas Zimmer tut es am meisten weh, sie weiß nicht, warum. Lola wird demnächst erwachsen sein, ist es eigentlich schon, Sarah kann sie nicht von der Schule abholen und zum Palatschinkenessen mitnehmen. Sie weiß nicht einmal, ob Lola Kontakt halten will mit ihr.

«Ich darf mich nicht an sie klammern», sagt Sarah, «weil ich sie dadurch erst recht vertreibe. Aber es ist schwer, sie loszulassen. Sie ist, wie du gewesen wärst, wenn man dich gelassen hätte.»

Helene betrachtet die Bücher, die auf Lolas Schreibtisch liegen. Sarah kennt keines davon, aber sie sieht an den Titeln, dass es um Queerness geht und um Sexismus, auf einem Cover ist ein Schwarzer Junge mit Blumen im Haar abgebildet.

Aufmüpfig und vorlaut?, fragt Helene.

Sarah nickt.

«Aber auch unabhängig und stark», sagt sie dann.

Beim Weihnachtsessen hat Lola eine Diskussion angefangen mit Johannes, hat über die Last der Mütter in der Pandemie gesprochen und wie sie im Stich gelassen werden von der Politik und von den Vätern. Johannes hat versucht, das Thema abzuschmettern, doch Lola hat ihm Fakten präsentiert und Zahlen, Informationen, mit denen er sich nie beschäftigt hat, hat ihn so direkt konfrontiert, dass er nicht ausweichen konnte. Und zuerst wollte Sarah ihr ins Wort fallen und sagen, dass man über etwas anderes reden solle an diesem feierlichen Tag, dass sie sich mäßigen solle, und letztlich hat sie genau das nicht getan. Sie wird Lola nicht den Mund verbieten, nie mehr. Stattdessen hat sie sich zurückgelehnt und zugehört, hat sich bemüht, ihre eigenen Emotionen rauszunehmen, und Lola hat das richtig gut gemacht. Sie hat sich nicht beirren lassen, Johannes aufgezeigt, wie toxisch seine Denkweise ist, und sie hat etwas erreicht, denn am Ende hat er genickt. «Du hast recht», hat er gesagt, und dass er sowieso viel ändern müsse, in der Lage, in der er sich befinde. Das klang nicht selbstmitleidig, sondern abgeklärt, gewappnet.

Sarah war auf eine unerwartete, überschwappende Weise stolz auf Lola.

Ich glaube, wir müssen aufhören, die jüngere Generation permanent zu belehren, erwidert Helene, und anfangen, von ihnen zu lernen.

«Lola ist auf irgendeinem Weg, auf dem ich ihr nicht folgen kann», sagt Sarah, «und ich habe Angst, denn ich werde sie nicht beschützen können.»

Sie fährt mit den Fingern über den Hoodie, der neben den Büchern liegt, Kapuzenpullis trägt Lola immer noch gern, obwohl sie sich sonst stark verändert hat. Wie groß sie geworden ist, in jeder Hinsicht.

Das ist richtig, erwidert Helene ungerührt, das kannst du nicht.

Sarah würde sich gern auf Lolas Bett setzen, gibt dem Wunsch nicht nach. Abschied nehmen sollte man, indem man geht, nicht verweilt. Mit einem Ruck wendet sie sich ab, schließt hinter Helene die Tür. Lola wird schon das Richtige tun, ganz sicher. Sarah bleibt kurz mit der Hand an der Klinke, es ist so still in der Wohnung ohne die Kinder.

Na komm, wispert Helene, sie streifen durchs Schlafzimmer.

Den Schreibtisch hat Sarah abgebaut, den Sessel mitgenommen, die Bettwäsche gewechselt, den Schrank ausgeräumt.

«Ich hab oft an dich gedacht hier drin», sagt sie.

Und du hast ein neues Buch begonnen hier drin, erwidert Helene, steht nah am Fenster und lächelt Sarah an.

«Die Agentin findet es gut», erzählt Sarah, «richtig gut.»

Ich weiß, Helene nickt, das ist es ja auch.

Sie schauen sich in die Augen, Sarah hat das Prickeln von Furcht auf der Haut.

«Wenn ich aus dieser Wohnung gehe, verschwindest du dann?», fragt sie leise.

Vielleicht brauchst du mich nicht mehr, erwidert Helene, und obwohl Sarah unzufrieden ist mit dieser Antwort, obwohl sie etwas Versicherndes hören möchte, ein Versprechen, einen Schwur, verlangt sie nichts davon. Was soll das schon bringen, einen Schwur einzufordern, sie hat in ihrem ganzen Leben noch keinen gesagt bekommen, der nicht gebrochen worden wäre.

In der Küche ist es sauber, Sarah hat für Johannes und die Kinder die Wohnung aufgeräumt und geputzt, blitzblank, als Basis. Was er daraus macht, was er überhaupt aus allem macht, ist seine Sache, sie wird sich nicht einmischen. Wird nicht nachfragen und, am wichtigsten, sich nicht anbieten. Er muss seine Arbeitszeiten anpassen, endlich einen Mitarbeiter einstellen, muss Schultermine, ungespitzte Stifte und Hosen, die zu kurz geworden sind, im Blick behalten, die Betreuung selbst übernehmen oder jemanden organisieren und dafür bezahlen, dass er sie übernimmt.

Noch im März hat sie gedacht, was alle denken, das schafft er nicht, und fordern kann man es auch nicht von ihm. Heute weiß sie, dass sie es ihm zu einfach gemacht hat mit diesem Gedanken, dass er sich ausgeruht hat darauf. Und trotzdem wirft sie es ihm nicht vor, wer übernimmt schon von sich aus die Hälfte einer Arbeit, die von jemand anderem bereitwillig erledigt wird?

Helene setzt sich mit Schwung auf die Küchenarbeitsplatte, stützt die Ellbogen auf die Knie und grinst. Sie hat etwas Mädchenhaftes, als hecke sie einen Streich aus, das tut Sarah weh. Dass sie nie wieder Streiche aushecken werden, nie wieder betrunken sein werden, nie wieder tanzen und kotzen und das Liebeskummerheulen der anderen wegstreicheln werden. Immer noch tut sie weh, diese Endgültigkeit.

«Ich weiß ja jetzt viel mehr», sagt sie, «und kann mir vorstellen, wie es war für dich. Wie du dich gefühlt hast und warum. Dass vielleicht noch viel mehr dahintersteckte, von dem du mir nichts erzählt hast. Aber ich finde trotzdem, du hättest nicht aufgeben dürfen. Du hättest dir Hilfe holen müssen.»

Helene richtet sich auf und nickt.

Das hätte ich tun können, stimmt sie zu und sieht durch Sarah hindurch in die Ferne.

Ich wollte nur Ruhe, sagt sie dann, und Sarah weiß, dass sie mehr nicht erfahren wird, dass das und alles, was sie gelernt hat im letzten Jahr, genügen muss. Dass sie die Leerstelle aushalten muss und auch alle Fragen, die sie noch hat.

Im Wohnzimmer steht der Christbaum, den sie gemeinsam mit den Kindern geschmückt hat. Auch Lola hat mitgemacht, sie haben Lebkuchen gebacken, die zu hart geworden sind, sämtliche Weihnachtslieder gesungen, die sie kennen, und später hat Sarah ihre Mutter angerufen, hat lange mit ihr gesprochen. Sie wird sie besuchen, bald, und sie weiß, es wird eine andere Art der Begegnung sein.

Als sie auf den Balkon treten, glimmt in Helenes Hand ein roter Punkt auf.

«Du rauchst schon wieder?», fragt Sarah.

Wieso nicht, gibt Helene zurück und hat wieder so was Schelmisches, das Sarah ihr nur schwer verzeihen kann.

Danke, dass du für meine Kinder gesorgt hast, sagt Helene, schaut über die Brüstung hinunter und hinüber, ins Ungewisse, wo die frühe Winternacht dämmert. Sarah tut es ihr gleich und spürt in sich dieselben Fragen wie immer hier, an dieser Stelle. Ob es eine Möglichkeit gegeben hätte, es zu verhindern. Oder ob alles, alles, was sie erlebt und gesehen und gefühlt und gedacht haben, die Kindheit, die Schulzeit, die WG und das Baby, die Hochzeit, die Pandemie, der Lockdown immer zu diesem Punkt geführt hätte, über jede Abzweigung und jeden Umweg.

«Das hab ich doch gern –» Sie unterbricht sich und lacht.

Aber es stimmt. Trotz allem stimmt es. Sie hat es gern getan. Nicht für sich, nicht für Lola oder Johannes oder die Jungs. Für Helene.

Was hast du vor?, fragt Helene und raucht in die anziehende Kälte, in die verblassende Traurigkeit.

«Vielleicht kriege ich allein ein Kind, vielleicht nicht», antwortet Sarah, «ich weiß es nicht, und es ist in Ordnung, dass ich es nicht weiß. Auf jeden Fall schreibe ich erst einmal mein neues Buch.»

Helene nickt, raucht die Zigarette zu Ende, schnipst sie nach unten. Sie schauen nicht hinterher.

Kannst du jetzt gehen?, fragt Helene ruhig und mit dieser großen, festen Liebe in der Stimme.

«Ja», erwidert Sarah und merkt an dem neuen Frieden in ihr, dass es stimmt.

Sie dreht sich zu ihr.

Dass Helene verschwunden ist, überrascht sie nicht, und es ist okay. Zum ersten Mal ist es okay. Sarah lächelt, schließt die Balkontür und macht sich auf den Weg nach Hause.

HIGH IMPACT

Lola stellt sich vor, wie Femme ihren Vater betrachtet, der in seinem Sessel schläft, wie sie den Fernseher ausschaltet und sich zu ihm hinunterbeugt, mit den Lippen seine Stirn berührt, sich dann abwendet und nicht zurückschaut. Wie sie im Vorzimmer auf dem Weg nach draußen eines der Fotos von der Wand nimmt und in ihren Rucksack steckt. Und an der Wand ein heller Fleck bleibt in der Form des Bilderrahmens.

Sie malt sich aus, wie Alva eine Nachricht für Elvira in die Küche legt, spontan etwas Lautes brüllt, einfach nur, um den leeren Hall zu hören. Wie sie zufrieden lächelt, die Tür absichtlich mit einem Krachen zufallen lässt.

Sie sieht vor sich, wie Sunny sich nicht lösen kann, in das Zimmer hineinatmet, in dem ihre Mutter schläft, dass sie verschiedene Briefe angefangen und alle zerrissen hat. Wie sie schließlich beim Hinausgehen ihr Skateboard nimmt und beim Klacken der Haustür zusammenzuckt, dann forthuscht als der flinke Fuchs, der sie ist.

Lola sitzt im Schneidersitz auf dem Boden im Zimmer ihrer Brüder und hört ihnen beim Schlafen zu. Sie haben Silvester gefeiert, die Jungs wollten bis Mitternacht aufbleiben, sind auf der Couch eingeschlafen, durch die Knaller kurz vor dem Jahreswechsel wieder aufgewacht. Lola hat mit Johannes angestoßen und zwei Gläser Sekt gekippt, provoziert hat sie ihn nicht. Sie war froh über das Versöhnliche, Friedvolle zwischen ihnen, sie haben einen wackligen Steg errichtet über den Graben zwischen ihnen. Vielleicht kann eine auch Brücken bauen, wenn sie geht, statt sie niederzureißen.

Bald wird es Morgen sein, das neue Jahr hat begonnen. Noch ist es dunkel, noch ist es still. Lolas Augen haben sich an die Finsternis im Zimmer gewöhnt, trotzdem erkennt sie nur die Umrisse ihrer Brüder. Mit diesen beiden Kindern kann Johannes jetzt eine Kernfamilie bilden, und es wird ihnen letztlich an nichts fehlen. Er wird eine finden, er ist attraktiv und jung genug, finanziell stabil und erfolgreich, eine neue Freundin wird kommen, die in dieses Gefüge passt und ihm abnimmt, was er nicht schultern will, die sich sorgt und kümmert und Mitleid haben wird mit Lucius und Maxi, hoffentlich mehr als das.

Eine Frau, eine Frau.

Lola atmet aus, sie will nicht bitter sein.

Wie kann sie sich über diese beiden Betten beugen, ohne dass ihr die Tränen kommen? Wie kann sie die kleinen Gesichter küssen, ohne an einem Schluchzen zu würgen? Das geht nicht, es geht nicht.

Sie sollen frei sein, ja. Noch mal anfangen, es gut haben. Aber erinnern sollen sie sich auch, dass sie einmal eine Schwester hatten, eine große, mit dunklen Haaren, die gut vorlesen konnte und Höhlen aus Decken bauen, Butterbrote in ebenmäßige Stücke schneiden, Haare waschen, ohne dass Shampoo in die Augen kam.

«Fuck», flüstert Lola und hält sich mit einer Hand den Mund sehr fest zu.

Dann beißt sie mit den Zähnen in ihren Handrücken. Das hat sie sehr lange nicht getan, und es hilft auch nicht.

Als Lucius sich im Schlaf bewegt, steht Lola hastig auf. Es ist Zeit. Was hat Alva zu Sarah gesagt? «Ohne zu zögern.»

Sarah hat es wahrscheinlich geahnt, gefragt hat sie nicht. Mehr als einmal wollte Lola ihr erzählen, was sie mit dem Physiklehrer gemacht haben. Wollte ihr beschreiben, wie er sich eingenässt und gewimmert hat, wollte ihr eine Genugtuung schenken und eine späte Rache, aber da sie nicht wussten, was mit ihm ist, ob Sarah die Aktion überhaupt gutheißen und ob die Polizei vor der Tür stehen würde eines Tages, hat sie geschwiegen. Denn dann ist es besser, wenn Sarah nichts weiß. Gut möglich, dass sie ihr einen Brief schreiben wird irgendwann. Es kommt für alles der richtige Moment.

Im Vorraum schultert Lola ihren neuen gigantischen Rucksack, hebt ihr Board auf. Schuhe und Jacke hat sie an, das Handy auf dem Tisch in ihrem Zimmer zurückgelassen, auch die Bücher, Schulsachen, den ganzen überflüssigen Kram. Femme hat ihnen Kartenhandys besorgt, und Lola hat ihr den Zugang zum gut gefüllten Erzeuger-Konto gegeben. Femme weiß, wie sie an das Geld rankommen, ohne dass jemand sehen kann, wo sie sind. Es ist genug vorhanden, genug von allem.

Geld. Zusammenhalt. Erfahrung. Liebe. Kraft. Wut.

Mehr brauchen sie nicht.

Außer ihr sitzt niemand im allerersten Bus des Jahres, und Lola fährt ohne Wehmut durch die Stadt, ohne Widerhaken in sich. Es stimmt, es gibt nichts, was sie hält. Ihr Zuhause sind Sunny, Alva und Femme, und sie werden mit ihr kommen. Überall, wo sie zu viert sind, wird Lola daheim sein. Sie mag nicht an das denken, was sie verloren hat. An das, was sie vermisst. Sie will sich konzentrieren auf das, was kommt. Was sie erleben, lernen, gewinnen wird.

Die Erkenntnis, dass dieses Land im großen Stil versagt, macht das Weggehen einfacher. Zu sehen, dass die Impfbereitschaft woanders hoch ist, aber hier nicht, dass sich woanders das Leben zu normalisieren scheint, während Österreich von Lockdown zu Lockdown schlittert, hat Lola gezeigt, wie egal die Jungen sind, sowohl der Regierung als auch der Bevölkerung. Und das, nachdem sie solidarisch waren, fast zwei Jahre lang, nachdem sie verzichtet und zurückgesteckt und gewartet haben. Und dann hat sich in diesem Winter alles wiederholt: hohe Zahlen und volle Intensivstationen, geschlossene Läden und Distance Learning, die Anweisung, zu Hause zu bleiben. Inzwischen wundert sich Lola nur noch über eines.

Wieso sich nicht mehr junge Menschen radikalisieren.

Zwei Stationen weiter steigt Sunny ein. Sie umarmen sich mit einer Kraft, die keine Worte braucht, drücken sich so fest, dass Lola weiß, sie fühlen dasselbe. Der Bus bringt sie durch die endende Nacht, Sunny schlingt ihre Finger um Lolas.

«Wenn wir nicht die Schule geschwänzt hätten an dem einen Tag», sagt Sunny, «wenn wir nicht Mütze und seinen Freunden begegnet wären im Cage, wäre dann alles anders gekommen?»

Lola denkt an die massive Hilflosigkeit, die sie damals gespürt hat. Und seither nie wieder.

An die Geschichten, die sie erzählt bekommen haben, an die vielen Wahrheiten, die sie ans Licht geholt haben durch gezielte Schläge. Wahrheiten, die verborgen geblieben wären für immer.

«Kann sein», antwortet sie, «aber ich würde es gar nicht anders haben wollen.»

Sie verstärkt ihren Druck auf Sunnys Hand. Sie sind dieselben, die sie vorher waren, und gleichzeitig sind sie neu. Sie sind standfest, hart und unbegrenzt, sie sind unangepasst und entsprechen nicht dem, was die Gesellschaft von ihnen will. Und das fühlt sich gut an, nichts hat sich je so gut angefühlt.

«Und wegen der Schule … was tun wir mit unserer Bildung?», fragt Sunny. «Hast du darüber nachgedacht?»

«Was wirklich wichtig ist, lernen wir dort sowieso nicht», entgegnet Lola, «sie bringen uns uralten Scheiß bei, den wir googeln könnten, und lassen uns die Bücher alter und junger weißer Männer lesen.»

Ob Sunny grinst, kann Lola wegen der Maske nicht sehen, aber sie kneift belustigt die Augen zusammen.

«Ich glaube, was wir wirklich wissen müssen, wissen wir bereits», sagt sie.

Natürlich ist Lola klar, dass sie ohne Abschluss aus dem System fallen werden. Aber genau darum geht es ja: nicht Teil des Systems zu werden.

Am Bahnhof zeigt ein Blick in Alvas und Femmes Gesichter, dass auch sie nicht müde sind. Sondern aufgeregt, klar, bereit. In Lolas Magen rumort der Hunger, und sie denkt mit Vorfreude an die Snacks, die jede von ihnen mitgenommen hat. Essen bedeutet nicht nur Nahrung, nicht nur Genuss. Essen ist Freiheit. Zu kauen und zu schlucken, zu schmecken und sich zu füllen ohne Nachdenken und ohne Reue, aus purer Lust und für den Widerstand. Das gehört zum Wildesten, was eine Frau in dieser Gesellschaft tun kann.

«Wo fahren wir hin?», fragt Sunny und hat so große Augen dabei, dass es Lola blitzartig durchfährt: Die will das wirklich. Sie findet es abwegig und verrückt und riskant, aber sie will es.

«Mädchen wie wir werden sicher irgendwo gebraucht», sagt Femme leichthin.

Es sind außer ihnen keine Menschen am Bahnsteig, der erste Zug des Tages fährt Richtung Wien. Von dort können sie weiter, wohin auch immer es sie treibt. Femme hat die Website finalisiert und um einen Bereich mit einer geografischen Karte erweitert. Vielleicht stellen sie sie online, wenn sie unterwegs sind, und geben bekannt, wohin sie kommen, wie Schutzpatroninnen, ein Hilfscorps.

Vielleicht ist das zu groß. Zu heftig, zu gefährlich.

Vielleicht sind sie zu naiv. Zu jung, zu verblendet.

Vielleicht ist es aber auch genau das Richtige. Ein Anfang.

Sie müssen nicht zwingend mit der Sprache der Gewalt

kommunizieren. Aber mit der Sprache der Selbstermächtigung. Die zu erlernen, wird die wahre Herausforderung sein.

Und während sie in den Zug steigen, denkt Lola, dass es ja sein kann, dass sie nicht allein bleiben. Sie könnten ihr körperliches Wissen in Workshops weitergeben, ein mobiles Verteidigungszentrum sein, auf ihrem Weg alles anzünden und kleine Feuer hinterlassen, die von selbst weiterbrennen. Sie könnten einander wärmen. Da sind so viele, viele Frauen, und wenn es ihnen gelänge, sie zu verbinden, das Streichholz zu sein, an dem ihre Wut sich entzünden darf, könnten sie eine Wand aufflammen lassen, durch die kein Mann mehr dringen kann.

Im Idealfall erwächst dann eine Welt, in der niemand mehr verletzt wird. Denn wenn die Frauen sich nicht länger unterdrücken lassen, das wirklich nicht mehr zulassen, wenn sie einander bestärken und unterstützen, kann womöglich endlich Gleichberechtigung entstehen. Das Grundgefühl zwischen Frauen ist Liebe, hat Sunny gesagt.

Der Zug setzt sich in Bewegung, und der unbedingte Wille, etwas zu bewirken, zieht von unten nach oben durch Lolas Bauch und die Brust und den Hals bis in die Stirn, wo die Hitze sich staut und verdichtet. Sie weiß, in Alva, Femme und Sunny ist dieser Wille genauso stark.

Sie lehnen sich zurück, schenken sich einen ablösenden Moment des Schweigens, die Fahrt beginnt.

«Mädchen wie wir werden überall gebraucht», sagt Lola.

Sie hat nicht mit dieser Urkraft gerechnet. Der Schmerz ist eine unbändige Flut, ihr Körper stemmt sich auf, antwortet, öffnet, presst, drückt, sie spürt erstaunt, dass er das kann, er hat sich seit Jahrtausenden darauf vorbereitet. Alles geschieht fast ohne ihr Zutun, es ist eine archaische Art Trance, in der sie taucht und atmet und wartet. Auf die letzte Wehe, mit der die Flut hochbrandet, wirbelt, platzt und verebbt. Ein saugendes Geräusch, eine Leere wie ein Schlag, und dann ist da dieser kleine, frische, unversehrte Mensch auf ihrer Brust. Nass, zerknäult, verrunzelt und so perfekt, jeder einzelne Millimeter. Ein Baby, von ihr geschaffen. Sie berühren einander zum ersten Mal, Haut an Haut. Die Endorphine explodieren in ihrem Blut. Da bist du ja, denkt sie, mein Kind. Dass sie das jetzt denken kann. Dass sie jetzt Mutter ist. Den Namen hat sie schon vor Wochen ausgesucht, und sie sieht: Er passt. Sie senkt den Kopf, legt die Lippen auf die rot zerfurchte Stirn. Wir werden das gut machen, denkt sie, wir beide. Du wirst ein Teil von mir sein, immer, ich werde dich schützen. Mit allem, was ich bin und was ich habe. Sie legt ihren Zeigefinger auf die winzige Hand, die sich öffnet, ihren Finger umschließt, verblüffend fest. Sie schauen sich an, und dieser erste Blick besiegelt die Liebe, die geboren wird, die nicht geübt werden und nicht wachsen muss, die gewaltig ist und klar und unbezwingbar. Ich werde nie von deiner Seite weichen, Lola. Ich verspreche es.

DANKSAGUNG

Ich danke meiner Agentin Caterina Schäfer, die sämtliche Wege, auf denen meine Bücher zu den Leser·innen gelangen, für mich ebnet. Du hast an diesen Roman geglaubt, als er nichts weiter war als eine aus der Situation geborene Blitzidee, und ihn dadurch ermöglicht. Ich danke Nicola Bartels und Marcus Gärtner, dass sie das Potenzial hinter dieser Idee erkannt und mich bei Rowohlt willkommen geheißen haben. Meiner Lektorin Katharina Schlott danke ich für ihre klugen Kommentare, ihre Ruhe und ihre Zuversicht. Mein Bauchgefühl, dass dieses Buch bei dir gut aufgehoben sein wird, hat mich nicht getäuscht. Großer Dank gilt Joachim Unseld, Nadya Hartmann und Anne Michaelis von der Frankfurter Verlagsanstalt: Mit euch hat alles begonnen, und meine Verbundenheit zu euch bleibt immer bestehen. Für die hilfreichen Informationen zu Kampfsport und Streetfights danke ich Franz Schwaiger von The Base X in Thalgau, der, als ich gefragt habe «geht das, dass Frauen Männer zusammenschlagen», sofort gesagt hat «natürlich geht das». Ich danke meinen Erstleserinnen Daniela Weichenberger, Verena Maria Gruber und Elisabeth Kommik-Francisco für ihr wertvolles Feedback. Da wir nicht wissen, welcher Satz es war, der dich gerettet hat, mein altes Froschbein, würde ich alle Sätze dieser Welt für dich schreiben, um ihn zu finden. Sehr geholfen hat mir bei der Arbeit an diesem Buch der Austausch mit Simone Buchholz und Frank Rudkoffsky, die beide mitgelesen haben und meine Cheerleader waren. Vielen Dank an Berit Glanz und Karen Köhler für intensive Skype-Gespräche und das Verständnis, das man auf diese Weise vermutlich nur bei anderen Schreibenden findet. Meinen Freund·innen Florian Valerius, Alexandra Stiller, Eva Eigenstuhler, Stephanie Meisl und Teresa Primavesi danke ich für ihren unerschütterlichen Glauben an mich. Meinem Mann danke ich dafür, dass er DER Mann ist, der sich – ganz im Gegensatz zu den Vätern in diesem Roman – alles, was unsere Kinder und die Fürsorgearbeit betrifft, mit mir teilt und jene Gleichberechtigung mit mir lebt, an der die Gesellschaft scheitert. Für unsere Kinder gibt es kein besseres Vorbild als dich. Diesen beiden, meinem Sohn und meiner Tochter, danke ich, weil sie mich vor Herausforderungen stellen, von denen ich nicht einmal wusste, dass sie existieren. Und mich lehren, sie zu meistern – mit ihnen gemeinsam. Es wird an euch liegen, diese Welt zu dem besseren Ort zu machen, der sie heute noch nicht ist. Und ich tue alles dafür, damit euch das gelingt.

NACHBEMERKUNG

Dies ist ein intensiver und emotional herausfordernder Roman, der aufwühlende Fragen stellt und vor dem Hintergrund einer Pandemie spielt, die uns alle an die Grenzen der Belastbarkeit bringt. Er ist ein fiktives literarisches Werk und zur Gänze meiner Fantasie entsprungen, Parallelen zu realen Ereignissen sind rein zufällig.

Wer sich in einer physischen oder psychischen Notlage befindet, möge sich unbedingt professionelle Hilfe suchen: In Österreich könnt ihr euch an die Frauen-Helpline unter 0800 222555 wenden, in Deutschland lautet die Nummer 0800 1110111, die Schweizer Nummern findet ihr auf der Website www.stopp-gewalt-gegen-frauen.ch. Die Beratung ist immer kostenlos und anonym. Bei Suizidgedanken ist die Telefonseelsorge Österreich unter 142 rund um die Uhr erreichbar, in Deutschland unter 0888 1110111, in der Schweiz unter 143. Bitte passt auf euch auf und bleibt gesund.

Mareike Fallwickl
Und alle so still

368 Seiten

An einem Sonntag im Juni gerät die Welt aus dem Takt: Frauen liegen auf der Straße. Reglos, in stillem Protest. Hier kreuzen sich die Wege von Elin, Nuri und Ruth. Elin, Anfang zwanzig, eine erfolgreiche Influencerin, der etwas zugestoßen ist, von dem sie nicht weiß, ob es Gewalt war. Nuri, neunzehn Jahre, der die Schule abgebrochen hat und versucht, sich als Fahrradkurier, Bettenschubser und Barkeeper über Wasser zu halten. Ruth, Mitte fünfzig, die als Pflegefachkraft im Krankenhaus arbeitet und deren Pflichtgefühl unerschöpflich scheint.

Es ist der Beginn einer Revolte, bei der Frauen nicht mehr das tun, was sie immer getan haben. Plötzlich steht alles infrage, worauf unser System fußt. Ergreifen Elin, Nuri und Ruth die Chance auf Veränderung?

Weitere Informationen finden Sie unter **rowohlt.de**

Lisa Roy
Keine gute Geschichte

240 Seiten

Arielle Freytag hat es eigentlich geschafft: Aufgewachsen im prekären Essener Stadtteil Katernberg, verdient sie als Social-Media-Managerin in Düsseldorf mittlerweile viel Geld. Bis eine Depression sie für eine Weile aus der Bahn wirft. Auf dem Weg der Besserung erreicht Arielle ein Hilferuf aus ihrer alten Heimat, und zum ersten Mal nach zwölf Jahren kehrt sie nach Katernberg zurück. Dort werden seit ein paar Tagen zwei Mädchen vermisst – was Arielle an ihre Mutter erinnert, die vor vierundzwanzig Jahren spurlos verschwand. Während in Katernberg fieberhaft nach den Mädchen gesucht wird, stellt Arielle sich den schmerzhaften Fragen, auf die sie immer dringender Antworten braucht. Hat ihre Mutter sie damals verlassen, oder ging sie nicht freiwillig?

«Ich möchte Arielle Freytag anschreien und umarmen. Danke, Lisa Roy, für diesen lustig-traurigen, brutal-zarten Roman.» Caroline Wahl

Weitere Informationen finden Sie unter **rowohlt.de**